1984

1984

초판 1쇄 발행 2017년 3월 15일
초판 2쇄 발행 2020년 10월 28일

지은이 조지 오웰
옮긴이 김옥수
펴낸이 김소연

펴낸곳 비꽃
등록 2013년 7월 18일 제2013-000013호
주소 서울 강북구 삼양로16길 12-11
이메일 rain__flower@daum.net 전화 02)6080-7287 팩스 070-4118-7287
홈페이지 www.rainflower.co.kr

ISBN 979-11-85393-28-5 04840
     979-11-85393-19-3 (세트번호)

이 도서의 국립중앙도서관 출판시도서목록(CIP)은 서지정보유통지원시스템 홈페이지
(http://seoji.nl.go.kr)와 국가자료공동목록시스템(http://www.nl.go.kr/kolisnet)에
서 이용할 수 있습니다.
(CIP제어번호: CIP2017006300)

값 9,500원

조지 오웰

1984

김옥수 옮김

비꽃

■차례

1부

1

사월이라, 하늘은 맑고 공기는 쌀쌀하다. 시계마다 13시를 알린다. 윈스턴 스미스는 턱을 가슴에 묻어서 세찬 바람을 피하며 '승리 아파트' 유리 현관문 사이로 재빨리 들어서는데, 먼지투성이 소용돌이까지 잇따라 들어오는 걸 막을 순 없다.

양배추 삶는 냄새와 낡아서 너덜너덜한 매트 냄새가 난다. 한쪽 끝에서 총천연색 포스터가 압정에 찔린 채 단단히 달라붙어 실내 분위기를 압도한다. 거기에서 정말 커다란 사내 얼굴이 쳐다본다. 폭이 1m나 되는 잘생긴 얼굴이다. 까만 콧수염은 두툼하고 표정은 엄숙한 게 약 마흔 살 정도로 보인다.

윈스턴은 계단으로 간다. 승강기를 타는 건 소용이 없다. 경기가 좋을 때조차 좀처럼 가동하지 않는데, 지금은 대낮이라서 전기마저 차단했다. '증오주간(憎惡週間)'에 대비한 절약운동의 일환이다. 사는 집은 7층이니, 윈스턴은 서른아홉 나이에 벌써 오른쪽 발목 위로 하지정맥류 궤양이 생긴 탓에 몇 번씩 쉬며 천천히 오른다. 한 층을 오를 때마다 승강기 맞은편에서 커다란 포스터 얼굴이 노려본다. 사람이 움직이는 대로 눈동자도 움직이도록 정교하게 그린 포스터 가운데 하나다. 밑에는 '빅 브러더가 당신을 지켜본다'는 문구가 있다.

집으로 들어서자, 굵직한 목소리가 선철(銑鐵) 생산과 관련된 수치를 발표한다. 오른쪽 벽면에 장방형 금속판을 흐릿한 거울처럼 설치했는데, 거기에서 흘러나오는 소리다. 윈스턴이 스위치를 돌리자, 소리는 어느 정도 줄어도 말은 여전히 또렷하다. '텔레스크린'이라는 통신설비로, 소리를 줄일 순 있어도 완전히 끌 수는 없다.

윈스턴은 창가로 간다. 작고 연약한 모습과 초라한 몸집이 당원용 파란 작업복 때문에 더욱 허약해 보인다. 금발 머리에 얼굴 혈색은 좋아도 살갗은 거칠다. 싸구려 비누와 무딘 면도날과 이제 막 끝난 겨울 추위에 시달린 탓이다.

꽉 닫힌 유리창 너머로 바깥세상은 여전히 춥게만 보인다. 거리 곳곳에서 소용돌이치는 바람에 먼지가 일고 종잇조각이 휘날린다. 태양은 환하게 빛나고 하늘은 새파란데도 사방에 붙여놓은 포스터를 제외하면 색깔이란 색깔은 모두 사라진 것 같다. 목 좋은 모서리마다 까만 콧수염 얼굴이 쳐다본다. 앞집 벽면도 마찬가지다. '빅 브러더가 당신을 지켜본다'는 표제와 함께 새까만 눈동자가 윈스턴 눈동자를 뚫어지게 노려본다. 거리에서 또 다른 포스터는 한쪽 모퉁이가 찢어져서 바람결에 펄럭이며 '영사'[1]라는 단어를 덮다가 드러내길 반복한다. 멀리서 헬리콥터 한 대가 지붕 사이로 스치듯 날아와서 쉬파리처럼 맴돌다 곡선을 그리

---

1) 英社. 원래는 영국 사회주의를 나타내는 약어로 사용했으나, 현재는 '영사'만 남고 영국 사회주의라는 의미는 사라졌다.

며 날아간다. 창문으로 사람들을 엿보는 경찰 정찰기다. 하지만 이렇게 엿보는 건 문제가 안 된다. 문제는 사상경찰(思想警察)이다.

윈스턴 등 뒤에서 '텔레스크린' 목소리가 선철 생산과 함께 '제9차 3개년 계획' 초과달성에 대해 여전히 떠들어댄다. '텔레스크린'은 수신과 동시에 송신도 한다. 윈스턴이 내는 소리는 아주 나지막하지 않은 한 모두 포착한다. 그게 전부가 아니다. 금속판 가시권에 있는 한 일거수일투족까지 그대로 포착한다. 물론 자신이 어느 순간에 감시당하는지는 알 수 없다. 사상경찰이 언제 어떤 방법으로 감시하는지 대충 짐작할 뿐이다. 모든 사람을 항상 감시하는 것도 충분히 있을 법하다. 확실한 건 언제든 원하는 순간에 감시할 수 있다는 사실이다. 자신이 입 밖에 내는 소리는 저들이 모두 엿듣고, 캄캄할 때 외에는 동작까지 모두 지켜본다고 생각하며 살아갈 수밖에 없다. 그렇다, 이렇게 사는 게 관습이자 본능이다.

윈스턴은 '텔레스크린'에 등진다. 이게 훨씬 안전하다. 하지만 등이 보인다는 사실까지 무시하는 건 절대 아니다. 1㎞ 거리에서 진리성(眞理省)이 침침한 풍경 위로 하얗게 솟아서 거대한 자태를 뽐낸다. 자신이 일하는 곳이다. 이곳은 런던이라는, 에어스트립 원(Airstrip One) 중심도시라는, 오세아니아에서 인구가 세 번째로 많은 도시라는 생각이 막연히 혐오스럽게 떠오른다.

윈스턴은 어릴 적 기억을 더듬는다. 런던이 옛날에도 이랬는지 궁금하다. 19세기 가옥이 지금처럼 낡아빠진 모습으로 늘어서서 벽면은 통나무로 떠받치고, 창문은 마분지를 대고, 지붕은 함석판을 대고, 마당을 둘러싼 담은 들쭉날쭉 기울어서 볼품이 없었던가? 포탄이 떨어진 자리에서 횟가루 먼지가 휘날리고 무너진 잔해 사이로 분홍바늘꽃이 산개했던가? 포탄이 휩쓴 빈터에 닭장 같은 판잣집이 너저분하게 늘어

섰던가? 하지만 소용이 없다. 기억이 하나도 안 난다. 어릴 적 기억이라
곤 아무런 근거 없이 애매하게 떠오르는 화려한 영상이 전부다.

진리성은 – 새말(Newspeak)로 진성(眞省)이라 하는데, 새말은 오세아니
아 공용어다. 단어 구조와 어원은 부록 참조 – 겉모습이 주변 건축물과
완전히 다르다. 계단식으로 한 층씩 쌓은 콘크리트가 하얗게 반짝이며
300m 높이까지 치솟은 거대한 피라미드 구조물이다. 하얀 건물 전면에
웅장하게 써넣은 표어 세 개가 윈스턴이 있는 곳에서도 보인다.

전쟁은 평화다

자유는 예속이다

무지는 힘이다

진리성 건물은 작업실이 지상에 삼천 개, 지하에 삼천 개라고 한다.
런던에는 모양이나 규모가 진리성과 비슷한 건물 세 동이 더 있다.
주변 건물보다 얼마나 커다란지, 승리 아파트 꼭대기에 올라서면 건물
네 동이 모두 보일 정도다. 각 건물은 정부 부처가 하나씩 들어간
청사로, 정부기관 전체는 어디든 네 부처 가운데 한 곳에 속한다. 진리
성(眞理省)은 뉴스, 연예, 교육, 예술을 관장한다. 평화성(平和省)은 전쟁을
지휘한다. 애정성(愛情省)은 법과 질서를 유지한다. 풍부성(豊富省)은 경
제를 담당한다. 새말로는 진성(眞省), 화성(和省), 애성(愛省), 부성(富省)이
라고 한다.

애정성은 정말 무서운 곳이다. 건물 자체에 창문이라곤 하나도 없
다. 윈스턴은 지금까지 여기에 들어가기는커녕 500m 거리 이내로
다가간 적조차 없다. 공식 업무 외에는 절대로 들어갈 수 없는 곳이다.
설사 안으로 들어갈 일이 생기더라도 곳곳에 설치한 가시철조망과

철문과 은밀한 기관총 벙커를, 미로를, 연속으로 지나야 한다. 심지어 건물 외곽까지 경비병이 까만 제복에 조립식 곤봉을 차고 험상궂은 얼굴로 돌아다니며 철통같이 지킬 정도다.

윈스턴은 갑자기 뒤로 돌아선다. '텔레스크린'을 마주해도 될 만큼 무사태평한 표정을 얼굴에 떠올린 다음이다. 그리고 거실을 가로질러 비좁은 부엌으로 들어선다. 이런 시간에 청사를 벗어나느라 식당 점심을 포기했는데, 부엌에는 내일 아침에 먹으려고 남겨둔 흑빵 한 덩이밖에 없다는 사실을 잘 아는 터라, 선반에서 술병을 꺼낸다. '승리 술'이라는 상표는 하얗고 소박하며 액체는 색깔이 없다. 냄새가 고량주만큼이나 느글느글하고 고약하다. 윈스턴은 찻잔에 찰 만큼 술을 가득 따라서 몰려들 충격에 대비하며 물약처럼 꿀꺽 삼킨다.

곧바로 얼굴이 달아오르고 눈물이 핑 돈다. 술에서 질산 맛이 나는 데다, 마시는 순간에는 고무 곤봉으로 뒤통수를 맞는 느낌마저 든다. 하지만 뱃속이 타는 느낌은 곧바로 가라앉고, 세상은 훨씬 쾌활하게 보인다. 윈스턴은 '승리연'이라는 글씨가 구겨진 담뱃갑에서 담배 한 개비를 무심코 꺼내는데, 담뱃가루가 마룻바닥으로 모두 떨어진다. 이번에는 조심스럽게 다시 꺼내서 성공한다. 윈스턴은 거실로 돌아가서 '텔레스크린' 왼편 조그만 책상 앞에 앉는다. 책상 서랍에서 펜대와 잉크병, 4절판 두꺼운 노트를 꺼낸다. 앞표지는 대리석 무늬고 뒤표지는 빨간색이다.

거실 '텔레스크린'은 위치가 독특한데, 나름대로 이유가 있다. 벽 끝에 설치해서 실내가 다 보이도록 하는 게 일반이니, 창문 맞은편 기다란 벽에 설치했다. 하지만 그 옆으로 벽이 움푹 들어갔는데, 아파트를 지을 때 책장을 놓을 자리로 만든 것 같다. 지금 윈스턴이 앉은 곳이다. 여기에 앉아서 몸을 안으로 당기면 '텔레스크린' 감시망에서 벗어난다. 소리는 당연히 들리겠지만, 현 위치와 자세를 유지하는 동안에는 모습을 숨길 수 있다. 지금 막 시작하려는 작업을 떠올린 데에는 독특한 거실 구조가 한몫했다.

하지만 서랍에서 꺼낸 노트도 마찬가지로 한몫했다. 우선, 너무나 아름답다. 낡아서 약간 누렇긴 해도, 종이가 매끄럽고 보드라운 걸 보면 최소한 40년 안짝에 만든 건 아니다. 아니, 훨씬 오래전에 만든 거라고 쉽게 짐작할 수 있다. (지금은 기억이 애매한) 빈민가에 들어갔다가 곰팡내 풍기는 조그만 고물상 진열장에서 그걸 보는 순간, 윈스턴은 갖고 싶다는 욕망에 휩싸이고 말았다. 당원은 일반상점에 – '자유롭게 거래하는 시장'에 – 들어갈 수 없지만, 엄격하게 지키는 규칙은 아니다. 구두끈이나 면도날 등 다른 데서는 구할 수 없는 생필품이 다양하기 때문이다. 그래서 주변을 재빨리 살피고는 안으로 슬쩍 들어가서 2달러 50센트에 노트를 샀다. 당시만 해도 그걸 사서 어디에 쓰겠다는 목적이 있는 건 아니었다. 하지만 가방에 넣어, 범죄라는 느낌에 시달리며 집으로 가져왔다. 노트에 적힌 내용은 하나도 없지만, 소지한 자체로 의심받을 가능성이 충분하다.

윈스턴이 시작하려는 건 일기를 쓰는 거다. 불법은 당연히 아니다. 법 자체가 없으니 불법도 없다. 하지만 들키면 사형이나 최소한 강제노동수용소 25년형을 받을 수 있다.

윈스턴은 펜촉을 펜대에 꽂고 기름기를 닦아낸다. 펜은 서명할 때조차 사용하지 않는 구식이지만, 아름답고 보드라운 종이는 볼펜으로 끼적거리는 대신 진짜 펜촉으로 쓰는 게 훨씬 잘 어울리겠다는 느낌 하나 때문에 남몰래 어렵사리 구했다. 사실 윈스턴은 손 글씨가 익숙하지 않다. 아주 짧은 글 외에는 구술기록기에 대고 말하는 게 일반인데, 지금 하려는 작업은 당연히 그럴 수 없다.

윈스턴은 펜에 잉크를 적시고 잠시 망설인다. 온몸에 전율이 인다. 종이에 글씨를 쓰는 데에는 엄청난 결단이 필요하다. 그러다가 조그만 글씨로 어설프게 쓴다.

1984년 4월 4일

그리고 몸을 뒤로 젖힌다. 무력감이 온몸을 완벽하게 휘감는다. 다른 무엇보다, 올해가 1984년이라는 확신이 없다. 자신은 서른아홉 살이 확실하고, 태어난 해는 1944년이나 1945년 정도니, 1984년이 맞는 것 같긴 한데, 요즈음은 햇수를 일이 년 안짝으로 정확하게 맞춘다는 게 완전히 불가능하다.

일기장에 기록한 날짜가 애매하다는 생각을 하다 보니, 갑자기 '이중사고'라는 새말까지 떠오른다. 자신이 정말 터무니없는 일을 지금 막 시작했다는 사실이 처음으로 실감 난다. 갑자기 묘한 생각마저 떠오른다. '내가 누구에게 보이려고 일기를 쓰는 거지? 미래를 위해? 태어나지도 않은 아이를 위해?' 사람이 미래와 어떻게 소통한단 말인가? 그건 원칙적으로 불가능하다. 미래가 현재와 비슷하다면 자신이 쓴 일기에 관심을 보일 사람은 없고, 현재와 다르다면 자신이 힘들게 기록한 내용은 아무짝에도 쓸모가 없을 테니 말이다.

윈스턴은 가만히 앉아서 종잇장을 멍하니 바라본다. '텔레스크린'에서 뱉어내던 소리는 귀에 거슬리는 군대 음악으로 변했다. 이상하게도 속마음을 정리할 힘을 상실한 건 물론, 애초에 쓰려고 하던 내용조차 잊어버린 것 같다. 아아, 지금 이 순간을 준비하느라 몇 주나 마음을 다졌던가! 용기만 있으면 된다고 얼마나 다짐했던가! 글을 쓰는 행위 자체는 쉽다. 머릿속 독백에 몇 해 동안 끊임없이 시달렸으니, 그걸 종이에 옮기기만 하면 된다. 그런데 바로 지금 이 순간에 그런 독백조차 말라버리고 말았다. 게다가 하지정맥류 궤양을 앓는 발목 부위가 견딜 수 없을 정도로 근질거렸다. 하지만 마음껏 긁을 순 없다. 긁기만 하면 염증이 생기니 말이다. 시계 초침은 째깍거리고, 윈스턴 머리에는 앞에 놓인 텅 빈 종이와 간지러운 발목과 울려 퍼지는 군대 음악과 술을 마셔서 살짝 감도는 취기만 가득하다.

그러다가 갑자기 완벽한 공포에 빠져들며 글을 쓴다. 자신이 하는 행동을 막연하게 느낄 뿐이다. 조그맣지만 어설픈 글씨가 빈 종이를 비뚤비뚤 채운다, 문장 첫머리를 대문자로 쓰는 건 물론 문장 끝에 마침표를 찍는 것도 잊은 채.

1984년 4월 4일. 어젯밤에 영화 몇 편. 죄다 전쟁영화. 그나마 괜찮은 영화는 지중해 인근에서 피난민을 가득 태운 선박이 폭격당하는 내용. 덩치가 커다랗고 뚱뚱한 사내는 열심히 헤엄치며 도망가고 헬리콥터는 그 뒤를 쫓는다. 관중이 재미있게 구경하는데, 처음에는 물속에서 돌고래처럼 허우적대는 사내가 보이더니, 곧이어 헬리콥터 조준기 사이에 잡히고, 몸뚱이에 구멍이 뻥뻥 뚫리고, 주변 바닷물은 붉은색으로 물들고, 구멍으로 물이라도 들어차는 듯 몸뚱이가 순식간에 가라앉는데, 관중은 그 모습에 폭소를 터뜨리며 환호한다. 이번에는 아이를 가득 태운 구명보트가 나타나고, 헬리콥터는 그 위를 맴돈다. 유대인으로 보이는 중년 부인이 뱃머리에 앉아서 세 살쯤 된 사내아이를 꼭 껴안는다. 아이는 겁에 질린 채 비명을 지르며 엄마 가슴에 머리를 처박는 게 몸뚱이를 뚫고 안으로 들어가서 숨으려는 것 같고, 엄마 역시 새파랗게 질린 채 아이를 끌어안고 달래며 최대한 감싸는 게 마치 자기 몸뚱이로 총알을 막으려는,

그래서 아이를 구하려는 것 같다. 그런데 헬리콥터는 20㎏ 폭탄을 떨어뜨려, 끔찍한 섬광과 함께 보트를 박살 냈다. 헬리콥터가 전면에 부착한 카메라로 쫓아가는지, 아이 팔 하나가 공중으로 오르고 오르고 오르고 또 오르는 장면은 놀라울 만큼 생생하고, 당원 지정석에서 환호성이 터져 나오는데, 아래쪽 노동자 지정석에서는 어떤 여자가 아이들에게 저런 걸 보여주면 안 된다고, 아이들에게 보여주는 건 잘못이라고 갑자기 소리치며 소란을 피우다가 경찰에게 끌려나간다. 하지만 여자가 험한 꼴을 당할 것 같지는 않다. 노동자가 하는 말에 관심을 기울이는 사람은 아무도 없다. 노동자가 으레 보이는 반응에 사람들은 결코…….

윈스턴은 쓰는 걸 중단한다. 쥐가 났기 때문이다. 게다가 이렇게 너저분한 내용을 늘어놓는 이유도 도무지 이해할 수 없다. 하지만 자신이 쓰는 걸 중단한 사이에 완전히 다른 기억이 또렷하게 떠올라, 그 내용 역시 종이에 적어야 하겠다는 느낌이 이상하게 떠오른다. 집으로 가서 일기를 써야겠다고 오늘 갑자기 마음먹은 것도 바로 이 사건 때문이라는 사실 역시 이제 비로소 깨닫는다.

아침에 청사에서 사건 하나가 일어났다. 그렇게 사소한 것도 사건이라고 할 수 있다면 말이다.

시계가 11시를 향해 치달을 즈음, 윈스턴이 근무하는 기록 담당국 사무실에서 직원들이 '2분간 증오하기'를 시작하려고 각자 의자를 끌며 칸막이 밖으로 나와서 거대한 '텔레스크린' 앞에 모이기 시작했다. 윈스턴이 가운뎃줄에 자리를 잡으려고 하는데, 얼굴은 알아도 이야기를 나눈 적은 없는 사람 두 명이 느닷없이 들어왔다. 한 명은 복도에서 자주 지나치는 여자로, 이름은 모른다. 창작 담당국에서 일한다는 정도만 안다. 기름 묻은 손으로 스패너를 들고 다니는 것으로 보아, 소설 제작기를 담당하는 기술자 같다. 성격은 대범하고 나이는 대략 스물일곱 살로 보이는데, 머리는 까맣고 숱이 많으며 얼굴에 주근깨가 있고, 동작은 강인하며 민첩하다. '청년 반성(Anti-Sex) 동맹'을 상징하는 진홍색 가느다란 띠를 작업복 허리춤에 여러 겹으로 감아서 엉덩이가 맵시 있다.

윈스턴은 처음 볼 때부터 그 여자가 마음에 안 들었다. 이유가 있다. 하키 운동장이나 냉수욕이나 단체 행군이나 정신 개조 같은 분위기가 가득하기 때문이다. 윈스턴은 여성 일반을, 젊고 예쁜 여성은 더더욱 싫어한다. 당이라면 맹목적으로 무조건 집착하는 사람, 표어를 곧이곧대로 받아들이는 사람, 아마추어 첩자 노릇을 하며 이단자를 귀신같이 찾아내는 사람은 언제나 여성, 특히 젊은 여성이다. 그런데 이 여자는 특히 위험한 인물 같았다. 한 번은 복도에서 지나치며 자신을 슬쩍 곁눈질하는데, 마음속을 꿰뚫어보는 것 같아서 윈스턴은 순간적으로 끔찍한 공포에 사로잡혔다. 사상경찰 앞잡이 같다는 생각마저 들었다. 물론 그럴 가능성은 적다. 하지만 그 여자가 근처에 있을 때마다 이상할 정도로 불안한 느낌과 함께 적대감과 두려움마저 떠올랐다.

또 한 사람은 '오브라이언'이라는 남자인데, 간부당원으로, 윈스턴이 잘 모르는, 뭔가 매우 중요한 역할을 은밀하게 담당한다. 간부당원이 까만 작업복 차림으로 다가오는 순간, 의자에 앉은 사람들 모두 조용하게 변했다. 오브라이언은 몸집이 크고 건장한 데다 목이 굵고 얼굴은 우스꽝스러우면서도 거칠고 사납게 보인다. 겉보기엔 무서워도 동작 하나하나에 독특한 매력이 풍겼다. 콧잔등에 내려온 안경을 위로 올리는 동작은 왠지 모르게 세련된 게, 묘하게 친밀한 느낌을 준다. 굳이 기억을 더듬어서 말한다면, 18세기 귀족이 손님에게 담뱃갑을 내미는 동작을 바라보는 느낌이다. 지난 십 년 사이에 윈스턴이 오브라이언을 본 건 대략 열 번 정도 같다. 그런데도 오브라이언에게 끌리는 이유는 세련된 태도와 프로 권투선수 같은 체격이 묘하게 대비되는 모습에 호감을 느끼는 것 하나 때문이 아니다. 정치적인 신념이 완벽한 사람은 아니라는 은밀한 믿음이 훨씬 크게 작용했는데, 이건 믿음이 아니라 희망일 수도 있다. 얼굴을 보면 괜히 그런 느낌이 강렬하게 떠올랐다. 얼굴에 담긴 특징은 정치적 이단이 아니라 순수한 지성의 결정체를 의미할 수도 있다. 그래도 '텔레스크린'을 피해서 단둘이 만날 수 있다면 대화를 나누고 싶은 건 어쩔 수 없다. 하지만 윈스턴이 이걸 직접 확인하려고 시도한 적은 지금까지 한 번도 없다. 아니, 그럴 기회조차 없었다.

오브라이언은 손목시계를 흘끗 쳐다보아, 11시가 거의 된 것을 알고는 '2분간 증오하기'가 끝날 때까지 머물기로 작정한 게 분명했다. 그래서 윈스턴과 의자 한 개 너머 같은 줄에 앉았다. 두 사람 사이에 앉은 사람은 윈스턴 칸막이 바로 옆 칸막이에서 일하는, 연한 갈색 머리에 체구가 작은 여자다. 머리칼이 까만 여자는 윈스턴 바로 뒤에 앉았다.

다음 순간에 거대한 기계가 윤활유조차 안 치고 움직이는 것처럼 끔찍한 소리를 거대한 '텔레스크린'이 뱉어낸다. 목덜미 솜털이 곤두설 정도로 소름 끼치는 소리다. '증오하기'를 시작한 거다.

여느 때처럼 인민의 적 '에마뉴엘 골드스타인'[2] 얼굴이 화면에 떠올랐다. 바라보는 사람들 사이에서 야유가 터져 나온다. 연한 갈색 머리카락에 체구가 작은 여자는 두려움과 혐오감에 빠져들며 날카로운 비명을 내지른다. 골드스타인은 오래전에 (얼마나 오랜지 아무도 기억

---

2) 포스터 얼굴은 스탈린, 골드스타인은 트로츠키를 상징한다.

을 못 하는데) 당을 이끌던 지도자 가운데 하나로 '빅 브러더'와 엇비슷한 지위였으나, 반혁명 활동에 가담한 변절자요 반동분자로 돌변해, 사형선고를 받고 불가사의하게 탈출해서 종적을 감춘 인물이다. '2분간 증오하기' 프로그램은 날마다 바뀌지만, 골드스타인이 중심인물로 등장하지 않은 적은 한 번도 없다. 반역자 우두머리요, 순결한 당을 제일 먼저 모독한 인물이다. 당을 배신한 모든 범죄, 모든 반역, 파업, 이단과 탈선행위 역시 그 출발점은 골드스타인이 제시한 이론이다. 지금도 어디에선가 살아남아 음모를 꾸민다. 바다 저편 어디에선가 외국 정부에게 후원받는다는 소문도, 오세아니아 내부 은신처에서 지낸다는 소문도 이따금 들린다.

윈스턴은 심장이 오그라들었다. 골드스타인을 볼 때마다 다양한 감정이 고통스럽게 일어난다. 비쩍 마른 유대인 얼굴에 후광처럼 하얀 머리카락과 조그만 염소수염이 지혜롭게 보이긴 해도, 노인 특유의 가느다랗고 기다란 코끝에다 안경을 멍청하게 걸친 모습은 선천적으로 비열하다는 인상을 준다. 얼굴은 염소를 빼닮고 목소리도 염소 같다.

골드스타인은 당 강령에 대해 언제나 독설을 퍼붓는데, 과장이 어찌나 심하고 심술궂은지 아무리 어린애라도 그 속을 훤히 들여다볼 정도지만, 아주 그럴듯하기도 해서 보통보다 떨어지는 사람은 거기에 넘어갈 수 있다. 골드스타인은 빅 브러더를 비난하고, 일당 독재를 비난하고, 유라시아와 평화협정을 즉각 체결하라 요구하고, 언론의 자유와 출판의 자유와 집회의 자유와 사상의 자유를 주장하고, '영사'가 혁명을 배신했다고 미친 듯이 울부짖으며, 당 웅변가들이 습관적으로 사용하는 수법을 나름대로 모방해서 강력하게 선동하고, 새말(Newspeak)도 당원이 일상생활에서 사용하는 이상으로 자주 쓴다.

이러는 내내, 골드스타인이 그럴듯하게 뱉어내는 허튼소리에 행여나 일말의 진실이 있을지 모른다는 의구심을 품는 사람이 없도록 '텔레스크린'은 골드스타인 머리 뒤로 유라시아 군대가 끝없이 행진하는 모습을, 무표정하면서도 단단해 보이는 동양인 얼굴이 줄지어 행진하며 화면에 끊임없이 나타나고 사라지는 모습을 보여준다. 골드스타인 목소리는 염소가 우는 소리처럼 들리고, 군인들이 바닥을 힘차게 내딛는 군화 소리는 배경음악처럼 둔탁하면서도 규칙적으로 일어난다.

'증오하기'를 시작하고 30초도 안 돼서 주변 사람 절반이 못 참고 분노하며 소리친다. 염소 같은 얼굴에 자만심이 가득한 골드스타인을 보고서, 바로 뒤에서 유라시아 군대가 드러내는 강력한 군사력을 보고서 도저히 못 참는 거다. 골드스타인을 보거나 생각만 해도 분노와 공포가 저절로 일어난다. 번갈아서 도발하며 전쟁을 벌이는 유라시아나 동아시아도 가증스럽지만, 골드스타인은 훨씬 더 가증스럽다.

이상한 건, 모든 사람이 증오하고 경멸하는데도, 연단에서, '텔레스크린'에서, 신문에서, 책에서, 하루도 빠짐없이 매일 수천 번씩 공격하고 깨부수고 조롱하고 쓰레기 같은 소리라고 폭로하는데도, 골드스타인은 영향력이 조금도 줄어들지 않는 것 같다는 사실이다. 그 주장에 넘어가는 멍청이가 매일같이 나타난다. 골드스타인에게 지령받고 움직이는 첩자와 방해꾼이 사상경찰에게 안 잡히는 날이 없다.

골드스타인은 거대한 비밀군대를, 국가를 무너뜨리려고 몸부림치는 지하 음모조직을 이끈다. 조직 이름은 '형제단'이라고 한다. 이단 이론을 모두 기록한 무시무시한 책도 있다는, 골드스타인이 직접 집필해서 이리저리 은밀하게 돌린다는 소문도 조용히 나돈다. 그 책은 제목이 없다. 사람들도 언급하기를 꺼린다. '책'이라고 칭할 뿐이다. 하지만 이런 내용은 막연한 소문으로 애매하게 돌아다니는 게 전부다. '형제단'

이나 '책'이란 단어를 일반 당원이 언급하는 경우는 거의 없다.

1분이 지나자, '증오하기'는 광적으로 변한다. 사람들은 화면에서 불쾌하게 흘러나오는 염소 소리를 억누르려고 앉은 자리에서 펄쩍펄쩍 뛰며 고래고래 소리친다. 엷은 갈색 머리칼 조그만 여자는 빨갛게 변한 얼굴로 입을 오므렸다 벌렸다 하는데, 그 모습이 꼭 뭍에 오른 물고기 같다. 무표정한 오브라이언마저 얼굴이 빨갛다. 의자에 꼿꼿이 앉아서 가슴을 힘차게 벌렁거리는 모습이 마치 파도에 맞서는 것 같다. 윈스턴 바로 뒷자리 까만 머리칼 여자는 "개자식! 개자식! 개자식!"이라고 소리치더니, 묵직한 '새말사전'을 갑자기 집어서 화면에 던진다. 하지만 사전은 골드스타인 코를 때리며 방향을 틀고, "개자식!" 소리는 계속 나온다.

제정신이 드는 순간, 윈스턴은 자신도 다른 사람과 마찬가지로 고함 지르며 자신이 앉은 의자 다리를 발뒤꿈치로 마구 내찬다는 사실을 깨닫는다. '2분간 증오하기'가 특히 끔찍한 건 누구나 참여해야 한다는 사실이 아니라, 누구나 거기에 저절로 빠져들 수밖에 없다는 사실이다. 30초도 안 돼서 모든 가면이 사라진다. 공포와 분노가 무섭게 일어나면서, 철퇴로 사람들 얼굴을 짓뭉개고 싶은, 괴롭히고 싶은, 죽이고 싶은 욕망이 모든 사람에게 전기처럼 퍼져, 누구든 의지와 상관없이 미친 사람처럼 얼굴을 일그러뜨리며 비명을 내지른다.

각자가 느끼는 분노는 극히 모호하고 애매하니, 장비로 내뿜는 화염처럼 대상을 손쉽게 바꿀 수도 있다. 그래서 윈스턴은 골드스타인에게 향하던 분노를 빅 브러더와 당과 사상경찰로 갑자기 돌린다. 동시에, 화면에서 외롭게 조소당하는 이단자에게, 거짓이 판치는 세상에서 건강한 정신과 진실을 홀로 외롭게 외쳐대는 인물에게 애정을 느낀다. 그러다가 다음 순간에는 주변 사람과 하나로 돌변해, 골드스타인에게 퍼부어대는 욕설이 모두 사실처럼 들린다. 빅 브러더를 속으로 혐오하던 느낌은 찬양으로 변하고, 빅 브러더는 아시아 유목민 무리를 바위처럼 단단하게 막아내는 핵심, 누구도 거스를 수 없는 대담무쌍한 수호자로 우뚝 서고, 골드스타인은 홀로 무기력하게 존재하느라 생존 자체가 의심스러우면서도, 목소리 하나로 문명사회를 파괴하려는 사악한 마술사로 보인다.

인간은 증오하는 대상을 의식적으로 바꿀 때가 가끔 있다. 악몽을 꾸다가 베개에 누인 머리를 비트는 사람처럼 의식적으로 노력해, 윈스턴은 화면에 떠오른 얼굴에서 뒷자리 까만 머리칼 여자로 모든 증오심을 돌린다. 멋들어진 환상이 생생하게 떠오른다. 여자를 고무 방망이로 때려죽이고, 발가벗겨서 말뚝에 묶은 뒤 시배스천 성인처럼 온몸에 화살을 쏘아죽이고, 겁탈하다가 절정을 느끼는 순간에 목을 자르는 환상이다. 자신이 그 여자를 증오하는 이유도 훨씬 생생하게 떠올린다. 젊고 아름다운 여자가 섹스에 관심이 없어, 함께 잠자리에 들고 싶은데 절대로 그럴 수 없을 것 같고, 안아달라 유혹하듯 나긋나긋 매혹적인 허리에는 진홍색 띠를 휘감아서 역겨운 순결을 상징하기 때문이다.

'증오하기'는 절정으로 치닫는다. 골드스타인 목소리는 진짜 염소가 우는 소리로 둔갑하고, 얼굴은 진짜 염소 낯짝으로 변한다. 그러더니 염소 낯짝이 흐물거리다가 끔찍하면서도 거대한 모습으로, 기관총을 쏘아대는 유라시아 군인으로 변하면서 당장에라도 화면 밖으로 뛰쳐나올 것 같아, 앞줄에 앉은 사람 가운데 일부가 의자에 앉은 몸을 실제로 움찔하며 뒤로 뺀다. 하지만 거의 동시에, 호전적인 모습이 흐물거리다가 까만 머리칼로, 까만 수염으로, 힘이 넘치면서도 신비로울 정도로 차분한, 화면을 가득 채울 정도로 커다란 빅 브러더 얼굴로 변하고, 사람들은 안도의 한숨을 길게 내뱉는다.

빅 브러더가 말하는 내용은 아무도 안 듣는다. 두세 마디 격려사에 불과하다. 전쟁에 한참 몰두하다가 뱉어내는 듯한 어투다. 구체적으로 알아들을 순 없어도 빅 브러더가 말한다는 자체로 사람들은 자신감을 얻는다. 그러다가 빅 브러더는 다시 사라지고, 당이 주창하는 표어 세 개가 강한 글씨체로 또렷하게 나온다.

전쟁은 평화다
자유는 예속이다
무지는 힘이다

그러나 빅 브러더 얼굴이 화면에 몇 초 동안 그대로 남는 것 같다. 사람들 눈에 너무 생생하게 박혀서 곧바로 사라지지 않는 잔상처럼 말이다. 엷은 갈색 머리칼 조그만 여자는 앞 의자 등걸이 너머로 벌써 상체를 숙였다. 그래서 "구세주여!"처럼 들리는 소리를 중얼거리며 화면을 향해 두 팔을 덜덜 떨면서 내민다. 그러다가 두 손에 얼굴을 파묻는다. 기도를 읊조리는 게 분명하다.

바로 이때 모든 사람이 장단을 맞춰서 "빅-브러더!……빅-브러더!" 라며 묵직하게, 천천히, 아주 천천히, "빅"과 "브러더" 사이를 기다랗게 늘이면서 찬양한다. 묵직하게 웅얼대는 소리가 식인종들이 북을 치며 맨발을 구르는 소리처럼 이상할 정도로 섬뜩하다. 찬양하는 소리는 대략 30초 동안 흘러나왔다. 잔뜩 감동한 순간에 흔히 들리는 후렴 같다. 빅 브러더의 막강한 지혜와 권위를 찬양하는 것 같기도 하지만, 최면에 빠져서 장단을 맞추며 읊조리는 방식으로 마음을 진정시키는 것 같기도 하다.

윈스턴은 오장육부가 얼어붙는 것 같다. '2분간 증오하기' 동안에는 자신도 다른 사람처럼 광란에 빠져들 수밖에 없었다. 하지만 "빅-브러더!……빅-브러더!"라며 원숭이처럼 읊조리는 소리는 언제 들어도 소름이 돋는다. 물론 윈스턴도 다른 사람과 함께 읊조린다. 다른 방법이 없다. 감정을 속이는 건, 얼굴을 적당하게 꾸미는 건, 다른 모든 사람처럼 행동하는 건 거의 본능이다. 하지만 눈빛까지 그럴 수 없는 순간이 갑작스레 찾아올 때가 있다. 바로 그런 순간에 중요한 일이 일어났다…… 사건이라면 사건이라고 할 수 있는 일.

순간적으로 오브라이언과 시선이 살짝 마주친 것이다. 오브라이언은 벌써 일어선 상태다. 안경을 벗고서 독특한 동작으로 콧잔등에 다시 걸치려는 순간이다. 두 사람이 시선을 마주친 건 찰나에 불과하지만, 오브라이언도 자신과 똑같은 생각임을 윈스턴이 느끼기엔 충분했다. 그렇다, 윈스턴은 확실히 느꼈다. 느낌이 정말 확실했다. 두 사람이 마음을 열어서 눈빛으로 속마음을 주고받는 것 같았다. 오브라이언이 '나도 당신과 생각이 같소. 당신 느낌을 나는 정확히 이해하오. 당신이 무엇을 경멸하고 증오하고 혐오하는지 나도 모두 이해하오. 하지만 걱정하지 마시오. 나 역시 당신과 생각이 똑같으니까' 하고 말하는 것 같았다. 그러다가 다 안다는 눈빛은 사라지고, 오브라이언 얼굴에도 다른 사람만큼이나 불가사의한 표정이 떠올랐다.

이게 전부니, 지금은 실제로 그런 일이 일어났는지조차 애매할 정도다. 이런 일은 후속타로 이어지는 경우가 결단코 없다. 두 사람 사이에서 일어난 사건은 당을 배신하는 사람이 아무리 많더라도 자신만큼은 절대로 아니라는 믿음과 희망을 다지도록 도와줄 뿐이다. 지하조직이 방대한 음모를 다양하게 꾸민다는 소문이 사실일 수도, '형제단'이 실제로 존재할 수도 있다! 끝없이 체포하고 자백받고 처형해도, 윈스턴은 '형제단'이 진짜 존재한다고 가볍게 단정할 순 없다. 믿을 때도 있고 아닐 때도 있다. 증거는 하나도 없다. 무심코 엿들은 이야기로, 화장실 벽에 끼적거려 희미하게 변한 낙서로 대충 짐작할 뿐이다. 한 번은 낯선 사람이 지나치다가 손을 살짝 움직였는데, 거기에 어떤 의미가 담긴 것처럼 보이기도 했다.

이번 역시 어림짐작이다. 상상에 불과하다는 느낌마저 든다. 자신은 오브라이언을 다시 쳐다보지 않고 칸막이 일터로 돌아갔다. 자신이 오브라이언과 순간적으로 마음이 통했다는 생각을 확인하고 싶지는 않았다. 설사 확인할 방법이 있을지라도 너무 위험하다. 서로 모호한 눈빛을 주고받는 건 1~2초에 불과하다. 그게 전부다. 그러나 잊을 수 없는 사건이다, 폐쇄된 공간에서 홀로 고독하게 살아가는 사람에게는.

윈스턴은 정신을 차리고 똑바로 앉는다. 트림을 한다. 뱃속에서 술기운이 일어난다.

윈스턴은 종이에 시선을 다시 맞춘다. 무기력하게 앉아서 깊은 생각에 잠긴 동안 자신이 무의식적으로 글을 썼다는 사실을 깨닫는다. 조금 전처럼 알아보기 힘들 정도로 서툰 글씨도 아니다. 펜이 매끄러운 종이를 도발하듯 이리저리 미끄러지며 큼직한 대문자까지 멋들어지게 써내려갔다.

빅 브러더를 타도하자
빅 브러더를 타도하자
빅 브러더를 타도하자
빅 브러더를 타도하자
빅 브러더를 타도하자

같은 말을 되풀이하며 종이를 절반이나 써내려갔다.

공포가 가득 밀려든다. 어이가 없다. 애초에 일기를 쓰는 행위 자체도 위험하지만 이런 말을 쓰는 건 더더욱 위험하다. 엉뚱한 글이 적힌 종이를 뜯어내고 싶은, 일기 작성을 완전히 포기하고 싶은 유혹이 순간적으로 인다.

하지만 그렇게 하지 않는다. 그 또한 부질없는 짓이라는 걸 잘 알기 때문이다. 자신이 '빅 브러더를 타도하자'고 썼는지 안 썼는지로 달라지는 건 하나도 없다. 자신이 일기를 계속 쓰는지 아닌지로 달라지는 것도 없다. 사상경찰은 자신을 똑같이 다룰 게 분명하다. 펜을 든 적이 전혀 없다 해도, 자신은 다른 모든 범죄행위를 본질에서 뛰어넘는 범죄를 이미 저질렀으며, 앞으로도 똑같을 게 분명하다. 그게 바로 사상범죄다. 사상범죄는 영원히 은폐할 수 없다. 얼마 동안은, 심지어 몇 년 동안은 그럭저럭 속여넘길 수 있다. 하지만 결국에는 잡힌다.

저들은 언제나 밤에 찾아와서 사람을 잡아간다. 험상궂은 표정으로 침대를 동그랗게 에워싼 채 어깨를 잡고 거칠게 흔들거나 두 눈에 불빛을 들이대는 식으로 갑작스레 깨운다. 체포한 기록도 없고 재판도 없는 게 일반이다. 밤에 자다가 흔적도 없이 사라질 뿐이다. 호적에서 이름도 파내고 그동안 살아온 기록도 모두 말소하니, 존재했다는 사실조차 부정당하다가 결국엔 망각 속에 파묻힌다. 완벽하게 제거당하고 사라진다. 이런 걸 '증발 당했다'고 한다.

윈스턴은 갑자기 끝없이 분노한다. 그래서 아무렇게나 휘갈겨 쓰기 시작한다.

저들이 총살해도 나는 괜찮아 저들이 뒤에서 목덜미를 쏘아도 나는 괜찮아 빅 브러더를 타도하자 저들은 언제나 뒤에서 목덜미를 쏘는데 나는 괜찮아 빅 브러더를 타도하자……

상체를 뒤로 기댄다. 창피한 걸 살짝 느끼며 펜을 내려놓는다. 그러다가 깜짝 놀란다. 문을 두드리는 소리가 났다.

벌써?

윈스턴은 생쥐처럼 가만히 앉아, 누구든 상관없으니 한 번만 두드리고 사라지길 바란다. 하지만 소용없다. 두드리는 소리가 다시 일어난다. 늦장을 부리는 건 최악이다. 윈스턴은 심장이 북을 치듯 꿍꽝거려도 얼굴은 오랜 습관 덕분에 무표정하게 꾸민다. 그리곤 무거운 몸을 일으켜서 문으로 다가간다.

2

윈스턴은 문고리를 잡다가, 책상에 그대로 놔둔 일기장을 쳐다본다. '빅 브러더를 타도하자'는 글이 일기장에 가득한데, 얼마나 커다랗게 썼는지 방 이쪽에서도 보인다. 상상할 수도 없을 만큼 어리석은 짓이다. 하지만 가득 밀려드는 공포에도, 잉크가 마르기 전에 공책을 덮어서 매끈한 종이를 더럽히고 싶지 않았다.

윈스턴은 숨을 깊이 들이마시고 문을 연다. 순간적으로 안도감이 포근하게 퍼져나간다. 창백한 표정에 옷차림은 꾀죄죄한 여인이 문 앞에서 기다린다. 머리카락은 듬성듬성하고 얼굴은 주름살이 가득하다. 여인이 비참하고 애처로운 목소리로 말한다.

"아, 동무. 동무가 돌아온 것 같았어요. 우리 집으로 건너와서 부엌 하수도 좀 봐주겠어요? 막혀서 도무지……."

같은 층 옆집에 사는 파슨스 부인이다. ('부인'은 당에서 못마땅하게

26

여기는 호칭이다. 누구든 동무라고 불러야 한다. 하지만 이런 호칭을 본능적으로 자극하는 여인이 간혹 있다.) 나이는 서른 살 주변인데, 훨씬 더 들어 보인다. 얼굴 주름살에 먼지가 낀 것 같은 느낌이다. 윈스턴은 파슨스 부인을 따라 복도로 나간다. 가벼운 고장과 수리는 일상으로 겪는 두통거리다. 승리 아파트는 1930년경에 지어서 낡을 대로 낡아 조금씩 부서지는 중이다. 천장과 벽에서는 횟가루가 끊임없이 떨어지고, 혹한이 몰아칠 때마다 수도관은 터지고, 눈만 오면 지붕이 새며, 난방장치는 완전히 차단하지 않을 때도 경제적인 이유로 열기를 절반만 보내는 게 보통이다. 직접 수리하지 않는 한, 간단한 고장과 수리는 위원회 여기저기에 보고하고 허락받아야 하는데, 창문 하나를 고치는 데도 2년은 족히 걸린다.

"지금 남편이 집에 없거든요."

파슨스 부인이 애매하게 얼버무린다. 윈스턴이 사는 집보다 커다란데, 어딘지 모르게 어수선한 느낌이다. 모든 게 완만하게 기울고 짓밟힌 것처럼 보이는 게, 아주 커다랗고 난폭한 짐승이 지금 막 휩쓸고 지나간 것 같다. 하키 스틱, 권투 글러브, 터진 축구공, 땀에 젖은 채 뒤집어 놓은 운동복 등, 다양한 운동용품이 거실 여기저기에 나뒹굴고, 식탁에는 더러운 접시와 모서리 접힌 연습장이 널렸다. 벽은 '청년동맹'과 '스파이단'을 나타내는 새빨간 깃발, 실물처럼 커다란 빅 브러더 포스터로 너저분하다. 양배추 끓이는 냄새로 가득한 건 다른 집이랑 비슷한데, 처음 들어서는 순간에 설명할 수 없을 정도로 지독한 땀 냄새가 코를 찔렀다. 지금은 집에 없는 사람 땀 냄새다. 옆방에서 누군가 빗과 화장지 조각을 들고 '텔레스크린'에서 흘러나오는 군대 음악에 장단을 맞춘다.

"아이들이에요. 오늘은 밖에 안 나갔거든요. 물론……"

파슨스 부인이 말하다가 약간 걱정스러운 표정으로 방문을 흘끗 쳐다본다. 부인은 말을 하다가 멈추는 버릇이 있다. 부엌 설거지통에 더러운 물이 가득 차서 양배추보다 끔찍한 냄새를 풍긴다. 윈스턴은 무릎을 꿇고 설거지물이 빠져나가는 파이프 모난 이음새를 점검한다. 윈스턴은 손을 쓰는 일이 정말 싫다. 몸을 구부려서 하는 일도 정말 싫다. 몸을 구부리면 늘 기침이 나온다.

파슨스 부인이 멍하니 지켜보다가 말한다.

"남편이 집에 있으면 당장 고쳤을 거예요. 이런 일을 아주 좋아한답니다. 손재주가 정말 좋거든요, 남편은."

남편은 진리성에서 윈스턴과 함께 근무하는 동료다. 뚱뚱한 체구에 어리석을 정도로 열심히 활동하는, 맹목적인 열성분자다. 당은 완전무결하다는 원칙을 사상경찰 이상으로 완벽하게 신뢰하며 추종하는 사람 말이다. 나이 규정을 한 살이나 어겨서 스파이단에 억지로 머물며 청년동맹 가입자격을 갖췄는데, 서른다섯 살에 청년동맹에서 쫓겨나고 말았다. 진리성에서는 머리를 쓸 필요가 없는 하위직이어도, 체육위원회를 비롯한 여러 위원회에서는 지도자로 활약하며 단체 행군, 군중 시위, 저축운동 등 다양한 활동을 조직한다. 지금 이 자리에 있다면 개수통 파이프를 뻐끔뻐끔 빨다가도, 지난 4년 동안 저녁마다 집회에 나갔다고 은근히 자랑할 게 분명하다. 지독한 땀 냄새는 왕성한 활동력을 무의식적으로 자랑하는 증거처럼 어디든 쫓아다니니, 그 작자가 머물다가 떠난 자리는 냄새가 오랫동안 진동한다.

"스패너 있습니까?"

윈스턴이 모서리 이음새 나사를 만지작거리며 묻자, 파슨스 부인이 곧바로 애매하게 대답한다.

"스패너요? 모르겠어요, 확실히. 어쩌면 아이들이……"

신발 소리가 쿵쾅거리더니 두 아이가 거실로 들어와서 빗을 들고 소란피운다. 파슨스 부인이 스패너를 가져온다. 윈스턴은 물을 빼내고 파이프 구멍에서 꽉 막힌 머리카락 뭉치를 제거하며 오만상을 찡그린다. 그리고 수도에서 나오는 차가운 물로 손을 최대한 깨끗이 씻고 거실로 들어선다.

"손들엇!"

사나운 목소리가 소리쳤다. 아홉 살짜리 사내아이가 식탁 뒤에서 튀어나와 장난감 자동권총을 겨누며 단호한 표정으로 위협한다. 두 살 아래 여동생도 나무토막을 들고 오빠처럼 겨눈다. 두 꼬마 모두 파란색 반바지에 회색 셔츠를 입고 빨간 머플러를 둘러서 '스파이단' 제복을 차려입었다. 윈스턴은 두 손을 머리 위로 든다. 하지만 기분이 꺼림칙하다. 장난으로 여기기엔 사내아이 태도가 악의로 가득하다.

"넌 반역자야! 사상범이라고! 유라시아 스파이! 당신을 총살하겠다. 증발시키겠다. 소금광산으로 보내겠다!"

사내아이가 소리치더니, 갑작스레 깡충깡충 뛰어서 주변을 맴돌며 "반역자! 사상범!"이라 외치고, 여자애는 오빠를 그대로 모방한다. 다 자라면 사람을 잡아먹을 호랑이 새끼들이 장난치는 것 같아서 기분이 약간 섬뜩하다. 사내아이 한쪽 눈에 잔인한 느낌이 빈틈없이 깃들었다. 윈스턴을 때리거나 발로 차고 싶은 마음이, 그럴 힘만 있다면 당연히 그럴 거라는 마음이 그대로 드러나는 것 같다. 윈스턴은 아이가 든 게 진짜 권총이 아니라서 다행이라는 생각마저 든다.

파슨스 부인 눈동자가 윈스턴에게서 두 아이로, 다시 윈스턴에게로 황망히 움직인다. 거실에서 밝은 불빛으로 보니, 얼굴 주름살에 실제로 먼지가 꼈다.

"아이들이 너무 시끄럽네요. 교수형 구경을 못 간 게 아쉬워서 저러는 거예요. 제가 너무 바빠서 데려갈 수 없었거든요. 남편은 그 시간에 못 맞출 게 분명하고요."

부인이 말하자, 사내아이가 커다랗게 조른다.

"어서 교수형 구경하러 가자!"

"교수형 보고 싶어! 교수형 보고 싶어!"

여자애도 거들면서 여전히 깡충깡충 뛰며 맴돈다.

윈스턴은 유라시아 포로 여럿을 그날 저녁에 공원에서 전범으로 교수한다는 사실을 떠올린다. 한 달에 한 번씩 집행하는 교수형은 사람들에게 정말 좋은 구경거리다. 그러니 아이들로서는 구경하러 가자고 언제나 성화를 부릴 수밖에 없다. 윈스턴은 파슨스 부인과 헤어져서 자기 집 현관문으로 다가간다. 그러나 여섯 걸음을 채 걷기도 전에 무언가 목덜미를 세게 후려친다. 벌겋게 달군 철사로 찌른 것처럼 극심한 통증이 밀려든다. 몸을 홱 돌리니, 어린 아들은 새총을 주머니에 쑤셔 넣고 파슨스 부인은 현관문으로 끌어당기는 모습이 보인다.

"골드스타인!"

어린애가 소리치는 가운데 현관문이 닫힌다. 그러나 윈스턴이 더욱 놀란 건 파슨스 부인이 잿빛 얼굴로 무기력하게 떠올리는 공포다.

윈스턴은 집으로 들어서는 순간, '텔레스크린'을 재빨리 지나서 목덜미를 여전히 쓰다듬으며 책상에 다시 앉는다. '텔레스크린'에서 나오던 음악은 벌써 끝났다. 음악 대신 흘러나오는 소리는 군대식 딱딱한 목소리다. 아이슬란드와 페로스 제도 사이에 부동요새와 전투시설을 새롭게 건설해서 이제 막 완공했다고 자랑하는 내용이 잔인하게 들린다.

윈스턴은 불쌍한 여인이 두 아이 때문에 평생을 공포에 떨며 지내겠다고 생각한다. 앞으로 1~2년만 지나면 두 아이는 엄마에게서 이단 흔적을 찾아내려고 밤낮으로 감시할 게 분명하다. 요즘은 거의 모든 아이가 섬뜩하다. 무엇보다 끔찍한 건 '스파이단' 같은 조직에서 아이를 통제할 수 없는 꼬마 괴물로 만든다는 사실, 당 규율에 반발할 경향성을 완벽하게 제거한다는 사실이다. 그래서 아이들은 당을 숭배하고 당과 관련된 모든 걸 찬양한다. 군가, 행진, 깃발, 등산, 모의총 훈련, 구호 복창, 빅 브러더 숭배 등은 아이들이 가장 좋아하는 놀이다. 아이들은 국가의 적, 외국인, 반역자, 파업자, 사상범을 무엇보다 증오한다. 서른 살을 넘긴 사람은 자신이 낳은 자식을 두려워하는 게 일반이다. 그럴 만한 이유는 충분하다. 부모가 나누는 대화에서 나쁜 말을 엿듣고 사상경찰에 고발했다는 기사가, 어린 영웅이 나타났다는 기사가, 일주일이 멀게 「타임스」에 실리기 때문이다.

새총에 맞아 쑤시던 통증이 사라졌다. 윈스턴은 내키지 않는 마음으로 펜을 들더니, 일기장에 적을 내용이 더 있는가 곰곰이 생각한다. 갑자기 오브라이언 생각이 다시 떠오른다.

몇 년 전에 – 얼마 전이지? 7년은 지난 게 분명해 – 윈스턴은 꿈에서 칠흑같이 어두운 실내를 걸었다. 그런데 한쪽에 앉은 사람이 바로 옆을 지나는 윈스턴에게 말했다.

"어둠이 모두 사라진 세상에서 우린 다시 만날 거요."

목소리가 아주 조용했다. 지시하는 목소리가 아니라 편하게 말하는 목소리였다. 윈스턴은 멈추지 않고 계속 걸었다. 정말 이상한 건 당시만 해도 꿈속에서 들린 말에 별다른 관심이 안 갔는데, 나중에 시간이 흐르면서 의미심장하게 다가왔다는 사실이다. 자신이 오브라이언을 처음 본 게 그 꿈을 꾸기 전인지 후인지는 이제 기억할 수 없다. 목소리 주인공이 오브라이언이란 사실을 처음 깨달은 시기도 이제 기억할 수 없다. 하지만 목소리 주인을 찾은 건 확실하다. 칠흑같이 어두운 곳에서 자신에게 말한 사람은 바로 오브라이언이다.

윈스턴은 오브라이언이 친구인지 적인지 확인할 방법이 여전히 없다. 오늘 아침에 눈빛을 마주친 이후에도 확신할 수 없는 건 마찬가지다. 하지만 그게 그렇게 중요한 것 같지도 않다. 두 사람은 서로를 이해하는 마음으로 연결됐으니, 이건 우정이나 당에 대한 충성심 이상이다.

"우린 어둠이 모두 사라진 세상에서 다시 만날 거요."

오브라이언이 말했다. 하지만 이게 무슨 말인지 윈스턴은 모른다. 결국엔 그렇게 될 거란 사실만 안다.

'텔레스크린'에서 흘러나오던 소리가 잠시 멈춘다. 트럼펫 소리가 맑고 아름답게 흐르며 무거운 공기를 파고든다. 귀에 거슬리는 목소리가 다시 나온다.

"주목! 모두 주목하세요! 말리바 전선에서 긴급뉴스가 들어왔습니다. 우리 군대가 남인도에서 대승을 거뒀습니다. 이번에 대승을 거뒀으니, 전쟁이 머지않아 끝날 거란 사실을 여러분에게 자신 있게 알리는 바입니다. 긴급뉴스입니다……"

윈스턴은 곧 안 좋은 소식이 나오겠다고 생각한다. 아니나 다를까, 유라시아 군대를 전멸시켰다는 참혹한 소식과 함께 막대한 사상자와 포로 숫자를 늘어놓더니, 다음 주부터 초콜릿 배급을 30g에서 20g으로 줄인다고 발표한다.

트림이 다시 나온다. 술기운이 사라지면서 기분이 가라앉는다. 승전을 축하하려는 건지 초콜릿 배급 축소에 대한 미련을 없애려는 건지, '텔레스크린'에서 갑자기 '오세아니아여, 그대에게 바치오'가 요란하게 흘러나온다. 모두 차렷 자세를 해야 하는 순간이다. 하지만 지금 윈스턴이 있는 곳은 '텔레스크린'에서 안 보인다.

'오세아니아여, 그대에게 바치오'가 경음악으로 변한다. 윈스턴은 '텔레스크린'에 등을 돌린 채 창가로 간다. 날씨는 여전히 춥고 맑다.

어딘가 멀리서 로켓 폭탄이 묵직하게 폭발하며 파동을 일으킨다. 요즘 들어서 일주일에 폭탄 20~30개가 런던 시내에 떨어진다.

길모퉁이선 찢어진 포스터가 바람결에 펄럭여서 '영사'라는 단어를 드러냈다 가린다. 영사. 신성한 영사 강령. 새말, 이중사고, 변덕스러운 과거. 윈스턴은 끔찍한 세계에서 자신도 끔찍한 괴물로 변해, 방향을 잃고서 바다 밑바닥 해초 사이를 헤매는 기분이 든다. 자신은 혼자다. 과거는 죽고 미래는 상상할 수 없다. 단 한 명이라도 자신을 편들 사람이 주변에 있다고 얼마나 확신하는가? 당이 영원히 통치할 순 없다고 자신 있게 말할 사람이 어디에 있겠는가? 여기에 대답하듯, 진리성 하얀 벽에서 구호 세 개가 눈에 들어온다.

전쟁은 평화다
자유는 예속이다
무지는 힘이다

윈스턴은 주머니에서 25센트 동전 하나를 꺼낸다. 거기에도 조그만 글씨로 또렷이 새긴 구호가 똑같고, 뒷면은 빅 브러더 초상이다. 그 눈이 동전에서도 자신을 쳐다본다. 이 눈은 사방에 가득하다, 동전마다, 우표마다, 책 표지마다, 깃발마다, 포스터마다, 심지어 담뱃갑조차. 이 눈은 언제나 인민을 감시하고 그 목소리는 사방에 가득하다. 잘 때도 움직일 때도, 일할 때도 식사할 때도, 실내에도 실외에도, 목욕할 때도 잠자리에 들 때도 피할 수 없다. 자기 자신은 머릿속 몇 제곱센티미터 말고 어디에도 없다.

태양은 동그랗게 넘어가 햇빛이 더는 안 비치니, 진리성 수많은 창문이 요새에 뚫린 총구마냥 무시무시하다. 피라미드처럼 쌓아 올린 거대한 건물이 기를 꺾는다. 턱없이 완강한 모습은 아무리 공격해도 끄떡없을 것 같다. 로켓 폭탄 수천 개도 건물을 무너뜨릴 순 없으리라. 윈스턴은 누구를 위해서 일기를 쓰는지 모르겠다는 생각이 다시 떠오른다. 미래를 위한 건가, 과거를 위한 건가, 아니면 올 수 없는 시절을 위한 건가? 그런데 자신 앞에 놓인 건 죽음이 아니라 소멸이다. 일기장은 재로 변하고 자신은 증발한다. 자신이 작성한 내용을 사상경찰만 읽고서 기억을 제거하고 존재조차 없앨 게 분명하다. 모든 흔적이, 종이에 아무렇게나 끼적거린 글씨조차 사라질 수밖에 없는데 미래에 어떻게 호소한단 말인가?

'텔레스크린'이 종을 열네 번 친다. 10분 안에 떠나야 한다. 14시 반까지는 사무실로 돌아가야 한다.

이상하게도, 시간을 알리는 종소리가 기분을 새롭게 돌려놓는 것 같다. 윈스턴은 외로운 유령이다. 진실을 말해도 듣는 사람은 영원히 없다. 하지만 자신이 진실을 말하는 한, 진실은 어떤 식으로든 이어질 거다. 인류에게 유산으로 남는 건 말이 아니라 건전한 정신이다. 윈스턴은 책상으로 돌아가서 펜에 잉크를 찍는다. 그리고 이렇게 쓴다.

미래든 과거든, 사고가 자유로운 시절에, 모든 인간에게 개성이 있으며 혼자 살지도 않는 시절에, 진실은 존재하며 한 번 벌어진 사건은 지울 수 없는 시절에 이 글을 바친다.
획일성만 존재하는 시절이, 고독한 시절이, 빅 브러더가 지배하는 시절이, 이중사고가 존재하는 시절이 인사한다…… 안녕!

자신은 이미 죽었다는 생각이 든다. 그렇다면 지금이야말로 머릿속 생각을 정리할 순간이라는, 단호하게 나아갈 때가 됐다는 생각도 든다.

어떤 행동을 하든 결과는 있을 수밖에 없다. 윈스턴은 글을 다시 쓴다.

사상범죄는 죽음을 부르지 않는다. 사상범죄 자체가 죽음이다.

자신을 죽은 사람으로 규정하니, 이제부터 중요한 건 최대한 오래 사는 거란 생각이 든다. 오른손 손가락 두 곳에 잉크가 묻었다. 사소한 실수가 사람을 위험에 빠뜨린다. 진리성에서 냄새를 맡으려고 달려드는 열성당원이, 조그만 체구에 연한 갈색 머리칼 여자나 창작 담당국 까만 머리칼 여자 같은 사람이, 점심시간에 글을 쓴 이유는 무언지, 옛날 펜을 사용한 이유는 무언지, 어떤 내용을 썼는지 의심하다가 관련 부서에 슬쩍 일러바칠 터이니 말이다. 윈스턴은 욕실로 가서 서걱거리는 암갈색 비누로 잉크를 조심스럽게 지운다. 이럴 때는 살갗에 문지르는 느낌이 사포로 긁는 것 같은 비누가 제격이다.

윈스턴은 일기장을 서랍에 넣는다. 이런 걸 숨긴다는 건 부질없는 짓이지만, 들켰는지 아닌지는 그래도 확인할 수 있다. 겉장에다 머리카락을 한 올 올려놓는 건 의도가 너무 뻔하다. 그래서 손가락 끝으로 허연 먼지를 간신히 알아볼 만큼 집어서 겉장 모서리에, 누군가 일기장을 움직이면 떨어질 수밖에 없는 위치에 올린다.

3

윈스턴은 꿈에서 어머니를 본다.

어머니가 사라진 건 자신이 열 살인가 열한 살 때가 분명하다. 어머니는 키가 크고 우아하며 말이 없는 편이고 동작은 느긋하며 금발이 근사했다. 훨씬 희미한 기억에 의하면 아버지는 피부가 까무잡잡하고 여윈 분으로, 언제나 까만 양복을 말쑥하게 차려입고 안경을 끼셨다. 아주 얇은 구두창이 특히 생생하게 기억난다. 두 분은 1950년대 제1차 대숙청 때 희생된 게 분명하다.

어머니는 지금 저 아래 깊숙이 앉았는데, 품에 어린 여동생을 안았다. 윈스턴은 여동생 기억이 거의 없다. 조그맣고 허약한 아기라는, 언제나 커다란 눈망울로 말없이 바라본다는 기억이 전부다. 어머니와 동생이 밑에서 자신을 올려다본다. 지하 깊숙한 곳이다. 우물 바닥이나 무척 깊은 무덤 같기도 하다. 이미 아주 깊은 밑바닥인데도 두 사람은 밑으로 계속 내려간다. 가라앉는 배 밑바닥에서, 어두운 물속에서, 두 사람이 자신을 올려다본다. 배 안에 공기가 그대로 있어서 두 사람은 자신을, 자신은 두 사람을 바라보지만, 그러는 동안에도 두 사람은 파란 물속으로 끊임없이 가라앉고 또 가라앉으니, 결국에는 시야에서 영원히 사라질 수밖에 없다. 빛과 공기가 있는 바깥에서 자신이 지켜보는 동안 두 사람은 죽음 속으로 계속 빨려든다. 두 사람이 밑에서 가라앉는 건 자신이 위에 있기 때문이다. 이건 자신도 알고 두 사람도 안다. 정말 그렇다는 사실은 두 사람 얼굴을 봐도 알 수 있다. 두 사람 얼굴에도 마음에도 원망은 없다. 윈스턴을 살리려면 두 사람이 죽어야 한다는, 누구도 피할 수 없는 세상 이치라는 자각이 전부다.

윈스턴은 실제로 일어난 사태를 기억할 순 없지만, 어머니와 여동생이 자신을 살리려고 목숨을 바쳤다는 걸 느낀다. 꿈에서 목격한 너무나 생생한 장면이 머릿속에 또렷하게 틀어박히니, 잠에서 깨어난 다음에는 오랫동안 기억조차 못 하던 사실을 새로우면서도 의미심장하게 떠올린다. 지금 윈스턴에게 갑자기 떠오르는 건, 거의 30년 전에 어머니가 상상할 수도 없을 만큼 불행하고 비참하게 돌아가셨다는 사실이다. 죽음을 비참하게 느끼는 건 고대시대에나, 사생활도 애정도 친밀감도 여전하고 가족은 서로를 무조건 지지하던 시대에나 가능하단 생각이 든다.

윈스턴은 어머니를 생각하면 가슴이 찢어진다. 자신이 너무나 어려서 은혜도 모르고 이기적으로 행동했는데, 어머니는 그런 아들을 사랑하는 마음으로 돌아가셨다. 구체적인 과정은 모르지만, 절대적인 사랑으로 당신을 희생하셨다. 오늘날에는 그런 일이 있을 수 없다는 생각이 든다. 오늘날에는 공포와 증오와 고통만 가득할 뿐, 고귀한 감정이나 심오한 슬픔은 없다. 하지만 윈스턴은 어머니와 누이동생이 수백 길 새파란 물속으로 꾸준히 빠져들며 올려다보던 커다란 눈망울에서 고귀한 감정과 심오한 슬픔을 모두 읽은 것 같다.

장면은 태양이 서쪽으로 넘어가며 대지를 금빛으로 물들이는 여름날 초저녁으로 갑자기 변하고, 윈스턴은 짧게 깎은 푹신한 잔디밭에 가만히 서 있다. 주변에 가득한 풍경을 꿈에서 숱하게 본 터라, 현실 세상에서 실제로 보았다는 착각까지 일어난다. 그래서 정신이 멀쩡할 때면 그 풍경을 '황금빛 들녘'으로 떠올린다. 풍성한 목초지에서는 토끼가 풀을 뜯고, 오솔길은 아련하게 이어지고, 두더지 굴은 곳곳에 널렸다. 들녘 저편 삐뚤삐뚤한 울타리 너머에는 느릅나무 가지가 미풍을 받으며 가볍게 흔들리고, 잎사귀는 여인의 풍성한 머리카락처럼 살랑인다. 눈에는 안 보여도, 근처 어딘가에 맑은 시냇물이 조용히 흐르고 버드나무 아래 물속에는 황어 떼가 노닌다.

까만 머리칼 여자가 들녘 너머에서 시냇물로 다가간다. 가볍게 움직여서 옷을 모두 벗어 옆으로 오만하게 던진다. 살갗이 하얗고 매끄럽지만, 윈스턴은 아무런 욕망도 못 느낀다. 실제로 눈길조차 안 준다. 옷을 옆으로 던지는 동작에 순간적으로 감탄한 게 전부다. 자연스럽고 우아한 동작으로 문화와 사상체계 전체를 무시하고, 화려한 팔 동작 한 번으로 빅 브러더와 당과 사상경찰을 모두 확실하게 물리친 것 같았다. 이것 역시 고대시대에나 존재하던 동작이다. 윈스턴은 "셰익스피어"라고 입술을 움직이며 잠에서 깨어난다.

'텔레스크린'에서 고막을 찢는 호각 소리가 30초 동안 시끄럽게 흘러나온다. 7시 15분, 사무 노동자들이 기상하는 시간이다. 윈스턴은 몸을 비틀며 침대에서 일어난다. 벌거벗은 상태다. 당 간부는 의복비로 매년 3천 달러를 배당받는데, 잠옷 한 벌이 6백 달러다. 윈스턴은 의자에 걸쳐놓은 더러운 속옷과 바지를 움켜잡는다. 공식 체조는 3분 후에 시작이다. 윈스턴이 갑자기 몸을 숙이면서 심하게 기침한다. 잠에서 깨어날 때마다 하는 기침이다. 지독한 기침에 허파가 텅 비어서 바닥에 똑바로 누운 채 심하게 헐떡거린 다음에야 비로소 숨을 제대로 쉰다. 기침 때문에 혈관까지 튀어나왔다. 정맥류를 앓는 자리가 근질거린다.

"30대와 40대 그룹! 30대와 40대 그룹! 자리를 잡으세요, 30대와 40대 그룹!"

여자 목소리가 날카롭게 흘러나온다. 윈스턴은 '텔레스크린' 앞에서 차렷 자세를 재빨리 취한다. 젊은 여자가 벌써 등장해, 깡마른 근육질에 운동복과 운동화 차림으로 소리친다.

"팔굽혀펴기! 구령에 맞춰서! 하나, 둘, 셋, 넷! 하나, 둘, 셋, 넷! 동무들! 힘차게 하세요! 하나, 둘, 셋, 넷! 하나, 둘, 셋, 넷……"

격렬한 기침도 꿈속에서 목격한 장면을 못 몰아냈으니, 규칙적으로 체조하는 와중에도 또렷하게 떠오른다. 그래서 두 팔을 기계적으로 내밀고 굽히며 즐거운 표정을, 체조하는 동작에 어울릴 것 같은 표정을 힘껏 꾸며내면서 윈스턴은 희미한 어릴 적 기억을 더듬으려고 애쓴다. 하지만 턱없이 어렵다. 1950년대 말 이전은 완전히 사라졌다. 기억을 떠올릴 기록이 구체적으로 없으니, 자신이 살아온 흔적마저 흐릿하게 사라지는 느낌이다. 엄청난 사건이 기억나도 실제는 아닌 것 같고, 사건 내용은 구체적으로 기억나는데 분위기를 떠올릴 순 없으니, 기나긴 공백만 존재한다. 당시에는 모든 게 달랐다. 심지어 나라 이름도 지도 모양도 달랐다. 예를 들면, '에어스트립 원'은 당시에 명칭이 달랐다. 영국이나 대영제국이라고 불렀다. 하지만 런던은 당시나 지금이나 런던이라고 부르는 게 분명하다.

나라가 전쟁하지 않던 때는 정확히 기억할 수 없다. 하지만 자신이 어릴 적에는 전쟁이 상당히 오랫동안 없었던 게 분명하다. 공중에서 떨어진 폭탄에 모든 사람이 깜짝 놀란 기억이 나기 때문이다. 원자폭탄이 콜체스터에 떨어질 때도 그런 것 같다. 폭탄이 떨어진 자체는 기억이 안 나고, 아버지가 손을 황급히 움켜잡고 지하로, 발을 디딜 적마다 삐걱거리던 나선형 계단을 빙글빙글 돌며 지하로 내려가고 또 내려가, 자신이 다리가 너무 아파서 울먹이자 아버지가 걸음을 멈추고 쉬었던 기억은 확실히 난다. 어머니는 깊은 생각에 잠긴 표정으로 뒤에서 천천히 오랫동안 따라왔다. 품에는 갓난아기 여동생을 안았다. 하지만 담요 뭉치에 불과할 수도 있다. 여동생이 태어난 다음인지 아닌지 확실치 않다. 결국엔 부모님과 함께 사람들이 시끌벅적한 곳으로 들어서는데, 지하철 정류장이었다.

사람들은 돌이 깔린 바닥에 앉기도 하고 대기실 금속의자에 여럿이 포개 앉기도 했다. 윈스턴은 부모님과 함께 돌 바닥에 자리를 잡고 앉았다. 바로 옆에는 어떤 할아버지와 할머니가 의자에 나란히 앉았다.

할아버지는 검정 양복을 점잖게 입고 새까만 모자를 새하얀 머리 뒤로 젖혔는데, 얼굴은 새빨갛고 파란 눈에는 눈물이 가득했다. 술 냄새도 풍겼다. 몸에서 땀 냄새 대신 술 냄새가 나는 것 같았다. 두 눈에 가득한 눈물도 술처럼 보일 정도다. 약간 취하긴 했어도, 할아버지는 견딜 수 없을 정도로 거대한 슬픔에 시달렸다. 어린 마음에도 윈스턴은 아주 끔찍한 사건이, 용서할 수도 없고 돌이킬 수도 없는 사건이 조금 전에 일어났다고 느꼈다. 어떤 사건인지도 알 것 같았다. 노인이 사랑하는 누군가가, 손녀딸 같은 사람이 죽은 거다. 노인은 몇 분 간격으로 같은 말을 되풀이했다.

"그놈들을 믿는 게 아니었어. 내가 그렇게 말했잖아, 할멈, 아니야? 그놈들을 믿으면 이렇게 된다고. 내가 늘 말했잖아. 그 개자식들을 믿지 말아야 했어."

그러나 어떤 개자식들을 믿지 말아야 했는지를 윈스턴은 기억할 수 없다.

그때부터 지금까지 전쟁은 한 번도 안 멈추고 끊임없이 일어났다. 물론 항상 똑같은 전쟁이었다고 말할 순 없다. 자신이 어릴 적에 런던에서 복잡한 시가전이 몇 개월 동안 일어났는데, 일부는 지금도 생생하게 기억난다. 하지만 지금까지 일어난 전쟁을 체계적으로 정리하는 건, 누가 누구와 언제 싸웠는지 파악하는 건 절대적으로 불가능하다. 현존하는 노선 말고 다른 어떤 노선을 설명한 기록이나 주장은 없기 때문이다.

예를 들면, 1984년 (1984년이 맞는진 모르겠지만) 지금 이 순간에 오세아니아는 유라시아와 전쟁하는 중이고 동아시아와 동맹을 맺었다. 이들 세 강대국이 다른 시기에 다른 관계를 맺은 적이 있다는 말은 공적으로도 사적으로도 언급할 수 없다. 실제로, 윈스턴이 잘 알다시피, 4년 전만 해도 오세아니아는 동아시아와 전쟁했고 유라시아와 동맹을 맺었다. 하지만 이건 당이 통제하는 내용에 윈스턴이 쉽게 넘어가지 않고, 우연히 은밀하게 습득한 지식 가운데 하나에 불과하다. 공식적으로 동맹국이 바뀌는 일은 절대로 없다. 오세아니아는 현재 유라시아와 전쟁하는 중이고, 따라서 오세아니아는 유라시아와 항상 전쟁한다. 현재의 적은 언제나 절대 악이며, 절대 악과 타협하는 건 과거에도 미래에도 없기 때문이다.

양손을 엉덩이에 대고 허리부터 몸뚱이를 빙글빙글 돌리는 운동이 등 근육에 좋다고 해, 양쪽 어깨를 고통스럽게 뒤로 억지로 제치면서 수없이 생각한 바에 의하면, 정말 무서운 건, 그 주장이 모두 사실일 수 있다는 거다. 당이 과거 역사를 주물럭대면서 이런저런 사건은 '절대로 없었다'고 실제로 왜곡한다면 정말이지 고문이나 죽음 이상으로 끔찍하지 않겠는가?

당은 오세아니아가 유라시아와 동맹을 맺은 적이 한 번도 없다고 한다. 윈스턴은 오세아니아가 겨우 4년 전만 해도 유라시아와 동맹관계였다는 사실을 안다. 그러나 이런 사실이 어디에 존재한단 말인가? 의식 속에만, 여차하면 소멸당할 의식 속에만 존재한다. 그러므로 당이 한 거짓말을 다른 모든 사람이 믿는다면, 모든 기록이 그렇게 말한다면, 거짓말은 진실이 되고 역사가 된다. '과거를 지배하는 자는 미래를 지배한다. 현재를 지배하는 자는 과거를 지배한다'는 게 당이 제시하는 구호다. 과거는, 왜곡할 순 있지만, 실제로 왜곡한 적은 한 번도 없다. 지금 진실이면 무엇이든 영원히 진실이다. 아주 간단하다. 중요한 건 인민이 자신의 기억과 끊임없이 싸워서 이겨내는 거다. 저들은 이걸 '실재 통제'라고 하며, 새말로는 '이중사고'다.

"가볍게 서세요!"

강사가 약간 부드럽게 소리친다.

윈스턴은 양팔을 옆으로 축 늘어뜨리고 공기를 천천히 빨아들인다. 마음은 이중사고라는 미궁으로 빠져든다. 알면서 모른다는 것, 완벽한 진실을 알면서 교묘하게 날조해서 거짓말한다는 것, 양립할 수 없는 견해 두 개를 동시에 품은 채 서로 모순되는 줄 알면서 두 가지 모두 믿는다는 것, 논리에 어긋나는 논리를 사용한다는 것, 도덕을 거부하면서 도덕을 주장하는 것, 민주주의는 불가능하다고 믿으면서 당은 민주주의를 수호한다고 믿는 것, 잊어버려야 하는 건 무엇이든 잊어버렸다가 필요한 순간에 다시 떠올리고 다시 곧바로 잊어버리는 것. 무엇보다도 이런 처리 과정을 처리 과정 그 자체에 적용하는 게 특히 어렵다. 의식적으로 무의식상태에 빠지고, 그런 다음에는 자신이 막 수행한 최면행위를 잊어버리라는 것이다. '이중사고'라는 단어를 파악하는 데조차 이중사고를 활용해야 한다.

강사는 다시 차렷하라고 하면서 열심히 소리친다.

"이제 손이 발끝에 닿는 사람은 누군가 봅시다! 허리를 숙이면서, 동무들. 하나, 둘! 하나, 둘……"

윈스턴이 정말 싫어하는 동작이다. 발뒤꿈치부터 엉덩이까지 짜릿하게 아프다가 기침이 다시 심하게 일어나기 때문이다. 속으로 명상하는 즐거움이 반쯤 달아난다. 과거는 그냥 왜곡 당한 게 아니라 사실상 파괴당한 거란 생각이 든다. 머릿속 기억 말고 구체적인 기록이 하나도 없다면 아무리 명백한 사실이라 할지라도 어떻게 증명한단 말인가?

윈스턴은 자신이 빅 브러더란 명칭을 처음 들은 해를 떠올린다. 1960년대 어느 시점이 분명한 것 같지만, 확인할 길은 없다. 당이 기록한 역사에 의하면 당연히 혁명 초기부터 빅 브러더는 당을 수호하며 이끌었다. 놀라운 업적은 시대를 조금씩 거슬러 오르다가 1940년대는 물론 1930년대까지 이어간다. 자본가들이 까만 비단으로 원통처럼 만든 괴상한 모자를 쓰고서 화려하게 반짝이는 자동차나 유리창 달린 마차를 타고 런던 거리를 달리던 시절이다. 이런 신화는 어디까지 사실이고 어디까지 꾸민 건지 파악할 도리조차 없다. 윈스턴은 당 자체가 언제 생겼는지도 기억할 수 없다. 1960년 전에는 '영사'라는 말을 들어본 적도 없는 것 같다. 물론 '영국 사회주의'라는 옛날 말로 그 이전부터 돌아다녔을 가능성은 있다.

모든 것이 안갯속으로 사라졌다. 물론 가끔은 거짓말이라고 확신하는 내용도 있다. 예를 들면, 역사책에서 주장하는 것처럼 당이 비행기를 발명했다는 건 사실이 아니다. 윈스턴은 아주 어릴 적에 비행기를 본 기억이 난다. 그러나 증명할 수 있는 건 하나도 없다. 증거는 어디에도 없다. 역사적 사실을 날조했다는 구체적이면서도 확실한 문서를 증거로 딱 한 번 입수한 기억이 난다. 당시에……

스크린에서 날카로운 목소리가 일어난다.

"윈스턴! 6079 윈스턴! 그래요, 당신! 더 굽혀요! 더 잘할 수 있잖아요. 도무지 노력을 않네요. 더 밑으로! 잘했어요, 동무. 인제 똑바로 서서 편히 쉬며, 여러분, 나를 보세요."

갑자기 온몸에서 식은땀이 솟구친다. 얼굴은 완벽하게 무표정하다. 당황한 표정을 보이면 안 돼! 화난 표정도 안 돼! 눈만 한 번 깜박거려도 끝장날 수 있어. 윈스턴은 가만히 서서 지켜보고, 강사는 우아하진 않아도 말끔하고 효율적인 동작으로 두 팔을 머리 위로 올리고 상체를 구부려서 손가락 첫마디를 발가락 밑으로 넣는다.

"자, 동무들! 여러분도 이렇게 하세요. 나를 똑바로 보세요. 서른아홉이란 나이에 아이도 넷이나 있다고요. 그런데 보세요."

강사가 상체를 다시 숙이며 계속 말한다.

"무릎을 구부리지 않는 게 보이죠? 여러분도 원하면 누구나 이렇게 할 수 있어요."

강사가 허리를 똑바로 펴며 덧붙인다.

"마흔다섯 살 이하면 누구든 발가락에 손을 댈 수 있어요. 우리 모두에게 전방에 나가서 싸울 특권이 있는 건 아니지만, 그래도 건강은 스스로 지켜야 합니다. 말리바 전선에서 싸우는 우리 젊은이를 기억하세요! 부동요새를 지키는 해병도! 그들이 무엇을 지키려고 싸우는지 생각하세요. 자, 한 번 더. 잘했어요, 동무, 정말 잘했어요."

강사가 격려하고, 윈스턴은 무릎을 구부리지 않고 상체를 힘껏 숙여서 몇 년 만에 처음으로 손가락을 발가락에 대는 데 성공한다.

4

'텔레스크린'이 근처에 있는데도 윈스턴은 자신도 모르게 한숨을 깊이 내쉬며 작업에 들어가, 구술기록기를 잡아당겨서 주둥이 부분에 묻은 먼지를 입으로 불어내고 안경을 쓴다. 그리고 책상 오른쪽 압축 전송관이 원통 모양으로 뱉어낸 조그만 종이 네 장을 납작하게 펴서 하나로 모은다.

사무실 칸막이에는 구멍이 세 개다. 구술기록기 오른쪽에는 기록 문서를 보내는 작은 압축 전송관이, 왼쪽에는 신문을 보내는 커다란 전송관이, 윈스턴이 팔을 가볍게 뻗으면 닿는 옆벽에는 장방형 철망을 댄 커다란 구멍이 있다. 휴지를 버리는 구멍이다. 칸막이를 설치한 각각의 작업대는 물론 복도까지 이런 구멍이 곳곳에 있으니, 건물 전체에 수천수만 개는 된다. 사람들은 여기에 기억 구멍이라는 별명을 붙였다. 폐기할 문서가 있거나 주변에 널린 휴짓조각이 보이면 손으로 집어서 가까운 기억 구멍에 넣는 게 습관이 되고, 기억 구멍에 들어간 종잇조각은 따듯한 기류에 휩쓸려서 건물 구석 어딘가에 설치한 거대한 불구덩이로 빨려든다.

윈스턴은 납작하게 편 종이 네 장을 살핀다. 메시지가 한두 줄씩 적혔는데, 하나같이 진리성 내부 목적에 맞춰서 사용하는 약어로, 전부는 아니어도 대부분은 새말이다.

· 「타임스」 '84.3.17. bb(빅 브러더 약어; 역주) 아프리카 연설 오보
  수정
· 「타임스」 '83.12.19. 3개년 계획 1983년 4분기 예상 인쇄 오류
  최신호 확인
· 「타임스」 '84.2.14. 초콜릿 인용 오보 수정
· 「타임스」 '83.12.3. bb 일일 명령 극불량. 무인 언급 메시지
  재기 사전 제출

윈스턴은 기분이 살짝 좋아지는 걸 느끼면서 네 번째 메시지를 옆으로 밀친다. 복잡도 하고 책임도 져야 하니, 마지막에 처리하는 게 좋을 것 같다. 나머지 메시지 세 개는 늘 하던 일이다. 두 번째 메시지는 수치 목록을 지겹도록 뒤져야겠지만 말이다.

윈스턴은 '텔레스크린'에서 '지난 잡지' 다이얼을 돌려 「타임스」 해당 호를 요청하고, 압축 전송관은 해당 호를 몇 분 만에 뱉어낸다. 윈스턴이 전달받는 내용은 이런저런 이유로 변경이 – 공식용어로는 수정이라고 하는데 – 필요하다고 판단되는 기사나 뉴스 소재다. 가령 「타임스」

3월 17일 기사는 빅 브러더가 전날 연설에서 유라시아 군대는 북아프리카를 공격할 거로, 남인도 전선은 평온할 거로 예측한 내용을 실었다. 그러나 유라시아 군대 최고사령부는 북아프리카를 그대로 두고 남인도를 공격했다. 그래서 사건을 제대로 예측한 것처럼 보이도록 빅 브러더 연설 내용을 고칠 필요가 생긴다. 예를 하나 더 들자면, 12월 19일 「타임스」 기사는 1983년 사사분기, 즉 제9차 3개년 계획 6분기에 이룩할 각종 생필품 생산량 정부 예상 수치를 보도했다. 그런데 오늘 발표한 신문 기사 실제 생산량은 모든 점에서 정부 예상 수치와 차이가 엄청났다. 윈스턴이 할 일은 원래 발표한 예상 수치를 수정하는 것, 그래서 나중에 발표한 수치와 일치하도록 만드는 것이다.

세 번째 메시지는 오류 내용이 지극히 간단해서 2~3분이면 고칠수 있다. 얼마 전 2월에 '풍부성'은 초콜릿 배급량을 1984년에 줄이지 않겠다는 약속을 – 공식용어로는 '절대 서약'이라는 걸 – 했다. 하지만 윈스턴도 알다시피, 초콜릿 배급량은 실제로 이번 주말부터 30g에서 20g으로 줄어들 예정이다. 이럴 때는 약속한 부분을 4월 즈음에 배급량을 줄여야 할 것 같다고 예고하는 내용으로 대체해야 한다.

윈스턴은 메시지를 하나씩 차례대로 처리하자마자 수정한 구술 기록 내용을 「타임스」 해당 호에 철해서 전송관으로 밀어 넣는다. 그런 다음에는 거의 무의식적으로 움직이며 메시지 원본과 자신이 수정한 내용을 구겨서 기억 구멍에 떨어뜨린다. 거대한 불구덩이에 휩싸이도록 말이다.

전송관을 지나 눈에 안 보이는 미로에서 벌어지는 일은 자세히 몰라도 대충은 안다. 정정한 기사를 모아서 대조하고, 수정한 기사를 재인쇄하고, 처음에 발행한 신문을 없애고 그 자리에 수정한 신문을 넣는식이다. 이렇게 끊임없이 수정하는 과정은 신문만 아니라 서적, 정기

간행물, 소책자, 포스터, 전단, 영화, 녹음테이프, 만화, 사진 등 정치나 사상에 영향을 미치는 문헌이나 기록에 모두 적용한다. 그래서 과거를 현재로 매일같이 실시간으로 끌어올린다. 이런 식으로 당이 발표한 예측은 실제 수치에 합당하도록 수정하니, 신문 기사든 의견이든 현재에 안 맞는 내용은 기록에 한 줄도 남을 수 없다. 어떤 역사든 필요할 때마다 깨끗이 지우고 새롭게 작성한다. 일단 수정한 다음에는 오류가 발생했다는 사실을 입증하는 게 절대적으로 불가능하다. 윈스턴이 하는 일은 상대도 안 될 만큼 엄청난 규모로 '기록국' 전체에서 서적과 신문을 비롯한 문서를 모조리 추적하고 수집해서 수정하거나 폐기한다. 권력 서열이 변하거나 빅 브러더 예측 내용이 틀려서 열두 번이나 수정한 「타임스」가 원래 날짜에 작성한 형태로 존재하며, 기존에 이것과 다르게 발행한 신문은 완전히 사라졌다. 서적 역시 회수해서 뜯어고치고 또 뜯어고쳐 내용을 바꿨다는 설명 없이 다시 발행한다. 윈스턴이 접수해서 내용을 수정하는 즉시 소각하는 작업 지시서 역시 위조하라고 언급하거나 암시하는 내용은 조금도 없다. 오식이나 오자, 탈자, 잘못 인용한 부분을 바로잡으라는 내용이 전부다.

윈스턴은 '풍부성' 수치를 재조정하는데, 사실상 이건 위조라고 할 수도 없다는 생각이 든다. 엉터리 내용을 또 다른 엉터리 내용으로 바꾸는 과정에 불과하니 말이다. 처리하는 내용 대부분은 현실 세계와 아무런 관련도 없다. 대놓고 거짓말하는 수준도 안 될 정도다. 통계 수치를 수정한 내용 역시 원래 발표한 내용만큼이나 황당무계하다. 발표한 내용을 이해하려면 누구든 엄청난 시간이 필요하다. 예를 들어, 풍부성은 사사분기에 구두를 1억4천5백만 켤레 생산할 거로 예상했다. 실제 생산량은 6천2백만 켤레다. 하지만 윈스턴은 처음에 예측한 내용을 5천7백만 켤레로 수정하고, 당국은 할당량을 초과 달성했다고 상투적으로 떠들어댄다. 그런데 6천2백만이라는 수치 역시 5천7백만이나 1억4천5백만이라는 수치보다 진실에 가까운 건 아니다. 구두는 한 켤레도 생산하지 않았을 가능성이 크다. 아니, 구두 생산량을 아는 사람이 없을, 관심을 기울이는 사람 자체도 없을 가능성이 훨씬 크다. 사람들이 아는 건, 분기마다 구두를 천문학적으로 생산하는데 오세아니아 인구 절반은 맨발로 다닌다는 게 전부다. 기록 내용이 크든 작든 모두 이런 식이며 현실은 암흑세계로 모조리 빨려드니, 결국에는 지금이 몇 년도인지조차 불확실하다.

원스턴은 복도 건너편을 힐끗 쳐다본다. 맞은편 칸막이에서 덩치는 조그맣고 턱수염은 까맣고 빈틈은 전혀 없어 보이는 사내 틸로슨이 접힌 신문을 무릎에 올려놓은 채 구술기록기 송화기에 입을 바싹대고 열심히 일한다. '텔레스크린'과 주고받는 비밀을 지키느라 애쓰는 분위기다. 그러다가 고개를 들더니, 안경을 쓴 눈으로 원스턴 쪽을 적대적인 눈빛으로 바라본다.

원스턴은 틸로슨을 잘 모른다. 하는 일이 무언지도 모른다. 기록국 직원은 누구든 자신이 하는 일에 관해 말하는 걸 꺼린다. 창문 하나 없는 복도 양쪽으로 칸막이 사무실을 기다랗게 늘려 세워, 서류를 부스럭거리는 소리와 구술기록기에 대고 중얼거리는 소리만 끊임없이 일어날 뿐, 복도를 급히 오가는 모습이나 '2분간 증오하기' 때 아우성치는 모습을 매일 보면서도 원스턴이 이름조차 모르는 사람은 열 명이 족히 넘는다.

원스턴이 아는 바에 의하면, 바로 옆 칸막이에서 갈색 머리칼 조그만 여자가 매일 몰두하는 작업은 이미 증발 당한 사람 이름을, 따라서 존재한 적 자체가 없어야 하는 사람 이름을 모든 기록물에서 찾아내 말끔하게 삭제하는 것이다. 남편이 2~3년 전에 증발 당했으니, 나름대로는 딱 맞는 역할인 셈이다.

칸막이 서너 개 건너편에는 양쪽 귀에 털이 가득한 몽상가 앰플포스가 있는데, 온순하고 무기력해도 시적 운율을 다루는 재능은 탁월해, 사상이 불온해도 이런저런 이유로 명시 선집에 남겨야 하는 시를 이리저리 손질해서 소위 정본이라는 걸 만든다. 이곳 사무실은 직원이 50명 즈음으로, 엄청나게 복잡한 기록국에서 극히 조그만 부서에, 세포 하나에 불과하다. 맞은편에도 위쪽에도 아래쪽에도 상상할 수 없이 많은 작업에 종사하는 직원으로 북적인다. 커다란 인쇄소는 편집자와 제판 기술자는 물론, 영상 위조에 필요한 촬영시설까지 정교하게 갖췄다. '텔레스크린' 편성부는 전문기사와 제작자는 물론, 성대모사 실력이 탁월한 배우 팀도 여럿이다. 조회만 전문으로 하는 직원도 상당한데, 이들은 회수해서 수정할 정기 간행물이나 서적 목록을 작성하는 작업에 집중한다. 수정한 기록을 보관하는 거대한 저장소도 여럿이고, 은밀한 장소에는 원본을 태워서 없애는 소각장이 있다. 그리고 어딘가에는 정체불명의 지도 그룹이 있으니, 이들은 과거를 분석해서 보존할 내용과 위조할 내용과 완전히 삭제할 내용을 결정하고 하달하며 모든 작업을 통솔한다.

그런데 기록국도 진리성 일부에 불과하며, 진리성 전체는 과거를 다시 구성하는 정도가 아니라 신문, 영화, 교과서, '텔레스크린' 프로그램, 연극, 소설 등, 인간이 상상할 수 있는 정보와 교육과 오락 모두를 오세아니아 시민 전체에 제공하는데, 조각에서 구호까지, 서정시에서 생물학 논문까지, 어린애가 배우는 글씨 교본에서 새말사전까지 해당하지 않는 게 없다. 그래서 당의 다양한 욕구를 충족시키는 건 물론, 무산계급을 위해 차원이 낮은 작업까지 반복해서 수행한다. 무산계급 문학과 음악과 연극과 오락 일반을 다루는 부서도 다양하게 존재하며 협력한다. 여기에서 쓰레기 신문을 만들어내는데, 스포츠, 범죄와 점성술, 선정적인 삼류 소설, 섹스에 집착하는 영화, 시 생성기라고 하는 특수 만화경에 기계적인 수법을 적용해서 저속하게 작곡한 노래만 가득하다. 새말로 '포르노 분과'라는 부서조차 있어서 저질 포르노를 제작하고 밀봉해서 소포로 발송하니, 이 일에 종사하는 당원을 제외하면 그 내용을 어떤 당원도 볼 수 없다.

메시지 세 개는 압축 전송관에 넣었다. 간단한 작업이라 '2분간 증오하기' 전에 처리했다. 윈스턴은 '2분간 증오하기'를 마치고 자리로 돌아와, 책장에서 새말사전을 꺼내고 구술기록기를 한쪽으로 치운 다음에 안경을 닦고서 제일 중요한 메시지 작업에 착수한다.

윈스턴은 작업할 때가 제일 즐겁다. 대부분은 판에 박힌 작업이라서 지루하지만, 당이 자신에게 바라는 내용을 판단하고, 영사 강령에 대한 지식 외에는 아무런 지침도 없이 민감한 내용을 조작하는 등, 극히 어렵고 복잡한 작업도 있어서 수학문제라도 푸는 것처럼 깊이 빨려들 때도 있다. 윈스턴은 이런 작업을 지금까지 훌륭하게 처리했다. 그래서 완전히 새말로 작성한 「타임스」 사설을 수정하는 작업도 가끔 맡는다. 윈스턴은 아까 옆으로 제쳐놓은 메시지를 펼친다. 이런 내용이다.

· 「타임스」 '83.12.3. bb 일일 명령 극불량. 무인 언급 메시지
　재기 사전 제출

표준영어라는 옛날 말로 쓴다면 이런 내용이다.

1983년 12월 3일 「타임스」가 보도한 빅 브러더 일일 명령에 관한 기사는 극히 불만족스러우며, 존재하지 않는 사람까지 언

급한다. 전면적으로 수정하고 상부에 제출한 다음에 보관하라.

윈스턴은 문제가 된 사설을 자세히 읽는다. 빅 브러더 일일 명령은 FFCC라는 단체가 담배를 비롯한 위문품을 부동요새 주둔 해병에 공급하는 사업을 치하하는 내용이 핵심이다. 안쪽 당 핵심간부 위더스 동지를 특별히 언급하며 2등 특수 공로훈장까지 수여했다.

3개월 뒤에 FFCC는 아무런 설명도 없이 갑자기 해체되었다. 그렇다면 위더스가 여러 측근과 함께 숙청되었을 게 분명한데, 신문이나 '텔레스크린'에서는 이 문제에 관해 보도한 내용이 하나도 없었다. 당연한 결과다. 정치범을 재판하거나 공개로 비판하는 건 극히 드무니 말이다. 수천 명을 대대적으로 숙청하면서 반역자와 사상범을 공개로 재판하는 장면은, 그래서 범죄자가 모든 죄목을 비참하게 자백하고 처형당하는 장면은, 2년에 한 번 있을까 말까 할 정도로 특별한 구경거리다. 당을 불쾌하게 만든 사람은 자취를 감춰서 두 번 다시 소식을 못 듣는 게 일반이다. 그들이 어떻게 됐는지 알 만한 단서는 어디에도 없다. 개중에는 죽지 않은 사람도 여럿일 터다. 어쨌든, 이렇게 사라진 사람은 윈스턴이 개인적으로 아는 것만, 부모를 제외하고, 서른 명은 될 것 같다.

윈스턴은 콧등을 종이 집게로 톡톡 두드린다. 복도 건너편 칸막이 책상에서 틸로슨 동무는 상체를 구술기록기 앞으로 여전히 은밀하게 웅크린 상태다. 그러다가 순간적으로 고개를 드는데, 이번에도 적대적인 눈빛을 번뜩이는 건 여전하다. 혹시 틸로슨이 자신과 똑같은 작업을 하는 건 아닌가 궁금한 생각도 든다. 그럴 소지는 충분하다. 이렇게 복잡하고 미묘한 작업을 한 사람에게 맡길 리 없다. 하지만 위원회로 넘기는 건 날조한다는 사실을 공공연히 인정하는 꼴이 된다. 그렇다면

서로 모르는 사람 열 명 정도가 빅 브러더 연설 내용을 고치는 작업에 열중할 가능성이 크다. 그리고 안쪽 당 지도 그룹이 적당히 고르며 편집하고 서로 비교하며 참고하는 복잡한 과정을 거쳐서 완성하면, 선택한 거짓말은 진실로 변해 영구 문서에 기록된다.

윈스턴은 위더스가 숙청당한 이유를 모른다. 부정부패나 무능력 때문일 수도 있다. 인기가 너무 좋아서 빅 브러더가 제거한 걸 수도 있다. 위더스나 측근 가운데 한 명이 이단 경향을 의심받은 걸 수도 있다. 하지만 숙청이나 증발이 권력기구 유지에 꼭 필요한 수단이라서 그런 걸 수도 있는데, 가능성은 제일 크다. 유일한 단서는 '무인 언급'이라는 표현이다. 이건 위더스가 이미 죽었다는 걸 암시한다. 감금한 경우에는 이런 말을 절대로 안 쓴다. 풀려나서 1~2년 정도 자유를 누리다가 처형당하는 사람도 가끔 있다. 오래전에 죽은 줄 알았던 사람이 공개재판에 유령처럼 나타나고 증언해서 수백 명을 연루자로 몰아넣고 영원히 사라지는 경우도 아주 가끔 있다. 하지만 위더스는 이미 '무인(無人)'이다. 존재하지 않는다. 존재한 적도 없다. 윈스턴은 빅 브러더가 연설한 내용을 단순히 바꾸는 정도로 충분하지 않다고 판단한다. 원래 주제와 완벽하게 무관한 내용으로 처리하는 게 좋다.

연설 내용을 반역자나 사상범에 대한 상투적인 비난으로 바꿀 수도 있으나 내용이 너무 뻔하고, 전투에서 승리했다거나 제9차 3개년 계획을 성공적으로 초과 달성했다고 꾸미는 건 내용이 복잡하게 변할 수 있다. 지금 필요한 건 완벽한 창작이다. 미리 준비라도 한 듯 윈스턴 머리에 오길비 동무 모습이 갑자기 떠오른다. 최근에 전선에서 영웅적으로 전사한 병사다. 빅 브러더는 보잘것없는 하급당원이라도 값지게 살고 값지게 죽는 동무를 우리는 모범으로 삼아야 한다며 칭찬하는 말을 일일 명령에서 자주 언급했다. 그렇다면 오늘은 오길비 동무를 칭찬하자.

오길비 동무라는 병사는 실제로 존재한 적도 없지만, 글 몇 줄과 위조사진 두어 장이면 실존인물로 꾸미는 게 능히 가능하리라.

윈스턴은 잠시 생각하다가 구술기록기를 앞으로 당겨서 빅 브러더와 흡사한 말투로 읊기 시작한다. 군대처럼 딱딱하면서도 현학적이며, 질문했다가 곧바로 답변하는 식이라서("동무들, 우리는 이 사건에서 어떤 교훈을 얻어야 하는가? 우리가 얻어야 하는 교훈은, 영사의 기본 원칙 가운데 하나기도 한데, 한마디로……") 쉽게 흉내 낼 수 있는 말투 말이다.

오길비 동무는 세 살 때 다른 모든 장난감을 거부한 채 드럼이나 기관총이나 헬리콥터 장난감만 가지고 놀았다. 당에서 특별히 배려한 덕분에 남보다 한 살 빠른 여섯 살에 '스파이단'에 가입하고, 아홉 살에 단장이 되었다. 열한 살에는 숙부가 대화하는 내용을 엿듣고 불온한 경향이 있는 것 같아서 사상경찰에 고발했다. 열일곱 살에는 '청년반성(Anti-Sex) 동맹' 지역 조직책을 했다. 열아홉 살에는 수류탄을 고안하고 평화성이 채택해, 첫 실험에서 유라시아 포로 서른한 명을 한 방에 죽였다. 그리고 스물세 살에 전사했다. 기밀문서를 지니고 인도양에서 헬리콥터를 타고 가는데 적군 제트기가 추격하자, 기관총을 둘러메서 체중을 무겁게 만들고는 바다로 뛰어내려 기밀문서와 함께 사라지니, 빅 브러더는 뜨거운 열정이 없으면 생각조차 할 수 없는 최후라고 칭찬했다. 빅 브러더는 오길비 동무가 일생을 순결하고 성실하게 살았다는 말까지 덧붙였다.

오길비 동무는 금주와 금연을 완벽하게 실천하고, 체육관에서 매일 한 시간씩 운동하는 게 유일한 오락이며, 결혼하면 가정에 신경을 쓰느라 자신이 맡은 임무에 하루 스물네 시간을 몽땅 헌신할 수 없다며 독신으로 살 것을 맹세했다. 영사 강령 외에는 대화 주제로 삼은 적이 없고, 삶의 유일한 목표는 유라시아 군대를 격퇴하고 첩자와 파괴 활동가와 사상범과 반역자를 모조리 잡아내는 것이었다.

윈스턴은 오길비 동무에게 특별훈장을 수여하는 문제에 대해서 곰곰이 생각한다. 그러다가 여러 가지를 교차하며 확인하는 까다로운 작업에 잇달아 빠져드는 게 싫어서 안 주는 편이 좋겠다는 결론을 내린다.

윈스턴은 맞은편 칸막이에서 일하는 경쟁자를 또 한 번 힐끗 쳐다본다. 틸로슨도 자신과 똑같은 업무에 열중하는 게 분명하다는 느낌이 다시 묘하게 떠오른다. 누가 작업한 내용이 최종적으로 선택받을지 알 수 없지만, 자신이 작업한 게 선택받으리란 확신이 강하게 든다. 죽은 사람은 만들어내도 산 사람은 만들 수 없다는 사실이 기묘한 것 같다. 현재에 한 번도 존재한 적 없는 오길비 동무가 이제 과거에 존재한 인물로 변했으니, 조작 행위 자체를 완전히 잊으면, 오길비 동무는 샤를마뉴 대제나 줄리어스 시저만큼이나 확실한 인물로 우뚝 설 것이다.

5

지하 깊숙이 틀어박히느라 천장이 낮은 식당에서 점심 대기 행렬이 앞으로 조금씩 움직인다. 식당은 벌써 만원이라서 귀가 먹먹할 정도로 시끄럽다. 배식구 스튜에서 김이 모락모락 피어오르며 시큼한 냄새를 풍기지만 승리주 냄새를 억누를 순 없다. 식당 끝에 구멍을 낸 것처럼 보이는 조그만 판매대에서 승리주 한 잔을 10센트에 판다.

"그렇지 않아도 찾아다녔네."

등 뒤에서 들리는 목소리에 윈스턴은 고개를 돌린다. 조사국에서 일하는 친구 사임이다. '친구'는 정확한 표현이 아닐 수 있다. 요즘 세상에는 친구란 있을 수 없다. 동무만 있는데, 개중엔 특히 반가운 동무가 있는 정도다. 사임은 언어학자며 전문분야는 새말이다. 실제로, 방대한 전문가 그룹의 일원으로 새말사전 제11판 편찬 작업에 참여하는 중이다. 몸집은 윈스턴보다 조그맣고 머리는 커다랗고 새까만 데다 두 눈은 툭 튀어나왔다. 그래서 상대가 말하는 동안 애수에 젖은 느낌과 비웃음이 깃든 표정으로 자세히 살핀다는 인상을 준다.

"자네한테 면도날이 있나 해서 말일세."

상대가 하는 말에 윈스턴은 나름대로 죄책감을 느끼며 황급히 대답한다.

"하나도 없네! 이리저리 찾아다녔네. 어디에도 없더군."

누구든 사람을 만나면 면도날을 부탁한다. 사실, 윈스턴은 아직 사용하지 않고 몰래 숨겨둔 면도날이 두 개 있다. 지난 몇 개월 동안 면도날 기근이 들었다. 당원용 상점은 생필품 부족 현상이 언제 일어날지 모른다. 단추가 부족할 때도 있고 옷을 꿰매는 실이나 구두끈이 부족할 때도 있다. 지금은 면도날이 부족하다. '자유' 시장을 몰래 뒤져야 겨우 구하는 정도다.

"같은 면도날을 여섯 주나 쓰는 중이라네."

윈스턴이 억지로 덧붙인다.

행렬이 앞으로 다시 조금 움직인다. 그러다가 멈추자, 윈스턴이 다시 몸을 돌려서 사임을 쳐다본다. 두 사람 모두 배식구 앞에서 매끈한 금속 쟁반을 집어 든다.

"어제 포로들 교수형을 구경하러 갔나?"

사임이 묻는 말에 윈스턴은 무관심한 어투로 대답한다.

"작업했네. 나중에 영화로 볼 생각이야."

"영화로 보는 건 많이 다르지."

사임이 말하고는 비웃는 듯한 시선으로 윈스턴 얼굴을 훑는다. 이렇게 말하는 것 같다.

'나는 자네를 알아. 나는 자네를 훤히 꿰뚫어본다고. 나는 자네가 포로들 교수형을 구경하러 가지 않는 이유를 아주 잘 안단 말이야.'

사임은 사상적으로 정말 지독한 정통파다. 적군 마을에 행한 헬리콥터 공습, 사상범 재판과 자백, 애정성 감방에서 자행하는 폭력 등에 대해 겉으로는 못마땅한 척하면서도 속으로는 고소하다는 듯 떠들어대기 일쑤다. 윈스턴은 사임과 대화할 때면 이런 주제를 피한 채 사임이 권위도 있고 관심도 많은 새말로 초점을 맞추려고 최대한 애쓴다. 그래서 새까맣고 커다란 눈으로 꿰뚫어보는 듯한 시선을 피하느라 고개를 살짝 돌리고, 사임은 이렇게 말한다.

"정말 대단했어. 하지만 다리를 하나로 묶은 건 아쉬워. 나는 발버둥치는 장면이 좋거든. 아무튼, 결국에는 혓바닥이 쭉 삐져나와서 퍼렇게…… 아주 시퍼렇게 변하는데, 그 장면이 제일 볼만했지."

"다음 분!"

하얀 앞치마를 두른 무산계급이 국자를 든 채 소리치고, 윈스턴은 사임과 함께 쟁반을 조리대 앞으로 내민다. 무산계급이 규정 음식을 빠르게 담는다. 분홍색과 회색이 감도는 스튜를 담은 조그만 철제 접시 하나, 빵 한 덩어리, 치즈 한 조각, 우유를 안 탄 '승리 커피' 머그잔, 사카린 한 알이다.

"저 '텔레스크린' 밑에 자리가 있군. 가는 길에 술이나 한 잔씩 사자고."

사임이 제안한다.

종업원은 손잡이 없는 사기 머그잔에 술을 가득 따른다. 두 사람은 붐비는 인파를 헤치며 나아가서 금속판을 씌운 식탁에 쟁반을 내려놓는다. 식탁 한구석에다 누군가가 스튜 국물을 쏟은 채 그대로 두어서 구역질이 날 것 같다. 윈스턴은 술잔을 들고 잠시 숨을 고르며 진정한 다음, 기름 맛이 감도는 술을 꿀꺽 들이켠다. 두 눈에서 눈물이 찔끔 나오더니 갑자기 시장기가 돈다. 그래서 스튜를 숟갈로 떠서 삼키는데, 묽은 내용물 가운데 고기라고 넣은 건 붉은빛이 감돌면서 스펀지처럼 흐물흐물한 게 전부다. 두 사람은 한마디도 않고 스튜 접시를 열심히 비운다. 윈스턴 등 뒤 왼쪽 식탁에서는 한 사내가 꽥꽥거리는 오리처럼 빠르게 끊임없이 지껄여대, 식당 전체에서 웅성대는 소음을 날카롭게 꿰뚫는다. 그래서 윈스턴은 날카로운 소리를 압도하려는 듯 목소리를 높여서 묻는다.

"사전 작업은 잘 되나?"

"그럭저럭. 난 형용사를 맡았어. 정말 재미있지."

사임은 새말 얘기에 얼굴이 금세 밝아진다. 그리고는 스튜 접시를 옆으로 밀더니 가냘픈 손 하나는 빵 한 덩어리를 다른 손은 치즈를 들고, 악을 안 써도 말소리가 들리도록 식탁 위로 상체를 기울이면서 덧붙인다.

"제11판은 결정판이야. 언어를 마지막으로 손질하는 단계라네. 다 끝나면 사람들이 최종적으로 사용할 언어가 나오겠지. 우리가 작업을 마치면 자네 같은 사람은 처음부터 다시 배워야 할 걸세. 자네는 우리가 단어를 새로 만드는 작업에 몰두한다고 생각하겠지. 하지만 조금도 그렇지 않아! 우리는 낱말을 없애는 거야, 매일 수십 개씩 수백 개씩. 언어를 근본까지 파고들며 곁가지를 하나씩 제거하는 거야. 제11판에는 2050년 이전에 제거할 단어가 하나도 없어."

사임은 허기진 듯 빵을 물어뜯어 삼키고 또 물어뜯어 삼키더니, 현학자가 열심히 떠들어대는 어투로 다시 말한다. 가무잡잡하게 마른 얼굴에 생기가 돌고 눈에는 비웃는 표정 대신 꿈꾸는 표정이 어린다.

"단어를 없애는 건 정말 멋들어진 작업이야. 없애는 단어는 당연히 동사와 형용사가 대부분이지만, 명사도 수백 개는 없앨 수 있어. 동의어는 물론이고 반대말까지. 어떤 단어를 반대하는 단어가 도대체 왜 필요한데? 한 단어는 어차피 반대 의미를 지녔어. '좋은'이라는 단어를 예로 들자고. '좋은'이란 단어가 있다면 '나쁜'이란 단어가 무엇 때문에 필요하겠나? '안 좋은'이라는 단어면 충분한데…… 아니, 훨씬 좋은데. 어떤 단어보다 구체적인 반대말이잖아. 마찬가지로, '좋은'이란 단어보다 훨씬 강한 의미로 '탁월한'이나 '훌륭한'처럼 애매하고 무익한 단어를 사용할 이유는 또 뭐야? '더 좋은'이라거나 '더더 좋은'이라고 하면 충분한데. 물론 우리는 이런 단어 형태를 이미 사용해. 하지만 새말사전 결정판에서는 나머지 단어 형태가 모두 사라지는 거야. 결국에는 '좋다'와 '나쁘다'는 개념을 담아내는 단어가 여섯 개…… 실제로는 딱 한 개만 남는 거지. 정말 훌륭하지 않은가, 윈스턴? 당연하겠지만, B.B.께서 아이디어를 처음 제시하셨다네."

사임은 뒤늦게 생각난 듯 덧붙이고, 윈스턴은 빅 브러더란 말이 나오는 순간에 공허한 존경심을 얼굴에 떠올린다. 그렇지만 사임은 윈스턴이 새말에 무관심하다는 사실을 단번에 알아채고, 아쉬운 어조로 말한다.

"윈스턴, 자네는 새말을 제대로 인정하지 않아. 새말을 사용할 때조차 옛말을 생각하지. 나는 자네가 쓴 「타임스」 기사를 종종 읽는다네. 좋긴 하네만, 그건 옛말을 새말로 옮긴 거야. 자네 마음은 옛말에 집착하거든, 쓸데없는 의미가 많아서 극히 애매한 옛말에. 자네는 단어를 줄이는 게 얼마나 중요한지 몰라. 어휘가 매년 줄어드는 언어는 새말밖에 없다는 걸 아는가?"

윈스턴은 당연히 잘 안다. 하지만 행여나 안 좋은 말이 나올까 걱정스러워, 공감한다는 뜻으로 보이길 바라며 방긋 웃는다. 사임은 거무튀튀한 빵을 한입 베어서 가만히 씹다가 다시 말한다.

"새말을 만드는 목적은 사고하는 폭을 좁히는 게 전부라는 사실을 자네는 모르는가? 종국적으로는 우리가 사상범죄 자체를 불가능하게 만드는 거야. 사상범죄에 사용하는 단어를 없애는 식으로 말이야. 세상에 존재하는 개념 하나하나를 구체적인 단어 하나로 표현해서 그 의미를 엄격하게 규정하고 부수적인 의미는 제거해, 사람들 기억에서 완벽하게 지우는 식으로. 제11판에서 우리는 그 목적에 거의 도달할 거야. 하지만 진행 과정은 자네나 내가 죽은 후에도 오랫동안 이어지겠지. 세월이 흐를수록 낱말은 줄어들고 생각하는 범위 역시 그만큼 줄어들 테니까. 물론 지금도 사상범죄를 저지를 또렷한 명분이나 이유는 없어. 자제력이 없고 현실통제를 못 하는 차원에 불과하거든. 하지만 결국에는 그럴 필요조차 사라지는 거야. 언어를 완성하면 혁명도 완성하는 거야. 새말이 영사고 영사가 새말이야."

사임이 말하더니, 묘한 만족감을 드러내며 묻는다.

"윈스턴, 아무리 늦어도 2050년이면 지금 우리가 주고받는 대화를 이해할 사람은 단 한 명도 없을 거란 생각을 한 적이 있는가?"

"글쎄……."

윈스턴은 막연하게 입을 열다가 멈춘다. '무산계급이라면'이라는 말이 혀끝에 맴도는데, 이단으로 들릴 수 있다는 느낌이 들어서 입을 재빨리 다문 거다. 그러나 사임은 윈스턴이 하려던 말을 정확하게 파악하고 태평하게 말한다.

"무산계급은 인간이 아니야. 아무리 늦어도 2050년 안에 옛날 말은 모두 사라질 거야. 과거에 나돌던 문학도 모두 사라지겠지. 초서, 셰익스피어, 밀턴, 바이런 등, 모두 새말 형태로만 존재하는 거야, 내용을 약간 바꾼 정도가 아니라 원래와 완전히 정반대로. 당 문건도 당연히 변하지. 구호도 당연히 변하고 자유라는 개념 자체가 사라지는데 '자유는 예속이다'라는 구호가 어떻게 존재하겠나? 생각하는 틀이 아예 변하는 거야. 지금 우리가 아는 사상이 사실상 사라지는 거야. '정통주의는 생각하지 않는다'는 말은 생각할 필요가 없다는 뜻이라고. 정통주의는 생각 자체가 없는 거야."

윈스턴은 사임이 조만간에 증발 당할 게 분명하다는 확신이 갑자기 든다. 사임은 아는 게 너무 많다. 상황을 너무 또렷하게 보고 너무 명백하게 말한다. 당은 이런 사람을 좋아하지 않는다. 사임은 조만간에 사라진다. 얼굴에 그렇게 적혔다.

윈스턴은 빵과 치즈를 이미 다 먹어치웠다. 그래서 의자에 앉은 몸을 옆으로 살짝 돌려서 커피를 마신다. 왼쪽 식탁에서는 시끄러운 사내가 여전히 심하게 떠들어댄다. 젊은 여자는 사내 비서로 보이는데, 윈스턴에게 등을 돌린 채 앉아서 열심히 듣는다. 사내가 말하는 내용 하나하나에 적극적으로 공감하는 분위기다. 여자가 청순하면서도 어리숙한 목소리로 "선생님 말씀이 옳아요. 선생님 의견에 동의해요"라고 대답하는 게 윈스턴 귀에 이따금 들린다. 하지만 사내는 젊은 여자가 대답할 때조차 입을 다무는 법이 없다.

윈스턴은 사내를 본 적이 있다. 하지만 창작국에서 아주 중요한 지위라는 사실 외에는 아는 게 없다. 서른 살 정도로 보이는데, 목이 굵고 커다란 입은 빠르게 움직인다. 사내가 머리를 뒤로 약간 젖힌 데다 의자에 앉은 각도 때문에 안경이 빛을 반사해, 윈스턴에게는 두 눈 대신 텅 빈 유리알 두 개만 보인다.

약간 끔찍한 건, 끊임없이 퍼부어대는 소리 가운데에서 단 한마디도 알아들을 수 없다는 사실이다. 윈스턴은 딱 한 번, '골드스타인주의를 결정적으로 완벽하게 제거'라는 말이 한 단어처럼 숨 가쁘게 흘러나오는 걸 들었다. 나머지는 오리가 꽥꽥거리는 소음 같기만 했다. 사내가 말하는 내용을 정확히 들을 순 없지만, 전반적인 성향은 확실히 느낄 수 있다. 사내는 골드스타인을 비난하면서 사상범과 파괴 선동가를 더욱 강력하게 처리해야 한다고 주장하는 걸 수도 있고, 유라시아 군대의 잔인한 행동을 비난하면서 격분하는 걸 수도 있고, 말라바 전선에서 영웅적으로 싸우는 군인이나 빅 브러더를 찬양하는 걸 수도 있는데, 차이는 없다. 어떤 내용이든, 입에서 나오는 말 한마디 한마디가 순수한 정통파요 순수한 영사라는 건 확실하다. 눈 없는 얼굴이 아래위로 빠르게 움직이는 모습을 보니, 인간이 아니라 일종의 꼭두각시라는 느낌마저 든다. 말하는 주체는 사내 머리가 아니라 목구멍이다. 사내가 내뱉는 건 말이란 형식을 취하지만, 진정한 의미에서 말은 아니다. 오리가 꽥꽥거리듯 아무런 생각 없이 뱉어내는 소음이다.

사임은 한동안 침묵한 채 숟가락 손잡이로 스튜 국물을 찍어서 식탁 무늬를 쫓아간다. 옆 식탁에서 일어나는 목소리는 주변이 시끄러워도 쉽게 들릴 정도로 여전히 꽥꽥거리며 빠르게 말하니, 마침내 사임이 입을 연다.

"자네도 아는지 모르겠는데, 새말에 '오리 말'이란 단어가 있어. 오리처럼 꽥꽥거린다는 뜻이네. 상반된 의미를 지닌 흥미로운 단어 가운데 하나지. 적에게 사용하면 비난하는 거고, 같은 편에게 사용하면 칭찬하는 거라네."

윈스턴은 사임이 증발 당할 게 분명하단 생각이 다시 떠오른다.

그래서 슬픈 마음이 든다. 하지만 윈스턴은 사임이 자신을 얕보기도 하고 살짝 싫어도 하니, 행여나 꼬투리라도 잡으면 자신을 사상범으로 몰아서 고발할 거란 사실을 잘 안다.

사임에게는 뭔가 아주 미묘한 결점이 있다. 분별력과 초연한 자세, 모르는 척하는 능력 같은 게 부족하다. 물론 사임을 이단이라고 말할 순 없다. 그는 일반 당원이 접근할 수 없는 최신 정보까지 동원해서 극히 성실하면서도 열정적으로 영사 강령을 지지하고, 빅 브러더를 숭배하고, 승리할 때마다 기뻐하고, 이단을 증오한다. 그런데도 좋지 않은 평판이 언제나 슬그머니 붙어 다닌다. 말하지 않는 게 훨씬 좋은 걸 말하고, 책을 너무 많이 읽고, 미술가와 음악가가 단골로 드나드는 '밤나무 카페'에 자주 들락거리기 때문이다. '밤나무 카페'에 들락거리지 말라는 성문법도 없고 불문법도 없지만, 그곳은 왠지 모르게 불길하다. 당에서 불신임한 옛날 지도자들이 결국 숙청당하기 전에 그곳에서 자주 모였다. 소문에 의하면, 골드스타인 역시 수십 년 전에 가끔 들렀다. 사임이 조만간에 어떤 운명에 처할지 너무나 뻔하다. 그런데도 사임은 윈스턴의 본성을, 윈스턴 머릿속 생각을 단 3초라도 파악한다면 사상경찰에 당장 고발할 게 분명하다. 하기야 이런 문제라면 다른 사람도 마찬가지겠지만, 사임은 누구보다 열정적이다. 하지만 부족한 부분이 있다. 정통주의는 생각하지 않는다는 원칙 말이다.

사임이 고개를 들더니 이렇게 말한다.

"파슨스가 오는군."

'지독한 바보 녀석'이라는 어투다. 승리 아파트 바로 앞집에 사는 파슨스가 실제로 식당을 가로지르며 재빨리 다가온다. 중키에 뚱뚱한 몸뚱어리, 금발에 개구리 같은 얼굴이다. 서른다섯 살밖에 안 돼서 목덜미와 허리에 벌써 군살이 붙었지만, 몸놀림은 민첩하고 활달하다.

겉모습은 몸집만 커다란 어린애 같아서 정식 작업복 차림인데도, 파란색 반바지에 회색 셔츠를 입고 빨간 목도리를 두른 스파이단을 떠올리지 않을 수 없다. 그래서 파슨스를 생각하면 움푹 파인 무릎과 통통한 팔뚝까지 말아 올린 소매 같은 게 언제나 떠오른다. 실제로 파슨스는 단체 행군을 비롯한 활동에 참여할 때면 언제나 반바지 차림으로 돌아다니기도 한다.

파슨스가 두 사람에게 "안녕, 안녕!"이라며 쾌활하게 인사하고 의자에 앉아서 땀 냄새를 물씬 풍긴다. 불그레한 얼굴이 온통 땀방울이다. 그는 땀을 흘리는 수준이 정말 대단하다. 공회당에서 탁구를 칠 때마다 배트 손잡이가 땀으로 흥건하게 젖는 것만 보아도 알 수 있다. 사임은 글씨가 빽빽하게 적힌 종이를 벌써 꺼내서 손가락 사이에 볼펜을 끼운 채 내용을 검토한다. 그러자 파슨스가 윈스턴을 쿡 찌르면서 말한다.

"점심시간에 일하는 걸 보시게. 열심이야, 그렇지? 지금 하는 게 뭔가, 친구? 내가 보면 머리가 콕콕 쑤시는 내용이겠지. 윈스턴, 친구, 내가 자네를 찾아다닌 이유를 말하겠네. 나한테 주는 걸 잊어버린 기부금 때문이네."

"무슨 기부금 말인가?"

윈스턴이 물으며 돈을 찾으려고 자동으로 몸을 더듬는다. 월급에서 4분의 1가량을 기부금으로 미리 떼어놓아야 하는데, 종류가 하도 많아서 일일이 기억하는 건 어렵다.

"증오주간에 쓸 거. 자네도 알잖아, 집마다 내는 돈. 내가 우리 구역 회계일세. 지금 우리는 최선을 다하니, 구경거리가 대단할 거야. 자네에게 말하는데, 유서 깊은 승리 아파트가 제일 커다란 깃발을 못 받는다면 내 손에 장을 지지겠어. 자네가 약속한 건 2달러야."

윈스턴은 때가 묻어 꼬깃꼬깃한 지폐 두 장을 찾아서 건네고, 파슨스는 조그만 수첩에 기록하는데, 무식한 글씨가 그대로 보인다.

"그런데 여보게, 어제 우리 꼬맹이가 자네한테 고무총을 쐈다고 들었네. 그래서 심하게 혼냈네. 또 그런 짓을 하면 고무총을 압수하겠다고 으름장을 놓았어."

"처형장에 못 가서 기분이 상했던 모양이야."

윈스턴이 말하자, 파슨스가 덧붙인다.

"아, 그런데, 내가 말하고 싶은 건 정신이 올바로 박혔다는 거야, 그렇지 않은가? 둘 다 말썽꾸러기지만 정말 똑똑하거든. 그 녀석들 머릿속에는 당연히 스파이단하고 전쟁밖에 없네. 지난 일요일에 스파이단에서 버크햄프스테드로 행군을 나갔는데, 우리 집 딸년이 어떻게 했는지 아는가? 다른 계집애 둘을 데리고 살짝 이탈해서 수상한 사내를 오후 내내 쫓아갔다네. 두 시간이나 꽁무니를 따라다니다가 숲에서 벗어나는 즉시 애머샴으로 가서 순찰대에 고발했네."

"이유가 뭔데?"

윈스턴이 머뭇거리며 묻자, 파슨스는 의기양양하게 대답한다.

"적군 첩자가 분명하다고 생각한 거야, 낙하산으로 침투했을지 모르는. 하지만 중요한 건, 친구, 이거야. 우리 애가 사내를 보고 왜 그런 생각을 했는지 아는가? 사내가 이상한 구두를 신었다는 걸 알아챈 거야. 그런 구두를 신은 사람은 본 적이 없거든. 그래서 외국인일 가능성이 크다고 생각한 거야. 일곱 살짜리 꼬맹이치고 꽤 똑똑하지?"

"그 사람은 어떻게 됐나?"

"아, 그건 나도 모르네. 하지만 놀랄 일이 뭐겠어, 이렇게 되었다 해도……."

파슨스가 말하며 총 겨누는 동작을 하면서 혀로 총소리를 낸다.

"잘했군."

사임이 건성으로 말하며 종이쪽지만 쳐다보고, 윈스턴도 강하게 동의한다.

"물론 그럴 가능성을 외면할 순 없겠지."

"내가 말하고 싶은 건, 지금은 전쟁 중이라는 거야."

파슨스가 말하자, 이 말을 증명이라도 하듯 바로 머리 위 '텔레스크린'에서 나팔 소리가 힘차게 울린다. 하지만 이번에는 전투 승리를 선포하는 게 아니라 풍부성에서 발표하는 내용이다. 젊은 목소리가 열정적으로 소리친다.

"동무들! 주목하세요, 동무들! 여러분에게 정말 대단한 소식을 전합니다. 우리가 생산전투에서 승리했습니다! 각종 소비품 생산량 통계를 이제 막 받은 바에 따르면, 생활 수준이 작년보다 20% 이상 향상했습니다. 오늘 아침 오세아니아 전역에서 일꾼들이 기쁨을 못 참고 공장과 사무실을 자발적으로 뛰쳐나와 깃발을 흔들며, 빅 브러더께서 탁월하게 영도하신 덕분에 우리 모두 새롭고 행복한 삶을 누린다며 거리마다 행진했습니다. 목표를 완벽하게 달성한 통계 수치를 지금부터 알려드리겠습니다. 식료품은……."

'우리 모두 새롭고 행복한 삶'이라는 구절이 반복해서 나온다. 최근에 '풍부성'에서 즐겨 사용하는 구절이다. 파슨스는 멍청하면서도 근엄하고 좋으면서도 지루한 표정으로 가만히 앉아서 나팔 소리에 집중하며 열심히 듣는다. 수치가 의미하는 바를 이해할 순 없어도 나름대로 만족스러운 결과라고 느끼는 것 같다. 그래서 커다랗고 지저분한 파이프를 꺼내는데, 태우다 만 담배가 절반이나 들어찼다. 일주일마다 배급받는 담배 100g으로 파이프를 가득 채운다는 건 현실적으로 불가능하다. 윈스턴은 '승리 담배' 한 개비를 반듯이 들어 조심스럽게 태운다.

배급 날은 내일인데, 남은 건 네 개비가 전부다. 윈스턴은 멀리서 일어나는 소음을 외면한 채 '텔레스크린'에서 흘러나오는 소리에 순간적으로 집중한다. 한 주 초콜릿 배급량을 20g으로 올려서 빅 브러더에게 감사하며 행진했다는 내용 같다. 이런 생각이 든다. '초콜릿 배급량을 일주일에 20g으로 줄인다고 선언한 게 바로 어제다. 그런데 겨우 24시간 만에 깡그리 잊어버릴 수 있단 말인가? 그렇다, 잊어버린다. 파슨스도 가볍게 잊어버린다, 짐승처럼 아둔하게. 왼쪽 식탁에서 안경알을 번뜩이는 사내도 열정적으로 미친 듯이 잊어버린다, 지난주 초콜릿 배급량은 30g이라는 눈치라도 보이는 사람이 있으면 당장 고발해서 증발시키고 말겠다는 의지를 무섭게 드러내며. 사임 역시…… 이중사고를 동원해서 훨씬 복잡한 방식으로…… 잊어버린다. 그렇다면 기억하는 사람은 나 혼자란 말인가?'

'텔레스크린'에서 황당무계한 통계 수치를 계속해서 쏟아낸다. 식량도, 의복도, 주택도, 가구도, 조리용품도, 연료도, 선박도, 헬리콥터도, 서적도, 신생아도 작년보다 모두 늘었다. 질병과 범죄와 정신병만 줄고 나머지는 모두 늘었다. 하루 단위로, 한 해 단위로, 모든 사람이, 모든 조건이 빠르게 성장한다. 사임이 조금 전에 그런 것처럼 윈스턴도 숟가락을 들어 멀건 국물을 찍어서 식탁 표면에 줄을 쭉 그으며 문양을 따라간다. 하루하루 힘들게 살아가는 모습이 떠올라, 마음속엔 분노만 가득하다. 예전부터 쭉 이런 식으로 살았던가? 음식이 늘 이렇게 엉망이었던가?

윈스턴은 식당을 둘러본다. 천장은 낮고, 실내는 북적이고, 벽은 사람들이 수없이 비벼대서 지저분하다. 철제식탁과 의자가 찌그러진 채 다닥다닥 붙어, 자리에 앉으면 서로 팔꿈치가 부닥친다. 숟가락은 휘고 쟁반은 눌리고 하얀 잔은 꺼칠꺼칠한데, 하나같이 기름기가 들러

붙고 틈새마다 때가 끼어 새까맣다. 싸구려 술과 싸구려 커피와 시큼한 스튜…… 더러운 옷에서 시큼하고 퀴퀴한 냄새가 난다. 위장과 살갗이 나름대로 열심히 반항한다. 마땅히 누릴 권리를 빼앗겼다는 느낌이다.

사실 윈스턴 자신도 예전엔 완전히 달랐다고 확신할 수 없다. 윈스턴이 확실히 기억하는 건 먹을 게 항상 부족하고 양말이나 속옷은 항상 구멍 나고 가구는 잔뜩 찌그러져서 항상 삐뚤거리고 실내는 난방이 안 되고 지하철은 만원이고 주택은 귀퉁이가 무너지고 빵은 새까맣고 홍차는 귀하고 커피는 형편없고 담배는 항상 부족하다는 거다. 싼값으로 넉넉하게 구할 수 있는 건 화학물질을 합성해서 만든 술이 전부다. 인간은 나이를 먹을수록 육신이 시드는 게 정상이지만, 불편하고 불결하고 빈곤한 생활, 끝없는 겨울, 끈적거리는 양말, 멈춘 엘리베이터, 차가운 물, 꺼칠꺼칠한 비누, 조금만 실수해도 종이가 터지는 담배, 이상할 정도로 맛없는 음식 때문에 마음이 병드는 것까지 자연의 섭리라고 말할 순 없는 거 아닌가! 예전에는 이러지 않았다는 기억이 없다면 이런 현실을 못 견디겠단 느낌은 도대체 어디서 오는 걸까?

윈스턴은 식당을 다시 둘러본다. 거의 모든 사람이 초라하다. 파란 작업복 대신 다른 옷을 입더라도 초라하게 보일 게 분명하다. 딱정벌레처럼 이상하게 생긴 사내가 식당 한쪽 끝 식탁에 홀로 앉아서 커피를 마시며 조그만 눈으로 이쪽저쪽을 수상쩍게 쏘아본다. 주변을 둘러보지 않는다면, 남성은 근육이 발달하고 키가 크며 여성은 가슴이 도톰하고 머리는 금발이고 성격은 아무런 근심 없이 활달하고 피부는 햇볕을 받아 건강하다고, 당이 이상형으로 규정한 체형으로 대부분 행복하게 산다고 믿을 가능성이 크겠다는 생각이 절로 떠오른다. 하지만 윈스턴이 실제로 확인한 바에 따르면, '에어스트립 원'에 사는 사람은 대부분

체격이 작고 피부가 검고 겉모습이 초라하다. 딱정벌레처럼 보이는 인간 유형이, 어릴 적에 키가 안 자라서 땅딸막한 사람이, 다리는 짧아서 툭하면 허둥대고 얼굴은 속을 알 수 없이 뚱뚱하고 두 눈은 정말 조그만 사람이 정부기관에 급격히 늘어나는 이유가 정말 궁금하다. 당이 지배하는 구조에서 제일 많이 출세할 것처럼 보이는 유형이다.

'풍부성'에서 발표하던 방송은 다시 불어대는 나팔 소리로 끝나면서 가냘픈 선율이 흘러나온다. 파슨스는 놀라운 통계 수치에 막연하게 감동해, 입에서 파이프를 빼더니 고개를 끄덕이며 말한다.

"'풍부성'이 올해 작업을 정말 잘했어. 그건 그렇고, 윈스턴, 나에게 꿔줄 만한 면도날은 없겠지?"

"그래, 없어. 나도 면도날 한 개를 여섯 주나 사용하는 중이라네."

"아, 그렇군…… 그냥 물어본 거야, 친구."

"미안하네."

윈스턴이 말한다.

옆 식탁에서 꽥꽥거리던 소리는 잠시 조용하더니, '풍부성' 발표가 끝나는 순간부터 다시 커다랗게 떠들어댄다. 윈스턴은 자신이 파슨스 부인을, 머리칼이 부족하고 얼굴 주름살에 때가 낀 부인을 떠올린다는 걸 갑자기 깨닫는다. 앞으로 2년이면 두 아이가 엄마를 사상경찰에 고발할 게 분명하다. 파슨스 부인은 증발 당할 게 분명하다. 사임도 증발 당할 게 분명하다. 윈스턴 자신도 증발 당할 게 분명하다. 오브라이언도 증발 당할 게 분명하다. 하지만 파슨스는 절대로 증발 당하지 않는다. 안경알을 번뜩이며 꽥꽥거리는 사내 역시 절대로 증발 당하지 않는다. 딱정벌레처럼 생긴 조그만 사내가 미로 같은 통로를 종종걸음으로 민첩하게 빠져나가는데, 저런 사람 역시 절대로 증발 당하지 않는다. 머리칼이 까만, 창작 담당국에서 일하는 여자도 절대로 증발 당하지 않는다. 윈스턴은 누가 살아남고 누가 사라질지 본능적으로 알 것 같다. 하지만 살아남으려면 어떻게 해야 하는지는 뭐라고 딱 집어서 말할 수 없다.

바로 그 순간, 윈스턴은 깊은 생각에서 화들짝 깨어난다. 옆 식탁 여자가 몸을 반쯤 돌려서 자신을 쳐다보는 게 아닌가! 머리칼이 까맣다는 바로 그 여자다. 자신을 쳐다보는 곁눈질에 호기심이 가득하다. 눈이 마주치는 순간에 여자는 눈길을 돌린다.

윈스턴은 등에서 식은땀이 흐른다. 공포와 함께 전율이 온몸에서 일어난다. 그러다가 순식간에 사라지는데, 불안감은 끈질기게 남는다. 저 여자가 쳐다본 이유는 무얼까? 저 여자가 자신을 계속 쫓아다니는 이유는 무얼까? 자신이 식당에 들어온 다음에 저 여자가 들어온 건지, 저 여자가 먼저 들어온 건지는 불행히도 기억이 안 난다. 하지만 어제 '2분간 증오하기' 동안, 저 여자는 특별한 까닭도 없이 바로 뒤에 앉았다. 자신이 제대로 소리치는지 알아보려고 그런 게 분명하다.

조금 전에 떠올린 생각이 다시 떠오른다. 저 여자는 설사 사상경찰이 아닐지언정 훨씬 위험하다는 아마추어 첩보원일 가능성이 크다. 저 여자가 얼마나 오래 쳐다보았는지 몰라도 5분은 족히 넘을 터인데, 그동안 자신은 표정을 제대로 관리하지 않았을 가능성이 크다. 공공장소나 '텔레스크린'이 살피는 주변에서 깊은 생각에 잠기는 건 극히 위험하다. 아주 사소한 표정 하나에 속마음이 드러날 수 있다. 얼굴이 살짝 흔들리거나 근심 어린 표정을 무심코 드러내거나 혼자서 중얼대는 습관은 비정상이란 사실을, 무언가를 숨긴다는 사실을 암시한다. 마땅치 않은 표정을 떠올리는 것 역시 (예를 들어, 승전을 알리는 방송 때 미심쩍은 표정을 떠올리는 것 역시) 범죄행위로 처벌받을 수 있다. 어떤 경우든 그것 하나만으로 처벌을 받을 수 있다. '표정범죄'라는 새말까지 있을 정도다.

여자는 등을 돌렸다. 어쩌면 자신을 정말로 쫓아다니는 건 아닐 수 있다. 이틀 연속으로 근처에 앉은 건 우연일 수 있다. 윈스턴은 담뱃불이 꺼지자 식탁 가장자리에 조심스럽게 내려놓는다. 근무를 마치고 마저 피울 심산이다, 담뱃가루가 꽁초에 그대로 남는다면. 옆 식탁 인물은 사상경찰 끄나풀일 가능성이 크다. 자신 역시 사흘 안에 애정성 감방에 갇힐 가능성이 크지만, 그래도 꽁초를 버릴 순 없다. 사임은 종이쪽지를 접어서 주머니에 넣고, 파슨스는 파이프를 물고 낄낄대다가 다시 떠벌린다.

"여보게, 어떤 늙은 여편네가 상점에서 일하다가 빅 브러더 포스터로 소시지 싸는 걸 보고서 우리 집 말썽꾸러기 두 놈이 그 치맛자락에 불을 놓았다는 말을 내가 했던가? 뒤로 살금살금 다가가서 성냥으로 불을 그었다는군. 화상이 꽤 심했을 거야. 꼬맹이들이 대단하지? 고추처럼 맵거든! 요즘은 스파이단에서 제일 먼저 훈련하는 게 바로 그런 거라네. 우리 때보다 훨씬 좋아. 마지막으로 훈련하는 내용이 뭔지 아는가? 열쇠 구멍에 나팔을 대고 엿듣는 거라네! 어린 딸년이 전날 밤에 집에 가져와서 안방 문에다 시험하더니, 그냥 듣는 것보다 두 배는 잘 들린다는 거야. 당연히 장난감이지. 하지만 기발하지 않나?"

바로 그 순간, '텔레스크린'에서 호각 소리가 날카롭게 일어난다. 일터로 돌아가라는 신호다. 세 사람은 벌떡 일어나, 엘리베이터를 타려고 법석대는 무리에 합류하고, 윈스턴 담배꽁초에서는 담뱃가루가 쏟아져나온다.

윈스턴은 일기장에 이렇게 쓴다.

　3년 전이다. 캄캄한 밤, 커다란 기차역 근처 좁은 골목길이다.
여인은 담벼락에 뚫린 문가 근처, 불빛이 어두운 가로등 밑에 서
있다. 젊은 얼굴에 화장이 진하다. 얼굴에 가면이라도 쓴 것처럼
분을 하얗게 바르고 입술에 새빨간 립스틱을 바른 모습이 매력적으
로 보였다. 여성 당원은 절대로 얼굴에 화장하지 않는다. 거리엔
다른 사람이 아무도 없고, '텔레스크린'도 없었다. 여인은 2달러를
요구했다. 나는……

　순간적으로 계속 쓰는 게 힘들다. 윈스턴은 눈을 감고 손으로 두 눈을
꾹 누른다. 자꾸 떠오르는 장면을 떨쳐내고 싶다. 목청껏 욕을 퍼붓고
싶은 충동까지 몰려든다. 머리를 벽에 찧고, 탁자를 발로 걷어차고, 잉크
병을 창밖으로 내던지고 싶은 충동도 몰려든다. 고통스러운 기억을 떨쳐
낼 수만 있다면 자해도, 포악한 행동도, 욕설도 할 것 같다.
　가장 무서운 적은 자신의 신경조직이라는 생각이 든다. 내면에 가득
한 갈등을 어느 순간에 밖으로 드러낼지 모르기 때문이다. 몇 주 전에
거리에서 지나친 사내 한 명이 떠오른다. 극히 평범하게 보이는 사내
로, 당원이고, 나이는 서른다섯에서 마흔 정도로 보이며 커다란 키에
여윈 체구인데, 손에 서류가방을 들었다. 몇 미터 떨어진 거리에서
사내는 갑자기 경련이라도 일어난 듯 얼굴 왼쪽 뺨을 일그러뜨렸다.
바로 옆을 스치고 지나는 순간에도 다시 일그러뜨렸다. 카메라 셔터를
찰칵 누르기라도 한 것처럼 짧은 순간이지만, 습관적으로 그러는 게

분명했다. 당시에 이렇게 생각한 기억이 난다. '가엾은 친구, 이제 끝장이구나. 무엇보다 끔찍한 건 저런 행동 자체를 자신도 모를 가능성이 크다는 거야. 마찬가지로, 무엇보다 끔찍하게 위험한 건 잠자면서 말하는 거야. 잠자면서 말하는 건 막을 방법이 없잖아.'

윈스턴은 숨을 깊이 들이마시고 다시 써내려간다.

나는 여인과 함께 문간에 들어서서 뒤뜰을 가로질러 지하실 부엌으로 들어갔다. 벽에 침대가 있고 탁자에 등불이 있는데, 불빛이 희미했다. 여인은……

윈스턴은 이를 악문다. 침이라도 뱉고 싶다. 여인과 함께 지하실 부엌으로 들어서는 순간에 아내 캐서린을 생각했다. 윈스턴은 기혼자…… 당시만 해도 기혼자였다. 아내가 죽었다는 사실 자체를 모르니, 지금도 기혼자라고 할 수 있다. 따뜻하고 답답한 지하실 부엌 냄새가, 벌레와 더러운 옷가지와 싸구려 향수 냄새가 다시 나는 것 같다. 그래도 마음이 끌렸다. 당에서는 어떤 여성도 향수를 사용하지 않는 건 물론, 그렇게 할 엄두조차 낼 수 없다. 향수 냄새는 윈스턴 마음속에서 간통을 상징한다.

윈스턴이 당시에 여자와 관계한 건 2년 만에 처음이다. 물론 창녀와 관계하는 건 당연히 금기사항이지만 용기만 있으면 가끔 깨뜨려도 되는 규칙 가운데 하나다. 위험하긴 해도 생사를 결정하는 건 아니다. 창녀와 함께 있다가 잡히면 강제노동수용소 5년이다. 추가로 저지른 범죄가 없다면 그 정도로 충분하다. 현장에서 잡히는 것만 피하면 되니 아주 간단하다. 빈민가마다 몸을 팔려는 여자가 우글거린다. 무산계급은 술을 마실 수 없으니, 어떤 동네에서는 술 한 병으로 몸을 살 수도 있다.

억제할 수 없는 본능을 빼내는 배출구로 당에서 매춘을 은근히 권장하는 경향조차 있다. 은밀히 조용하게 행동하는 한, 빈민이나 천민 출신 여성만 만나는 한, 당에서는 간통 행위를 심하게 문제 삼지 않는다. 용서할 수 없는 범죄는 당원 사이에서 문란하게 일어나는 성관계다. 그래서 대숙청을 할 때마다 죄인들이 빠뜨리지 않고 자백하는 죄목 가운데 하나지만, 실제로 그런 일이 일어날 가능성은 없다.

당이 겨냥하는 건 남녀 사이에 사랑하는 마음이 생겨 당에서 통제할 수 없는 사태가 발생하는 걸 예방하는 정도가 아니다. 진짜 목적은, 겉으로 드러낸 적은 없지만, 성행위에서 생기는 쾌락을 모두 제거하자는 거다. 결혼한 관계든 아니든, 당에서 적으로 삼는 건 사랑이 아니라 성욕이다. 당원끼리 결혼하는 건 해당 위원회에서 승인받아야 하는데, 기준을 밝힌 적은 지금까지 없지만, 남녀가 서로에게 육체적으로 끌린다는 인상을 주면 절대로 승인받을 수 없다. 결혼을 승인하는 목적은 당에 봉사할 아이를 출산하는 것 하나밖에 없다. 성교 행위 자체는 항문을 관장하는 것처럼 약간 역겨운 행위로 간주한다. 이런 느낌 역시 노골적으로 표현하진 않지만, 모든 당원이 어릴 적부터 간접적으로 꾸준히 세뇌당한다. 그래서 '청년 반성(Anti-Sex) 동맹' 같은 조직까지 만들어, 남녀 모두에게 완벽한 독신 생활을 권장한다. 아기는 인공수정으로 (새말로 '인수'라고 한다) 낳고 공공기관에서 길러야 한다. 이런 방식을 윈스턴이 심각하게 받아들인 적은 없지만, 당에서 일관되게 제시하는 이념에 정확히 맞아떨어지는 건 확실하다. 당에서는 성이라는 본능을 아예 말살하려고 애쓴다. 행여나 말살할 수 없다면 더러운 짓으로 왜곡이라도 하려고 애쓴다. 윈스턴으로선 당에서 그러는 까닭을 알 수 없지만, 어찌 보면 지극히 당연한 현상 같기도 하다. 게다가 여성 당원들 사이에서 커다랗게 성공한 것 역시 사실이다.

윈스턴은 캐서린을 다시 떠올린다. 부인과 헤어진 게 9년이나 10년, 아니, 11년은 된 것 같다. 부인 생각이 드물게 떠오르는 게 이상하다. 자신이 결혼했다는 사실을 며칠 연속 잊을 때도 있다. 부인과 함께 산 건 15개월 정도에 불과하다. 당에서는 이혼을 허락하지 않는다. 아이가 없는 경우에 별거를 권장하는 정도다.

캐서린은 키가 크고 금발에다 날씬하고 몸놀림이 우아했다. 얼굴은 이목구비가 뚜렷하고 날카로웠다. 사람들이 처음에는 고상하게 여기다가 나중에는 특별한 게 없다는 걸 깨닫는 얼굴 말이다. 결혼생활을 시작하자마자, 윈스턴은 캐서린 역시 다른 모든 사람과 마찬가지로 어리석고 저속하며 속이 텅 비었다는 사실을 깨달았다. 캐서린을 누구보다 자세히 안다는 게 다를 뿐이다. 머릿속에는 당에서 제시한 구호만 가득하고, 당에서 주장하는 거라면 무엇이든 받아들일 정도로 완벽하게 무식했다. 그래서 윈스턴은 마음속으로 부인에게 '인간 녹음기'라는 별명을 붙였다. 그렇다 해도 한 가지 문제만, 성 문제만 없다면 꾹 참으며 살아가려고 했다.

그런데 캐서린은 자신이 손만 대도 몸이 뻣뻣하게 굳으며 움츠러드는 것 같았다. 행여나 껴안기라도 하면 나무토막을 껴안은 느낌이었다. 정말 이상한 건 캐서린이 억지로 꼭 껴안을 때조차 자신을 힘껏 밀어내는 느낌이 든다는 사실이다. 모든 근육이 뻣뻣하게 굳어서 그런 느낌을 받은 것 같다. 캐서린은 눈을 꼭 감고 누워서 반항도 협조도 않은 채 그냥 '감수'했다. 그런 모습이 처음에는 정말 당혹스럽다가 나중에는 소름까지 돋았다. 그렇다고 하더라도 독신처럼 사는 걸 합의한다면 부인과 함께 사는 걸 감수할 수 있었다. 정말 이상한 건, 독신처럼 사는 걸 캐서린이 거부했다는 거다. 아이를 꼭 낳아야 한다면서 말이다. 그래서 불가능하지 않을 때마다, 일주일에 한 번꼴로, 규칙적으로 관계했다. 밤에 할 일이 있다는 사실을 잊지 말고 기억하라고 아침에 캐서린이 일깨워줄 정도였다. 부부관계를 캐서린은 두 가지 이름으로 불렀다. 하나는 '아기 만들기', 또 하나는 '당에 대한 의무'다. 정말이다, 캐서린은 실제로 이런 명칭을 사용했다. 윈스턴은 얼마 안 가서 약속한 날짜가 올 때마다 끔찍한 공포에 시달리기 시작했다. 다행히도 아이는 안 생기고, 결국에는 캐서린도 그런 짓을 그만두자는 데 동의하고, 두 사람은 곧바로 헤어졌다.

윈스턴은 한숨을 가느다랗게 내쉰다. 그리고 펜을 다시 집는다.

여인은 침대로 몸을 던지더니, 아무런 준비과정도 없이 인간이 상상하기에 가장 끔찍한 방식으로 치맛자락을 상스럽게 들어 올렸다. 나는……

윈스턴은 희미한 등불 아래서 벌레와 싸구려 향수 냄새를 코끝으로 맡는 순간조차 살갗이 하얀 부인 몸뚱이가, 당 최면술에 걸려서 영원히 얼어붙은 몸뚱이가 떠올라 분노하고 좌절하며 가만히 서 있는 자신을 바라본다. 언제나 이렇게 살아가야 하는 까닭은 도대체 무어란 말인가? 자기 여자가 있으면 안 되는 까닭은 뭐란 말인가? 몇 년에 한 번씩 이렇게 추잡한 드잡이질을 벌여야 하는 까닭은 뭐란 말인가? 하지만 진정한 사랑은 현실에선 생각조차 할 수 없는 사치다. 여성 당원은 누구나 똑같다. 순결을 당에 대한 충성심으로 여기며 마음속 깊이 새겨넣었다. 어릴 적부터 세심한 양육과정을 통해, 다양한 놀이와 냉수욕을 통해, 학교와 스파이단과 청년동맹에서 주입한 온갖 쓰레기를 통해, 학습과 행진과 노래와 구호와 군가를 통해, 자연스러운 감정은 모두 밀려나고 말았다. 윈스턴의 이성은 예외가 있을 수밖에 없다고 주장하지만, 마음은 조금도 안 믿는다. 여성 당원은 당에서 원하는 대로 하나같이 확고부동하다. 그래서 윈스턴이 사랑받는 이상으로 꼭 하고 싶은 건 당에서 설정한 도덕이란 벽을 평생에 단 한 번이라도 무너뜨리는 거다. 성행위를 제대로 즐기는 반역 말이다. 성욕을 품는 건 사상범죄다. 설사 자신이 성공한다 해도, 캐서린을 자극하는 건 간음하는 것과 마찬가지다.

이야기를 마저 써야 한다. 그래서 이렇게 적는다.

나는 등불 심지를 올렸다. 불빛에 비친 여인을 보니……

정말 어두운 상태에서 심지를 올리니, 석유 등불에서 희미하게 일어나는 불빛이 주변을 꽤 밝게 비춘다. 여인이 처음으로 제대로 보인다. 윈스턴은 여인에게 한발 다가서다가 가득 몰려드는 욕정과 공포에 멈칫한다. 여기까지 오면서 감수한 위험이 고통스럽게 다가온다. 밖으로 나가다가 순찰경찰에게 잡힐 것 같다. 아니, 지금 이 순간에 문밖에서 낚아챌 순간만 기다리며 대기할 수도 있다. 자신이 여기까지 온 목적을 충족하지 않고 그냥 나간다는 건……

이 내용도 일기장에 적어야 한다. 모두 고백해야 한다. 불빛에 갑작스레 드러난 여인은 '노파'였다. 얼굴에 두껍게 칠한 화장은 마분지로 만든 가면처럼 금방이라도 갈라질 것 같다. 머리에는 하얀 머리칼이 듬성듬성하다. 그러나 무엇보다 소름 끼치는 건, 살짝 벌린 입이 동굴처럼 까맣게 보인다는 사실이다. 치아가 하나도 없는 거다.

윈스턴은 마구 휘갈기며 급히 써내려간다.

불빛에 비친 여인은 나이가 아주 많은, 최소한 쉰 살은 넘은 노파다. 하지만 나는 그냥 다가가서 그대로 해치운다.

윈스턴은 손으로 두 눈을 다시 꾹 누른다. 마침내 다 썼으나, 달라지는 건 하나도 없다. 글 쓰는 처방은 효험이 없는 것 같다. 목청껏 욕지거리를 퍼붓고 싶은 충동이 여느 때보다 강하게 일어난다.

7

윈스턴은 '희망이라는 게 있다면 그건 바로 무산계급이다'라고 써내려간다.

희망이라는 게 있다면 그건 바로 무산계급이다. 턱없이 무시당하는 대중이 아니고선, 오세아니아 인구 85퍼센트가 아니고선, 견고하게 구축한 당을 절대로 파괴할 수 없기 때문이다. 내부에서 당을 전복할 순 없다. 당을 증오하는 당원이 행여나 있을지라도 성향이 비슷한 당원끼리 모이는 건 둘째치고, 서로 성향을 파악할 방법조차 없다. 전설적인 '형제단'이 실제로 존재한다 해도, 단원이 두어 명 이상 모이는 건 생각할 수조차 없을 게 분명하다. 서로 눈을 마주본다거나 목소리가 변한다거나 귓속말이라도 하면 반역으로 간주한다. 하지만 무산계급은 자신에게 강력한 힘이 있다는 사실만 알아채면 따로 음모를 꾸밀 필요조차 없다. 파리 떼를 쫓아내는 말처럼 그냥 일어나서 이리저리 흔들어대기만 하면 된다. 마음만 먹으면 내일 아침에라도 당을 산산이 부서뜨릴 수 있다. 그런데 무산계급이 조만간 이런 생각을 품을 수 있을까? 그래서……

언젠가 인파가 북적대는 거리를 걷는데, 앞쪽 샛길에서 여성 수백 명이 끔찍하게 내지르던 고함이 기억난다. "아-아-아-악"하는 절규가 분노와 절망으로 가득한 종소리처럼 묵직하고 거대하게 일어나며 무섭게 퍼져나갔다. 윈스턴은 가슴이 울렁거렸다. '드디어 일어났어! 폭동이야! 마침내 무산계급이 억압의 굴레를 벗어던진 거야!' 하는 생각이 절로 들었다. 윈스턴은 현장으로 당장 달려가, 여자 2~3백 명이 침몰하는 선박에서 죽음을 앞둔 승객이라도 되는 듯, 시장거리 좌판을 에워싼 채 절박한 표정으로 아우성치는 광경을 바라보았다. 그런데 군중에게 몰려들던 좌절감은 여기저기에서 개인적인 다툼으로 변하기 시작했다. 노점상 좌판 가운데 한 군데서 양은냄비를 판 것 같다. 냄비는 조잡하고 보잘것없었다. 하지만 취사도구를 구하는 건 어떤 종류든 쉽지 않았다. 그런 참에 냄비가 예기치 않게 시장에 나온 거다. 냄비를 확보한 여자는 냄비를 품에 안은 채 이리 부딪치고 저리 밀리면서 빠져나가려 애쓰고, 나머지는 좌판을 에워싼 채 아는 사람에게만 판다며, 어딘가에 숨겨놓은 냄비가 분명히 있다며 와자지껄 소리쳤다. 날카로운 소리가 새롭게 일어났다. 극성스런 여자 두 명이 냄비 하나를 붙들고 서로 차지하려고 아귀다툼하는데, 그중 한 여자는 머리칼까지 흘러내렸다. 두 여자가 한동안 잡아당기는 가운데, 마침내 냄비 손잡이가 떨어져 나갔다. 윈스턴은 욕이 절로 나오는 표정으로 가만히 지켜보았다. 그러나, 한순간이나마, 수백 명이 목청껏 터트리는 함성은 얼마나 대단했던가! 그런데 그들이 정말 중요한 문제를 둘러싸고 그런 함성을 한 번도 안 내지르는 이유는 도대체 뭐란 말인가? 윈스턴은 이렇게 쓴다.

그들은 모든 걸 깨달아야 반란을 일으킨다. 그런데 반란을 일으키기 전에는 모든 걸 깨달을 수 없다.

일기장에 적고 나니, 당에서 배부한 교과서 구절을 그대로 옮긴 것 같다는 생각이 든다. 물론, 당에서는 무산계급을 굴레에서 해방했다고 주장한다. 혁명 이전만 해도 무산계급은 자본가계급에게 무시무시하게 학대받고, 누구나 굶주리며 매질 당하고, 여자는 탄광에서 강제노동에 시달리고(사실대로 말하자면 여자가 탄광에서 일하는 건 지금도 마찬가지다), 아이는 여섯 살부터 공장으로 이리저리 팔려나갔다는 거다. 이런 주장과 동시에, 당에서는 이중사고 원리에 따라, 무산계급은 태어날 때부터 열등하니, 단순한 규율 몇 가지를 적용해서 짐승처럼 복종하도록 만들어야 한다고 가르친다.

당원은 무산계급이 어떻게 살며 무슨 생각을 하는지조차 알려고 하지 않는다. 무산계급이 꾸준히 일하면서 자식을 낳는다면 다른 건 문제 될 게 하나도 없다. 아르헨티나 대초원에서 방목하는 가축처럼 가만히 내버려두니, 그들은 자신에게 자연스러운 생활양식으로, 일종의 원시생활로 돌아갔다. 빈민굴에서 태어나고 자라다가 열두 살에 일터로 나가고, 아름다운 꽃을 활짝 피우면서 성욕을 잠시 발산하다가, 스무 살에 결혼하고, 서른 살에 중년을 맞고, 예순 살에 대부분 죽는다. 힘든 육체노동, 가정과 아이에 대한 걱정, 이웃과 사소한 말다툼, 영화, 축구, 맥주, 특히 도박에 모든 관심을 쏟아붓는다. 그래서 무산계급을 통제하는 건 조금도 어렵지 않다. 사상경찰 정보원 몇 명이 끊임없이 활동하며, 거짓 소문을 퍼뜨리고, 위험 인물로 변할 것 같은 사람을 주목하다가 제거하면 그만이다.

그들에겐 당 이념을 주입할 필요조차 없다. 무산계급이 강한 정치의식을 갖는 건 바람직하지 않다. 노동시간을 늘리거나 배급량을 줄여야 할 때면 원시적인 애국심에 호소하는 거로 충분하다. 가끔 그런 것처럼 설사 무산계급이 불만을 품더라도 철학이라는 게 부족해서 특별한 목표를 설정할 수 없으니, 사소한 투정만 부리는 게 전부다. 무산계급은 훨씬 커다란 죄악을 알아챌 수도 없다. 무산계급 대다수는 집에 '텔레스크린'조차 없다. 치안경찰조차 무산계급을 거의 건들지 않는다. 런던은 온갖 범죄가 일어나는 소굴이다. 도둑, 강도, 매춘, 뜨내기 약장수, 다양한 사기꾼이 우글거린다. 하지만 모든 범죄가 무산계급 내부에서 일어나니, 문제 될 건 하나도 없다. 도덕적으로 문제가 생겨도 무산계급은 조상 대대로 내려오는 관례에 따른다. 당에서도 그들에게는 성에 대한 금욕주의를 강조하지 않는다. 간통도 허용하고, 이혼도 허용한다. 무산계급이 원한다면 종교적인 자유조차 충분히 허용할 터다. 무산계급은 감시 대상이 아니다. 당에서 내건 구호대로, '무산계급과 동물은 자유다.'

윈스턴은 팔을 아래로 뻗어서 하지정맥류 부위를 조심스럽게 긁는다. 가려운 느낌이 또 일어난 것이다. 혁명 전에는 어떻게 살았는지 도무지 알 수 없다는 느낌이 불가피하게 떠오른다. 그래서 파슨스 부인에게 빌린 어린이 역사 교과서를 책상 서랍에서 꺼내, 거기에 적힌 부분을 그대로 옮긴다. 이런 내용이다.

옛날에, 영광스러운 혁명 이전에, 런던은 오늘날 우리가 아는 아름다운 도시가 아니었다. 어둡고, 더럽고, 비참한 도시였다. 가난한 사람은 신발이 없어 맨발로 다니고, 먹을 건 항상 부족했다. 몸을 누일 집조차 없었다. 여러분과 같은 또래 아이들은 매일 열두 시간씩 일하고, 잔인한 주인은 게으르다고 채찍질하면서 먹을 거라곤 썩은 빵부스러기와 물만 주었다. 수많은 사람이 이렇게 끔찍한 가난에 시달리는 동안, 돈 많은 사람은 거대하고 아름다운 저택에 하인을 서른 명이나 부리며 살았다. 이렇게 돈 많은 사람을 자본가라고 불렀다. 옆에 실린 그림처럼 얼굴은 사악하고 몸집은 뚱뚱하고 추악하다. 여러분이 보면 알겠지만, 자본가는 프록코트라는 검은색 기다란 외투를 입고, 난로 연통처럼 기다랗고 이상하게 번쩍이는 모자를 쓴다. 자본가 복장이다. 다른 사람은 이런 걸 입을 수 없다. 자본가는 세상에 있는 모든 걸 소유하고, 나머지는 노예로 살았다. 자본가는 토지든 주택이든 공장이든 돈이든, 모든 걸 독점했다. 행여나 복종하지 않는 사람이라도 나타나면 감옥에 처넣거나 일자리를 빼앗아서 굶겨 죽였다. 일반인은 자본가에게 말할 때 모자를 벗어서 '나리'라고 부르며 허리를 숙이고 굽실거려야 했다. 자본가 우두머리에게는 '왕'이라는 호칭을 붙였다. 그리고……

나머지 내용도 뻔하다. 소매가 고상한 제복을 입은 주교, 담비 모피를 걸친 법관, 죄인에게 씌우는 칼, 죄인 발목에 채우는 족쇄, 발로 돌리는 연자방아, 끈 아홉 개가 달린 채찍, 시장 나리가 베푸는 연회, 교황 발등에 입 맞추는 관습 따위다. '초야권'이라는 것도 있다. 어린이 교과서에서 다루면 안 될 것 같은데, 자본가는 누구든 자기 공장에서 일하는 여성과 동침할 권리가 있다는 법률이다.

이런 내용에 거짓말이 얼마나 끼어들었는지 누가 알겠는가? 일반인 다수가 혁명 이전보다 지금 훨씬 바람직하게 살아간다는 주장은 사실일 수 있다. 그렇지 않다는 증거는 뼛속 깊이 스며든 무언의 항변, 지금은 도저히 살아갈 수 없다는, 예전은 지금과 달랐을 게 분명하다는 본능적인 느낌이 전부다. 지금 살아가는 모습은 잔인하고 불안할 뿐만 아니라 삭막하고 추악하고 냉담하기까지 하다는 사실이 갑자기 뇌리를 때린다.

주위를 둘러보면, 모든 인간이 '텔레스크린'에서 흘러나오는 거짓말은 물론이고, 당에서 달성하려고 애쓰는 이상과 완전히 다르게 살아간다. 당원을 포함한 거의 모든 인간이 중립적이며 비정치적인 내용에, 따분한 작업으로 꾸준히 빠져드는 것에, 지하철에서 자리를 다투는 문제에, 구멍 난 양말을 꿰매는 것에, 사카린을 구걸하는 것에, 담배꽁초를 제대로 보관하는 방식에 모든 관심을 쏟아붓는다. 당에서 이상으로 설정한 건 아주 거대하고 엄청나고 화려한 세계, 강철과 콘크리트 그리고 거대한 기계와 가공할 무기로 가득한 세상, 병사와 광신도가 완벽하게 일치하며 전진하는 국가, 모두가 똑같이 생각하고 똑같은 구호를 외치고 똑같이 일하고 싸우고 승리하고 이단을 박해하는 국가, 3억이라는 인민이 모두 똑같은 얼굴을 한 국가다. 그러나 눈앞에 보이는 건 황폐하고 더러운 도시, 인민이 영양실조에 걸린 채 구멍 뚫린 신발을 신고 이리저리 어슬렁거리며 돌아다니고, 다 쓰러져가는 19세기 주택에 양배추와 더러운 화장실 냄새가 언제나 진동하는 도시다.

런던 전역이 쓰레기통만 가득한 도시로, 거대한 폐허로 변하는 영상이 보이는 것 같다. 파슨스 부인이, 얼굴에는 주름살이 가득하고 머리칼은 듬성듬성한 여인이, 막힌 수챗구멍을 뚫으려고 처량하게 애쓰는 영상도 보이는 것 같다.

윈스턴은 손을 아래로 뻗어서 발목을 다시 긁는다. '텔레스크린'에서는 지금 모든 인민이 50년 전보다 훨씬 잘 먹고, 훨씬 잘 입고, 훨씬 좋은 집에서 살고, 여가를 훨씬 많이 즐긴다고, 그래서 덩치는 훨씬 크고, 몸은 훨씬 건강하고, 힘은 훨씬 강하고, 생활은 훨씬 여유롭고, 지식은 훨씬 많고, 교육은 훨씬 훌륭하다는 사실을 입증하느라 밤낮없이 귀가 따갑도록 통계수치를 나열한다. 이런 수치 중에 단 하나라도 증명하거나 반증한 사례는 전혀 없다. 예를 들면, 당에서는 오늘날 성인 노동자 40퍼센트가 글자를 읽을 수 있는데, 혁명 이전에는 그 수치가 15퍼센트에 불과했다고 주장한다. 지금은 유아 사망률이 1천 명당 160명에 불과한데, 혁명 이전에는 300명이었다는 주장도 한다. 모든 게 이런 식이다. 방정식은 하난데 미지수는 두 개다. 역사책에 기록한 어휘 하나하나는, 심지어 아무런 의심 없이 받아들이는 사실조차, 상상력 하나로 만들었을 가능성이 극히 크다. 윈스턴이 판단하기에, '초야권' 같은 법률이나 자본가라는 인간 유형이나 난로 연통처럼 생긴 모자 같은 건 실제가 아닐 수도 있다.

모든 것이 안개처럼 흐릿하다. 과거를 지우더니, 이제는 지웠다는 사실마저 잊어버려, 거짓은 진실로 돌변한다. 윈스턴은 모든 게 조작이라는 증거를 딱 한 번 분명하고도 확실하게 확보했는데, 중요한 건 커다란 사건을 겪은 다음이란 사실이다. 윈스턴은 그 증거를 30초 동안 손으로 움켜잡았다. 1973년 즈음이 분명하다. 자신이 캐서린과 헤어질 무렵이니 말이다. 하지만 사건이 실제로 일어난 건 7~8년쯤 앞선다.

사건이 실제로 일어난 건 60년대 중반, 그러니까 혁명을 이끈 지도자 다수를 한꺼번에 쓸어버린 대숙청 당시다. 1970년까지 살아남은 혁명 지도자는 빅 브러더를 제외하면 아무도 없다. 나머지는 반역이나 반혁명 범죄를 저지른 사실이 모두 드러났다. 골드스타인은 이미 도망쳐서 아무도 모르는 곳에 숨고 다른 일부도 감쪽같이 사라졌지만, 대부분은 화려하게 조직한 인민재판에서 모든 죄를 자백하고 처형당했다. 마지막까지 남은 생존자 가운데 존스, 아론슨, 러더퍼드라는 사람 세 명이 있었다. 세 사람이 체포당한 건 1965년이 분명하다. 으레 그런 것처럼 세 사람 역시 1년 이상 자취를 감추어서 살았는지 죽었는지조차 모르던 판에, 으레 그런 것처럼 갑자기 나타나서 모든 죄를 자백했다. 적과 (당시에도 유라시아가 적이었다) 내통하고, 공금을 횡령하고, 충직한 당원을 여럿 살해하고, 혁명이 일어나기 오래전부터 빅 브러더를 반대하며 음모를 꾸미고, 파업을 일으켜서 수많은 사람을 죽음으로 몰아갔다는 거다. 이렇게 모든 행위를 자백하고 나서 세 사람 모두 사면받고 당에 복귀해, 중요한 자리처럼 들리는 한직에 임명됐다. 그러자 세 사람 모두 「타임스」에 비굴한 글을 장문으로 기고해, 자신들이 오류에 빠져든 원인을 분석하면서 모든 오류를 바로잡겠다고 약속했다.

세 사람이 풀려나고 얼마 후에 윈스턴은 '밤나무 카페'에서 세 사람을 실제로 보았다. 엄청난 호기심에 한쪽 눈으로 세 사람을 힐끔거리면서 쳐다본 기억이 난다. 세 사람 모두 윈스턴보다 나이가 훨씬 많은, 당을 초창기부터 영웅적으로 이끌어온 마지막 거물이다. 지하투쟁이나 내전에 참여한 신비로운 매력이 희미하게 엿보였다. 당시에는 구체적인 사실과 날짜가 벌써 많이 흐릿하게 변하긴 했지만, 윈스턴은 자신이 빅 브러더라는 이름보다 세 사람 이름을 들은 시점이 훨씬 빠르다는 느낌을 확실히 받았다. 하지만 세 사람은 범법자요, 적이요, 더러운 존재니, 1~2년 안에 확실하게 제거당할 운명이기도 했다. 사상경찰 손아귀에 걸려든 사람이 끝까지 빠져나간 적은 단 한 번도 없다. 세 사람은 무덤으로 들어갈 때만 기다리는 시체였다.

세 사람이 앉은 탁자 근처에는 아무도 없었다. 그런 사람 근처에 드러내놓고 앉는 건 현명하지 않다. 세 사람은 카페 명물로 정향나무 향기가 깃든 술을 한 잔씩 앞에 놓고 가만히 앉아서 침묵했다. 세 사람 가운데서 윈스턴이 가장 깊은 인상을 받은 사람은 러더퍼드다. 러더퍼드는 원래 풍자만화로 유명한 화가다. 잔인한 장면을 만화로 발표해서 혁명 이전과 혁명 기간에 여론을 불러일으키는 데 커다랗게 이바지했다. 심지어 지금도 「타임스」에서 러더퍼드 풍자 그림을 아주 가끔 실을 정도다. 하지만 러더퍼드 초기 작품을 모방하는 식에 지나지 않아, 생명력도 설득력도 신기할 정도로 없다. 빈민가 셋집, 굶주리며 죽어가는 아이들, 시가전, 중산모를 쓴 자본가, 심지어 바리케이드에서도 중산모를 마냥 고집하는 것처럼 보이는 자본가 등, 오랜 소재를 재탕 삼탕 베끼는 식으로 과거로 돌아가려고 절망적으로 노력하는 수준이다. 러더퍼드는 체구가 거대하고, 잿빛 머리카락에 기름을 발라서 말갈기처럼 넘기고, 얼굴은 살갗이 축 늘어져서 주름지고, 입술은 흑인처럼 툭 튀어나왔다. 한때는 성격이 더할 나위 없이 강인했을 게 분명하다. 그러나 이제 거대한 체구는 여기저기가 축 늘어져서 기울고 똥배까지 튀어나오며 망가졌다. 거대한 산이 허물어지는 것 같았다.

당시는 한적한 15시였다. 윈스턴은 그런 시간에 자신이 그 카페에 무엇 때문에 들어갔는지 기억할 수 없다. 내부는 거의 텅 빈 상태다. 싸구려 음악이 '텔레스크린'에서 가느다랗게 흘러나왔다. 세 사람은 한쪽 구석에서 입을 꾹 다문 채 가만히 앉아있었다. 주문도 않는데 웨이터가 술 석 잔을 새로 갖다놓았다. 바로 옆 탁자에는 체스판을 놓고 말을 배치했는데, 체스를 하는 사람은 없었다. 바로 그 순간, 30초도 안 되는 사이에 '텔레스크린'에서 갑자기 변화가 일어났다. 지금까지 연주하던 가락이 변하더니, 음조마저 달라졌다. 선율이 흘러나오긴 하는데 뭐라고 설명하기 힘든 곡이었다. 가락이 정말 독특했다. 깨지는 소리 같기도 하고, 당나귀 소리 같기도 하고, 조롱하는 소리 같기도 했다. 윈스턴이 선정적이라고 부르는 음색이었다. 그러더니 '텔레스크린'에서 목소리가 노래를 불렀다.

울창한 밤나무 아래서
나는 그대를 팔고 그대는 날 팔았네.
그들은 거기에 있고, 우리는 여기에 있네.
울창한 밤나무 아래서

세 사람은 조금도 움직이지 않았다. 하지만 윈스턴이 다시 쳐다보니, 러더퍼드 두 눈에 눈물이 그득했다. 존스와 아론슨 모두 풀이 잔뜩 죽었다는 사실을 처음 깨닫고 윈스턴은 속으로 오싹했는데, 도대체 왜 오싹했는지는 지금도 모른다.

얼마 후에 세 사람은 다시 체포됐다. 감옥에서 풀려나자마자 또다시 반역 음모에 가담했다는 사실이 드러났다. 두 번째 재판에서 세 사람은 옛날에 저지른 범죄를 다시 그대로 자백하고, 새로 저지른 범죄를 모조리 털어놓았다. 세 사람은 처형당하고, 가혹한 운명은 당 역사에 기록해서 후세에게 경고했다. 그리고 약 5년이 지난 1973년 즈음에, 윈스턴은 전송기에서 흘러나온 서류뭉치를 풀다가 다른 서류뭉치에 끼어들어 오랫동안 잊어버린 종이쪽지 한 장을 발견했다. 종이쪽지를 펼치는 즉시, 윈스턴은 그 중요성을 알아차렸다. 약 10년 전에 「타임스」에서 찢겨나온 반쪽으로, 날짜가 적힌 윗부분이 분명한데, 뉴욕에서 열린 당 행사에 참석한 대표단 사진이었다. 대표단을 이끈 사람은 존스, 아론슨, 러더퍼드였다. 세 사람이 확실했다. 심지어 사진 밑에 세 사람 이름까지 있었다.

문제는 두 번에 걸친 재판에서 세 사람 모두 바로 그 날짜에 자신들이 유라시아 땅에 있었다고 자백했다는 거다. 캐나다 비밀 비행장에서 시베리아 어딘가에 있는 회합장소로 날아가, 유라시아 참모본부 구성원들과 상의하고, 중요한 군사기밀을 팔아넘겼다고 말이다. 어쩌다

보니 그날은 성 요한 축제일(6월 24일)이라서 윈스턴은 날짜를 똑똑히 기억한다. 하지만 세 사람이 자백한 내용은 수없이 많은 책자에 똑같이 기록되어 있다. 여기에서 내릴 수 있는 결론은 자백이 허위라는 사실밖에 없다.

물론 이 자체는 새로운 발견이 아니다. 당시에도 윈스턴은 숙청으로 제거당한 사람들이 겉으로 드러난 범죄행위를 실제로 저지른 건 아니라고 생각했다. 하지만 사진까지 실린 신문 조각은 확실한 증거였다. 엉뚱한 지층에서 나타나 지질학 이론을 뒤집은 화석처럼 사라진 과거를 드러내는 단편이었다. 행여나 그 중요성과 함께 세상에 알리기만 한다면 당을 공중분해시킬 수도 있을 정도였다.

윈스턴은 하던 일에 다시 몰두했다. 사진 내용을 보고 그 의미를 깨닫자마자 다른 종이로 가린 다음이다. 다행히도, 신문 조각을 펼치는 순간에 '텔레스크린' 쪽에서 거꾸로 뒤집힌 상태였다.

윈스턴은 연습장을 무릎에 올려놓고 '텔레스크린'에서 최대한 멀리 떨어지려고 의자를 뒤로 밀었다. 얼굴을 무표정하게 꾸미는 건 어렵지 않다. 호흡도 신경만 쓰면 마음대로 조절할 수 있다. 하지만 가슴이 두근거리는 건 어쩔 수 없고, '텔레스크린'은 두근거리는 가슴을 극히 정교하게 포착한다. 윈스턴은 그런 자세로 약 10분이 지나도록 가만히 있었다. 갑자기 바람이 불거나 무슨 일이 일어나서 들키는 건 아닐까 불안하고 초조했다. 그러다가 사진을 종이쪽지로 가린 상태로 다른 휴지와 함께 기억 구멍에 넣었다. 1분도 안 돼서 재로 변했을 게 분명하다.

그게 10년이나 11년 전이다. 요즘 같으면 사진을 보관할 것 같다. 그런 내용을 자기 손으로 움켜잡았다는 사실이 지금까지, 사진은 물론 사진에 실린 내용도 기억에 불과한 지금까지 더없이 중요하게 다가온다는 사실이 신기할 뿐이다. 이제 더는 존재하지 않는 증거조각이 예전에는 존재했다는 사실 하나로 과연 당에서 과거를 통제하는 능력이 줄어들까 궁금한 생각마저 든다.

하지만 오늘날, 그 사진은, 설사 잿더미에서 어떻게 부활시킨다 해도 아무런 증거가 될 수 없다. 윈스턴이 새로운 내용을 발견한 당시만 해도 오세아니아는 유라시아와 전쟁하는 중이 아니니, 처형당한 세 사람이 나라를 팔아먹은 상대는 동아시아로 변했을 게 분명하다. 이후로도 두 번인지 세 번인지 숫자를 정확히 기억할 순 없지만, 전쟁하는 상대국은 계속 변했다. 따라서 자백한 내용 역시 다시 작성하고 또다시 작성해, 처음에 기록한 내용과 날짜는 이제 아무런 의미조차 없을 가능성이 크다. 과거는 한 번 변조하는 정도가 아니라 항상 변조한다. 윈스턴을 악몽처럼 괴롭히는 건, 거대한 사기행각을 벌이는 이유가 무언지 도무지 이해할 수 없다는 거다. 과거를 날조해서 당장 얻는 이익은 분명하지만, 궁극적인 동기는 여전히 이해할 수 없다. 윈스턴은 펜을 들고 다시 쓴다.

'과정'은 파악했지만 '원인'은 모른다.

윈스턴은 혹시 자신이 미친 건 아닐까 의심한다. 전에도 여러 번 떠올린 의심이다. 어쩌면 미치광이는 소수파를 지칭하는 표현일 수도 있다. 한때는 지구가 태양 주위를 돈다고 믿는 걸 미친 징후로 간주했는데, 현재는 과거를 바꿀 수 없다고 믿는 걸 미친 징후로 간주한다. 그런 사람은 오직 자신 혼자일 수도 있는데, 정말 혼자라면, 자신은 미치광이다. 하지만 미쳤다는 생각 자체는 윈스턴에게 걸림돌이 될 수 없다. 정말 두려운 건 자신 역시 틀릴 수 있다는 거다.

윈스턴은 어린이 역사책을 집어서 제일 앞장에 있는 빅 브러더 초상화를 바라본다. 두 눈이 최면이라도 거는 것처럼 윈스턴 눈을 들여다본다. 거대한 힘이 내리누르는 느낌이다. 두개골로 파고들어 두뇌를 강타하고, 신념을 몰아내도록 협박하고, 모든 감각이 말하는 증거를 부정하도록 꼬드기는 느낌이다. 결국에는 당에서 둘 더하기 둘은 다섯이라고 발표하면 그대로 믿도록 만들려는 느낌이다. 당에서 조만간에 그런 주장을 할 수밖에 없다는 건 너무나 분명하다. 현 상황이 그렇게 필연적으로 몰아가기 때문이다. 사람이 주관적으로 경험한 내용은 물론이고 구체적으로 존재하는 외적 현실까지 당에서는 철학적으로 교묘하게 왜곡한다. 이단에겐 이단이 상식이다. 정말 무서운 건, 당에서 생각이 다른 사람을 죽이는 게 아니라 당에서 하는 행동이 옳을지도 모른다는 느낌이다. 둘 더하기 둘은 넷이라고 애초에 우리가 어떻게 장담할 수 있단 말인가? 중력이 있다는 건? 과거는 바꿀 수 없다는 건? 과거와 외부세계 모두 마음속에만 존재한다면, 그리고 마음을 조절할 수 있다면, 그러면 어떻게 되는 건가?

하지만 아니다! 윈스턴은 갑자기 저절로 솟구치는 용기를 느낀다. 오브라이언 얼굴이 아무런 이유도 없이 갑자기 떠오른 거다. 오브라이언은 자신과 같은 편이라는 확신이 어느 때보다 강하게 일어난다. 자신이 일기를 쓰는 건 오브라이언 때문이다. 오브라이언에게 보내는 거다. 지금 일기를 쓰는 건 읽는 사람이 영원히 없다는 걸 알면서도 특정인에게 보내는 편지를 끊임없이 작성하는 식이니, 내용은 여기에 합당한 색깔을 띨 수밖에 없다.

당에서는 눈으로 보고 귀로 들은 증거를 거부하라고 강요한다. 바로 이게 당에서 최종적으로 내리는 가장 본질적인 명령이다. 자신을 압박하는 거대한 힘에, 당 이론가는 자신이 결코 이해할 수도 없고 대답은 더더욱 할 수 없는 미묘한 주제를 꺼내서 논쟁하는 식으로 자신을 가볍게 무너뜨릴 거란 사실에, 윈스턴은 가슴이 철렁 내려앉는다. 그렇다 해도 옳은 건 자신이다! 당 이론가는 틀리고 자신은 옳다. 분명하고, 순수하고, 진실한 건 보호받아야 마땅하다. 자명한 이치는 진실이니, 거기에 집착하라! 세계는 확실하게 존재하며 그 법칙은 변하지 않는다. 돌은 단단하고, 물은 축축하고, 밑에서 받치는 게 없는 물체는 지구 한가운데로 떨어진다. 윈스턴은 오브라이언에게 말하는 느낌으로, 그리고 너무나 확실한 진리를 발표하는 느낌으로 이렇게 쓴다.

둘 더하기 둘은 넷이라고 말하는 게 자유다. 자유만 있다면 나머지는 저절로 따라온다.

8

골목 끝 어디에선가 커피콩을 볶는 냄새가, '승리 커피'가 아니라 진짜 커피 냄새가 바람을 타고 길가로 흘러든다. 윈스턴은 자신도 모르게 걸음을 멈춘다. 절반은 망각한 어릴 적 옛 시절이 스르륵 떠오른다. 그런데 문이 쾅 닫히더니, 커피콩 굽는 냄새까지 소리마냥 뚝 끊기며 사라진다.

인도를 따라 몇 킬로미터나 걷다 보니, 하지정맥류 자리가 콕콕 쑤신다. 윈스턴이 3주 사이에 공회당 야간집회를 빠진 건 이번이 두 번째다. 무모한 행동이다. 공회당에서 출석 횟수를 세심하게 확인할 게 분명하다. 원칙적으로 당원에게는 남아도는 시간이 없다. 잠자는 시간 외에는 절대로 혼자 있지 말아야 한다. 일하거나 식사하거나 잠자는 시간이 아니면 단체 여가 모임에 어떤 형태로든 참석해야 한다. 고독을 즐기는 듯 행동하는 건, 혼자서 산책하는 것조차, 약간 위험하다. 이에 해당하는 새말도 있다. '독생'이라고 하는데, 이상한 버릇과 개인주의를 뜻한다. 하지만 오늘 저녁에는 사무실을 나오는데, 향긋한 사월 내음이 너무나 황홀했다. 하늘도 올해 들어 유난히 따스하고 푸르니, 공회당에서 지루하고 시끌벅적하게 보낼 시간을, 따분한 게임이나 강연으로 진을 빼고 삐걱대는 동지애를 술로 다지는 시간을 못 견딜 것 같았다. 그래서 버스 정류장에 내리자마자 충동적으로 발길을 돌리며 미로 같은 런던 거리로 들어서, 처음에는 남쪽으로, 그러다가 동쪽으로, 그러다가 다시 북쪽으로 걷다가 이름 모를 거리에서 길을 잃어 방향조차 망각한 채 아무렇게나 걷는다.

윈스턴은 일기장에다 '희망이라는 게 있다면 그건 바로 무산계급이다'고 쓴 적이 있다. 이 구절이 머릿속에서 끊임없이 맴돈다. 이게 유일한 해결책이라는 생각과 말도 안 된다는 생각이 동시에 떠오른다. 윈스턴은 예전에 '성 판크라스 역'이라고 부르던 곳 북동쪽으로, 너저분하고 침침한 빈민가로 들어선다. 자갈이 깔린 길을 따라 걷는데, 이 층 주택은 길가 양쪽으로 초라하게 뻗어 나가고 찌그러진 현관문은 쥐구멍을 묘하게 연상시킨다. 자갈길 여기저기에는 웅덩이가 파여서 더러운 물이 고였다. 어두컴컴한 출입문 안팎은 물론, 좁은 골목길 입구마다 놀라울 정도로 많은 사람이 우글거린다. 한창때 여자애는 입술을 빨갛게 칠하고, 사내 녀석은 뒤꽁무니를 쫓아다니고, 여인네는 뚱뚱한 몸으로 뒤뚱뒤뚱 걷는 모습이 어떤 여자애든 10년만 지나면 모두 이렇게 변할 거라 경고하는 것 같고, 늙은이는 허리를 구부린 채 팔자걸음으로 두 발을 질질 끌고, 어린애는 누더기에 맨발로 웅덩이에서 놀다가 엄마가 잔뜩 화내는 소리에 뿔뿔이 흩어진다. 거리 쪽 유리창 가운데 4분의 1은 깨져서 합판을 댔다. 윈스턴에게 관심을 보이는 사람은 거의 없다. 두세 명이 호기심 어린 표정으로 경계하는 정도다. 몸집이 커다란 여인네 두 명이 빨간 벽돌 같은 팔뚝을 앞치마에 포갠 채 출입문 앞에서 대화하고, 윈스턴은 그 앞을 지나다가 일부를 엿듣는다.

"내가 그 여편네에게 말했어. '그래, 정말 훌륭하군. 하지만 나랑 똑같은 처지라면 당신도 어쩔 수 없었을 거라고. 남 말 하는 건 쉬워. 하지만 당신도 나처럼 당해보라고' 말이야."

"아, 정말 잘했어. 그 여자는 그런 말을 들어도 *싸*."

다른 아낙네가 맞장구친다. 그러다 거친 목소리가 뚝 끊긴다. 윈스턴은 그대로 지나고 두 여인은 적대적인 눈초리로 가만히 살핀다. 하지만 그건 적개심이 아니다. 낯선 짐승이 지날 때 그런 것처럼 순간적으로 긴장하며 경계하는 정도다. 당원용 파란 작업복이 빈민가에 나타나는 건 흔하지 않다. 구체적인 용무도 없이 이런 곳에 기웃거리는 건 정말 멍청한 짓이다. 경찰이 순찰하다가 발견하면 "동무, 신분증 좀 보여주겠소? 여기서 뭘 하는 거요? 직장에서 몇 시에 나왔소? 평소에 이 길을 통해서 집으로 갑니까?" 등등을 물어볼 게 분명하다. 평상시와 다른 길로 가면 안 된다는 규칙은 없지만, 사상경찰이 알면 관심을 보일 가능성은 충분하다.

갑자기 거리가 소란하다. 피하라는 소리가 사방에서 일어난다. 사람들이 출입문으로 허겁지겁 뛰어든다. 젊은 여인 한 명이 윈스턴 바로 앞쪽 출입문에서 튀어나와 웅덩이 꼬맹이를 낚아채고 앞치마로 감싸며 다시 번개처럼 뛰어든다. 그와 동시에 꾸깃꾸깃한 검정 양복 사내가 옆 골목에서 뛰어나와 손가락으로 하늘을 열심히 가리키며 윈스턴에게 소리친다.

"찜통이에요! 피해요, 나리! 공중에서 꽝 터져요. 어서 엎드려요."

'찜통'이란 무산계급이 로켓 폭탄에 붙인 별명인데, 그럴만한 까닭이 있을 거다. 윈스턴은 바닥으로 재빨리 엎드린다. 무산계급이 이런 식으로 경고하는 건 거의 항상 들어맞는다. 이들에게는 로켓 폭탄이 날아오는 걸 몇 초 앞서서 알아맞히는 본능 같은 게 있다, 로켓 폭탄은 소리보다 빠르다는 데도 말이다. 윈스턴은 두 팔로 머리를 덮는다. 굉음이 일어나면서 길바닥을 뒤흔드는 것 같더니, 가벼운 물질이 등으로 소나기처럼 후두두 떨어진다. 일어나서 둘러보니, 자신을 뒤덮은 건 근처 창문에서 깨진 유리 조각이다.

윈스턴은 다시 걷는다. 폭탄 한 발에 200미터 거리 위쪽 주택이 여러 채 무너졌다. 연기 기둥은 하늘로 새까맣게 치솟고 밑에는 횟가루 먼지가 자욱한데, 사람들이 폐허 주변으로 벌써 모여든다. 앞쪽 보도에 횟가루가 조그맣게 쌓였는데, 한가운데로 새빨갛게 뻗어 나간 줄무늬가 보인다. 가까이 다가가서 살피니, 사람 손이 팔목에서 잘렸다. 피로 얼룩진 부분만 빼면 횟가루를 새하얗게 뒤집어쓴 모양이 석고상 같다.

윈스턴은 잘려 나온 손을 도랑으로 찬 다음, 사람들을 피해서 오른쪽 골목으로 접어든다. 폭탄이 떨어진 지역을 3~4분쯤 벗어나니, 아무 일도 없었다는 듯, 지저분하고 시끌벅적한 거리가 눈앞에 그대로 나타난다. 20시를 향해 치닫는 시각이라, 노동자들이 빈번하게 드나드는 술집은, 그들이 '선술집'이라고 부르는 곳은 손님으로 꽉 들어찼다. 더러운 여닫이문이 끝없이 열리고 닫히면서 지린내, 톱밥 냄새, 시큼한 맥주 냄새를 뿜어댄다.

앞면이 툭 튀어나온 건물 모퉁이에 바짝 달라붙은 사내 세 명이 보인다. 가운데 사내는 신문을 펼쳐 들고 두 사내는 양쪽에서 어깨너머로 열심히 들여다본다. 가까이 다가가서 표정을 살피지 않아도 윈스턴은 세 사람 모두 신문에 흠뻑 빠져들었단 사실을 느낄 수 있다. 기사 내용이 아주 심각한 게 분명하다. 윈스턴이 서너 걸음까지 다가가는 순간에 세 사람이 갑자기 흩어지더니, 두 사람이 격렬하게 다툰다. 금방이라도 주먹다짐을 벌일 것 같다.

"내가 하는 말 좀 제대로 들을 수 없어? 지난 14개월 동안 7로 끝나는 숫자가 당첨된 적은 없다고!"

"아니야, 있어!"

"아니야, 없어! 우리 집에 가면, 내가 지난 2년 동안 당첨번호를 종이쪽지에 꼬박꼬박 적어놓은 게 있다고. 시계처럼 정확하게 꼬박꼬박 적어놓은 거. 그래서 분명히 말하는데, 7로 끝나는 숫자는 단 한 번도……"

"아니야, 7도 당첨됐어! 당첨된 숫자를 내가 자신 있게 말할 수 있어. 407로 끝나는 숫자야. 2월에…… 2월 둘째 주에."

"빌어먹을 2월! 내가 똑똑히 적어놓았다고. 내가 분명히 말하는데, 그런 숫자는……"

"어이쿠, 그만해!"

세 번째 사나이가 끼어든다.

사내 셋이서 복권 이야기를 하는 중이다. 윈스턴은 30m를 가다가 뒤를 돌아본다. 사내 셋은 여전히 핏대를 올리며 다툰다. 복권은 일주일마다 엄청난 상금을 지급하니, 노동자들로서는 관심이 제일 많이 가는 행사다. 수백만 노동자에게 복권이 삶을 영위하는 유일한 목표는 아닐지언정 제일 중요한 목표는 될 것 같다. 복권은 노동자에게 즐거움 자체며 놀이고, 두뇌를 돌리는 자극제며 진정제다. 글을 간신히 읽고 쓰는 사람조차 복권에 관한 거라면 복잡한 숫자를 계산하고 놀라운 기억력을 발휘한다. 복권 적중 시스템과 예상 번호와 행운의 부적을 팔아서 생계를 유지하는 사람도 사방에 가득하다. 복권은 풍부성에서 취급하니, 윈스턴은 아무런 관련도 없지만, 상금 대부분이 가짜라는 사실만큼은 확실히 안다. (당원이라면 누구나 아는 사실이다.) 실제로 지급하는 상금은 소액에 불과하고, 커다란 상금을 받았다는 당첨자는 가짜다. 오세아니아는 각 지방을 연결하는 통신망이 없는 터라, 이런 걸 조작하는 건 조금도 어렵지 않다.

하지만 희망이라는 게 있다면 그건 바로 무산계급이다. 바로 여기에 집중해야 한다. 입으로 말하는 건 그럴싸하지만, 거리에서 지나치는 사람을 보면 정말 확고한 신념이 필요할 것 같다.

윈스턴이 들어선 거리는 내리막이다. 예전에 온 적이 있다는, 멀지 않은 곳에 큰길이 있다는 느낌이 든다. 앞쪽 어디선가 여러 사람이 커다랗게 외치는 소리가 시끄럽게 일어난다. 도로가 급하게 꺾이더니, 계단이 나타나면서 낮은 골목으로 이어지는데, 노점상 서너 명이 시든 것처럼 보이는 채소를 판다. 바로 그 순간, 윈스턴은 여기가 어딘지 정확히 떠올린다. 계속 가면 큰길이 나오고, 첫 번째 모퉁이를 돌아 5분만 걸으면 고물상이 나온다. 자신이 일기장으로 쓰는 공책을 산 곳이다. 그리 멀지 않은 곳에 조그만 문방구가 있어서 펜대와 잉크를 산 기억도 난다.

윈스턴은 계단 꼭대기에서 잠시 멈춘다. 골목 맞은편에 초라하고 우중충한 선술집이 있는데, 창문마다 성에가 낀 것처럼 보이지만 사실은 먼지가 가득한 거다. 꽤 늙어 보이는 노인이, 허리는 굽어도 동작은 빠른 노인이, 하얀 콧수염을 새우수염처럼 곤두세운 채 여닫이문을 밀치며 들어간다. 윈스턴이 가만히 바라보는데, 노인 나이가 적어도 여든 살은 될 터이니 혁명이 발발한 시기에 중년은 되었을 거라는 생각이 문득 떠오른다. 저 또래 노인이야말로 지금은 완전히 사라진 자본주의 세계를 마지막으로 연결하는 통로다. 당 내부에는 혁명 이전에 세계관을 정립한 사람이 얼마 없다. 나이가 많은 세대는 50년대와 60년대에 대부분 숙청당하고, 지금까지 살아남은 건 소수인데 끔찍한 공포에 오랫동안 시달리느라 자신이 아는 내용을 완전히 망각했다. 금세기 초반 상황을 사실 그대로 설명할 사람이 아직 살았다면, 그 사람은 무산계급일 수밖에 없다. 윈스턴은 자신이 일기장에 옮긴 역사책 구절이 갑자기 떠올라, 미칠 것 같은 충동에 사로잡힌다. 선술집에 들어가야 한다. 노인에게 다가가서 궁금한 걸 물어야 한다. '어르신께서 어릴 적에 어떻게 살았는지 알려주세요. 당시에는 사는 게 어땠나요? 지금보다 살기가 좋았나요, 나빴나요?' 하고 물어야 한다.

윈스턴은 두려움에 빠져들 시간조차 없도록 층계를 허겁지겁 내려가서 좁은 골목을 건넌다. 당연히 미친 짓이다. 무산계급에게 말을 건네거나 무산계급이 주로 다니는 선술집에 들어가지 말라는 법은 당연히 없다. 하지만 너무 독특한 행동이라서 남 눈에 띌 수밖에 없다. 순찰경찰이 나타나면 갑자기 현기증이 일어서 그랬다고 둘러대겠지만, 그들이 믿을 리는 없다.

윈스턴이 여닫이문을 밀자, 시큼한 맥주 냄새가 정면에서 역겹게 몰려든다. 안으로 들어서는 순간, 시끌벅적하던 소리가 절반으로 잦아든다. 사람들 시선이 당원용 파란 작업복에 일제히 꽂히는 걸 윈스턴은 등으로 느낄 수 있다. 한쪽 구석에서 다트를 던지던 사람들도 순간적으로 얼어붙는다. 윈스턴이 쫓아온 노인은 판매대 앞에서 술집 주인과 다투는 중이다. 주인은 매부리코에 젊은 사내로 몸집이 크고 단단하며 팔뚝이 엄청나게 굵다. 다른 사람 몇 명이 술잔을 들고서 주위를 에워싼 채 가만히 구경하고, 노인은 금방이라도 싸우려는 듯 어깨를 쭉 펴며 묻는다.

"내가 신사적으로 주문하지 않았나? 그런데 빌어먹을 술집 어디에도 1파인트 술잔이 없다는 거야?"

"1파인트라는 게 도대체 뭐냐고요?"

주인이 반문하고 손가락 끝을 계산대에 올리더니 상체를 앞으로 내민다.

"이렇게 답답한 녀석을 봤나! 술을 판다는 녀석이 1파인트가 뭔지도 모르다니! 1파인트가 두 잔이면 1쿼트고, 4쿼트면 1갤런이야. 다음엔 A, B, C도 가르쳐야 하겠군."

노인이 소리치자, 주인이 퉁명스럽게 대답한다.

"그런 건 들어본 적이 없다고요. 1리터와 반 리터, 우리가 파는 건 이제 전부에요. 어르신 앞 선반에 올려놓은 술잔을 보세요."

그래도 노인은 고집을 부린다.

"난 1파인트 잔이 좋아. 자네도 1파인트 잔에 따라주는 게 훨씬 편하다고. 내가 젊을 땐 이따위 빌어먹을 리터 잔을 안 썼어."

"그거야 어르신이 젊을 때만 해도 우리 모두 나무꼭대기에서 살았으니까요."

주인이 대답하며 다른 손님을 힐끗 둘러보고, 주변에서 폭소가 일어난다. 윈스턴이 들어와서 어색하던 분위기까지 사라지는 것 같다. 노인은 하얀 콧수염 얼굴이 벌겋게 달아오른다. 그리곤 투덜대면서 발길을 돌리다가 윈스턴과 부닥친다. 윈스턴이 노인 팔을 상냥하게 잡으며 제안한다.

"제가 한 잔 대접해도 될까요?"

"신사가 나타났구먼."

노인이 대답하며 어깨를 다시 쭉 편다. 윈스턴이 파란 작업복 차림이란 걸 못 알아챈 것 같다. 그래서 술집 주인에게 커다랗게 소리친다.

"파인트! 맥주 1파인트!"

주인은 두꺼운 유리잔 두 개를 꺼내서 계산대 밑 물통에 넣고 헹구더니, 암갈색 맥주를 반 리터씩 따른다. 무산계급 선술집에서 마실 수 있는 술은 맥주가 전부다. 진을 마시면 안 되는 것 같은데, 실제로는 마음만 먹으면 쉽게 구할 수 있다. 구석에선 다트 놀이를 다시 시작하고, 판매대 앞에 모여앉은 사람도 복권 이야기에 다시 빠져든다. 윈스턴이란 존재는 순식간에 잊어버렸다. 창문 밑에 탁자가 있는데, 그 정도면 남이 엿들을 염려 없이 노인과 이야기할 수 있을 것 같다. 위험한 짓이긴 해도 최소한 여기에는 '텔레스크린'이 없다. 실내로 들어서면서 윈스턴이 제일 먼저 확인한 터다.

노인이 맥주잔을 탁자에 내려놓으며 투덜댄다.

"1파인트짜리 잔에 따라줄 수도 있을 텐데. 반 리터로는 부족해. 충분하지 않아. 1리터는 너무 많고. 오줌통이 꽉 차거든. 값은 고사하더라도."

"젊은 시절 이후로 세상이 많이 변했지요?"

윈스턴이 넌지시 묻자, 노인은 연푸른 눈동자를 다트 과녁판에서 판매대로, 그리고 판매대에서 화장실 문으로 움직이는 게, 그동안 일어난 변화를 술집 안에서 찾으려는 것 같다. 그러다가 입을 연다.

"맥주는 좋았지. 훨씬 싸고 내가 젊을 적에 순한 맥주가, '월럽'이라고 부르던 게 있었는데 1파인트에 4페니였어. 물론 전쟁 전이지."

"어떤 전쟁 말씀이신가요?"

윈스턴이 묻자, 노인은 "모든 전쟁"이라고 막연하게 대답하더니, 술잔을 들고 어깨를 다시 쭉 펴며 건배한다.

"당신 건강을 위해서!"

가느다란 노인 목구멍에서 툭 튀어나온 목젖이 아래위로 놀랄 만큼 빠르게 움직이는 사이에 맥주는 모두 사라진다. 윈스턴은 판매대로 가서 반 리터 두 잔을 더 가져온다. 1리터는 너무 많다고 조금 전에 투덜대던 걸 노인은 까마득히 잊은 것 같고, 윈스턴은 얘기를 다시 꺼낸다.

"어르신은 연세가 아주 많으세요. 제가 태어나기도 전에 어르신은 다 자란 어른이셨을 거예요. 예전에는, 혁명 이전에는 어땠는지 기억하실 거예요. 제 또래는 당시 생활상을 전혀 모르거든요. 책에서 읽는 정돈데, 책에 적힌 내용은 사실이 아닐 수도 있으니까요. 여기에 대해서 어르신 의견을 듣고 싶습니다. 역사책에서는 혁명 전에 살아가던 모습이 지금과 다르다고 해요. 당시에는 우리가 상상할 수도 없을 만큼 끔찍한 억압과 부정과 빈곤에 시달렸다면서요. 이곳 런던만 해도 인민 대다수는 태어나서 죽을 때까지 배불리 먹은 적이 한 번도 없었다더군요. 인민 절반은 신발조차 없어서 맨발로 다녔고요. 하루에 12시간 일하고, 학교는 아홉 살에 그만두고, 방 한 칸에서 열 명씩 잤다고요. 그런데 극소수 자본가라는 사람, 이삼천 명에 불과한 사람은 재물과 권력을 독점했다고요. 무엇이든 독차지했다고요. 굉장히 호화로운 저택에서 하인을 서른 명이나 거느리고, 자동차와 사두마차를 타고, 샴페인을 마시고, 중산모를 쓰고……"

노인이 갑자기 환한 얼굴로 소리친다.

"중산모? 자네가 그런 말까지 하는 게 재밌구먼. 바로 어제 나도 똑같은 생각을 했거든. 까닭을 모르겠는데, 그냥 그런 생각이 났어, 몇십 년 동안 중산모를 보지도 못했는데 말이야. 이제 완전히 사라졌거든. 내가 그걸 마지막으로 쓴 건 형수님 장례식 때야. 으음, 날짜는 확실치 않지만 50년은 넘었겠군. 물론 잠깐 빌려 쓴 것에 불과하지만 말이야."

노인이 하는 말에 윈스턴은 인내심을 발휘하며 말한다.

"중산모 얘기는 중요한 게 아니에요. 중요한 건, 자본가라는 사람들, 그리고 거기에 기생하는 극소수 법률가와 성직자가 모든 걸 지배했다는 거예요. 이들이 모든 재물과 권력을 장악했다는 거예요. 어르신 같은 평민은, 노동자는 노예로 살고요. 그들은 사람들을 마음대로 부려 먹었어요. 사람들을 가축처럼 배에 실어서 캐나다로 보내고요. 마음만 먹으면 아무 집 딸이나 데려다가 잠자리를 하고요. 끈이 아홉 가닥이나 달린 채찍으로 사람을 때리라는 명령도 했다네요. 그들 앞을 지날 때는 모자도 벗어야 하고요. 자본가는 누구든 하인을 여러 명씩 데리고 다녔는데……"

노인이 얼굴을 다시 환하게 밝히며 대답한다.

"하인! 정말 오랜만에 들어보는군. 하인! 그 말을 들으니까 생각나, 생각이 난다고. 아, 정말 오래전이야……. 일요일 오후면 하이드 파크에 가서 사람들이 연설하는 걸 듣곤 했어. 구세군, 가톨릭, 유대인, 인도인 등, 별의별 녀석이 나왔지. 그런데 한 녀석이, 이름을 말할 순 없는데, 정말 연설을 잘했어. 빈틈이 없었으니까! 그런데 녀석이 '하인 놈, 부르주아 종놈! 지배 계급 아첨꾼!'이라고 말하더군. 기생충이라고도 했어. 그리고 '하이에나……' 그래, 하이에나라고도 또렷하게 불렀어. 물론 노동당을 빗대서 하는 말이지."

윈스턴은 동문서답한다는 느낌을 받는다. 그래서 이렇게 말한다.

"제가 정말로 알고 싶은 건 이런 거예요. 옛날보다 지금이 더 자유롭다고 느끼시느냐? 그때보다 지금 인간적인 대접을 많이 받으시느냐? 옛날에는 부자가, 높은 자리에 있던 사람들이……"

"상원 말이군."

노인이 끼어든다. 옛날을 그리워하는 어투다.

"좋아요, 상원이라고 해요. 제가 궁금한 건, 그들이 어르신을 업신여겼느냐는 거예요. 자기네는 부자고 어르신은 가난하다는 이유 하나로. 예를 들면, 어르신께서 그들과 마주치면 '나리'라고 인사하면서 모자를 벗어야 했다는 게 사실인가요?"

노인이 깊이 생각하는 표정을 떠올린다. 그러다가 맥주를 4분의 1가량 마신 다음에 대답한다.

"그래. 그들은 사람들이 모자 벗는 걸 좋아했어. 존경한다는 표시거든. 난 그러는 게 맘에 안 들지만 모자를 자주 벗었어. 다른 방도가 없어서."

"역사책에서 읽은 걸 그대로 묻는 건데, 그 사람들이나 하인들이 일반인을 하수구에 처박기도 했나요?"

"나도 한 번 처박혔어. 바로 어제 일처럼 생생하게 기억나는군. 옥스퍼드와 케임브리지에서 조정경기를 하는 날 밤이야. 그런 날이면 녀석들이 밤에 특히 난폭하게 굴거든. 그런데 내가 섀프츠베리 대로에서 어떤 젊은 녀석이랑 부닥친 거야. 녀석은 대단한 신사였어. 정장 차림에 중산모를 쓰고 까만 외투까지 입었거든. 녀석은 갈지자로 도로를 건너고, 나는 실수로 부닥치고. 그러니까 녀석이 '길을 똑바로 보고 다녀!'라고 소리치는 거야. 나는 '당신이 도로를 다 산 줄 아시오?' 하고 되물었지. 그러자 그놈이 으름장을 놓더군. '건방지게 굴면 모가지를 비틀어버리고 말겠어.' 나도 반박했어. '술에 취했군. 지금 당장 경찰에 넘겨야겠어!' 자네가 믿을지 모르겠는데, 그놈이 손으로 가슴팍을 밀치는 바람에 하마터면 내가 버스 바퀴에 깔릴 뻔했어. 아아, 그때만 해도 젊을 때라 내가 한 방 먹이려고 하는데……"

윈스턴은 무력감이 몰려든다. 노인이 기억하는 내용은 시시콜콜한 잡동사니에 불과하다. 온종일 물어도 제대로 된 정보는 못 얻을 것 같다. 어쩌면 당에서 만든 역사책은 진실에 비교적 가까울 수 있다. 아니, 완벽한 진실일 수 있다. 그래서 마지막으로 묻는다.

"제가 의도를 분명히 전달하지 못한 것 같습니다. 제가 말씀드리고 싶은 건 이렇습니다. 어르신은 오래 사셨습니다. 인생 절반을 혁명 이전에 사셨으니까요. 가령 1925년에 어르신은 다 자란 어른이셨습니다. 1925년 생활이 지금 생활보다 좋았는지 나빴는지 행여나 기억하는 게 있으면 말씀해 주시겠습니까? 어르신이 선택할 수 있다면 당시 생활을 선택하시겠습니까, 현재 생활을 선택하시겠습니까?"

노인이 다트 과녁을 바라보며 깊은 생각에 잠긴다. 그리고 아까보다 훨씬 천천히 맥주를 비운다. 그러다가 다시 입을 연다. 철학적인 분위기를 물씬 풍기는 게, 맥주를 마셔서 기분이 녹아든 것 같다.

"자네가 무슨 말을 듣고 싶은지 나도 잘 아네. 내가 다시 젊어지길 바란다고 대답하길 바라는 게야. 사람은 누구나 다시 젊어지고 싶다고 대답하겠지, 자네가 묻는다면. 젊어야 건강하고 힘도 쓰거든. 하지만 나이를 이만큼 먹으면 절대로 그럴 수 없어. 이제 발바닥도 아프고 오줌통도 엉망이야. 밤에 잠자다가 예닐곱 번은 일어나야 한다고. 물론 늙으면 좋은 점도 있어. 걱정거리가 많이 줄거든. 여자랑 잠자리를 안 해도 되고. 정말 커다란 이점이지. 자네가 믿을지 모르지만, 나는 근 30년 동안 여자를 모르고 지냈어. 그리고 싶은 마음도 없고."

윈스턴은 창틀에 등을 기댄다. 계속 묻는 건 소용이 없다. 윈스턴이 맥주를 더 사려고 하는데 노인이 갑자기 일어나서 발을 질질 끌며, 한쪽 구석에서 고약한 냄새를 풍기는 소변기로 급히 다가간다. 반 리터를 더 마신 게 벌써 효력을 발휘한 거다. 윈스턴은 자신이 마신 빈

잔을 가만히 바라보다가 자신도 모르게 벌떡 일어나서 거리로 나온다. 앞으로 20년이면 '인생살이가 지금보다 혁명 전이 더 좋았는가?'라는 극히 단순하면서도 거창한 질문에 대답할 사람은 영원히 사라질 거란 생각이 든다. 하지만 지금 현재도 대답할 사람이 없는 건 현실적으로 똑같다. 구시대를 경험한 극소수 생존자는 두 시대를 비교할 능력이 없으니 말이다. 그들이 기억하는 건 직장 동료와 다툰 것, 잃어버린 자전거 펌프를 찾으러 돌아다닌 것, 오래전에 죽은 누이 얼굴에 깃든 표정, 70년 전 아침에 바람이 심해서 먼지 회오리가 불어닥친 것 등, 쓸데없는 내용이 전부다. 자기네가 살아가는 현실을 비교하는 건 그들이 할 수 있는 범주가 아니다. 그래서 개미와 마찬가지로 커다란 건 못 보고 작은 것만 본다. 게다가 기억은 사라지고 기록은 조작하니, 당에서 생활 수준이 좋아졌다고 주장하면 곧이곧대로 받아들일 수밖에 없다. 주장 내용을 검증할 기준이 지금까지 없고 앞으로도 없을 터기 때문이다.

바로 여기에서 윈스턴은 꼬리를 물고 이어지던 생각이 갑자기 멈춘다. 걸음을 멈추고 주변을 둘러본다. 좁은 골목으로 주택이 쭉 늘어서고, 사이사이로 조그맣고 어둠침침한 가게가 있다. 금속으로 만든 색바랜 공 세 개가 머리 바로 위에 걸린 모양이 예전에 도금하던 곳처럼 보인다. 어디인지 알 것 같다. 그렇다! 자신이 일기장을 산 고물상 앞이다.

두려움이 날카롭게 몰려든다. 애초에 일기장을 산 건 정말 경솔했다. 그래서 이 근처에 다시는 안 오겠다고 맹세했다. 그런데도 이런저런 생각에 빠져들며 거니는 사이에 발길이 저절로 여기로 향한 거다. 윈스턴이 일기라도 쓰면서 막고 싶었던 게 바로 이런 식으로 자신도 모르게 자살 충동에 빠져드는 거다. 바로 그 순간, 스물한 시가 다

되어가는데도 고물상이 여전히 영업 중이란 사실을 깨닫는다. 인도에서 어물쩍거리는 것보다는 안으로 들어가는 편이 의심을 덜 사겠다는 느낌에, 윈스턴은 출입문으로 들어선다. 누가 물으면 면도날을 사러 왔다고 그럴싸하게 둘러대자.

가게 주인이 공중에 걸린 석유등에다 곧바로 불을 붙이니, 탁하면서도 정겨운 냄새가 일어난다. 주인은 예순 살 정도로 보이는 노인인데, 허약한 체구에 허리는 굽고, 기다란 코는 인자하고, 온화한 눈은 두꺼운 안경으로 일그러졌다. 머리는 백발에 가깝지만, 눈썹은 숱이 많고 여전히 까맣다. 안경도 그렇고, 점잖으면서 섬세한 동작도 그렇고, 고풍스러운 벨벳 양복저고리를 입은 모습도 그렇고, 지적인 분위기를 모호하게 풍기는 게, 학자나 음악가 출신 같다. 목소리는 부드러운데 힘이 없고, 억양은 대다수 노동자와 달리 저속한 느낌이 적다.

"나는 당신이 길가에 있을 때부터 알아봤소. 여기서 숙녀용 일기장을 샀으니까. 종이가 정말 아름다웠지요. 예전에는 크림색 종이라고 불렀다오. 그런 종이를 만든 게…… 아, 최소한 오십 년은 넘을 거요."

노인이 말하더니, 안경 너머로 살피며 덧붙인다.

"특별히 찾는 물건이라도 있소? 아니면 구경하러 온 건가요?"

"지나는 길에 그냥 들렀습니다. 특별히 필요한 물건은 없습니다."

윈스턴이 모호하게 대답하자, 노인은 "다행이네요, 선생 맘에 들 만한 물건은 없는 것 같으니……" 하고 말하더니, 손바닥이 부드러운 손으로 미안하단 동작을 하며 덧붙인다.

"어떤지 보세요. 가게가 텅 비었답니다. 선생에게 팔만한 골동품은 모두 끝났어요. 살만한 물건도 없고 팔만한 물건도 없어요. 가구나 도자기나 유리 제품은 모두 조금씩 깨지고 쇠붙이 제품은 당연히 용광로에 거의 들어가고. 최근 몇 년 사이에는 놋쇠 촛대조차 구경을 못

했다오."

사실, 비좁은 고물상에 물건이 불편할 정도로 가득한데, 조금이라도 가치를 지닌 물건은 거의 없다. 바닥 공간도 극히 협소했다. 벽마다 먼지투성이 액자만 잔뜩 쌓아놓았기 때문이다. 창가에는 암나사와 수나사를 담은 쟁반과 이 빠진 끌, 날이 부러진 주머니칼, 잔뜩 녹슬어 제대로 움직일 것 같지도 않은 시계 등, 이런저런 쓰레기만 가득하다. 옻칠한 담뱃갑이나 옥으로 만든 브로치 등, 조금이라도 흥미를 끌 만한 잡동사니는 구석 쪽 조그만 탁자에 진열한 게 전부다. 윈스턴은 탁자로 천천히 다가가다가 둥그렇고 매끄러운 물건이 등불에 은은하게 빛나는 걸 발견하고 손으로 집어 든다.

묵직한 유리 덩어리인데, 반구체 비슷한 모양으로 한쪽은 둥그렇고 다른 쪽은 평평하다. 색채나 감촉이 빗방울처럼 부드럽다. 한가운데에 장미꽃이나 바다 말미잘처럼 분홍빛 나선형으로 생긴 이상한 물체가 있어서 동그란 표면에 커다랗게 보인다. 윈스턴은 황홀하게 쳐다보며 묻는다.

"이건 뭔가요?"

"산호라는 거라오. 인도양에서 나왔을 거요. 예전에는 그걸 유리로 감쌌다오. 최소한 백 년 안짝에 만든 물건은 아니라오. 모양으로 봐선 훨씬 더 된 것 같구려."

"아름답네요."

윈스턴이 감탄하자, 주인이 고맙다는 어투로 "네, 정말 아름다워요. 하지만 요새는 그렇게 말하는 사람이 흔치 않다오" 하고 말하더니, 기침하며 덧붙인다.

"그걸 사고 싶다면 4달러만 내시오. 그만한 물건으로 8파운드를 받던 시절이 기억나는데, 8파운드면……, 으음, 얼른 계산이 안 되는

데, 아주 큰 돈이라오. 하지만 요즘에 누가 골동품에 관심이나 있나요…… 남은 물건이 아무리 드물어도?"

윈스턴은 4달러를 당장 지급하고 탐스러운 물건을 주머니에 넣는다. 정말 아름답기도 하지만 현재와 완전히 다른 시대에 속한 물건을 소유한다는 기분이 황홀했다. 유리가 빗방울처럼 부드러운 게 지금껏 보아오던 어떤 유리하고도 달랐다. 지금은 아무짝에도 쓸모없는 물건이란 사실이 한층 더 매혹적으로 다가오지만, 예전에는 종이를 누르는 문진으로 사용했을 거란 생각이 든다. 호주머니에 넣은 느낌은 묵직해도 다행히 불룩 튀어나오진 않는다. 당원이 소유하기에 이상한 물건인 건 물론이고, 의심을 받을 가능성조차 있다. 골동품은 무엇이든, 아름다우면 더더욱, 뭔지 모르게 의심스러우니 말이다. 노인은 4달러를 받아서 극히 만족스러운 눈치다. 3달러가 아니라 2달러라도 충분히 팔았겠다는 생각이 든다.

"위층에도 있으니까 한 번 구경하시오. 물건이 많은 건 아니라오. 몇 점에 불과하니까. 불만 켜면 올라가서 구경할 수 있다오."

노인은 다른 등잔에 불을 붙이고 등을 구부린 채 낡고 가파른 계단을 천천히 올라 좁은 복도를 따라가다가 어떤 방으로 들어서는데, 거리가 아니라 자갈 깔린 마당과 수많은 굴뚝이 내다보이는 방이다. 가구를 배치한 모습은 아직도 사람이 사는 것처럼 보인다. 바닥에는 양탄자가 깔리고, 벽에는 그림 한두 점이 걸리고, 벽난로 앞에는 푹신한 안락의자 하나가 편하게 놓였다. 벽난로 선반에서는 12시간을 표시한 구식 유리 시계가 똑딱똑딱 움직인다. 실내 공간 4분의 1을 차지할 정도로 커다란 침대가 창가에 있는데, 매트리스까지 그대로 깔아놓은 상태다.

"아내가 죽기 전까지 여기에서 살았다오. 가구를 조금씩 파는 중이라오. 마호가니 침대가 정말 아름답지요, 빈대만 잡는다면. 하지만 선생이 빈대를 잡으려면 약간 귀찮겠지요."

노인이 변명하듯 말하더니, 등불을 높이 들어서 실내를 비추자, 따뜻하고 희미하게 밝아오는 공간이 이상할 정도로 아늑하다. 위험을 무릅쓸 각오만 한다면 일주일에 서너 달러씩 주고 방을 빌려서 머물 수 있겠다는 생각마저 떠오른다. 말도 안 될 정도로 무모하고 어리석은 생각이라서 떠오르자마자 떨쳐내지만, 실내 공간을 보는 순간, 윈스턴은 아련한 향수 같기도 하고 추억 같기도 한 감정을 느꼈다. 이런 방에서 지내는 느낌을, 벽난로 시렁에 주전자를 올려놓고 불이 활활 타오르는 옆 안락의자에 앉아서 불똥막이 울에 두 발을 걸치는 느낌을, 완벽하게 혼자고, 완벽하게 태평하고, 감시하는 사람 하나 없고, 계속 쫓아다니는 목소리도 없고, 주전자가 노래하고 시계가 다정하게 똑딱이는 소리를 빼면 다른 소리는 조금도 안 들리는 느낌을 정확히 알 것 같다. 그래서 자신도 모르게 중얼거린다.

"여기엔 '텔레스크린'도 없군요."

"어이쿠, 그런 걸 산 적은 없다오. 너무 비싸서. 꼭 필요한 것 같지도 않고. 저쪽 구석에 좋은 식탁이 있는데, 다리를 멋지게 접었다 폈다 할 수 있다오. 접었다 폈다 하려면 당연히 경첩을 새로 달아야 하겠지만 말이오."

다른 쪽 구석에 조그만 책장이 있는데, 윈스턴은 벌써 그쪽으로 저절로 이끌린다. 책장에는 잡동사니만 가득하다. 노동자 구역 역시 다른 지역과 마찬가지로 철저하게 뒤져서 책이란 책은 모두 파쇄한 상태다. 1960년 이전에 발간한 서적이 오세아니아 어딘가에 존재할 가능성은 거의 없다. 그림 한 장이 장미 나무 액자에 틀어박힌 채 침대 맞은편 벽난로 옆에 걸렸는데, 노인이 등불을 그대로 든 채 그

앞에 가만히 있다가 넌지시 말한다.

"행여나 고화에 관심이 있다면……."

윈스턴은 실내를 가로지르며 다가가서 그림을 살핀다. 타원형 건물에 창문은 직사각형이고 앞에는 조그만 탑을 새겨넣은 동판화다. 건물 주변에는 울타리가 있고, 뒤편 끝에는 동상 같은 게 있다. 윈스턴은 가만히 바라본다. 왠지 익숙한 풍경이다. 하지만 동상이 기억나는 건 아니다.

"액자는 벽에 고정한 거라오. 하지만 선생이 사시겠다면 떼어낼 수 있다오."

노인 말에 윈스턴이 입을 연다.

"내가 아는 건물이에요. 지금은 무너졌지요. '정의 궁전' 앞, 도로 한가운데에 있었지요."

"그렇소. 법원 외곽. 아, 정말 오래전에 폭격당했지요. 한때는 교회로, '성 클레멘트 데인스'라고 불렀다오."

노인은 자신이 쓸데없는 말까지 한다는 사실을 깨달은 듯 변명하는 표정으로 웃다가 덧붙인다.

"성 클레멘트 종소리는 오렌지와 레몬이라고 소리치네!"

"그게 무슨 말인가요?"

윈스턴이 묻는다.

"아…… '성 클레멘트 종소리는 오렌지와 레몬이라고 소리치네!' 이건 내가 어릴 적에 동무들과 부르던 노래랍니다. 이어가는 내용은 기억이 안 나지만, 어떻게 끝나는지는 확실히 안다오. '그대를 침실로 인도할 촛불이 여기에 있소. 그대 목을 잘라낼 도끼가 여기에 있소.' 일종의 무도곡이라오. 사람들이 팔을 쳐들어 다른 사람들이 그 밑으로 지나는데, '그대 목을 잘라낼 도끼가 여기에 있소'라는 노래가 나오면 재빨리 팔을 내려서 못 지나간 사람을 잡는 거라오. 성당 이름이 노랫말에 모두 들어간다오. 런던에 있는 성당은 모두 있으니까요, 커다란 성당은 모두."

그 성당은 몇 세기에 만든 건지 윈스턴은 괜스레 궁금하다. 런던에 있는 건물은 나이를 파악하는 게 어렵다. 크고 훌륭한 건물은 무엇이든 겉모양만 새것처럼 보이면 혁명 이후에 지었다고 습관적으로 우기고, 훨씬 앞서는 게 분명한 건물은 무엇이든 중세에 지었다고 막연하게 둘러댔다. 자본주의 시대에는 소중한 건물을 단 하나도 못 만들어냈다며 말이다. 책에서 올바른 역사를 배울 수 없는 만큼 건축물에서도 역사를 배울 수 없다. 동상이나 비석이나 기념비나 거리 이름 등, 과거를 파악할 대상은 무엇이든 조직적으로 날조했다.

"그 건물이 성당인 줄 몰랐습니다."

윈스턴이 말하자, 노인이 대답한다.

"사실 성당 건물은 꽤 많다오, 용도는 완전히 다르지만. 그런데 노랫가락이 어떻게 되더라? 아, 생각난다!

성 클레멘트 종소리는 오렌지와 레몬이라고 소리치네!
그대는 나에게 동전 세 푼을 빌렸다, 성 마틴 종소리가 소리치네……

기억나는 건 여기까지네요. 동전 한 푼은 1센트처럼 생긴 조그만 구리 동전이라오."

"성 마틴 성당은 어디에 있었습니까?"

"성 마틴 성당? 지금도 그대로 있다오. 승리 광장, 미술관 옆에요. 입구는 삼각형처럼 생기고 전면에 기둥이 여러 개고 계단은 아주 많은 건물."

윈스턴이 잘 아는 곳이다. 로켓탄과 부동요새 축소 모형을 비롯해 적군이 얼마나 잔인한지 보여주는 밀랍인형 등, 선전물을 다양하게 전시한 박물관이다.

　　노인이 추가로 설명한다.

　　"예전에 '광야의 성 마틴 성당'이라고 부르곤 했다오, 근처에 들판이 있었는지 기억은 안 나지만."

　　윈스턴은 그림을 안 산다. 유리 문진 이상으로 애매한 데다, 액자에서 떼어내지 않으면 집으로 운반할 수도 없다. 하지만 잠시 머물며 대화하다가, 노인 이름은 가게 정면 위에 새긴 글씨를 보고 추측한 '위크스'가 아니라 '채링턴'이라는 사실을 깨닫는다. 채링턴 노인은 홀아비로 나이는 예순셋이며, 이곳 상점에서 30년을 살았다. 창문 위 간판 이름을 바꾸고 싶은 마음은 언제나 굴뚝같지만, 실천에 옮긴 적은 한 번도 없다. 이런 대화를 나누는 내내, 일부만 떠오른다는 노랫가락이 윈스턴 머리에 맴돈다. '성 클레멘트 종소리는 오렌지와 레몬이라고 소리치네! 그대는 나에게 동전 세 푼을 빌렸다, 성 마틴 종소리가 소리치네……' 정말 신기했다. 속으로 흥얼거리노라면 종소리가 실제로 들린다는, 런던에서 사라진 종이 어딘가에 여전히 있다는, 모습을 바꿔서 안 보인다는 환상이 떠올랐다. 여기저기 유령처럼 솟아오른 뾰족탑에서 종소리가 울려 퍼지는 것 같았다. 성당 종소리를 실제로 들은 기억은 지금까지 한 번도 없는데 말이다.

　　윈스턴은 채링턴 노인과 헤어져, 혼자서 층계를 내려온다. 출입구를 나가기 전에 거리 동정을 살피는 모습을 노인에게 보이고 싶지 않아서다. 적당한 시간이 지난 다음에, 가령 한 달 정도가 지난 다음에, 이곳 골동품점을 다시 찾아오는 위험을 감수하기로 이미 마음먹은 상태다. 공회당 야간집회에 빠지는 이상으로 위험하진 않을 터다. 골동품점

110

주인이 믿을만한 사람인지도 모르는데, 일기장을 사고서 이렇게 또 찾아온 건 정말 멍청한 짓이다. 하지만······.

그렇다, 다시 생각해도 또 오고 싶었다. 아름다운 잡동사니를 또 사고 싶었다. '성 클레멘트 데인스' 판화를 사서 액자를 떼어내고 작업복 윗도리에 넣어서 숨긴 채 집으로 가져가고 싶었다. 채링턴 노인 머릿속에서 나머지 가사를 끌어내고 싶었다. 상점 위층 방을 빌리고 싶다는 엉뚱한 생각마저 다시 떠올랐다. 이런 생각에 흥분하며 순간적으로 방심한 나머지, 윈스턴은 창문 밖을 살피지도 않고 인도로 나왔다. 즉흥적으로 떠올린 가락까지 흥얼거리면서 말이다.

성 클레멘트 종소리는 오렌지와 레몬이라고 소리치네!
그대는 나에게 동전 세 푼을 빌렸다, 성 마틴 종소리가 소리치네······

순간, 윈스턴은 심장이 얼어붙고 오장육부가 녹아내리는 것 같았다. 파란 작업복을 입은 사람이 인도를 따라 다가오는데, 10미터도 안 되는 거리다. 창작국에서 일하는, 머리가 까맣다는 여자다. 불빛은 희미하지만, 상대를 알아보는 건 어렵지 않다. 상대는 윈스턴 얼굴을 빤히 쳐다보더니, 본 적이 없다는 듯 재빨리 지나친다.

윈스턴은 순간적으로 몸이 얼어붙어서 꼼짝할 수 없다. 그러다가 오른쪽으로 돌아서 무거운 발걸음을 옮긴다, 자신이 엉뚱한 방향으로 간다는 사실조차 잊은 채. 어쨌든 한 가지 의문은 풀린다. 상대가 자신을 감시한다는 걸 더는 의심할 수 없다. 상대는 여기까지 자신을 뒤쫓은 게 분명하다. 당원 거주지역에서 몇 킬로미터나 떨어진 으슥한 골목길을, 자신과 똑같은 골목길을 똑같은 저녁 시간에 걷는다는 건 있을 수 없기 때문이다. 우연이라고 하기엔 너무 심하다. 상대가 사상경찰

정보원이냐 비공식으로 활동하는 아마추어 스파이냐 하는 건 문제가 안 된다. 자신을 감시한다는 사실 하나로 충분하다. 상대는 자신이 선술집에 들어가는 것도 보았을 가능성이 크다.

걷는 게 힘들다. 걸음을 옮길 때마다 주머니 속에서 유리 덩어리가 허벅지를 때려, 당장 꺼내서 내버리고 싶은 마음조차 든다. 정말 힘든 건 배가 아픈 거다. 당장 화장실에 안 가면 죽을 것 같은 느낌마저 순간적으로 떠오른다. 하지만 이런 낙후된 지역에 공중 화장실 같은 게 있을 턱이 없다. 그러다가 극심한 복통은 사라지고 아련한 통증만 남는다.

막다른 골목이다. 윈스턴은 걸음을 멈추고 가만히 서서 어떻게 해야 하나 망설이다, 뒤로 돌아서 왔던 길을 되짚기 시작한다. 상대가 옆을 지난 건 3분 정도에 불과하니, 뛰어가면 따라잡을 수 있겠다는 생각이 든다. 뒤를 가만히 쫓다가 조용한 장소에 이르면 돌멩이로 머리를 후려치는 게 좋을 것 같다. 주머니 속 유리 뭉치도 묵직하니, 이걸로 후려쳐도 될 것 같다. 하지만 이런 생각을 곧바로 떨쳐낸다. 폭력을 행사한다는 상상만으로 견딜 수 없다. 자신은 뛰어갈 수도, 한 대 후려칠 수도 없다. 게다가 상대는 젊고 튼튼하니 충분히 방어할 것 같다. 공회당으로 급히 가서 집회가 끝날 때까지 머물러, 저녁 시간을 보낸 알리바이를 일부나마 만들자는 생각도 떠오른다. 하지만 그것 역시 불가능하다. 피로감이 지독하게 몰려든다. 지금 당장은 한시바삐 집에 가서 조용히 쉬고 싶은 마음만 가득하다.

집에 돌아온 건 22시가 넘은 시각이다. 전기는 대체로 23시 30분에 나간다. 부엌으로 가서 '승리주'를 찻잔에 따라 단숨에 마신다. 움푹 들어간 구석 책상으로 가서 자리에 앉아, 서랍을 열고 일기장을 꺼낸다. 하지만 일기장을 바로 안 편다. '텔레스크린'에서 번드르르한 여자 목소리가 애국하자는 노래를 목청껏 불러댄다. 윈스턴은 가만히 앉아서 일기장 대리석 무늬 표지를 바라보며, 노랫소리를 머릿속에서 몰아내려고 무기력하게 몸부림친다.

저들이 사람을 잡으러 오는 건 언제나 밤이다. 제일 좋은 방법은 저들에게 잡히기 전에 자살하는 거다. 실제로 그러는 사람도 당연히 많다. 실종자 대부분은 자살한 거다. 하지만 효과가 빠르고 확실한 극약도 구할 수 없고 총도 구할 수 없는 세상에서 자살하려면 필사적인 용기가 필요하다. 공포와 고통이 사람을 무능하게 만든다는 사실에, 특별한 노력이 필요한 순간에 몸뚱이가 무력하게 얼어붙는다는 사실에, 윈스턴은 어이없다는 생각을 떠올린다. 신속하게 움직이면 까만 머리칼 여자를 침묵시킬 수 있는데, 극한으로 치닫는 위기감에 모든 힘을 잃고 만 거다. 위기가 닥치는 순간에 인간은 외부에 존재하는 적이 아니라 자신의 육체와 싸운다는 생각이 든다. 지금도, 술을 마신 지금도, 복부 통증이 은근하게 일어나서 논리적으로 생각하는 게 불가능하다. 외관상 영웅적인 상황이나 비극적인 상황이나 모두 똑같다는 느낌도 든다. 전쟁터에 나가거나 고문실에 갇히거나 올라탄 배가 침몰할 때, 인간은 자신이 열심히 추구하던 목적을 잊을 수밖에 없다. 몸뚱이가 부어올라 우주를 가득 채우는 건 아닐지라도, 고통스럽게 내지르는 비명이나 공포에 온몸이 얼어붙는 건 아닐지라도, 사람이 산다는 자체는 굶주림과 추위와 불면증과 복통과 치통을 상대로 매 순간 끊임없이 싸우는 걸 뜻한다.

윈스턴은 일기장을 편다. 무언가를 기록한다는 건 정말 중요하다. '텔레스크린' 여자가 노래를 새롭게 부른다. 노랫소리 하나하나가 유리 조각처럼 머릿속에 날카롭게 박힌다. 그래서 오브라이언을 떠올리려고, 자신이 일기 쓰는 목적을 떠올리려고, 오브라이언을 위해서 쓴다는 사실을 떠올리려고 애쓴다. 그런데 자신이 사상경찰에 잡혀간 다음에 겪을 일만 떠오른다. 저들이 단번에 죽이면 문제가 안 된다. 처형당하는 건 당연하다. 하지만 죽기 전에 자백하는 과정을 거쳐야 한다. 바닥에 엎드려서 그만 때리라며 비명을 지르고, 뼈가 부러지고, 이가 으스러지고, 머리칼엔 피가 엉겨 붙어야 한다. 아무도 말하지 않지만, 모두가 아는 내용이다.

어차피 끝나는 건 똑같은데 그런 고통을 겪어야 하는 까닭이 뭐란 말인가? 삶 자체를 며칠이나 몇 주일 먼저 끝내면 되는 거 아닌가? 들키지 않은 사람은 지금까지 하나 없고, 자백하지 않은 사람 역시 하나 없다. 사상범죄를 저질렀다고 일단 인정하면 일정한 날짜에 죽을 수밖에 없는 것 역시 확실하다. 그런데도 다가올 수밖에 없는 공포를 끌어안고 억지로 살아야 하는 이유가 뭐란 말인가?

윈스턴은 오브라이언 영상을 예전보다 조금 더 확실하게 떠올리는 데 성공한다. 오브라이언은 "우린 어둠이 모두 사라진 세상에서 다시 만날 거요"라고 말했다. 윈스턴은 이 말이 무슨 말인지 안다. 아니, 안다고 생각한다. 어둠이 모두 사라진 세상은 상상으로만 존재하는 미래, 눈으로 본 적이 없는 세상, 하지만 예지력으로 공유하는 세상이다. 하지만 '텔레스크린'에서 흘러나오는 목소리가 귓속으로 성가시게 파고드는 바람에 윈스턴은 머릿속 생각을 계속 펼쳐갈 수 없다.

담배 한 개비를 입에 문다. 그와 동시에 담뱃가루가 절반이나 혓바닥으로 떨어지는데, 쓰디쓴 가루를 다시 뱉어내는 게 쉽지 않다. 빅 브러더 얼굴이 오브라이언 얼굴을 제치고 마음속으로 밀려든다. 윈스턴은 며칠 전에 그런 것처럼 주머니에서 동전 한 개를 꺼내 가만히 바라본다. 빅 브러더 얼굴이 엄숙하고 차분하고 자비롭게 마주 본다. 새까만 콧수염 이면에 숨은 미소는 도대체 어떤 걸까? 당 구호가 불길

한 조종 소리처럼 무겁게 떠오른다.

전쟁은 평화다
자유는 예속이다
무지는 힘이다

2부

1

아침나절이다. 윈스턴은 화장실에 가려고 칸막이 작업실을 나온다.

불을 환하게 켠 복도 저쪽 끝에서 어떤 사람이 다가온다. 머리칼이 까만 여자다. 고물상 앞에서 마주치고 나흘이 지났다. 거리는 줄어들고, 윈스턴은 상대 오른팔에 감긴 붕대와 삼각건을 발견한다. 제복과 색깔이 똑같아서 가까운 거리가 아니곤 알아볼 수 없다. 소설 줄거리를 꾸미는 대형 만화경을 빙글빙글 돌리다가 손을 찧은 것 같다. 창작국에서 흔히 일어나는 사고다.

거리 간격이 4m 정도로 줄어드는 순간, 상대가 비틀거리다가 그대로 꼬꾸라진다. 날카로운 비명이 고통스럽게 일어난다. 다친 팔을 깔면서 넘어진 게 분명하다. 윈스턴은 걸음을 대뜸 멈춘다. 상대는 일어나서 무릎을 꿇은 상태다. 얼굴이 샛노랗게 변하면서 입술이 어느 때보다 빨갛다. 상대가 윈스턴을 똑바로 바라본다. 고통이라기보다 공포에

116

가까운 표정으로 애원하는 눈빛이다.

원스턴은 속에서 묘한 감정이 꿈틀거린다. 자신을 죽이려는 적이 바로 앞에 있다. 하지만 아파하는 사람, 뼈가 부러졌을지도 모르는 사람이다. 그래서 상대를 도우려고 본능적으로 다가가던 참이다. 상대가 다친 팔 위로 쓰러지는 모습을 보는 순간에는 자신이 그렇게 된 것 같은 느낌까지 받았다.

"다쳤습니까?"

"괜찮아요. 팔이……. 금방 나을 거예요."

상대가 대답하는데, 정말 당혹스럽다는 목소리다. 얼굴도 굉장히 창백하다.

"뼈가 부러진 건가요?"

"아니에요, 괜찮아요. 순간적으로 아팠던 거예요."

상대가 대답하며 성한 손을 내밀고, 원스턴은 손을 잡아 일으킨다. 얼굴색이 조금이나마 정상으로 돌아온 걸 보면 많이 좋아진 것 같다. 상대가 똑같은 말을 반복한다.

"아무것도 아니에요. 손목이 충격을 조금 받은 것뿐이에요. 고맙습니다, 동무!"

그러더니 가던 방향으로 활달하게 걷는 걸 보면 정말 아무렇지 않은 것 같다. 모든 게 30초도 안 돼서 끝났다. 얼굴에 감정을 안 드러내는 게 본능이자 습관처럼 변한 터라, 행여나 당혹스런 문제가 생기더라도 사람들은 '텔레스크린' 앞이면 무조건 꼿꼿이 선다. 그렇지만 원스턴이 순간적으로 놀란 것까지 감출 순 없다. 손을 잡아서 일으키는 2~3초 사이에 상대가 무언가를 자기 손에 살짝 건넸기 때문이다. 조그맣고 납작한 물건이다. 상대가 일부러 건넸다는 걸 의심할 여지는 없다. 원스턴은 화장실 문으로 들어서면서 그것을 호주머니에 넣고 손가락

끝으로 가만히 만진다. 네모로 접힌 종이쪽지다.

윈스턴은 소변을 보는 사이에 손가락을 바삐 움직여서 종이쪽지를 펼친다. 뭔가 전하고 싶은 내용이 있는 게 분명하다. 당장에라도 대변기 칸으로 들어가서 쪽지 내용을 읽고 싶은 충동을 느낀다. 하지만 그러는 건 정말 어리석은 짓이 아닐 수 없다. '텔레스크린'이 항상 감시하지 않는 공간은 어디에도 없다.

윈스턴은 칸막이 일터로 돌아와서 자리에 앉으며 종이쪽지를 다른 서류 사이로 태연하게 던지더니, 안경을 쓰고 구술기록기를 잡아당긴다. 그리고 마음속으로 '5분만, 최소한 5분만!' 하며 다짐한다. 심장이 쿵쿵 울린다. 다행히도 지금 하는 일은 기다란 수치 목록을 수정하는 단순한 작업이라서 세심한 주의를 기울이지 않아도 된다.

쪽지에 적힌 내용이 무엇이든, 정치적으로 일정한 의미가 있을 수밖에 없다. 윈스턴이 판단하기에 가능성은 두 개다. 하나는, 확률이 높은데, 자신이 우려한 대로 상대는 사상경찰이다. 사상경찰 측에서 이런 식으로 전갈을 보낸 이유는 모르겠지만 나름대로 까닭이 있을 거다. 그래서 협박이나 소환이나 자살 명령으로 또 다른 함정을 파려는 걸 수 있다. 하지만 또 다른 가능성이 끊임없이 고개를 들고 일어나, 떨쳐내려고 아무리 애써도 안 된다. 전갈을 보낸 게 사상경찰 측이 아니라 일종의 지하조직일 가능성 말이다. '형제단'이 실제로 존재할 수 있다! 쪽지를 건넨 여자가 그 조직원일 수 있다! 말도 안 되는 생각이 분명하지만, 종이쪽지를 넘겨받는 순간에 불쑥 떠오른 생각이다. 앞에서 설명한, 훨씬 그럴듯한 가능성이 떠오른 건 2분이나 지난 다음이다. 지금 이 순간조차 이성적인 사고는 종이쪽지를 죽음으로 연결하지만, 마음속으로 믿는 건 다르다. 터무니없는 희망이 끈질기게 일어나고 심장은 콩닥거리니, 윈스턴으로선 떨리지 않는 목소리로 새로운 수치를 구술

기록기에 말하는 일에 안간힘을 쏟아야 했다.

윈스턴은 작업이 끝난 서류뭉치를 말아서 압축 전송관에다 밀어넣는다. 8분이 지났다. 윈스턴은 콧등에 걸친 안경을 조정하며 한숨을 쉬더니, 다음에 작업할 서류뭉치를 끌어당긴다. 바로 거기에 종이쪽지가 있다. 쪽지를 펼친다. 서투른 글씨로 커다랗게 써넣은 내용이 나온다.

당신을 사랑합니다.

윈스턴은 너무나 놀라서 범죄행위 증거물을 기억 구멍으로 던져야 한다는 사실조차 순간적으로 잊는다. 그러다가 정신이 돌아오고, 관심을 너무 많이 드러내는 건 위험하다는 사실을 잘 알면서도 다시 보고 싶은 마음을, 자신이 제대로 읽은 건지 확인하고 싶은 마음을 억누를 수 없다.

오전 근무시간을 마칠 때까지 일하는 게 정말 힘들었다. 잡다한 작업에 모든 관심을 쏟는 척하는 것도 힘들지만, 자신이 동요하는 모습을 '텔레스크린' 앞에서 숨겨야 한다는 사실은 더더욱 힘들었다. 뱃속에서 불길이 치솟는 것 같았다. 무덥고 혼잡하고 시끌벅적한 식당에서 점심을 먹는 것도 고역이다. 점심시간만이라도 혼자 있고 싶은데, 멍청한 파슨스가 악운이라도 상징하듯 옆자리에 철퍼덕 주저앉아, 스튜만큼이나 지독한 땀 냄새를 풍기며 '증오 주간' 준비내용을 장황하게 늘어놓는다. 어린 딸이 속한 스파이단에서 빅 브러더 두상을 2미터 크기로 만드는 종이 공예를 유난히 자랑하면서 말이다. 특히 짜증스러운 건, 주변이 너무 시끄러워서 제대로 안 들리니 얼빠진 내용을 다시 말하라고 반복해서 소리쳐야 한다는 사실이다. 사랑한다는 여자가 식당 맞은편 끝에서 다른 여자 두 명과 함께 있는 모습을 얼핏 쳐다본 건 딱 한 번이다. 상대는 자신을 못 본 것 같고, 자신은 그쪽을 다시 바라보지 않았다.

오후 시간은 그런대로 견딜 만하다. 식사시간을 마치자마자 극히 복잡하고 어려운 작업이, 다른 작업을 모두 미룬 채 몇 시간 몰두할 작업이 도착했다. 눈 밖에 난 고위 당직자를 음해하는 식으로 2년 전 생산보고서를 다양하게 날조하는 작업이다. 윈스턴은 이런 작업에 능숙한 터라, 사랑한다는 여자 생각을 마음속에서 두 시간 넘게 완전하게 차단한다. 그러다가 작업을 마치니, 여자 얼굴이 다시 떠오르면서 혼자 있고 싶다는 갈망이 견딜 수 없이 강렬하게 일어난다. 새로운 사태에 대해 차분히 생각하려면 혼자 조용히 있어야 할 것 같다. 오늘 밤은 공회당 야간집회에 참석해야 한다. 윈스턴은 식당에서 맛없는 저녁을 게걸스레 먹어치우고 공회당으로 급히 가서 '토론 모임'이라는 엄숙한 바보짓에 참석하고, 탁구 시합을 두 차례 하고, 술을 몇 잔 마시고, 30분 동안 앉아서 '영사(英社)와 체스'라는 강연을 듣는다. 지루해서 영혼이 뒤틀리는 것 같아도 공회당 저녁 모임을 회피하고 싶은 충동은 없었다. '당신을 사랑합니다'라는 구절을 보는 순간에 살고 싶은 욕망이 용솟음쳤다. 괜한 위험을 자초하는 건 멍청한 짓 같았다. 그래서 스물세 시에 집으로 돌아와서 잠자리에 든 다음에 비로소, 침묵만 지키면 '텔레스크린'도 어쩔 수 없는 깜깜한 어둠 속에서 생각을 다시 펼쳐나간다.

사랑한다는 여자와 어떻게 접촉해서 만날 약속을 잡느냐는 문제를 현실적으로 해결해야 한다. 상대가 함정을 파는 걸 수 있다는 가능성은 더 생각하지 않는다. 그런 건 아닌 게 확실하다. 쪽지를 건넬 때 상대가 잔뜩 긴장한 게 분명하기 때문이다. 상대 역시 당연히 겁에 질린 게 분명하기 때문이다. 그렇다면 윈스턴은 상대의 애정 고백을 거부할 생각이 없다. 불과 닷새 전만 하더라도 자신은 상대 머리통을 돌멩이로 후려칠 생각조차 했다. 하지만 이제 그건 조금도 중요하지 않다. 윈스턴은 상대가 벌거벗은 육체를, 젊은 여인의 나신을 떠올린다, 꿈에 나타난 그대로. 상대가 다른 사람과 마찬가지로 아둔하다고, 머릿속에는 증오와 거짓이, 뱃속에는 차가운 얼음덩어리만 가득하다고 상상한 적도 있다. 그런데 지금은 상대를 잃을 수 있다는, 하얀 피부에 젊은 육신이 멀리 사라질 수 있다는 생각만 초조하게 떠오른다. 빨리 접촉하지 않으면 상대가 마음을 바꿀 수 있다는 사실이 무엇보다 두렵다. 하지만 상대를 몰래 만난다는 게 물리적으로 엄청나게 어렵다. 이미 패한 체스판에서 말을 움직이려고 애쓰는 것과 마찬가지다. 어떤 식으로 움직이든 '텔레스크린'이 바라본다. 사실, 쪽지를 읽고 나서 상대와 접촉할 방법을 5분 동안 수없이 떠올렸다. 하지만 시간이 충분한 이제 비로소, 윈스턴은 탁자에 널린 도구를 정돈하듯 다양한 방법을 하나씩 따져본다.

오늘 아침처럼 우연히 마주치는 방식을 다시 사용할 수 없는 건 분명하다. 상대가 기록국에 근무한다면 비교적 간단하겠지만, 창작국은 어디에 있는지조차 정확히 모를 뿐 아니라, 거기로 찾아갈 명분도 없다. 상대가 어디에 살고 몇 시에 퇴근하는지 안다면 집으로 돌아가는 길목에서 만나는 방법도 있겠지만, 집까지 따라가는 건 안전한 방법이 아니다. 그러려면 청사 밖에서 어슬렁거려야 하니, 남의 눈에 금방 띌 수밖에 없다. 우편으로 편지를 보내는 방법은 고려할 가치도 없다. 우편물은 배달 도중에 개봉하는 게 원칙이니, 비밀 보장은 애당초 불가능하다. 실제로 편지를 쓰는 사람도 거의 없다. 어쩌다 소식을 보내야 할 때는 사연을 다양하게 인쇄한 우편엽서를 구해서 적절하지 않은 내용을 지우고 보내는 식이다. 게다가 자신은 상대 주소는 고사하고 이름조차 모른다. 결국, 윈스턴은 식당이 제일 안전하다는 결론을 내린다. '텔레스크린'이 너무 가깝지 않고 주변은 사람들이 떠드는 소리로 시끌벅적한 식당 한가운데로 상대를 인도한다면, 그래서 같은 식탁에 대략 30초 동안만 앉는다면 몇 마디 정도는 나눌 수 있다.

그러고 나서 일주일 동안은 하루하루가 불안한 꿈을 꾸는 것 같았다. 바로 다음 날은 작업 시작을 알리는 호각 소리를 듣고 식당을 나설 때 비로소 상대가 나타난다. 교대시간이 바뀐 모양이다. 두 사람은 서로에게 눈길조차 안 주며 지나친다. 그 다음 날은 점심시간에 맞춰서 들어오긴 하는데, 옆에 다른 여자 세 명이 있는 데다 '텔레스크린' 바로 밑이다. 그런 다음에는 사흘 연속으로 안 나타나는 끔찍한 사태가 발생한다. 몸도 마음도 하나같이 견딜 수 없을 정도로 민감하고 투명하게 변해, 동작 하나하나가, 소리 하나하나가, 접촉 하나하나가, 자신이 말하거나 들어야 하는 내용 하나하나가 고통스럽다. 잠잘 때조차 상대 모습에서 벗어날 수 없다. 그러는 내내 일기장은 손도 안 댄다. 행여나 고통에서 벗어나는 순간이 있다면 작업에 몰두할 때가 전부다, 10분 연속으로 완전히 망각할 만큼 말이다. 상대에게 무슨 일이 일어났는지 감조차 잡을 수 없다. 어디에 알아볼 데도 없다. 증발 당할 수도 있고 자살할 수도 있고 오세아니아 반대편 끝으로 이송당할 수도 있다. 하지만 최악의 가능성은, 가장 현실적인 가능성은 상대가 마음을 바꿨다는, 그래서 자신을 피한다는 거다.

다음 날은 상대가 다시 나타난다. 삼각건을 풀고 반창고를 팔목에 동그랗게 붙인 상태다. 다시 볼 수 있다는 게 너무나 다행스러운 나머지, 윈스턴은 자제력을 잃고 상대를 몇 초 동안 뚫어지게 쳐다본다. 그 다음 날에는 상대에게 말을 거는 데 성공할 뻔 한다. 식당에 들어서는 순간, 상대가 벽에서 꽤 떨어진 식탁에 앉았는데, 완전히 혼자다. 이른 시각이라서 식당은 그렇게 북적거리지 않았다. 줄이 꾸준히 줄어 들어 배식구로 거의 다가설 즈음, 앞사람이 사카린을 못 받았다고 항의 하느라 2분 동안 지체한다. 그래도 상대는 여전히 혼자고, 윈스턴은 식사 쟁반을 받아들고 상대 식탁이 있는 쪽으로 다가간다. 두 발은 별다른 생각 없이 걷는 척하고, 두 눈은 상대 바로 뒤쪽 식탁을 탐색하 는 척한다. 거리가 3미터까지 줄어든다. 이제 2초만 지나면 된다. 그런 데 바로 뒤에서 어떤 목소리가 "윈스턴!" 하고 부른다. 윈스턴은 못 들은 척한다. "윈스턴!" 하는 목소리가 더 커다랗게 일어난다. 더는 모른 척할 수 없다. 그래서 몸을 돌린다. 머리는 금발에 얼굴은 멍청하 고 이름은 윌셔라는 젊은이가, 친하지도 않은데 웃는 얼굴로 자신이 앉은 식탁 빈자리를 가리킨다. 거절하는 건 안전하지 않다. 자신을 초대한 사람이 있는데, 여자가 혼자 앉은 식탁으로 가서 앉을 순 없다. 그런 행동은 너무 눈에 띈다. 윈스턴은 반갑다는 미소를 머금으며 그 옆자리에 앉는다. 멍청한 금발 얼굴이 자신에게 환한 미소를 보낸다. 윈스턴은 그 얼굴에다 곡괭이로 내리찍는 환상을 떠올린다. 사랑한다 는 여자가 앉은 식탁도 삼사 분 후에는 모두 들어찬다.

하지만 상대는 자신이 다가가던 모습을 보았을 게 분명하다. 눈치도 챘을 거다. 다음 날, 윈스턴은 잔뜩 벼르다가 식당으로 일찍 들어선다. 예상대로 상대는 똑같은 식탁에서 이번에도 혼자다. 배식을 기다리는 줄 바로 앞에는 딱정벌레처럼 생긴 사내가 있는데, 체구는 조그맣고 동작은 빠르고 얼굴은 납작하고 두 눈은 가느다란 게 의심이 많은 것 같다. 윈스턴이 배식구에서 음식 쟁반을 들고 돌아서니, 사랑한다 는 여자 식탁으로 딱정벌레 사내가 곧장 나아간다. 윈스턴은 희망이 다시 무너진다. 그 식탁 너머에 빈 식탁이 있긴 하지만, 딱정벌레 사내

모습으로 보건대, 텅 빈 식탁은 외면할 것만 같은 느낌이 든다. 윈스턴은 그대로 얼어붙은 가슴을 안고 뒤를 따른다. 상대와 식탁에 단둘이 앉아야 한다. 옆에 다른 사람이 있으면 아무런 소용도 없다. 바로 그 순간, 꽝! 소리가 일어난다. 딱정벌레 사내가 바닥에 그대로 엎어지면서 음식 쟁반은 날아가고, 수프와 커피는 바닥에 쏟아진다. 사내는 바닥에서 일어나며 윈스턴을 악의에 찬 눈으로 노려본다. 윈스턴이 발을 걸어서 넘어뜨렸다고 생각하는 게 분명하다. 하지만 아무러면 어떤가. 5초 후에 윈스턴은 사랑한다는 여인과 한 식탁에 앉으며 두근거리는 가슴을 달랜다.

윈스턴은 상대를 쳐다보지 않는다. 쟁반을 내려놓자마자 음식을 먹기 시작한다. 재빨리 말하는 게, 다른 사람이 오기 전에 얼른 말하는 게 무엇보다 중요하다. 순간적으로 끔찍한 공포가 몰려든다. 상대가 처음 접근하고 일주일이 지났다. 그동안 마음이 변할 수도 있다. 아니, 변한 게 틀림없다. 이런 일은 성공적으로 마무리될 수 없다. 이런 일은 현실에서 일어날 수 없다.

바로 그 순간, 귀에 털이 수북한 시인 앰플포스가 쟁반을 들고 앉을 곳을 찾아 이리저리 서성이는 모습을 못 보았더라면, 윈스턴은 말을 조금도 못 꺼냈을지 모른다. 앰플포스는 윈스턴에게 막연한 호감을 품은 터라, 자신을 발견하는 순간에 당장 다가와서 옆에 앉을 게 분명하다. 이제 자신에게 주어진 시간은 1분 정도에 불과하다. 윈스턴이든 상대든 음식만 묵묵히 먹는다. 두 사람이 먹는 건 강낭콩으로 묽게 만든 스튜인데, 수프에 훨씬 가깝다. 윈스턴은 나지막이 웅얼대기 시작한다. 누구도 고개를 안 든다. 묽은 국물을 숟갈로 떠서 입에 넣는 사이사이로 꼭 필요한 말만 무표정한 목소리로 나지막하게 주고받을 뿐이다.

"몇 시에 퇴근해요?"

"18시 30분."

"어디서 만날까요?"

"승리 광장, 기념비 근처."

"'텔레스크린'이 많아요."

"사람들이 많으면 괜찮아요."

"신호는?"

"없어요. 사람들 사이에 있을 테니 찾아서 다가오세요. 저를 쳐다보지 마세요. 근처에 머물기만 하세요."

"몇 시?"

"19시."

"알겠어요."

앰플포스는 윈스턴을 못 보고 다른 식탁에 앉는다. 두 사람은 더는 말하지 않는다. 모르는 사람이 어쩌다 맞은편에 앉은 것처럼 꾸미려고 눈길조차 안 준다. 상대는 점심을 재빨리 끝내며 일어서고, 윈스턴은 그대로 머물다가 담배까지 태운다.

윈스턴은 약속 시간이 되기 전에 '승리 광장'에 도착한다. 그래서 홈이 파인 거대한 기둥 받침돌 주변을 어슬렁거린다. 돌기둥 꼭대기에는 빅 브러더 석상이 우뚝 서 '에어스트립 원 전투'에서 유라시아 비행기를 (몇 년 전에는 동아시아 비행기를) 깡그리 물리친 남쪽 하늘을 응시한다. 앞쪽 거리에는 올리버 크롬웰로 보이는 사내가 말에 올라탄 동상이 있다. 약속 시간에서 5분이 지나는데 상대는 여전히 안 나타난다. 섬뜩한 공포가 다시 몰려든다. 상대는 이미 마음을 바꿨다. 그래서 안 나타나는 거다! 윈스턴은 광장 북쪽으로 천천히 걷다가 성 마틴 성당을 알아보고 조금이나마 위안을 얻는다. 종을 울릴 때마다 '그대가 나에게 동전 세 푼을 빌렸다'고 소리쳤다는 곳이다. 그러다가 기념비 받침돌 옆에서 상대를 발견한다. 돌기둥을 타고 나선형으로 올라가는 포스터를 보거나 보는 척하는 중이다. 사람이 더 모여들기 전에 다가가는 건 위험하다. 기념비 주변에 '텔레스크린'이 가득하다. 그런데 바로 그 순간, 왼쪽 어디선가 떠들썩한 소리와 함께 붕붕거리는 화물차 소리가 커다랗게 일어난다. 갑자기 모든 사람이 광장을 가로지르며 뛰어가는 것 같다. 사랑한다는 여인도 기념비 받침돌 사자상을 재빨리 돌며 군중 사이에 합류한다. 윈스턴도 따라간다. 그렇게 달리는데, 유라시아 포로 수송차량이 지난다고 외치는 소리가 일어난다.

광장 남쪽 구역을 많은 사람이 벌써 꽉 메웠다. 보통 때 같으면 인파가 밀고 당기며 아우성치는 힘에 밀려서 바깥으로 쫓겨날 윈스턴도 이번에는 열심히 헤집으며 한가운데로 꾸물꾸물 들어간다. 그래서 상대와 팔을 뻗으면 닿을 거리까지 다가가는데, 덩치 커다란 노동자가 부인처럼 보이는 커다란 덩치 여인과 함께 길을 막는다. 도저히 뚫고 들어갈 수 없는 거대한 벽 같다. 윈스턴은 옆으로 꿈틀거리며 나아가다 두 사람 사이로 어깨를 힘껏 밀어 넣는다. 근육질 엉덩이 사이에 끼어서 창자가 순간적으로 납작하게 뭉그러지는 느낌에 윈스턴은 진땀을 흘리며 간신히 빠져나온다. 그래서 사랑한다는 여자 바로 옆에 선다. 두 사람은 어깨를 나란히 한 채 정면만 열심히 쳐다본다.

수송 트럭은 기다랗게 이어지며 거리를 따라 천천히 나아가고, 감시병은 기관총으로 무장한 채 모서리마다 목석처럼 서서 경계한다. 트럭마다 피부가 노랗고 키는 조그만 사내들이 다 떨어진 초록색 군복 차림으로 바짝 붙어서 쪼그려 앉았다. 슬픈 동양인 얼굴로 도로변을 바라보는데, 하나같이 극단적으로 무관심한 표정이다. 트럭이 가끔 흔들릴 때마다 금속 부딪치는 소리가 철커덩거린다. 발목에 하나같이 쇠사슬이 달렸다. 트럭마다 처량한 얼굴을 가득 태우고 줄줄이 나아간다. 윈스턴은 포로가 있다는 건 알지만 직접 본 적은 극히 드물다. 사랑한다는 여인 오른팔이 어깨부터 팔꿈치까지 윈스턴을 누른다. 뺨이 온기를 느낄 정도로 가깝다. 그러더니 지난번에 식당에서 그런 것과 똑같은 분위기를 재빨리 만든다. 예전처럼 무표정한 목소리로 입술을 살짝 움직이면서 조그맣게 웅얼대는 소리가 왁자지껄한 소리와 덜컹대는 트럭 소리에 금방 파묻힌다.

"제 말 들리세요?"

"네."

"일요일 오후에 쉴 수 있나요?"

"네."

"그럼 잘 들으세요. 꼭 명심하세요. 패딩턴 역으로 가서……"

상대는 윈스턴이 나아가야 할 길을 군대식으로 놀랄 만큼 정확하게 설명한다. 기차를 타고 30분 달린 뒤, 역에서 나와 왼쪽으로 꺾어진 길을 따라 2킬로미터를 걸으면 문설주가 사라진 문이 나오고, 그곳을 지나서 들판을 가로지르다 풀이 가득한 오솔길을 따라 관목 숲 사이 샛길을 지나면 이끼가 달라붙은 고목 한 그루가 있다는 거다. 머릿속에 지도를 넣은 것 같았다. 그리곤 마지막으로 나지막이 묻는다.

"모두 기억하겠어요?"

"네."

"왼쪽으로 꺾었다가 오른쪽으로, 다시 왼쪽으로 꺾는다. 그러면 문설주 없는 문이 나온다."

"네. 시간은?"

"대략 15시. 조금 기다려야 할 거예요. 나는 다른 길로 가거든요. 모두 확실히 기억하세요?"

"네."

"그럼 어서 다른 데로 가세요."

굳이 이런 말까지 할 필요는 없다. 하지만 순간적으로 두 사람은 인파를 벗어날 수 없다. 트럭은 여전히 줄지어 나아가고, 사람들은 여전히 탐욕스럽게 바라본다. 처음에는 야유와 욕설이 간간이 튀어나오는데, 군중 사이에서 당원들만 호응하다가 금방 멈춘다. 단순한 호기심만 가득한 분위기다. 외국인은, 유라시아 출신이든 동아시아 출신이든, 신기한 동물과 비슷하다. 실제로 이들은 외국인이라곤 포로밖에 본 적이 없고, 그나마 이렇게 얼핏 보는 게 고작이다. 포로 가운데 소수가 전범으로 교수형 당한다는 걸 아는 게 전부다. 나머지는 어떻게 되는지 아무도 모른다. 그냥 사라지는데, 강제노동수용소로 간다고 추측할 뿐이다.

얼굴 동그란 동양인이 지나가자, 이번에는 유럽인과 비슷한 얼굴에 지칠 대로 지친 포로가 더러운 차림과 덥수룩한 턱수염을 그대로 드러내며 나타난다. 뼈가 드러날 정도로 움푹 파인 눈이 윈스턴을 가끔은 이상할 정도로 진지하게 쳐다보다가 돌리기도 한다. 수송차량 행렬이 점점 끝으로 치닫는다. 마지막 트럭에서 윈스턴은 노인을 발견한다. 두 손이 밧줄로 묶이는 데 익숙한 듯 손목을 겹친 상태로 꼿꼿이 서서 하얀 수염을 얼굴 가득 휘날린다. 이제 사랑한다는 여인과 헤어질 시간이다. 그런데 마지막 순간에, 인파에 갇혀서 꼼짝을 못 하는 순간에, 여인이 손을 내밀어 윈스턴 손을 더듬더듬 찾더니 재빨리 쥐었다가 놓는다.

10초도 안 되는 순간인데 서로 손을 오랫동안 꼭 움켜잡은 것 같다. 상대방 손을 자세히 느낄 시간도 충분하다. 윈스턴은 기다란 손가락을, 날카로운 손톱을, 일해서 못이 단단하게 박힌 손바닥을, 팔목 밑 부드러운 살을 어루만진다. 손만 잡은 건데도 눈으로 본 것처럼 훤히 알 것 같다. 그와 동시에, 상대 눈빛이 어떤 색깔인지 모른다는 생각이 떠오른다. 갈색인 것 같은데, 머리칼이 까만 사람은 파란 눈이 많다. 머리를 돌려서 쳐다본다는 건 턱없이 어리석은 짓이다. 두 사람은, 사방에서 누르는 인파에 가려 남의 눈에 안 띄도록 서로 손을 꼭 잡고 정면만 줄기차게 응시하니, 사랑한다는 여인 대신 늙은 포로가 털북숭이 얼굴로 윈스턴을 구슬프게 바라본다.

2

윈스턴은 햇빛과 그늘이 얼룩진 오솔길을 선택해, 나뭇가지 틈새마다 황금빛 햇살이 가득 내리쬐는 곳으로 들어선다. 왼쪽 나무 밑으로 초롱꽃이 안개처럼 자욱하다. 산들바람이 살결에 입 맞추는 것 같다. 5월 2일이다. 깊은 숲 어디선가 비둘기가 한가롭게 노래한다.

윈스턴은 약간 일찍 도착했다. 길을 오는데 어려운 건 하나도 없는 데다, 사랑한다는 여인 역시 전에 온 적이 분명히 있을 터이니, 윈스턴은 평상시보다 두려운 느낌이 적다. 상대가 마련한 장소니만치 상당히 안전하리라. 일반적으로 런던보다 시골이 훨씬 안전하다고 할 순 없다. 물론 '텔레스크린'은 없지만, 송화기를 곳곳에 숨겨서 말소리를 포착해 누구 목소리인지 파악할 위험은 어디에나 가득하다. 게다가 남의 눈에 안 띄고 혼자서 먼 길을 간다는 게 쉬운 일이 아니다. 1백 킬로미터가 안 되는 거리는 여행증명서를 받을 필요가 없지만, 경찰이 철도역 근처를 서성이다가 당원증을 조사하고 귀찮은 질문을 해대는 건 각오해야 한다. 그러나 다행히도 이번에는 경찰도 안 나타나고, 역에서 빠져나올 때는 뒤를 조심스레 살펴, 미행하는 사람이 없다는 사실도 확인했다. 기차는 여름 날씨 덕에 휴가 분위기를 물씬 풍기는 노동자 가족으로 가득했다. 윈스턴이 올라탄 나무좌석 열차 칸은 이가 다 빠진 증조할머니부터 갓 태어난 아기까지 규모가 엄청난 대가족으로 북적거렸다. 그들은 시골에 사는 사돈댁과 오후 한나절도 보내고 조그만 암시장에서 버터도 구할 겸 나오는 길이라고 윈스턴에게 아무렇지 않게 털어놓았다.

오솔길이 넓어지더니, 사랑한다는 여인이 말한, 덤불 사이로 들어서는, 소 떼만 지나다니는 좁은 길이 나타난다. 윈스턴은 시계가 없으나, 아직 15시는 안 된 게 분명하다. 초롱꽃이 너무나 무성한 나머지 밟지 않고 지날 순 없다. 윈스턴은 무릎을 꿇고 앉아서 꽃을 몇 송이 꺾는다. 시간을 보내려는 까닭도 있지만, 사랑한다는 여인을 만나서 건넬 꽃을 한 다발 꺾으면 좋겠다는 생각도 막연히 떠올랐다. 그래서 꽃다발을 커다랗게 만들어 은은한 향기를 맡는데, 바로 뒤에서 소리가 일어나 윈스턴은 그대로 얼어붙는다. 나뭇가지를 밟는 소리가 분명하다. 윈스턴은 초롱꽃을 다시 꺾는다. 그러는 게 최선이다. 사랑한다는 여인일 수도 있고, 자신을 미행한 사람일 수도 있다. 뒤를 둘러본다는 건 죄책감을 느낀다는 뜻이다. 윈스턴은 꽃을 한 송이 한 송이 꺾어나간다. 어떤 손이 어깨를 가볍게 어루만진다.

윈스턴은 고개를 들고 쳐다본다. 사랑한다는 여인이다. 상대가 머리를 흔든다. 아무 소리도 내지 말라는 뜻이 분명하다. 그러더니 덤불을 갈라, 숲으로 들어가는 좁은 오솔길을 따라 빠르게 나아간다. 물이 괸 웅덩이를 익숙하게 피하는 걸 보면 예전에 온 적이 있는 게 분명하다. 윈스턴은 뒤를 따르면서 꽃다발을 손에 꼭 움켜쥔다. 처음에는 마음이 놓이더니, 앞에서 날씬하고 튼튼한 몸매로 나아가는, 새빨간 허리띠를 단단히 묶어서 선명하게 드러난 엉덩이 선을 바라보는 순간, 윈스턴은 무겁게 내리누르는 열등감을 느낀다. 상대가 지금이라도 몸을 돌려서 쳐다보면 자신을 그대로 거부할 것만 같다. 향기로운 공기나 새파란 나뭇잎마저 열등감을 자극한다. 역전에서 여기까지 걸으며 따사로운 5월 햇살을 받는 사이에 자신은 실내에 사는 존재라는, 피부가 누렇게 떠서 더럽다는, 지저분한 런던 먼지가 땀구멍마다 가득하다는 느낌마저 몰려들던 참이다. 상대는 이렇게 밝은 대낮에 야외에서 자신을 본 적이 한 번도 없다는 생각마저 든다. 이윽고 상대가 말한, 쓰러진 고목이 눈앞에 나타난다. 상대는 나무를 훌쩍 뛰어넘어서 덤불을 헤집고 들어서는데, 그쪽에 공터가 있을 것 같지는 않다. 그런데 잇따라 들어서니, 자연스럽게 생긴 공터가 나타난다. 잔디가 부드럽게 깔린 둔덕인데, 커다란 묘목이 에워싸며 주변을 완벽하게 차단한다.

"다 왔어요."

상대는 말하고, 윈스턴은 몇 발자국 떨어져서 똑바로 바라본다. 하지만 감히 더는 다가갈 수 없다. 그러자 상대가 다시 말한다.

"샛길에서는 말하고 싶지 않았어요. 그런 곳에 송화기를 숨기기도 하거든요. 실제로 있다는 생각은 안 들지만, 가능성까지 부정할 순 없으니까요. 돼지 같은 놈 가운데 하나가 당신 목소리를 알아차릴 수도 있고요. 하지만 여기는 안전해요."

윈스턴은 상대에게 다가설 엄두가 아직도 안 난다. 그래서 멍청하게 되묻는다.

"여기는 안전해요?"

"그래요. 나무를 보세요."

모두가 조그만 물푸레나무다. 예전에 벌목했다가 다시 싹을 틔워서 높이 자라려고 애쓰는데, 아직은 사람 팔목 굵기에 불과하다.

"송화기를 숨길 만큼 커다란 나무가 없잖아요. 전에 와본 적이 있거든요."

두 사람은 짧은 대화를 나누고, 윈스턴은 가까스로 용기를 내며 상대에게 천천히 다가간다. 상대가 똑바로 서서 묘한 표정을 살짝 머금으며 웃는 표정은 행동이 이렇게 느린 까닭을 궁금하게 여기는 것 같다. 초롱꽃이 바닥으로 우수수 떨어진다. 저절로 떨어지는 것 같다. 윈스턴이 상대 손을 잡는다. 두 눈이 갈색이다. 밝은 갈색에 속눈썹은 까맣다.

"지금 이 순간까지 내가 당신 눈 색깔을 몰랐다면 믿겠소? 이제 내가 어떻게 생겼는지 똑똑히 보았는데, 그래도 나를 좋아할 수 있겠소?"

윈스턴이 묻자, 상대가 대답한다.

"네, 당연하죠."

"나는 서른아홉 살이오. 아무리 애써도 떼어낼 수 없는 아내도 있소. 하지정맥류도 있소. 의치도 다섯 개나 되고."

"상관없어요."

상대가 말한다. 다음 순간, 누가 먼저 움직였는지 모르지만, 윈스턴 품에 여인이 안긴다. 처음에는 믿을 수 없다는 느낌만 든다. 싱싱한 육체는 품에 꼭 안기고, 새까만 머리칼은 얼굴에 닿고, 여인이 고개를 들고 쳐다보아, 자신은 그 입술에, 크고 빨간 입술에 키스한다. 여인이 두 팔로 목을 꼭 끌어안더니, '소중하고 훌륭하고 사랑스러운 당신'이라고 부른다. 윈스턴이 풀밭에 눕혀도 여인은 아무런 저항을 안 해, 윈스턴은 하고 싶은 걸 다 할 수 있다. 그런데도 포옹만 할 뿐 다른 육체적 접촉을 않는다. 믿을 수 없다는 느낌과 동시에 자부심만 가득하다. 이런 일이 일어난다는 사실에 한없이 기쁘지만, 육체적인 욕정이 일지는 않는다. 너무 갑작스럽기도 하고, 너무나 젊고 아름다운 여성이란 사실에 겁도 나고, 여자 없이 사는 게 너무 익숙하기도 하고…… 도무지 이유를 모르겠다.

여인은 몸을 일으키더니 머리에서 초롱꽃을 떼어낸다. 그래서 몸을 기대고 앉으며 한쪽 팔로 윈스턴 허리를 휘감는다.

"괜찮아요, 내 사랑. 서두를 거 없어요. 우리에겐 오후 시간이 전부 있으니까요. 은신처가 정말 훌륭하지 않아요? 단체 행군 때 길을 잃고 헤매다가 발견했어요. 행여나 누가 나타난다고 해도 백 미터 거리에서 미리 파악할 수 있어요."

"이름이 뭔가요?"

"줄리아. 전 당신 이름을 알아요. 윈스턴…… 윈스턴 스미스."

"어떻게 알았나요?"

"무얼 알아내는 실력은 내가 당신보다 좋을 거예요, 내 사랑. 알려주세요, 내가 쪽지를 건네던 날 이전까지 당신은 나를 어떻게 생각했는지?"

윈스턴은 줄리아에게 거짓말하고 싶은 유혹을 조금도 못 느낀다. 최악을 말하면서 시작하는 사랑도 있는 법이다.

"나는 당신을 증오했소. 당신을 강간하고 나서 죽이고 싶었소. 2주 전에는 당신 머리를 돌로 내리칠 생각마저 진지하게 떠올렸소. 정말 알고 싶다니까 하는 얘긴데, 나는 당신이 사상경찰과 줄이 닿는다고 생각했소."

줄리아가 쾌활하게 웃으며 대답한다. 자신이 멋들어지게 위장했다는 증거로 받아들이는 게 분명하다.

"사상경찰이요? 정말 그렇게 생각한 건 아니죠?"

"으음, 꼭 그런 건 아니지만, 평소 모습으로…… 잘 알겠지만, 당신은 젊고 생생하고 건강하니…… 내 눈에 당신은……"

"내가 훌륭한 당원이라고 생각했군요. 말과 행동은 당연히 그렇겠지요. 깃발, 행진, 구호, 게임, 단체 행군, 기타 등등. 그래서 내가 기회만 있으면 당신을 사상범으로 고발할 거로 생각했나요?"

"그래요, 비슷해요. 당신도 알다시피, 젊은 여자는 대부분 그러니까."

"그런 느낌을 받은 건 바로 이 살벌한 물건 때문이에요."

줄리아가 말하더니, 청년 반성동맹을 상징하는 새빨간 허리띠를 풀어서 나뭇가지에 걸친다. 그러다가 허리춤을 만질 때 생각났다는 듯, 당원용 작업복 주머니를 뒤져서 조그만 초콜릿을 꺼낸다. 그래서 한가운데를 잘라 절반을 건넨다. 윈스턴은 초콜릿을 받기도 전에 그 향을 맡고 아주 특별한 초콜릿이란 사실을 깨닫는다. 까맣게 빛나는 데다 은박지로 포장까지 했다. 일반 초콜릿은 암갈색으로 잘 바스러지고, 그 맛은 굳이 말하자면 쓰레기를 태운 연기 냄새 같다. 하지만 윈스턴은 줄리아가 지금 막 건넨 것과 비슷한 초콜릿을 언젠가 우연히 맛본 적이 있다. 첫 향기를 맡는 순간에 뭐라고 딱 꼬집어 말할 수 없는 추억이 묘하게 꿈틀거리며 강렬하고 고통스럽게 일어난다.

"이걸 어디에서 구했소?"

윈스턴이 묻자, 줄리아는 아무렇지 않게 대답한다.

"암시장이요. 사실 나는 그런 여자예요. 겉모습 그대로. 나는 게임을 잘해요. 스파이단에서 분대장도 해요. 일주일 저녁 사흘은 청년 반성동맹에 자발적으로 참여하고요. 엉뚱하면서도 잔인한 표어를 붙이려고 런던 전역을 몇 시간씩 돌아다니기도 해요. 행진할 때면 깃발 한쪽을 언제나 꼭 붙들지요. 항상 명랑한 표정을 떠올리고 어떤 일이든 게으름 부리지도 않아요. 언제나 군중과 함께 고함도 질러요. 안전을 보장받는 유일한 방법이니까요."

첫 번째 초콜릿 조각이 혀에 닿자마자 녹는다. 맛이 황홀하다. 그런데 이번에도 어떤 기억이 의식 언저리를 맴돈다. 느낌은 강렬한데, 곁눈질로 힐끗 쳐다본 물건마냥 기억이 또렷하게 떠오르지 않는다. 어떤 행동을 한 다음에 그러기 전으로 되돌리고 싶지만 그러지 못했던 기억이란 사실만 깨닫고, 윈스턴은 애매한 느낌을 몰아낸다. 그리고 말한다.

"당신은 젊어요. 나보다 나이가 열이나 열다섯은 적은 것 같아요. 그런데 나 같은 사람에게 무슨 매력을 느낄 수 있단 말이오?"

"당신 얼굴에는 묘한 느낌이 있어요. 그래서 확인하고 싶었어요. 나는 당에 소속감이 없는 사람을 잘 알아봐요. 당신을 보는 순간, '저들'에게 저항한다는 느낌을 받았어요."

'저들'이란 당을, 특히 중앙당을 의미하는 것 같은데, 윈스턴은 어딘가 안전한 곳이 있다면 바로 여기라는 사실을 잘 알면서도, 줄리아가 노골적으로 조롱하고 증오하는 어투로 하는 말에 불안감이 저절로 깃든다. 더욱 놀라운 건, 상대가 험한 말까지 거리낌 없이 한다는 사실이다. 당원은 욕하지 말아야 하며, 윈스턴 자신만 해도 어떤 경우든 욕설을 내뱉거나 커다랗게 소리치지 않는다. 그런데도 줄리아는 당이나 중앙당 얘기만 하면 뒷골목 담벼락에서나 볼 법한 욕설이 저절로 나오는 것 같다. 윈스턴도 그게 싫지는 않다. 줄리아가 당에 대해, 당에서 하는 모든 방식에 대해 반발한다는 징후로, 말이 썩은 건초 냄새를 맡으면 재채기하는 것처럼 건강하고 자연스러운 현상이다.

두 사람은 공터를 떠나, 햇살이 숲 속에 만드는 얼룩무늬 사이를 다시 거닐며, 나란히 걸을 정도로 넓은 길이 나올 때마다 서로 허리를 껴안는다. 윈스턴은 허리띠를 풀어버린 지금에야 줄리아 허리가 더없이 부드럽다는 사실을 깨닫는다. 두 사람은 속삭이듯 이야기를 나눈다.

공터를 벗어난 다음에는 줄리아가 조용히 걷는 게 좋겠다고 말했기 때문이다. 이윽고 조그만 숲 가장자리에 이르자, 줄리아가 윈스턴을 멈춰 세운다.

"밖으로 나가지 마세요. 누가 볼 수도 있어요. 나뭇가지 뒤에 숨는 게 좋아요."

두 사람이 선 곳은 개암나무 숲 그늘이다. 햇살은 무수한 나뭇잎 사이로 비치는데도 얼굴에 따사롭게 다가온다. 윈스턴은 나무 너머로 기다랗게 뻗은 들판을 바라보다가, 예전에 본 적이 있다는 묘한 충격에 서서히 사로잡힌다. 풍경을 보니까 알 것 같다. 오랫동안 외면해서 황폐한 목초지, 가로지르는 샛길, 여기저기에 뚫린 두더지 구멍. 곳곳이 무너진 울타리 맞은편에서 느릅나무 가지가 미풍을 받아 흔들리고 잎사귀는 숱 많은 여인의 머릿결처럼 살랑인다. 눈에는 안 보이지만 근처 어딘가에 개울이 있고 새파란 웅덩이에서는 황어 떼가 노닐 것 같다. 그래서 나지막이 속삭인다.

"근처에 개울이 있지 않소?"

"맞아요, 개울이 있어요. 저쪽 들판 끝예요. 물고기도 있어요, 아주 커다란 물고기. 버드나무 밑 웅덩이에서 물고기가 꼬리를 흔들며 노니는 모습을 볼 수 있어요."

"황금빛 찬란한 들녘이겠군."

"황금빛 찬란한 들녘?"

"아무것도 아니오. 꿈에서 그런 풍경을 가끔 본다오."

"저길 보세요."

줄리아가 속삭인다. 개똥지빠귀 한 마리가 5미터 거리도 안 되는 나뭇가지에, 두 사람 얼굴과 거의 같은 높이에 내려앉았다. 새는 두 사람을 못 본 것 같다. 새가 앉은 곳은 햇살이 환하고, 두 사람이 있는

136

곳은 그늘이다. 지빠귀가 날개를 펴다가 조심스레 접어, 순간적으로 머리를 숙이는 게 해님에게 인사라도 하는 것 같더니, 노랫가락을 빠르게 뱉어내기 시작한다. 적막한 오후라서 노랫소리가 놀라울 정도로 커다랗다. 윈스턴과 줄리아는 황홀경에 빠져 서로를 꼭 껴안는다. 노랫소리는 단 한 번도 똑같은 소리가 없을 만큼 놀라울 정도로 다양하게 변하면서 끊임없이 흘러나온다. 지빠귀가 모든 실력을 유감없이 발휘하는 것 같다. 때때로 노래를 잠시 멈추고 날개를 폈다가 다시 접더니, 점박이 가슴을 잔뜩 부풀린 채 노래를 다시 쏟아놓는다.

윈스턴은 막연한 경외심을 품고 가만히 바라본다. 저 새는 누구를 위해, 무엇 때문에 노래하는 걸까? 친구도 원수도 지켜보지 않는다. 그런데도 나뭇가지에 홀로 앉아서 허공에 대고 저렇게 노래하는 까닭은 무얼까? 근처에 숨긴 송화기가 있는 건 아닐까 하는 생각마저 문득 떠오른다. 자신과 줄리아는 나지막이 속삭이기만 해서 안 들리겠지만, 지빠귀 노랫소리는 들릴 게 분명하다. 송화기 건너편 끝에서 딱정벌레처럼 생긴 조그만 사내가 저 소리를 들을지도, 열심히 들을지도 모르겠다는 생각마저 떠오른다. 하지만 가득 몰려오는 노랫소리에 윈스턴은 모든 상념이 사라진다. 액체 같은 물질이 온몸을 휘감아, 나뭇잎 사이로 파고드는 햇살과 뒤섞이는 느낌이다.

윈스턴은 생각을 멈추고 가만히 느낀다. 한쪽 팔로 휘감은 여인의 허릿살이 부드럽고 따스하다. 윈스턴은 허릿살을 끌어당겨서 가슴을 맞댄다. 여인의 육신이 자기 몸속으로 녹아드는 느낌이다. 자신이 두 손을 움직이는 부위마다 물처럼 흐느적거린다. 그러다가 서로 입술을 포갠다. 아까 딱딱하게 교환한 키스하고는 완전히 다르다. 서로 얼굴을 떼어낸 순간에는 두 사람 모두 깊은 한숨을 내쉰다. 새가 깜짝 놀라서 날개를 퍼덕이며 날아간다.

윈스턴은 상대 귀에 입술을 대고 "이제"라고 속삭인다. 그러자 줄리아가 속삭인다.

"여기서는 안 돼요. 은신처로 돌아가요. 그게 훨씬 안전해요."

두 사람은 이따금 밟히는 나뭇가지 소리를 들으며 빈터로 빠르게 돌아간다. 묘목이 동그랗게 둘러싼 공터로 들어서자, 여인이 돌아서서 똑바로 바라본다. 두 사람 모두 숨이 가쁘지만, 여인 입꼬리에 미소가 다시 번진다. 여인이 그렇게 가만히 바라보다가 자신이 입은 작업복 지퍼를 더듬는다. 그렇다, 모든 게 꿈만 같다! 윈스턴이 상상한 만큼이나 재빠르게 여인이 옷을 벗어 한쪽 옆에다 던지는데, 그 동작 하나에 인류 문명 전체가 마비될 정도로 황홀하다. 나신이 햇빛을 받아 하얗게 빛난다. 하지만 윈스턴은 눈앞에 가득한 나신을 순간적으로 외면한다. 주근깨 얼굴에, 희미한 미소가 대담한 얼굴에 두 눈이 꽂힌다. 그러다가 무릎을 꿇고 여인의 손을 잡는다.

"전에도 이런 적 있소?"

"당연하죠. 수백 번…… 최소한 수십 번은."

"당원하고?"

"그래요, 언제나 당원하고."

"간부당원 말이오?"

"그런 돼지 같은 놈들하고는 아니에요. 하지만 기회만 노리는 놈은 많아요. 겉모습만큼 점잖은 놈들은 아니랍니다."

윈스턴은 가슴이 뛴다. 상대가 최소한 수십 번은 이렇게 했다는데, 윈스턴은 그게 수백 번, 수천 번이기를 바란다. 당이 부패한 걸 암시하는 내용은 무엇이든 윈스턴에게 강렬한 희망으로 다가온다. 당이 속으로 곪을 대로 곪은 나머지, 그 숭배자들이 부패를 숨기려는 목적 하나로 자신을 부정하며 전투적으로 살아가는 게 아니라고 누가 장담하겠는가! 모든 숭배자 한 명 한 명에게 나병이나 매독을 퍼트릴 수 있다면 윈스턴은 기꺼이 그러고 싶다. 그들을 부패시키고 뒤흔들고 무너뜨릴 수만 있다면 무엇이든! 윈스턴은 여인을 밑으로 당겨서 서로 무릎을 꿇은 채 얼굴을 맞댄다.

"잘 들어요. 당신이 관계하는 남자가 많을수록 나는 당신을 사랑할 것이오. 무슨 말인지 알겠소?"

"네, 완벽하게."

"나는 순결을 증오하고 선을 증오하오! 도덕이 어디에도 존재하지 않길 바라오. 모든 사람이 뼛속까지 썩어 문드러지길 바란단 말이오."

"그렇다면 내가 당신에게 적격이네요. 나는 뼛속까지 썩었으니까."

"당신은 이렇게 하는 걸 좋아하오? 내가 아니라, 이런 행위 자체를?"

"네, 나는 이런 행위 자체를 숭배해요."

바로 이게 무엇보다 듣고 싶은 말이다. 한 사람만 곧이곧대로 사랑하는 게 아니라 상대를 가리지 않는 동물적 본능, 바로 이게 당을 산산이 무너뜨릴 힘이다. 윈스턴은 초롱꽃이 떨어진 사이로 여인을 풀밭에 눕힌다. 이번에는 어려울 게 하나도 없다. 급하게 오르내리던 가슴이 정상으로 천천히 가라앉더니, 두 사람은 상쾌한 피로감을 느끼며 떨어진다. 햇살이 더욱 뜨겁게 달아오른 것 같다. 두 사람은 졸음이 몰려든다. 윈스턴은 내던진 작업복을 잡아당겨서 여인을 살짝 덮어준다. 그와 동시에 두 사람은 약 30분 동안 깊은 잠에 빠져든다.

윈스턴이 먼저 깨어난다. 그래서 일어나 앉아, 손바닥을 베고 평화로이 잠자는 주근깨투성이 얼굴을 바라본다. 입술을 제외한 나머지는 아름다운 얼굴이라고 할 수 없다. 자세히 살펴보면 눈가에 주름까지 한두 줄 있다. 짧고 까만 머리는 유난히 숱이 많고 부드럽다. 자신은 여인의 성이 무언지도, 어디에 사는지도 모른다는 생각이 갑자기 떠오른다.

젊고 발랄할 육체가 깊이 잠자는 모습을 가만히 바라보노라니, 상대에 대한 연민과 보호본능이 일어난다. 하지만 아까 개암나무 아래서 지빠귀가 노래하는 동안 느끼던 엉뚱하고 어리석은 느낌은 다시 안 일어난다. 윈스턴은 작업복을 옆으로 치워서 여인의 부드럽고 하얀 옆구리 살을 찬찬히 살핀다. 옛날에는 남자가 여자 몸뚱이를 보고서 욕정을 느꼈다는, 그러면서 이야기가 끝났다는 생각이 든다. 하지만 오늘날엔 순수한 사랑도 순수한 욕정도 품을 수 없다. 아니, 순수한 감정은 어디에도 없다. 어떤 감정이든 공포와 증오가 뒤섞이기 때문이다. 사람을 껴안는 건 전투고, 클라이맥스는 승리다. 당에 가하는 일격이다. 정치적인 행동이다.

3

"여기에 다시 와요. 비밀장소는 대체로 두 번 정도 사용하는 건 안전하거든요. 물론 한두 달 안에 그러는 건 안 되겠지만."

줄리아가 말한다. 잠에서 깨어나자마자 태도가 확 바뀐 느낌이다. 모든 게 사무적으로 변해서 민첩하게 움직이며 옷을 입고 허리에 새빨간 띠를 매더니, 집에 돌아가는 길을 자세히 설명한다. 자신이 이러는 걸 당연하게 여기는 태도다. 줄리아는 윈스턴과 달리 노련한 현실감각을 지닌 게 분명하고, 단체 행군을 수없이 다니면서 런던 교외를 속속들이 파악한 것 역시 확실하다. 그래서 알려준 길은 자신이 찾아온 길하고 완전히 다르다, 기차역까지.

"야외로 나올 때와 똑같은 길로 돌아가는 건 절대 금물이에요."

줄리아가 중요한 원칙을 발표하듯 말한다. 줄리아가 먼저 출발하고, 윈스턴은 30분 정도 기다리다가 출발할 예정이다. 나흘 뒤에 퇴근해서 만날 장소도 줄리아가 알려주었다. 빈민 지역 가운데 하나로, 사람이 항상 붐비고 시끄러운 시장터다. 줄리아는 자신이 노점상을 기웃거리면서 구두끈이나 바느질 실을 찾는 척하겠단다. 주변이 안전한 것 같으면 코를 풀 테니까 그때 다가오고, 그렇지 않으면 모른 척 지나가라는 식이다. 하지만 운이 따르면 인파에 휩싸인 채 15분가량 이야기하면서 다음 밀회장소를 약속할 수 있다. 줄리아는 모든 걸 알려주자마자 이렇게 말한다.

"이제 먼저 떠나야겠어요. 19시 30분까지 돌아가야 해요. '청년 반성동맹'에 들러서 두 시간 동안 전단을 나눠줘야 하거든요. 정말 끔찍하지 않아요? 옷 좀 털어줄래요? 머리에 검불은 안 붙었나요? 확실해요? 그럼 안녕히, 내 사랑, 안녕히!"

줄리아가 윈스턴 품으로 파고들며 격렬하게 키스하더니, 잠시 후에 묘목 사이를 헤치며 나아가다 숲으로 조용히 사라진다. 성과 주소는 여전히 모른다. 하지만 아무래도 상관없다. 실내에서 단둘이 만나거나 서신을 교환하는 건 상상조차 못 하기 때문이다.

어쩌다 보니, 두 사람은 숲 속 공터에 두 번 다시 못 갔다. 5월 한 달 동안 두 사람이 사랑을 나누는 데 또다시 성공한 건 실제로 단 한 번이다. 줄리아가 아는 또 다른 은신처로, 30년 전에 원자폭탄이 떨어져서 폐허로 변한 시골 마을 부서진 교회 종탑이다. 은신처로는 훌륭하지만 거기까지 가는 길은 정말 위험했다. 나머지는 거리에서 만났는데, 장소를 매번 바꾸면서 30분을 넘기지 않았다. 거리에서 할 수 있는 건 대화를 몇 마디 나누는 게 전부다. 인도에서 인파에 떠밀리느라, 어깨를 나란히 할 수도 없고 서로 얼굴을 쳐다볼 수도 없다. 등대 불빛이 순간적으로 스치듯 간헐적인 대화를 기묘하게 나누고, 당원 제복이 다가오거나 '텔레스크린' 근처에서는 입을 꾹 다물고 침묵하다가, 몇 분 후에 대화를 그대로 이어가고, 그러다가 약속한 장소에서 갑자기 말을 끊고 헤어졌다가 다음 날 만나서 사전설명 없이 다시 그대로 이어가는 식이다. 줄리아는 이런 대화에 꽤 익숙한 것 같다. '분할 대화'라고 말할 정도다. 게다가 입술조차 안 움직이고 말하는 능력은 정말 놀라웠다.

두 사람이 이렇게 밤마다 거의 한 달 동안 만나다가 간신히 키스한 건 딱 한 번이다. 줄리아는 큰길에서 벗어나면 말을 절대 않는 터라, 두 사람 모두 입을 꾹 다문 채 골목을 걷는데, 별안간 고막이 터질 듯한 굉음이 일어나며 땅이 흔들리고 하늘이 까맣게 변했다. 윈스턴은 살갗이 까진 채 옆으로 쓰러져서 공포에 떨었다. 로켓 포탄이 바로 옆에 떨어진 게 분명했다. 바로 옆에 새하얗게 변한 줄리아 얼굴이 있다는 사실도 갑자기 깨달았다. 입술조차 새하얬다. 죽은 것 같았다! 그래서 줄리아를 꼭 껴안았다. 그러다가 자신이 산 사람 얼굴에 키스한다는 사실을 깨달았다. 하지만 입술에서 하얀 가루 같은 게 느껴졌다. 두 사람 얼굴을 횟가루가 덮은 것이다.

약속 장소에 도착해서 서로 손짓 한 번 못하고 지나칠 때도 있다. 경찰이 근처에 있거나 헬리콥터가 공중을 맴돌 때다. 그렇게 위험하진 않더라도 만날 시간을 내는 게 어려울 때도 있다. 윈스턴은 주당 60시간을 작업하고 줄리아는 작업시간이 훨씬 긴 데다, 쉬는 날도 작업 사정에 따라 변해, 시간을 맞출 수 없을 때가 잦다. 게다가 줄리아는 퇴근 이후를 완전히 자유롭게 보낼 수 있을 때가 거의 없다. 강의와 시위에 참석하고, 청년 반성동맹에서 만든 인쇄물도 배포하고, '증오

주간'에 사용할 깃발을 만들고, 절약운동에 필요한 모금을 하는 등, 다양한 활동에 엄청나게 많은 시간을 투여한다. 속내를 숨기는 데 필요하다면서 말이다. 사소한 규칙을 지키면 중요한 규칙을 깨뜨려도 괜찮다는 식이다. 윈스턴까지 열성당원이 자발적으로 참여하는 시간제 군수산업 노동에 며칠에 한 번씩이라도 참여하도록 설득할 정도다. 그래서 윈스턴은 망치 두드리는 소리가 '텔레스크린' 음악 소리와 처량하게 뒤섞이는, 통풍은 잘 돼도 불빛은 희미한 공장에서 일주일에 한 번씩 단조로운 작업에 참여해, 폭탄 뇌관 부속품처럼 보이는 조그만 쇳조각을 나사로 죄며 지루한 4시간을 보낸다.

두 사람은 지금 교회 종탑에서 만나, '분할 대화'에서 생긴 구멍을 메꿔나간다. 푹푹 찌는 오후다. 네모진 종탑은 조그마해서 후덥지근하고 답답한 데다, 비둘기 똥 냄새가 지독했다. 두 사람은 먼지가 수북하고 잔가지가 흩어진 마룻바닥에 앉아, 다가오는 사람이 없는지 좁은 틈새로 서로 번갈아서 살피며 얘기한다.

줄리아는 스물여섯 살이다. 다른 여자 서른 명과 합숙소에서 산다면서 "여자들 악취가 항상 진동하는 곳에서! 나는 여자들이 정말 싫어!"라는 말까지 덧붙였다. 윈스턴이 추측한 대로 창작국에서 소설 제작기를 담당한다. 작업 내용은 아주 재미있다. 강력하지만 까다로운 전기모터를 작동하고 수리하는 업무다. 영리하진 않지만, 손재주가 있어서 기계를 다루는 게 편하다. 기획위원회에서 개괄적으로 지시하는 내용부터 '교정 조'에서 마지막으로 손질하는 것까지, 소설 제작과정을 모두 구체적으로 안다. 하지만 줄리아는 다 마친 작품에 아무런 관심도 없다. "독서에 흥미가 없다"는 것이다. 책 역시 잼이나 구두끈처럼 만들어내는 소모품에 불과하기 때문이다.

줄리아는 60년대 초반 이전에 대해서 아는 게 전혀 없다. 지금까지

만난 사람 가운데 혁명 이전에 관해서 빈번하게 말한 사람은 여덟 살 때 실종된 할아버지가 유일하다. 학교에 다닐 때는 하키팀에서 주장을 맡고 체조 시합에서 2년 연속으로 우승컵을 탔다. 스파이단에서 분대장을 맡고, 청년 반성동맹에 입단하기 전에는 청년동맹에서 지부장을 맡았다. 언제나 탁월한 역할을 담당했다. 심지어 (평판이 좋다는 확실한 증거로) 창작국 소속 포르노 분과에 뽑혀서 값싼 도색물을 무산계급에 배포하기도 했다. 포르노 분과에서 일하는 사람은 자기네 분과를 '쓰레기 제작소'라 부른다는 말도 했다. 줄리아는 여기에서 1년간 근무하며 《엉덩이 때리는 이야기》나 《여학교에서 보낸 하룻밤》 같은 제목으로 봉인한 소책자를 만들어, 무산계급 젊은이들이 불온서적이라도 취급한다는 인상을 받으며 은밀하게 구하도록 하는 작업에 관여했다.

"대체 어떤 내용인데?"

윈스턴이 궁금한 표정으로 묻자, 줄리아가 대답한다.

"아, 지독한 쓰레기야. 정말이지 따분하기 그지없어. 줄거리가 여섯 가지에 불과해서 살짝살짝 뒤섞으며 바꾸는 식이야. 물론 나는 만화경에서만 일했어. '교정 조'에서 일한 적은 한 번도 없지. 그런 일을 하기엔 문장력이 턱없이 떨어지거든."

윈스턴이 깜짝 놀란 건, 포르노 분과에서 일하는 사람은 우두머리만 제외하고 모두 여성이라는 점이다. 남성은 성욕을 억제하는 능력이 떨어져, 쓰레기를 취급하다가 타락할 위험이 훨씬 커다랗기 때문이다.

"거기서는 결혼한 여자도 좋아하지 않아. 여자는 늘 순결해야 하거든. 나만 해도 전혀 순결하지 않은데 말이야."

줄리아는 열다섯 살 때 첫 경험을 했는데, 상대는 예순 살 먹은 당원으로 나중에 체포당하지 않으려고 자살했다며 덧붙인다.

"잘된 거지 뭐. 그러지 않으면 모든 걸 자백할 때 내 이름까지 튀어나올 테니까."

줄리아는 그 후로 다양한 남자를 만났다. 줄리아가 생각하는 인생은 아주 단순하다. 인간은 행복하길 원한다. '저들'은, 당에서는, 인민이 행복한 걸 원치 않는다. 그래서 '저들'이 만든 규칙을 인민이 재주껏 어겨야 한다는 거다. 인민이 체포당하지 않으려고 하는 것처럼 '저들' 역시 인민에게서 쾌락을 앗아가려고 하는 걸 줄리아는 극히 당연하게 생각하는 것 같았다. 당을 증오한다고 원색적으로 비난하면서도 당 강령을 비판하진 않는 식이다. 그래서 자신이 살아가는데 지장이 없는 한, 당 강령에 별다른 관심이 없다. 새말도 일상적으로 편하게 쓰는 말 외에는 절대 사용하지 않는다는 사실을 윈스턴은 깨달았다. '형제단'에 대해서 들어본 적은 없으며, 그런 게 존재한다는 것도 믿으려 하지 않았다. 당에 맞서는 조직은 어떤 유형이든 실패할 수밖에 없다는, 정말 어리석은 짓이라는 생각이 확고하다. 제일 현명한 방식은 그대로 살아남으면서 규칙을 적당히 어기는 거다. 윈스턴은 젊은 세대 가운데에서 줄리아 같은 사람이, 혁명 이후에 태어나서 아무것도 모르고 당을 하늘같이 절대적인 존재로 여기며 당에 항거하는 대신 토끼가 개를 피하듯 가볍게 피하는 식으로 살아온 사람이 얼마나 많을까 궁금했다.

두 사람은 결혼 문제를 논의하지 않았다. 너무 막연한 문제다. 생각할 가치조차 없다. 윈스턴이 캐서린과 정식으로 이혼한다고 해도 둘이 결혼하는 걸 위원회에서 승인할 가능성은 전혀 없다. 백일몽처럼 허망할 뿐이다.

줄리아가 묻는다.

"부인은 어떤 사람이었어?"

"한 마디로 그 여자는…… '좋은생각가득'이란 새말 알아? 천부적으로 정통을 추구하고 나쁜 생각을 아예 못한다는 뜻?"

"아니, 몰라. 하지만 그런 부류는 잘 알지."

윈스턴은 자신이 겪은 결혼생활을 이야기한다. 하지만 줄리아는 결혼생활의 본질에 대해 이상할 정도로 많이 아는 것 같다. 손을 대는 순간에 몸뚱이가 딱딱하게 굳고, 두 팔은 남편을 꼭 껴안는데 온 힘을 다해서 밀어내는 것 같은 분위기를 묘사할 때는, 줄리아가 직접 목격하거나 체험한 것 같다. 그래서 줄리아에게 이야기하는 게 조금도 어렵지 않다. 어차피 캐서린은 고통스러운 추억에서 불쾌한 추억으로 오래전에 넘어가지 않았던가! 윈스턴은 캐서린이 한 주에 한 번씩 그 일을 하는 밤마다 극히 사소하면서도 형식적인 의식을 강요한 사례까지 언급한다.

"내가 견딜 수 없었던 건 딱 하나야. 캐서린은 성행위를 싫어했어. 그런데 멈출 생각은 조금도 없었지. 성행위를 뭐라고 하느냐면…… 당신은 상상도 못 할 거야."

"당에 대한 의무."

줄리아가 재빨리 대답한다.

"그걸 어떻게 알아?"

"나도 학교에 다녔다고, 내 사랑. 열여섯 살 이후로 한 달에 한 번씩 성을 주제로 토론하고, 청년 단체에서도 마찬가지고. 저들이 오랜 세월에 걸쳐서 주입하는 거야. 감히 말하는데, 성공한 사례는 아주 많아. 물론 장담할 순 없지. 인간은 위선적이거든."

줄리아는 이렇게 말하며 주제를 넓힌다. 줄리아에게 모든 건 성욕으로 모인다. 그래서 이런 주제가 나오자마자 민감한 반응을 보인다. 윈스턴과 달리, 줄리아는 당에서 성적 순결을 주장하는 이면을 파악했다. 성적 본능은 통제할 수 없는 영역을 만들기 때문에 당에서 억누르려고 최대한 애쓴다. 하지만 당에서 훨씬 중요하게 여기는 건, 성욕 억제는 히스테리를 유발하고, 히스테리는 전쟁에 열광하고 지도자를 숭배하는 현상으로 나아간다는 점이다. 그러면서 덧붙인다.

"사랑을 나누면 에너지를 소모하고, 그러고 나면 행복한 느낌에 빠져서 무얼 공격할 기분이 아니거든. 저들은 이런 분위기를 견디지 못하고 인민에게 에너지가 언제나 넘쳐흐르길 원하거든. 온갖 곳을 행진하고, 함성을 지르고, 깃발을 흔드는 행위 자체는 모두 성욕에서 변질한 거야. 인민이 내적으로 행복하다면 빅 브러더나 3개년 계획이나 2분간 증오하기 등 말도 안 되는 짓거리에 빠져들 이유가 뭐겠어?"

맞는 말이란 생각이 든다. 순결은 정치에 대한 열정과 매우 구체적이면서도 밀접한 관계가 있다. 강력한 본능을 억눌러서 추진력으로 활용하지 않는다면 당원에게 꼭 필요한 공포심과 증오심과 광적인 믿음을 당에서 어떻게 조성하겠는가? 성적인 충동은 당에 극히 위험한데, 그것을 오히려 역이용한 것이다.

저들은 부모의 내리사랑 본능에도 비슷한 속임수를 쓴다. 사실상 가족제도를 폐지할 수 없으니, 인민에게 옛날과 비슷한 방식으로 자녀를 사랑하도록 권장한다. 하지만 아이들에게는 부모에게 입체적으로 등을 돌려서 부모를 감시하고 탈선행위를 보고하라고 가르친다. 그래서 가족제도는 사상경찰 영역을 확대하는 효과를 낸다. 제일 가까운 사람이 인민 전체를 밤낮없이 감시하는 수단으로 전락한 것이다.

윈스턴은 캐서린 생각이 갑자기 떠오른다. 행여나 캐서린이 그렇게 우둔하지 않아서 자신이 이단처럼 사고한다는 사실을 알았더라면 사상경찰에 고발했을 게 분명하다. 하지만 지금 이 순간에 캐서린이 떠오르는 가장 커다란 까닭은 찌는 듯한 오후 열기에 이마에서 땀이 줄줄

흐르기 때문이다. 윈스턴은 11년 전 무더운 여름철 오후에 일어난, 아니 일어날 뻔한 사태를 줄리아에게 말한다.

두 사람이 결혼하고 3~4개월 지난 다음이다. 두 사람은 켄트 지방에서 단체 행군을 하다가 길을 잃었다. 다른 사람보다 불과 2분 뒤처진 정도인데 길을 잘못 들어서 오래된 석회 채석장 모서리로 접어들고 말았다. 바로 앞은 깎아지른 절벽으로 높이가 10~20미터에 달하고 바닥은 자갈투성이였다. 길을 물어볼 사람은 아무도 없었다. 길을 잃었다는 사실을 알자마자 캐서린은 몹시 불안해했다. 떠들썩한 행군 대열에서 잠시나마 떨어진 걸 나쁜 짓으로 받아들인 거다. 그래서 캐서린은 왔던 길로 빨리 돌아가서 다른 길을 찾자고 주장했다. 하지만 바로 그 순간에 윈스턴은 아래쪽 절벽 틈새 곳곳에서 자라는 부처꽃 덤불을 발견했다. 덤불 하나는 같은 뿌리에서 자란 게 분명한데도 꽃망울이 자홍색과 붉은 벽돌색 두 가지였다. 이런 유형은 처음 보는 터라, 윈스턴이 캐서린에게 소리쳤다.

"저길 봐, 캐서린! 저 꽃을 보라고. 저기 바닥 근처 덤불 말이야. 색깔이 다른 게 보여?"

캐서린은 벌써 몸을 돌려서 떠나려고 하다가 초조한 표정으로 돌아왔다. 남편이 가리키는 곳을 보려고 절벽 밑으로 고개까지 내밀었다. 윈스턴은 약간 뒤에서 캐서린이 안 떨어지도록 허리를 손으로 잡아주었다. 그런데 주변에 완전히 단둘만 있다는 생각이 갑자기 떠올랐다. 어디를 봐도 사람이라곤 그림자도 없었다. 나뭇잎 하나 살랑이지 않고, 새가 지저귀는 소리조차 없었다. 이런 곳에 송화기를 숨겨놓을 가능성은 더더욱 없는데, 설사 송화기가 있더라도 소리만 잡아낼 뿐이다. 너무나 후덥지근하고 졸린 오후였다. 태양은 바로 위에서 이글거리고, 식은땀은 얼굴에서 줄줄 흘러내렸다. 그러던 참에 갑자기 머릿속에서 생각이…….

"절벽으로 그냥 밀어버리지 그랬어? 나라면 그랬을 거야."

줄리아가 갑자기 끼어든다.

"그래, 내 사랑, 당신이라면 그랬겠지. 나 역시 지금만 같았어도 그랬을 거고. 어쩌면 나는……. 확실히 모르겠어."

"그러지 않은 걸 후회해?"

"그래, 지금은 후회하는 편이야."

두 사람은 먼지가 수북한 마룻바닥에 나란히 앉는다. 윈스턴이 줄리아를 바싹 끌어당긴다. 줄리아가 머리를 어깨에 기대니, 여인의 향긋한 머리칼 냄새가 비둘기 똥 냄새를 압도한다. 줄리아는 아주 젊다는, 아직은 인생살이에서 무언가를 기대한다는, 귀찮은 사람을 낭떠러지로 떨어뜨린다고 해서 문제가 해결되는 건 아니라는 사실은 모른다는 생각이 든다. 그래서 말한다.

"그렇게 했더라도 실제로 달라지는 건 하나도 없어."

"그렇다면 그러지 못한 걸 후회하는 까닭이 뭐야?"

"딱 하나, 나는 소극적인 것보다 적극적인 걸 좋아하기 때문이야. 지금 우리는 이길 수 없는 싸움을 하는 거야. 어차피 지더라도 한 번 싸워보는 게 바람직하니까."

윈스턴은 줄리아가 반발하듯 어깨를 움찔하는 걸 느낀다. 자신이 이런 식으로 말할 때마다 줄리아는 반발한다. 개인은 항상 패한다는 결과를 당연하게 받아들이지 않는 거다. 줄리아 역시 조만간에 사상경찰에 체포당해 죽을 수밖에 없다는 숙명을 나름대로 깨닫지만, 마음 한구석에는 자신이 선택한 세계를 은밀하게 추구하며 살아갈 수 있다는 믿음도 있다. 약삭빠르고 대담하면, 거기에다 운만 따르면 된다는 식이다. 이 세상에 행복 같은 건 없다는 사실을, 승리는 머나먼 훗날에나, 우리가 죽고 오랜 세월이 지난 다음에나 가능하다는 사실을, 당에 반발하는 순간부터 자신을 죽은 목숨으로 여기는 편이 바람직하다는 사실을 모르는 거다.

"우리는 죽은 거야."

윈스턴이 말하자, 줄리아가 단조롭게 대답한다.

"아직 안 죽었어."

"육체는 그렇지. 6개월, 1년…… 5년이 지나면 또 다를 거야. 나는 죽는 게 두려워. 당신은 젊으니까 죽는 게 나보다 훨씬 더 두려울 거야. 물론 최대한 오랫동안 버틸 수도 있겠지. 하지만 달라지는 건 없어. 인간이 인간으로 머무는 한, 죽는 게 사는 거고 사는 게 죽는 거니까."

"맙소사, 말도 안 돼! 당신은 누구랑 잠자리할 거야, 나야, 해골이야? 살았다는 게 즐겁지 않아? 이렇게 살을 맞대는 게 싫어? 이건 나야, 이건 내 손이고, 이건 내 다리. 나는 실체야, 나는 육신이 있어, 난 살았다고! 당신은 이게 싫은 거야?"

줄리아가 몸을 비틀어서 가슴을 밀착한다. 윈스턴은 단단하면서 풍만한 젖가슴을 작업복 너머로 느낀다. 젊은 육신이 윈스턴 육신에 젊음과 활력을 불어넣는 느낌이다. 그래서 대답한다.

"당연히 좋지."

"그러면 죽는 얘기는 그만해. 그리고 잘 들어, 내 사랑, 이제 다음에 만날 장소를 정해야 하니까. 숲에 있는 공터를 다시 이용하는 것도 괜찮을 거야. 오랫동안 안 갔으니까. 하지만 이번에는 다른 길로 가야 해. 내가 계획을 다 짜놓았어. 기차를 타고…… 잘 봐, 약도를 그릴 테니."

줄리아는 먼지를 쓸어다가 편편하게 손질하더니, 비둘기 둥지에서 가져온 나뭇가지로 마룻바닥에 지도를 그리기 시작한다.

4

윈스턴은 채링턴 노인네 상점 위층에서 초라하고 조그만 방을 둘러본다. 창문 옆으로 커다란 침대를 손질해, 낡은 담요 여러 장과 베갯잇 없는 덧베개 하나를 올려놓았다. 12시간을 표시한 구식 시계가 벽난로 선반에서 똑딱거린다. 모서리에는 다리를 접는 탁자가 있고, 지난번에 산 유리 문진은 거기에서 부드럽게 빛난다.

벽난로 울타리 안에는 찌그러진 양철 석유 난로, 냄비, 컵 두 개가 있다. 채링턴 노인이 제공한 거다. 윈스턴은 버너에 불을 붙이고 주전자를 올려서 물을 끓인다. 승리 커피 한 봉지와 사카린 몇 조각을 가져온 상태다. 시곗바늘이 7시 20분을 가리킨다. 19시 20분이란 뜻이다. 줄리아는 19시 30분에 오기로 했다.

윈스턴은 속으로 '멍청이, 멍청이, 제 발로 죽는 길을 찾아가는 멍청이!'라고 끊임없이 중얼거린다. 당원이 저지르는 다양한 범죄 가운데에서 정말 숨길 수 없는 건 바로 이런 범죄다. 사실 이런 생각은 처음부터 또렷하게, 다리 접이식 탁자 표면에 비친 유리 문진처럼 또렷하게 떠올랐다. 자신이 예상한 대로 채링턴 노인은 이 방을 선뜻 빌려주었다. 방값으로 몇 달러나마 벌 수 있다는 사실을 기뻐하는 게 분명했다. 사랑을 나눌 목적으로 방을 구하는 거라고 분명히 밝히는데도 노인은 충격을 받거나 알아듣겠다는 표정이 아니었다. 허공만 바라보면서 시시껄렁한 이야기를 늘어놓는데, 분위기가 정말 독특했다. 갑자기 앞을 못 본다는 느낌까지 받을 정도였다. '사생활은 소중하다. 어떤 사람이든 때때로 혼자 있을 장소가 필요하다. 그래서 그런 장소를 구하면, 다른 사람은 그런 사실을 알더라도 비밀로 하는 게 예의다'라는 식으로 마치 자신이란 존재는 사라진 것처럼 말하더니, 이 집은 출입구가 두 개라고, 하나는 뒤뜰을 지나서 골목길로 이어진다고 덧붙였다.

창문 아래에서 누군가 노래를 부른다. 윈스턴은 옥양목 커튼에 몸을 가린 채 살짝 내다본다. 유월 태양은 중천에서 여전히 내리쬐고, 햇살을 가득 머금은 뜰에는 뚱뚱한 여인이, 몸매는 기둥처럼 묵직하고 새빨간 팔뚝은 억세고 허리춤은 헐렁한 앞치마를 두른 채, 빨래통과 빨랫줄 사이를 힘차게 오가며, 네모로 길쭉하게 생긴 하얀 천을 널고 집게로 고정하는데, 자세히 살피니 갓난아이 기저귀다. 그런데 입에 빨래집게가 없을 때마다 강하면서도 나지막한 저음으로 노래한다.

덧없는 환상이었네.
사월 꽃잎처럼 스러졌으니.
하지만 그 모습과 맹세는 모든 꿈을 뒤흔들었다네!
내 마음을 모조리 앗아갔다네!

몇 주 전부터 런던에서 유행하는 노랫가락이다. 음악국 소속부서에서 노동자용으로 발표한 수많은 유행가 가운데 하나다. 이런 노래는 사람이 끼어들지 않고 '가사 생성기'라는 기계로 만든다. 그런데 뚱뚱한 여인이 정말 아름답게 부르니, 허섭스레기 가사도 매우 멋들어지게 들린다. 여인이 노래하는 소리와 함께 여인 신발이 마당 판석을 때리는 소리, 거리에서 아이들이 뛰어노는 소리, 어디선가 멀리서 자동차 소리도 희미하게 들린다. 그런데도 실내는 이상할 정도로 조용하다. '텔레스크린'이 없기 때문이다.

윈스턴은 다시 중얼거린다, '멍청이, 멍청이, 멍청이!' 두 사람이 여기를 삼사 주 이상 드나들면서 안 잡힐 가능성은 전혀 없다. 하지만 두 사람만 이용할 은신처를, 실내 은신처를, 그것도 거리가 가까운 은신처를 구하고 싶은 욕망이 두 사람은 너무나 강렬했다. 교회 종탑을 찾아간 이후로 두 사람은 오랫동안 만날 수 없었다. 근무시간이 '증오 주간'을 앞두고 엄청나게 늘었다. 기간이 한 달 이상 남았는데도, 준비 과정이 방대하고 복잡해서 모든 직원이 잔업에 들어갔다. 그러다가 두 사람은 같은 날 오후 근무시간을 간신히 뺐다. 숲 속 공터에서 만나기로 오래전에 약속한 상태였다. 그래서 하루 전날 초저녁에 거리에서 잠시 만나기로 한 거다. 윈스턴은 평소와 마찬가지로 인파에 파묻혀서 이리저리 밀려다니느라 제대로 못 보고 힐끗힐끗 쳐다보는데, 윈스턴 눈에 줄리아 얼굴이 많이 상한 것 같았다. 그러다가 안전하다는 판단이 서는 순간에 줄리아가 이렇게 말했다.

"다 끝났어, 내일은."

"뭐?"

"내일 오후. 나는 못 가."

"왜?"

"항상 똑같은 이유야. 이번엔 일찍 시작하네."

순간적으로 윈스턴은 화가 치밀었다. 한 달 만나는 사이에 윈스턴은 줄리아에 대한 욕망이 근본적으로 변했다. 처음에는 진짜로 성욕이 거의 없었다. 첫 번째 성교는 의무감으로 간신히 해낸 정도다. 하지만 두 번째 이후로 변했다. 머리칼 냄새, 키스하는 느낌, 살갗을 만지는 감촉이 몸속으로, 온몸으로 파고들었다. 줄리아는 육체적으로 꼭 필요한 존재, 자신이 갈망하는 정도가 아니라 자신이 당연히 권리를 지닌 존재로 변했다. 못 간다는 말에 윈스턴은 자신을 희롱한다는 기분마저 들었다. 하지만 바로 그때, 인파에 밀리면서 두 사람 손이 저절로 닿았다. 순간적으로 줄리아가 손가락을 꼭 누르는데, 성적 욕망이 아니라 애정이 묻어나왔다. 그 순간, 윈스턴은 여성과 살다 보면 이런 식으로 실망하는 건 흔하다는, 빈번하게 일어난다는 생각과 동시에, 예전에 줄리아에게 미처 못 느끼던 애정이 마음속 깊은 곳에서 갑작스레 일어나는 걸 느꼈다. 자신이 줄리아와 10년 동안 살아온 부부라면 좋을 것 같았다. 아무런 두려움 없이 떳떳하게 지금처럼 거리를 활보하면서 시시콜콜한 이야기를 나누며 일용품도 사고 살림도 꾸리면 좋을 것 같았다. 은밀한 공간이 있어서, 만날 때마다 정사해야 한다는 의무감 없이, 단둘이 오붓이 지낼 수 있으면 정말 좋을 것 같았다. 하지만 채링턴 노인네 방을 빌리자는 생각이 떠오른 건 바로 그 순간이 아니라 다음 날이었다. 그래서 제안하니, 줄리아는 너무나 손쉽게 동의했다. 미친 짓이라는 건 두 사람 모두 잘 안다. 무덤을 향해 스스로 한 발 내딛는 셈이니 말이다.

윈스턴은 침대 가장자리에 앉아서 기다리며 애정성 감방을 다시 떠올린다. 앞으로 겪을 수밖에 없는 공포를 인간이 떠올리고 망각하는 방식은 정말 기묘한 것 같다. 99 다음에는 100이듯, 공포 다음에는 죽음이 확실하게 찾아온다. 인간은 누구도 죽음을 피할 수 없다. 하지만 미룰 순 있다. 그러나 죽음이 찾아오기도 전에 스스로 찾아가려고 애쓰는 사람도 가끔 있다.

바로 그 순간, 계단을 급히 오르는 발소리가 들린다. 줄리아가 안으로 불쑥 들어온다. 올이 거친 갈색 연장 가방을 들었다. 청사에서 들고 다니는 모습을 가끔 본 적이 있다. 윈스턴이 가까이 다가가서 껴안는데, 줄리아가 황급히 벗어난다. 하기야 연장 가방을 아직 내려놓기도 전이다.

"잠깐. 내가 가져온 것부터 꺼내고 당신은 역겨운 승리 커피를 가져왔겠지? 그럴 것 같았어. 이제 그런 건 버려. 더는 필요하지 않으니까. 여길 보라고."

줄리아는 무릎을 꿇고 가방을 활짝 열더니 윗부분에 가득한 스패너 몇 개와 드라이버 같은 연장을 바닥에 쏟는다. 그러자 밑에서 말끔한 종이 꾸러미 몇 개가 나온다. 줄리아가 건네는 꾸러미를 처음 받을 때 윈스턴은 이상하게 낯익은 느낌을 받는다. 손으로 만지는 부위마다 모래알 같은 느낌이 묵직하다.

"설탕이야?"

"진짜 설탕. 사카린이 아니라 설탕. 빵도 있어. 우리가 매일 먹는 역겨운 빵이 아니라 정말 하얀 빵. 그리고 잼 한 병. 그리고 우유 한 통. 하지만 여길 봐! 내가 제일 자랑하고 싶은 거. 천으로 감쌀 수밖에 없었는데, 왜냐하면……."

하지만 천으로 감쌀 수밖에 없는 이유를 말로 설명할 필요는 없었다. 윈스턴이 어릴 적에 맡던 냄새가, 지금도 남의 집 현관문이 재빨리 닫히기 전에 출구에서 흘러나오거나 인파가 북적대는 거리에서 기묘하게 퍼지며 코끝을 스치다가 사라지는 걸 아주 가끔 느끼는 냄새가 방사선처럼 퍼지며 실내를 가득 채웠기 때문이다.

"커피야, 진짜 커피."

윈스턴이 속삭이자, 줄리아가 대답한다.

"간부당원용 커피. 1킬로그램이나 된다고."

"이걸 모두 어디에서 구한 거야?"

"간부당원 배급용이야. 돼지 같은 놈들은 없는 게 없어. 물론 이건 주방 심부름꾼이나 하인 같은 사람들이 슬쩍한 거고. 여길 보라고,

조그만 홍차 봉지도 있어."

윈스턴은 벌써 줄리아 옆에 쭈그려 앉았다. 그래서 봉지 귀퉁이를
뜯어서 벌린다.

"진짜 홍차로군. 흑딸기 이파리가 아니야."

"요새는 홍차가 꽤 흔해. 인도 같은 곳을 점령한 모양이야. 어쨌든
잘 들어, 내 사랑. 3분만 등을 돌려봐. 침대 저쪽으로 가서 다른 쪽을
보고 앉아. 창문에 너무 가까이 가지 말고. 내가 말할 때까지 돌아보면
안 돼."

윈스턴은 옥양목 커튼 사이를 멍하니 바라본다. 아래쪽 마당에서
새빨간 팔뚝 여인이 빨래통과 빨랫줄 사이를 여전히 오간다. 입에서
빨래집게 두 개를 꺼내더니 감정이 깊게 묻어나오는 노래를 부른다.

시간이 모든 걸 치료한다지만,
모든 걸 잊을 수 있다지만,
웃음과 눈물이 해를 거듭하며
내 가슴을 그대로 쥐어짠다네.

어처구니없는 노래를 여인은 모두 외운 것 같다. 아름다운 목소리가
달콤한 여름 공기를 타고 울려 퍼지며, 황홀한 추억을 잔잔하고 구성지
게 자극한다. 유월 저녁이 영원하고 빨랫감은 끝없이 나온다면, 여인
역시 천 년이라도 기저귀를 널고 집게로 물고 허섭스레기를 노래하며
완벽하게 만족할 거라는 느낌마저 든다. 당원은 흥에 겨워서 혼자 노래
하는 걸 한 번도 못 봤다는 사실이 갑자기 묘하게 다가온다. 행여나
그런 당원이 있다면 혼자 중얼거리는 만큼이나 살짝 이단처럼 괴팍하
면서도 위험하게 보일 것 같았다. 인간은 잔뜩 굶주릴 때 비로소 노래

하는 것 같다는 생각마저 든다.

"이제 돌아앉아도 괜찮아."

줄리아가 하는 말에 윈스턴은 그대로 돌아앉는데, 순간적으로 상대를 못 알아볼 정도다. 사실, 윈스턴이 예상한 건 벌거벗은 몸뚱이다. 하지만 줄리아는 나신이 아니다. 짧은 순간에 그 이상으로 놀랍게 변신했다. 얼굴에 화장이란 걸 했다.

노동자 구역에서 어떤 상점에 몰래 들어가 화장품 세트를 하나 산 게 분명하다. 입술에는 새빨간 립스틱을, 볼에는 연지를, 콧등에는 분칠을 했다. 두 눈이 예쁘게 보이도록 눈 밑에도 무언가를 발랐다. 기술이 썩 훌륭한 건 아니지만, 윈스턴 역시 기대수준이 높은 편은 아니다. 아니, 여성 당원이 화장한 얼굴을 본 적이 없는 건 물론 상상조차 못 했다. 얼굴이 아름답게 변한 게 정말 놀라울 뿐이다. 여기저기 가볍게 찍어 바른 수준인데 훨씬 예뻐진 정도가 아니라 여성스러운 모습까지 살아난다. 짧은 머리와 거친 작업복마저 효과를 더할 뿐이다. 윈스턴이 줄리아를 두 팔로 껴안는 순간에 제비꽃 향이 코끝으로 밀려든다. 어둠침침한 지하실 부엌이, 동굴처럼 까맣게 보이던 여자 입이 떠오른다. 그 여자가 당시에 사용한 것과 똑같은 향수 냄새다. 하지만 지금 이 순간에 문제 될 건 하나도 없다.

"향수까지 뿌렸군."

"그래, 내 사랑, 향수도. 그런데 다음엔 내가 뭘 할지 알라나 몰라? 진짜 여성복을 구해서 지긋지긋한 바지 대신 입을 거야. 실크 스타킹도 신고 하이힐도 신고. 이 방에서는 당원 동무가 아닌, 진짜 여자가 될 거야."

두 사람은 옷을 벗어 던지고 커다란 마호가니 침대로 오른다. 윈스턴이 줄리아 앞에서 완전히 벌거벗은 건 이번이 처음이다. 조금 전까지는 창백하고 빈약한 몸뚱이가, 하지정맥류로 장딴지에서 툭 튀어나온 혈관과 발목 위로 얼룩덜룩한 반점이 정말 부끄러웠기 때문이다. 침대에 깔린 건 시트가 아니라 담요지만, 닳고 닳아서 부드러운 데다, 침대가 아주 커다랗고 푹신한 게 두 사람 모두 깜짝 놀랄 정도다.

"빈대가 득실거리겠지만 아무러면 어때?"

줄리아가 말한다. 요새는 노동자가 사는 집이 아니면 넓은 침대를 아예 구경할 수 없다. 윈스턴은 어릴 적에 간혹가다 넓은 침대에서 잔 적이 있다. 하지만 줄리아는 기억을 아무리 더듬어도 이런 침대에서 잔 적이 없다.

두 사람은 깊은 잠에 잠시 빠져든다. 윈스턴이 깨어나니, 시곗바늘이 9시를 향해 다가간다. 하지만 몸을 움직이지 않는다. 줄리아가 윈스턴 팔을 베고 자는 중이기 때문이다. 얼굴화장은 베개와 윈스턴 얼굴에 묻어서 거의 지워졌다. 하지만 연지가 연하게 남은 볼은 여전히 아름답다. 석양의 노란 햇살이 침대 발치를 가로지르며 벽난로를 비추고, 석유 난로에 올린 냄비에서는 물이 펄펄 끓는다. 여인의 노랫소리는 이제 안 들리고 골목길에서 아이들 떠드는 소리가 아련하게 흘러든다. 깨끗하게 사라진 옛날에는 남녀가 실오라기 하나 안 걸치고 이렇게 시원한 여름밤에 이런 침대에 누워서 원하는 시간에 사랑하고 대화하는 게, 일어나야 한다는 부담 없이 가만히 누워서 평화로운 바깥소리에 귀를 기울이는 게 평범한 삶이었을까 아니었을까 막연히 궁금하다. 이런 걸 평범하게 여기던 시절이 정말 한 번도 없었을까? 줄리아가 깨어나 눈을 비비더니, 팔꿈치로 상체를 받친 채 석유 난로를 바라본다. 그러다가 말한다.

"물이 절반은 줄었을 거야. 빨리 커피를 타줄게. 한 시간쯤 잔 것 같아. 당신네 아파트는 불을 몇 시에 꺼?"

"23시 30분."

"합숙소는 23시야. 하지만 그보다 일찍 가야 해. 왜냐하면…… 야! 그만 꺼져! 더러운 놈아!"

줄리아가 침대 너머로 몸을 갑자기 뒤틀며 마룻바닥에서 신발 한 짝을 집더니 구석으로 사내처럼 힘껏 던지는데, 예전에 '2분간 증오하기' 때 골드스타인에게 사전을 던지던 모습과 똑같다.

"뭔데?"

윈스턴이 깜짝 놀라며 묻는 말에 줄리아가 대답한다.

"생쥐. 널빤지 틈새로 흉측한 코를 내밀었어. 저 밑에 구멍이 있어. 어쨌든 생쥐가 호되게 놀랐을 거야."

"생쥐! 이 방에!"

윈스턴이 중얼거리자, 줄리아가 침대에 다시 누우며 대수롭지 않게 말한다.

"요즘엔 생쥐가 사방에 들끓어. 합숙소 부엌에도 있다고. 런던 곳곳에 우글거려. 저놈들이 어린애까지 무는 거 알아? 그래, 정말이야. 그런 지역에서는 엄마들이 무서워서 갓난아기를 한순간도 혼자 두지 않아. 아이를 무는 놈은 몸집이 커다란 갈색쥐야. 정말 역겨운 건 그놈들이 언제나……."

"그만, 그만!"

윈스턴이 소리치는데, 두 눈은 꼭 감은 상태다.

"내 사랑, 얼굴이 창백해. 왜 그러는 거야? 생쥐 때문에 속이 메스꺼운 거야?"

"세상에서 제일 무서운 건…… 쥐야!"

줄리아가 윈스턴에게 몸을 밀착하며 팔다리로 꼭 껴안는 게 따스한 체온으로 안심시키려는 것 같다. 그래도 윈스턴은 눈을 바로 못 뜬다.

지금까지 살아오면서 무서운 악몽에 여러 차례 시달렸다. 매번 똑같은 악몽이다. 자신은 어두운 벽 앞에 있고, 벽 반대쪽에는 견딜 수 없는 물체가, 쳐다볼 수 없을 정도로 끔찍한 물체가 있다. 악몽에 시달릴 때마다 마음속 깊은 곳에는 스스로를 속인다는 느낌이 가득 들어찬다. 어두운 벽 뒤에 있는 게 실제로 무언지를 잘 알기 때문이다. 필사적으로 애써서 뇌수에 박힌 기억을 억지로 빼낸다면, 끔찍한 물체를 확실하게 파악할 수도 있을 것 같다. 하지만 여태껏 정체를 못 드러낸 채 잠에서 깨어나고 말았다. 그런데 끔찍한 물체는 자신이 중간에 끼어들기 전에 줄리아가 하던 말과 관계가 있는 것 같다.

"미안해, 아무것도 아니야. 생쥐가 싫은 것뿐이야."

"걱정하지 마, 내 사랑. 이제 역겨운 놈들이 여기에 두 번 다시 얼씬을 못 하게 할 테니까. 떠나기 전에 포대조각으로 구멍을 막는 거야. 다음에는 석회를 가져와서 완전히 틀어막고."

공포로 물든 암울한 순간은 이미 절반쯤 사라진다. 약간 부끄러운 기분으로 윈스턴은 침대 머리맡에 등을 기대며 앉는다. 줄리아는 침대에서 벗어나, 작업복을 입고 커피를 만든다. 냄비에서 피어오르는 냄새가 너무 강렬하고 황홀한 나머지 두 사람은 바깥에서 사람들이 호기심을 느끼지 않도록 창문을 닫는다. 커피 맛보다 훌륭한 건 설탕에서 나오는 비단결 느낌, 오랫동안 사카린을 이용하면서 거의 잊어버린 느낌이다. 줄리아는 한 손을 호주머니에 찌르고 다른 손에 잼 바른 빵을 한 조각 든 채 실내를 돌아다니며 책장을 무심코 들여다보기도 하고, 접는 탁자를 수선하는 제일 좋은 방법을 제시하기도 하고, 낡은 안락의자가 편안한지 알아보려고 털썩 앉기도 하고, 멍청하게 12시간만 표기한 시계를 정말 재미있다는 듯 살피기도 한다. 유리 문진도 밝은 곳에서 구경하려고 침대로 가져온다. 윈스턴은 유리 문진을 받아들고 빗방울처럼 부드러운 모습을 항상 그렇듯 황홀하게 쳐다본다.

"그게 뭐라고 생각해?"

줄리아가 묻는다.

"별것 아닌 것 같아. 특별히 어떤 목적으로 사용한 것 같지는 않다는 뜻이야. 그래서 나는 이게 좋아. 저들이 미처 왜곡하지 못한 역사의 단면을 살짝 보여주거든. 이건 백 년 전이 보낸 메시지야, 의미를 제대로 아는 사람에게."

윈스턴이 말하자, 줄리아는 맞은편 벽에 걸린 판화를 턱으로 가리키며 묻는다.

"그럼 저기에 걸린 그림도 백 년이 됐을까?"

"더 길어. 이백 년은 됐을 거야. 아무도 몰라. 오늘날엔 어떤 물건도 연대를 알아낼 수 없거든."

줄리아가 가까이 다가가서 쳐다보며 "역겨운 놈이 코를 삐죽 내민 곳이 바로 여기야"라고 말하더니, 그림 바로 아래 널빤지를 발로 차며 묻는다.

"여기는 뭐하는 데야? 전에 어디선가 본 것 같아."

"성당이야, 최소한 예전에는. '성 클레멘트 데인스'라고 불렸지."

채링턴 노인이 가르쳐준 노래 일부가 떠올라서 윈스턴이 향수에 젖듯 덧붙인다.

"오렌지와 레몬이여, 성 클레멘트 종이 소리치네!"

그러자 놀랍게도 줄리아가 다음 가사를 잇는다.

그대는 나에게 동전 세 푼을 빌렸다, 성 마틴 종도 소리치네!
언제 갚을 건가? 낡은 베일리 종이 소리치네!

"다음 가사는 기억이 안 나. 그래도 끝나는 부분은 기억해. '그대를 침실로 인도할 촛불이 여기에 있소. 그대 목을 잘라낼 도끼가 여기에 있소.'"

반쪽짜리 표식 두 개를 맞대서 확인하는 느낌이다. 하지만 '낡은 베일리 종' 다음에 가사가 더 있을 게 분명하다. 채링턴 노인 기억에서 꺼낼 수 있을 것 같다, 제대로 자극한다면.

"누가 가르쳐준 거야?"

"우리 할아버지. 내가 어릴 적에 읊조리곤 하셨거든. 그런데 내가 여덟 살 때 증발 당하셨어……. 결국엔 사라지셨으니까."

줄리아가 엉뚱하게 덧붙인다.

"레몬이 어떻게 생겼는지 궁금해. 오렌지는 본 적이 있어. 동그랗고 노란 과일인데 껍질이 두터워."

"난 레몬이 기억 나. 50년대에는 아주 흔했어. 너무 시어서 냄새만 맡아도 침이 고일 정도야."

"저 그림 뒤에 빈대가 있을 게 분명해. 나중에 떼어내서 깨끗이 닦아야겠어. 이제 떠날 시간이 된 것 같아. 먼저 화장을 지워야겠어. 정말 지겨워! 당신 얼굴에 묻은 립스틱은 잠시 후에 지워줄게."

윈스턴은 한동안 일어나지 않고 가만히 있었다. 실내가 점차 어두워진다. 그래서 밝은 쪽으로 돌아누워 유리 문진을 가만히 쳐다본다. 언제 봐도 신기한 건 산호조각이 아니라 유리 내부다. 깊이가 있는데도 공기처럼 투명하다. 유리 표면은 아치형 하늘이고, 내부는 대기권이 완벽하게 에워싼 세상 같다. 자신이 안으로 들어갈 수 있다는, 아니, 실제로 안에 있다는, 마호가니 침대와 접이식 탁자와 벽시계와 동판화와 유리 문진 자체도 똑같이 안에 있다는 느낌마저 든다. 유리 문진은 자신이 들어간 방이고, 산호는 자신과 줄리아 목숨, 결정체 중심에 영원히 사로잡힌 목숨이다.

5

사임이 사라졌다. 아침인데도 작업장에서 안 보인다. 분별없는 사람 몇몇은 사임이 결근한 걸 둘러싸고 이러쿵저러쿵 떠들어댄다. 다음 날은 아무도 언급하지 않았다. 사흘째 되는 날에 윈스턴은 기록국 현관에서 게시판을 살폈다. 게시물 하나에 체스 위원회 명단이 있다. 사임이 활동하던 위원회다. 예전에 본 내용과 거의 똑같다. 줄을 쭉 그은 건 하나도 없다. 하지만 이름 하나가 줄었다. 그걸로 충분하다. 사임은 더는 존재하지 않는다. 아니, 존재한 적이 없다.

날씨가 찌는 듯 덥다. 창문조차 없이 미로처럼 복잡한 청사 내부는 냉방 시설이 온도를 정상으로 유지한다. 하지만 바깥으로 나서는 순간에 발바닥은 익고, 출퇴근 시간에 지하철에서 풍기는 악취는 공포 자체다. 증오 주간을 한창 준비하는 중이라, 어떤 부처든 모든 직원이 빠짐없이 잔업을 한다. 행진, 회합, 군대 열병, 강연, 밀랍인형 전시회, 영화 상영, '텔레스크린' 프로그램 등 모든 걸 기획해야 한다. 진열대도 세우고, 초상화도 내걸고, 구호도 만들고, 노래도 작곡하고, 유언비어도 퍼뜨리고, 사진도 날조한다. 창작국에서 줄리아가 속한 부서는 소설 생산을 일찌감치 중단하고 섬뜩한 팸플릿을 급하게 연속으로 발간한다.

윈스턴은 정규작업 말고도 「타임스」 신문철을 뒤져서 이런저런 연설에 인용할 기사를 변조하거나 윤색하느라 매일 많은 시간을 보낸다.

늦은 밤이면 노동자들이 거리마다 떠들썩하게 몰려나와서 시내는 이상할 정도로 뜨거운 열기에 휩싸인다. 로켓탄은 여느 때보다 빈번하게 터지고, 가끔 멀리서 폭발음이 거대하게 일어나는데, 설명하는 사람은 어디에도 없어서 소문만 무성하게 나돈다.

증오 주간 주제가로 새롭게 사용할 노래는 벌써 다 만들어 '증오가'라는 이름으로 '텔레스크린'에서 끊임없이 흘러나온다. 극히 야만적으로 소리를 마구 내지르면서 드럼만 때리는 것 같은 게, 딱히 음악이라 할 수도 없다. 발을 쿵쿵 내디디며 행진하는 소리에 박자를 맞춰서 수백 명이 내지르는 소리가 간담만 서늘하다. 무산계급은 여기에 환상을 품고 흠뻑 빠져드니, 여전히 유행하는 노래 '절망적인 환상에 불과했네'와 함께 한밤중에도 거리마다 힘껏 불러댄다. 파슨스네 아이들도 빗과 화장지 뭉치로 장단을 맞추며 밤낮없이 지겹도록 불러댄다.

윈스턴 역시 저녁마다 여느 때보다 바쁘게 보낸다. 파슨스가 조직한 자원봉사대에 참가해, 증오 주간에 대비해서 거리를 정비하고 깃발을 제작하고 포스터를 그리고 지붕마다 깃대를 세우고 위험을 무릅쓰며 거리를 이리저리 가로질러서 철삿줄을 매달아 현수막을 설치한다. 현수막 길이가 총 4백 미터나 되는 건 승리 아파트뿐이라고 파슨스가 떠벌릴 정도다. 이런 일을 천성적으로 좋아하는 유형이니, 파슨스로서는 마냥 즐거울 수밖에 없다. 그는 더운 날씨에 육체노동을 한다는 핑계로 저녁이면 반바지에다 앞이 탁 트인 셔츠 차림으로 나온다. 그래서 동에 번쩍 서에 번쩍하며 밀고 당기고 톱질하고 망치질하고 뜯고 치고 동지애로 충고해서 모두를 즐겁게 하는데, 몸을 움직일 때마다 역한 땀 냄새가 물씬 풍긴다.

새 포스터가 순식간에 런던 전역에 나붙었다. 특별한 설명도 없이, 유라시아 병사가 괴물처럼 섬뜩한 덩치에 무표정한 몽골인 얼굴로 엄청난 군화를 신고 허리춤에 기관총을 비쭉 내민 채 전진하는 그림이 전부다. 기관총 총구를 원근법으로 확대한 게, 어떤 각도에서 바라보든 똑바로 겨냥한 것 같다. 어떤 벽이든 빈자리만 있으면 이 포스터를 붙이니, 빅 브러더 초상화 숫자를 능가할 정도다. 무산계급은 전쟁에 무관심한 게 일반이나, 이 정도면 잠시나마 광적인 애국심에 휩쓸릴 수밖에 없다.

이런 분위기에 발이라도 맞추듯, 로켓탄은 평소보다 많은 사람을 죽인다. 한 번은 스테프니에서 사람이 가득한 극장에 떨어져 수백 명을 한꺼번에 매장했다. 그래서 마을 사람 전체가 장례행렬에 참가해, 몇 시간 동안 끝없이 기다란 줄을 이루며 분노를 표출했다. 한 번은 운동 장으로 사용하는 폐허에 떨어져서 어린이 수십 명을 산산조각냈다. 성난 시위는 또 일어나, 골드스타인 허수아비 모형을 화형에 처하고, 유라시아 병사 포스터 수백 장을 찢어서 화형식 불길에 던지고, 혼란한 가운데 여러 상점이 약탈까지 당했다. 이런 와중에 로켓을 떨어뜨릴 장소를 스파이가 무전으로 알려준다는 소문이 나돌더니, 외국인 혈통으로 의심받던 노부부 집이 화염에 휩싸여 부부가 숨 막혀 죽는 사건도 발생한다.

윈스턴과 줄리아는 어쩌다가 채링턴 노인네 가게 위층 방에 들어서기만 하면 열린 창문 밑 낡은 침대에 벌거벗은 몸으로 나란히 누워서 더위를 식힌다. 생쥐는 두 번 다시 안 나타나도, 뜨거운 열기에 빈대는 엄청나게 늘었다. 하지만 문제 될 건 없다. 더럽든 깨끗하든, 이 방은 낙원이다. 두 사람은 방에 들어서는 즉시 암시장에서 산 후춧가루를 사방에 뿌리고 옷을 벗어 던져서 땀을 뻘뻘 흘리며 사랑하고, 그러다가 곤히 잠자고 깨어나면 빈대가 떼로 몰려들며 반격했다.

두 사람은 유월 한 달에 네 번, 다섯 번, 여섯 번, 일곱 번이나 만난다.

윈스턴은 시간만 나면 술을 마시던 버릇을 완전히 고쳤다. 그런 욕구는 전부 잃은 것 같다. 몸은 살이 오르고, 하지정맥류는 발목 위쪽에 갈색 자국만 남긴 채 가라앉고, 이른 아침마다 기침이 연거푸 나오던 현상도 사라졌다. 일상생활은 견딜 만하고, '텔레스크린'을 보며 인상을 찌푸리거나 목청껏 욕하고 싶던 충동도 더는 일어나지 않았다. 집이나 다름없는 은신처를 확보하니, 가끔 만나는 것도, 한두 시간 만에 헤어져야 하는 현실도 그다지 고통스럽게 다가오지 않았다. 중요한 건 고물상 위층 방을 꾸준히 유지해야 한다는 사실이다. 누구도 침해할 수 없는 은신처가 있다는 것만 생각해도 은신처에 들어서는 쾌감을 만끽할 수 있다. 은신처는 또 다른 세계고, 멸종당한 유인원이 숨 쉬며 살아가는 안전지대다.

윈스턴이 보기에 채링턴 노인도 멸종당한 유인원 가운데 하나다. 그래서 계단을 오르기 전에 걸음을 잠시 멈추고 채링턴 노인과 대화를 나누곤 한다. 노인은 외출하는 경우가 거의 없거나 전혀 없으며, 찾아오는 손님도 거의 없는 것 같았다. 비좁고 어둠침침한 상점과 훨씬 비좁은 부엌 사이를 유령처럼 오가며 자신이 먹을 음식을 준비하고 다양한 물건도 보관하는데, 나팔이 커다란, 믿을 수 없을 정도로 오래된 축음기가 유난히 눈에 띈다. 노인은 대화할 기회를 반기는 것 같다. 기다란 코에 두툼한 안경을 걸치고 벨벳 상의 차림으로 어깨를 구부정하게 숙인 채 하잘것없는 골동품 사이를 서성일 때는 장사꾼이 아니라 수집가라는 분위기마저 막연하게 풍긴다. 사기 병마개, 망가진 담뱃갑 뚜껑 그림, 오래전에 사망한 어린애 머리카락이 담긴 금함 등, 허섭스레기 같은 물건을 이리저리 매만지고 감상하며 색바랜 열정을 드러낼 뿐, 윈스턴에게 사라고 권한 적은 한 번도 없다. 노인이 말하는 소리를 듣노라면 닳아빠진 축음기처럼 칙칙거린다는 느낌마저 든다. 노인은 기억을 더듬어서 사라진 가락 일부도 끄집어내니, 한 번은 지빠귀 네 마리와 스무 마리가 나오고, 한 번은 뿔 굽은 암소가 나오고, 한 번은 가련하게 죽은 수컷 울새가 나왔다. 그럴 때마다 노인은 "그대가 좋아할 거 같았다"며 소박한 미소를 살짝 머금는다. 하지만 어떤 노래든 몇 소절 이상을 떠올린 적은 한 번도 없다.

원스턴이든 줄리아든 이런 상태를 오랫동안 지속할 수 없다는 사실을 잘 안다. 이런 생각이 머리를 떠난 적도 없다. 침대에 나란히 누운 순간에도 다가오는 죽음을 뚜렷하게 느낀다. 그래서 저주받은 영혼이 마지막 5분을 앞두고 마지막 쾌락을 움켜잡듯, 모든 걸 포기한 성욕에 간절하게 매달린다. 하지만 안전하다는 착각은 물론, 영원할 거라는 환상에 빠져들 때도 있다. 은신처에 머무는 한 어떤 위험도 닥칠 수 없다는 느낌도 들었다. 문진을 가만히 들여다보노라면 투명한 세상으로 들어갈 것 같은, 안으로 들어가기만 하면 시간이 정지할 것 같은 느낌이 드는 것과 비슷하다. 여기까지 오는 게 어렵고 위험하지, 은신처 자체는 성역이다.

두 사람은 이런 현실에서 벗어나는 백일몽에도 빠져든다. 행운이 끝없이 이어질 것 같다. 천수를 다할 때까지 은밀한 관계를 누릴 것 같다. 캐서린이 죽고, 원스턴과 줄리아는 기발한 작전으로 결혼할 수도 있을 것 같다. 둘이서 함께 자살할 수도 있을 것 같다. 감쪽같이 사라져서 신분을 속여, 뒷골목에 숨어 살며 무산계급 말투를 배우고 공장에서 일자리를 구할 수도 있을 것 같다. 하지만 모두 불가능하다는 사실을 두 사람은 잘 안다. 현실적으로 도망칠 방법은 없다. 가능한 건 자살인데, 두 사람에게 그럴 마음은 없으니, 또렷한 전망 없이 현상을 유지하며 하루하루 매달리고 또 매달리는 게 전부다, 공기를 빨아들이는 한 허파가 움직이는 본능처럼.

반란에 가담해서 당과 적극적으로 맞서는 얘기도 가끔 나누지만, 첫발을 내디딜 방법에 대해선 아는 게 하나도 없다. 전설처럼 황당무계한 '형제단'이 실제로 존재하더라도 거기에 가입할 방법을 찾는다는 게 쉬운 일은 아니다. 윈스턴은 줄리아에게 자신은 오브라이언과 공통점이 있다는, 그런 느낌이 든다는, 오브라이언에게 다가가서 자신은 당을 증오한다 선언하고 도움을 요청하고 싶은 충동을 가끔 느낀다는 말까지 한다. 재미있는 건, 이런 얘기를 줄리아가 결코 있을 수 없는 경솔한 행동으로 받아들이지 않는다는 점이다. 사람을 얼굴로 판단하는 습관이 있어, 윈스턴이 눈길 한 번 마주친 걸 계기로 오브라이언을 믿을만한 인물이라고 확신하는 것 역시 극히 자연스럽게 받아들이는 것 같다. 모든 사람이, 거의 모든 사람이 당을 암암리에 증오하니, 안전하다는 생각만 들면 당 권력을 무너뜨리려고 할 게 분명하다는 말까지 한다.

하지만 반대세력이 조직적으로 광범위하게 존재하거나 존재할 가능성은 믿으려 하지 않는다. 골드스타인이나 지하조직 이야기는 당이 의도적으로 만들어낸, 우리는 그냥 믿는 척해야 하는 쓰레기에 불과하다는 거다. 자신은 이름을 한 번도 못 들은 사람을 처단하라며, 죄를 저질렀다고 조금도 안 믿으면서, 당 궐기대회나 자발적인 시위에 수없이 참여해서 반역자를 처단하라며 목청껏 외쳐댔다는 거다. 공개재판을 할 때면 아침부터 저녁까지 공개재판장을 에워싼 청년동맹 파견대에 참여해, "반역자를 처단하라!"고 소리쳤다는 거다. '2분간 증오하기'에서는 언제나 골드스타인을 누구보다 커다랗게 저주했다는 거다. 골드스타인이 누구며 어떤 사상을 주장하는지 전혀 모르면서 말이다. 줄리아는 혁명 이후에 성장한 데다, 50년대와 60년대에 만연한 이념전쟁은 너무 어릴 때라서 기억조차 못 한다. 개인이 정치적으로 움직이는 건 상상도 할 수 없다. 당은 누구도 이길 수 없기 때문이다. 당은 영원불멸한 존재니, 규칙을 은밀하게 어기거나, 기껏해야 개별적으로 작심하고 요인을 암살하거나 시설물을 폭파하는 식으로 반발하는 정도가 전부라는 거다.

줄리아는 윈스턴보다 훨씬 예리한 데다 당 선전에 영향을 덜 받는 측면도 있다. 한 번은 다른 얘기를 하다가 유라시아와 전쟁하는 문제를 꺼내니, 줄리아는 자기 의견을 말하다가 전쟁은 일어나지도 않았다는 말을 가볍게 언급해서 윈스턴을 깜짝 놀라게 했다. 런던에 매일같이 떨어지는 로켓탄도 자국 정부가 '인민을 끊임없이 공포에 떨게 하려고' 발사했을 가능성이 크다는 거다. 윈스턴은 그때껏 생각조차 못 하던 가능성이다. '2분간 증오하기' 동안에 터져 나오는 웃음을 참느라 매번 엄청난 곤욕을 치른다는 말에는 부러움과 동시에 질투까지 일었다. 하지만 당에서 제시하는 내용에 대해서는 자신이 살아가는 데 밀접한 영향을 미칠 때만 의혹을 품는다. 그렇지만 않다면, 당에서 어떤 거짓말을 하든 가볍게 받아들인다. 진실이든 거짓이든 자신에게 별다른 차이가 없기 때문이다. 예를 들면, 당에서 비행기를 발명했다고 학교에서 가르친 걸 그대로 믿는 식이다. (윈스턴이 기억하기에, 자신이 학교에 다니던 50년대 후반에는 당이 발명했다고 주장한 건 헬리콥터에 불과했다. 그런데 12년이 지난 다음에는, 줄리아가 학교에 다닐 때는 비행기를 발명했다고 주장했다. 한 세대가 또 지나면 증기기관까지 발명했다고 주장할 게 분명하다.) 자신이 태어나기 전부터, 혁명이 일어나기 훨씬 전부터 비행기는 있었다고 윈스턴이 말하니, 이런 사실에 줄리아는 아무런 관심도 안 보인다. 비행기를 발명한 게 누구든 상관없다는 식이다. 오세아니아가 4년 전에 동아시아와 전쟁하고 유라시아와 동맹관계였다는 사실을 줄리아는 기억조차 못 한다는 걸 우연히 깨닫는 순간에는 훨씬 커다란 충격이 몰려들었다. 전쟁이 완전한 속임수라는 말은 맞다. 하지만 적국 명칭이 바뀌었다는 사실을 줄리아는 눈치조차 못 챈 게 분명하다. "나는 우리가 전쟁하는 게 언제나 유라시아라고 생각했어"라고 얼버무리듯 말한 게 전부다.

이 말을 듣고 윈스턴은 살짝 무서웠다. 비행기를 발명한 건 줄리아가 태어나기 오래전이지만, 전쟁 상대국이 바뀐 건 불과 4년 전, 줄리아가 성인이 되고 많은 시간이 지난 다음이다. 윈스턴은 이 문제로 줄리아랑 15분이나 언쟁했다. 그래서 결국에는 줄리아가 기억을 곰곰이 더듬다가 전쟁 상대국이 한때는 유라시아가 아니라 동아시아였다는 사실을 어렴풋이 떠올리도록 하는 데 성공했다. 하지만 이런 문제를 조금도 중요하게 여기지 않는 건 여전했다. "아무러면 어때? 지랄 같은 전쟁은 언제나 꼬리를 잇고, 뉴스도 거짓말을 늘어놓는 건 언제나 똑같은데"라고 짜증스럽게 말할 정도다.

윈스턴은 기록국에서 뻔뻔하게 자행하는 서류 조작을, 자신이 하는 일을 말했다. 그래도 줄리아는 아무렇지 않은 표정이다. 거짓을 진실로 만든다 해서 땅이 무너지고 삶이 끝나는 건 아니라는 거다. 윈스턴은 존스, 아론슨, 러더퍼드, 그리고 언젠가 자기 손에 들어온 중요한 종이쪽지에 대해서도 말했다. 그래도 줄리아는 별다른 관심이 없다. 아니, 이렇게 말하는 의도조차 이해를 못 한다. 이렇게 물을 정도다.

"당신이랑 친한 사람들이야?"

"아니야, 만난 적은 한 번도 없어. 모두 당 간부였어. 나이도 훨씬 많고. 구시대에, 혁명 이전에 살던 사람들이야. 직접 본 적은 거의 없어."

"그럼 걱정할 게 뭐야? 사람이 죽어 나가는 건 언제나 똑같은 거 아니야?"

윈스턴은 줄리아를 이해시키려고 애쓴다.

"이건 경우가 달라. 사람이 그냥 죽어 나가는 단순한 문제가 아니라고. 어제를 포함해 과거란 과거는 모두 깨끗하게 청소한다는 사실 알아? 설사 일부가 남았다 해도, 아무런 설명 없이 단단한 고체 덩어리에 갇히지, 저기에 있는 유리 덩어리처럼. 혁명 당시에 대한 건, 혁명 이전에 존재하던 수많은 세월에 대한 건 이미 거의 사라졌어. 기록은 모두 폐기하거나 날조하고, 책은 모두 고쳐 쓰고, 그림은 모두 다시 그리고, 동상과 거리와 건물은 모두 명칭을 새로 붙이고, 날짜는 모두 바꿨어. 그런데도 이런 작업을 시시각각으로 하루도 빠짐없이 계속해. 역사는 멈췄어. 당이 옳다고 주장하는 현재만 끝없이 존재할 뿐, 다른 건 모두 사라졌어. 과거를 날조했다는 걸 나는 당연히 잘 알아. 하지만 증명할 방법은 전혀 없어, 나 자신이 날조한 당사자인데도. 날조를 끝내면 증거물은 모두 사라지거든. 유일한 증거는 내가 기억하는 게 전분데, 다른 사람이 내 말을 믿을 거란 확신은 조금도 없어. 지금까지 딱 한 번, 오래전에 일어난 사건에 대한 확고부동한 증거를 손에 넣은 적이 있어."

"그래서 무슨 소용이 있었는데?"

"아무런 소용도 없었어. 몇 분도 안 돼서 폐기했거든. 하지만 그런 일이 또 일어난다면 증거물을 보관할 생각이야."

"으음, 나는 아니야! 나도 위험을 무릅쓸 각오는 충분하지만, 그만한 가치가 있을 때만 그렇지, 낡아빠진 신문 조각 때문에 그럴 순 없어. 설사 그런 게 있다 해도 당신이 무얼 할 수 있겠어?"

"많지 않겠지. 하지만 증거물이잖아. 내가 용기를 내서 다른 사람에게 보여주어 이런저런 의문점을 품도록 할 수도 있고. 나는 우리가 살아생전에 무언가를 바꿀 수 있다고 생각하지 않아. 하지만 저항하는 무리가 여기저기서 조금씩 일어날 순 있겠지. 사람들이 하나씩 모이며 소규모집단을 이루다가 점차 늘어나서 역사에 기록이라도 몇 줄 남기고, 그래서 우리가 남긴 유산을 다음 세대가 이어가고."

"난 다음 세대에는 딱히 관심 없어. 나에게 중요한 건 우리 둘이 전부야."

"당신은 허리 아래쪽만 반역자로군."

줄리아는 이 말을 재치 넘치는 말로 받아들이고 즐거운 표정으로 달려들어서 두 팔로 꼭 껴안았다.

줄리아는 당 강령 및 세부조항에 아무런 관심도 없다. 윈스턴이 영사 원칙이나, 이중사고나, 과거 조작이나, 객관적인 사실 부정이나, 새말에 관한 이야기만 꺼내면 당장 따분하고 어리둥절한 티를 내며, 자신은 그런 것에 관심이 하나도 없다고 말한다. 그런 건 모두 쓰레기라는 사실을 잘 아는데, 그런 것 때문에 속 썩을 이유가 도대체 뭐냐는 거다. 자신은 기뻐할 때와 비웃을 때를 아는 정도로 충분하다면서 말이다. 그래도 윈스턴이 고집스럽게 얘기하면 그냥 잠에 곯아떨어져서 당혹스럽게 만들기 일쑤다. 줄리아는 언제 어디서든 원하는 순간에 깊이 곯아떨어지는 유형이다. 정통 당성이 의미하는 내용을 전혀 모르면서 정통 당성을 지닌 것처럼 보이는 건 정말 쉽다는 사실을 윈스턴은 줄리아에게서 깨달았다. 당 철학을 전혀 이해할 수 없는 사람이 당 철학을 가장 효율적으로 구현한다는 생각도 들었다. 이들은 극악무도한 현실 왜곡을 아무렇지 않게 받아들인다. 자기들에게 요구하는 게 극악무도한 내용이라는 사실 자체를 충분히 이해할 수 없으며, 사회적으로 중요한 사건이 눈앞에서 일어나도 별다른 관심이 없다. 이들이 건강한 정신을 유지하는 동력은 무지다. 이들은 아무거나 닥치는 대로 꿀꺽꿀꺽 삼킨다. 무얼 삼켜도 탈 나는 법이 없다. 찌꺼기란 찌꺼기는 하나도 안 남기기 때문이다. 새가 곡식 낟알을 소화하지 않고 그대로 배설하듯.

6

드디어 접촉했다. 기대하던 메시지가 찾아왔다. 지금까지 살아오면서 이런 일이 일어나기만 끝없이 기다리고 또 기다린 것 같다.

윈스턴이 청사에서 기다란 복도를 걷다가 줄리아가 쪽지를 처음 살짝 건네던 지점에 거의 이르는 순간, 자신보다 덩치가 훨씬 커다란 사람이 바로 뒤에서 따라온다는 느낌이 들었다. 누군지 모르지만, 그 사람이 조그맣게 기침하는 게, 말을 걸려고 하는 게 분명했다. 윈스턴은 느닷없이 걸음을 멈추고 몸을 돌렸다. 오브라이언이다.

마침내 두 사람은 얼굴을 맞대고, 윈스턴은 도망치고 싶은 충동만 일어나는 것 같았다. 심장이 쿵쾅거렸다. 입을 제대로 열 수조차 없을 것 같았다. 그런데 오브라이언은 똑같은 동작으로 다가오더니, 윈스턴 한쪽 팔에 손을 다정스럽게 얹어서 나란히 걷는다. 그러다가 극히 진지하고 정중한 어투로 입을 연다. 대다수 간부당원과 완전히 다른 자세다.

"당신과 이야기할 기회를 오랫동안 갈망했습니다. 예전에 「타임스」에서 귀하가 쓰신 새말 기사를 읽었답니다. 새말에 대해 학문적으로 많은 관심이 있으신 것 같더군요."

윈스턴은 마음을 간신히 달래며 대답한다.

"학문적이라니요. 저는 아마추어에 불과합니다. 전공 분야도 아니고요. 언어 구조에 대해 실제로 연구한 적은 한 번도 없습니다."

"하지만 글이 매우 훌륭하더군요. 저만 그렇게 생각하는 게 아닙니다. 선생 친구분하고, 그 분야를 담당하는 전문가하고, 최근에 이야기를 나눴답니다. 이름이 갑자기 생각이 안 나네요."

윈스턴은 심장이 다시 쿵쾅거렸다. 사임을 말하는 게 분명하다. 하지만 사임은 죽었다. 완전히 사라졌다. 존재한 적조차 없다. 아는 척하는 자체로 치명적인 위험을 초래할 수 있다. 오브라이언이 한 말은 일종의 신호가, 일종의 암호가 분명하다. 사상범죄를 서로 살짝 주고받는 식으로 공범이 되자는 거다. 그래도 두 사람은 복도를 천천히 나아가는데, 갑자기 오브라이언이 걸음을 멈춘다. 그리곤 콧잔등에 걸친 안경을 고쳐 쓰는 동작으로 상대 마음을 이상할 정도로 안심시키더니 다시 말한다.

"제가 정말 하고 싶은 말은 선생 글에서 이미 사라진 단어를 두 개나 찾아냈다는 겁니다. 물론 극히 최근에 사라진 단어지요. 새말사전 제10판을 보셨나요?"

"아뇨. 아직은 발간하지 않은 거로 압니다. 기록국에서는 지금도 제9판을 사용합니다."

"제10판은 몇 달 안에 못 나옵니다. 하지만 몇 부가 견본으로 돌아다니지요. 저에게도 한 부 있습니다. 선생께서도 보고 싶은 마음이 있겠지요?"

"당연하지요."

윈스턴이 대답한다. 말하는 의도를 단번에 알아챈 거다.

"새롭게 개발한 영역에는 정말 탁월한 내용이 많더군요. 동사 숫자를 줄인 건 선생께서 관심이 특히 많을 것 같아요. 가만있자, 제가 선생에게 인편으로 사전을 보낼까요? 그런데 안타깝게도 제가 건망증이 심하답니다. 아무 때나 편리한 시간에 제가 사는 집에 들러서 직접 가져가는 건 어떨까요? 잠깐만요. 주소를 알려줄게요."

두 사람이 선 바로 앞에 '텔레스크린'이 있다. 그런데도 오브라이언은 호주머니를 태연하게 뒤지더니, 가죽을 댄 조그만 수첩과 황금 만년필을 꺼낸다. 그리고 '텔레스크린' 바로 밑에서, '텔레스크린' 저쪽 끝에서 지켜보는 사람이 무슨 글자를 쓰는지 환히 볼 수 있는 위치에서 주소를 갈겨쓰고 찢어내서 윈스턴에게 건네며 말한다.

"저녁에는 대체로 집에 있답니다. 설사 제가 없더라도 하인이 사전을 건네줄 거예요."

오브라이언은 떠나고, 윈스턴 손엔 종이쪽지가 있는데, 이번에는 굳이 감출 필요가 없다. 그런데도 윈스턴은 적힌 주소를 조심스럽게 외우고 몇 시간 후에 다른 서류뭉치와 함께 기억 구멍으로 던졌다.

두 사람이 주고받은 대화는 기껏해야 2분 정도. 여기에 담긴 의미는 한 가지밖에 있을 수 없다. 윈스턴에게 주소를 알려줄 방법을 찾으려다가 이런 일을 꾸민 거다. 다른 방법은 없다. 직접 묻지 않는 한, 다른 사람 주소를 알아내는 건 불가능하니 말이다. 주소록 같은 건 어디에도 없다. 오브라이언이 말하고 싶었던 내용은 '나를 만나고 싶다면 여기로 와라'다. 그러면 사전 책갈피 어딘가에 메시지를 숨길 수도 있는 거 아닌가. 어쨌든 한 가지는 확실하다. 윈스턴 자신이 오랫동안 상상하던 음모는 실제로 존재하고, 드디어 자신은 그 출발점에 다가갔다.

윈스턴은 오브라이언 호출에 자신이 조만간에 응하리란 사실을 잘 안다. 내일이 될지, 오랫동안 질질 끌지는 확실하지 않다. 이번 일은 오래전에 시작한 행동이 여러 단계를 거치다가 이제 드디어 결실을 본 것에 불과하다. 첫 번째 단계는 은밀한 생각을 무심결에 떠올린 거라면, 두 번째 단계는 일기장을 연 거다. 생각이 글로 나아갔다면 이제는 글이 행동으로 나아갈 차례다. 마지막 단계는 애정성으로 끌려가는 거다. 이런 사태를 윈스턴은 일찌감치 받아들였다. 시작은 결말을 내포한다. 그런데도 결말이 두렵다. 아니, 구체적으로 말하면, 죽음을 미리 맛보는 느낌, 삶이 줄어드는 걸 맛보는 느낌이다. 윈스턴은 오브라이언과 대화하는 동안에도 말에 담긴 의미를 파악하는 순간, 온몸이 오싹하면서 으스스한 느낌에 빨려들었다. 축축한 무덤으로 들어서는 것 같았다. 무덤이 아가리를 벌린 채 자신이 들어오기만 기다린다는 건 예전부터 알았지만, 그렇게 유쾌한 기분은 아니다.

7

윈스턴은 두 눈에 눈물이 그렁그렁한 상태로 잠에서 깨어난다. 줄리아가 잠결에 몸을 굴려서 다가오며 중얼거리는데 "왜 그래?"라고 물은 것 같다.

"꿈을 꾸었어……"

윈스턴이 입을 열다가 꾹 다문다. 가볍게 언급하기엔 너무 혼란스럽다. 꿈 내용도 그렇지만, 잠에서 깨어난 다음에도 꿈과 관련된 기억 하나가 마음속을 헤집으며 이리저리 돌아다닌다. 그래서 두 눈을 그대로 감은 채 누워, 꿈속 분위기에 흠뻑 빠져든다.

꿈이 참으로 방대하고 또렷하다. 자신이 지금까지 살아온 삶 전부가 눈앞에 그대로 펼쳐지는 것 같다, 비가 오다가 멈춘 여름날 저녁 풍경처럼. 유리 문진 안에서 모든 장면이 일어났다. 유리 표면은 둥그런

하늘이고, 밑에서는 맑고 부드러운 빛이 넘쳐흐르고, 세상 만물은 끝없이 펼쳐나갔다. 어머니가 팔을 흔들고, 30년이 흘러서 영화뉴스에 유대인 여성이 나타나며 어린 아들에게 날아가는 총알을 몸으로 막고, 헬리콥터는 두 모자를 산산조각으로 찢어발긴다.

"나는 지금 이 순간까지 어머니를 내가 죽였다고 생각하는 거, 알아?"

윈스턴이 말하자, 줄리아가 졸린 어투로 묻는다.

"어머니를 왜 죽였는데?"

"나는 어머니를 죽이지 않았어, 직접은."

마지막으로 바라본 어머니가 꿈속에 나타나더니, 주변 상황이 잇따라 무더기로 떠오른다. 자의식에서 떨쳐내려고 오랫동안 애쓰던 기억들. 날짜는 확실하지 않지만, 그 일이 일어난 건, 자신이 열 살은 넘은, 대략 열두 살 즈음이다.

아버지는 그 일이 일어나기 전에 사라졌는데, 얼마 전인지는 기억이 안 난다. 기억에 또렷한 건, 아주 소란하고 불안하던 당시 분위기다. 공중에서는 폭탄이 주기적으로 떨어지고, 사람들은 공포에 떨며 지하철역으로 피신하고, 건물은 사방에서 무너지고, 거리 모퉁이마다 알아볼 수 없는 벽보가 나붙고, 젊은 사람은 누구나 색깔이 똑같은 상의 차림이고, 빵 가게마다 엄청난 줄이 늘어서고, 멀리서 기관총 소리가 간헐적으로 일어나고, 무엇보다 중요한 건 배를 채울 음식이 항상 부족하다는 사실이다. 그래서 오후만 되면 다른 아이들과 함께 쓰레기통과 쓰레기더미를 뒤져서 양배추 줄기나 감자 껍질을 줍고 상한 빵조각까지 주워, 썩은 부분을 조심스럽게 긁어내서 먹고, 소먹이를 운반하는 트럭이 항상 똑같은 길로 다닌다는 걸 알고는 길바닥이 파인 곳에서 덜커덩거리다가 깻묵을 흘리기만 기다리던 기억도 난다.

아버지가 사라진 순간, 어머니는 놀라거나 격하게 슬퍼한 흔적이 없다. 하지만 한순간에 완전히 변했다. 넋이 완전히 나간 것 같았다. 뭔가 꼭 일어날 수밖에 없는 일을 기다린다는 게 윈스턴 눈에 또렷하게 보였다. 요리하고, 빨래하고, 옷을 깁고, 침대를 손질하고, 바닥을 훔치고, 벽난로 선반 먼지를 닦는 등, 할 일은 다 하는데, 화가가 지시하는 대로 움직이는 모델처럼 불필요한 동작을 배제한 채 아주 천천히 움직이는 모습이 독특했다. 커다란 키에 날씬한 몸매가 정물화로 자연스럽게 빠져든 것 같았다. 침대에 몇 시간이고 꼼짝 않고 앉아, 너무 말라 원숭이처럼 보이는 얼굴에다, 병들어 우는 소리조차 못 내는 두어 살짜리 누이동생 조그만 얼굴에다 젖을 물렸다. 어쩌다 한 번씩 윈스턴을 품에 꼭 껴안은 채 아무 말 없이 오랫동안 가만히 있기도 했다. 윈스턴은 어려서 자기밖에 모르는데도, 그런 행동이 앞으로 일어날, 하지만 언급한 적은 한 번도 없는 사건으로 나아갈 수밖에 없다는 걸 느낀다.

자신들이 살던 방도, 하얀 시트를 깐 침대가 절반을 차지하는, 퀴퀴하고 어두침침한 방도 기억난다. 벽난로 울타리에 가스풍로가 있고 음식을 보관하는 선반이 있고, 바깥 층계참에는 여러 집이 공동으로 사용하는 갈색토기 수채통이 있다. 어머니가 가스풍로로 상체를 숙여 냄비에서 끓는 음식을 휘젓던 우아한 몸매도 기억난다. 항상 굶주리던 기억은, 식사 때만 되면 자신이 아귀다툼을 벌이던 기억은 더더욱 또렷이 떠오른다. 먹을 게 더 없느냐고 지겹게 묻고 또 묻다가 소리를 지르며 사납게 대들거나 자기 몫보다 더 먹으려는 속셈으로 구슬피 울면서 연민을 자아내기도 하고, 처음엔 성급하게 소리치다가 독특하게 울부짖던 목소리도 기억난다. 그럴 때마다 어머니는 더 많은 몫을 기꺼이 준다. 아이는, '사내아이'는 당연히 많이 먹어야 한다고 생각한 거다. 하지만 어머니가 아무리 많이 주어도 자신은 항상 더 달라고 조른다. 끼니때마다 어머니는 이기적으로 행동하지 말라고, 누이동생이 아파서 뭐든 먹여야 한다고 누누이 타이르지만, 소용이 없다. 어머니가 국자로 더 퍼주지 않으면 성질을 부리며 울었다. 어머니 손에서 냄비와 국자를 빼앗으려고 했다. 누이동생 그릇에 조금 담긴 음식까지 빼앗으려 했다. 윈스턴은 자신이 어머니와 누이동생을 굶겨 죽인다는 사실을 알지만, 어쩔 수 없다. 자신이 그러는 건 너무나 당연한 권리라고 느꼈다. 뱃속에서 항상 요란하게 꼬르륵거리는 소리가 모든 걸 정당하게 만드는 것 같았다. 식사시간이 아니더라도 어머니가 한눈만 팔면, 시들어 빠진 음식을 선반에서 끊임없이 훔쳐 먹었다.

하루는 초콜릿 배급이 나왔다. 몇 주 만에, 아니 몇 달 만에 처음 나오는 배급이다. 귀중한 초콜릿 조각을 윈스턴은 지금도 생생하게 기억한다. 세 식구 몫으로 나온 2온스짜리 한 판이다. (당시만 하더라도 온스라는 단위를 그대로 사용했다.) 초콜릿을 셋으로 똑같이 나눠야 하는 건 너무나 당연하다. 그런데 갑자기 다른 사람이 내지른 소리처럼, 자신이 혼자서 초콜릿을 전부 먹어야 한다고 커다랗게 내지르는 소리가 들린다. 어머니는 욕심을 부리지 말라며 나무란다. 고함을 지르고 흐느끼고 눈물을 흘리고 꾸짖고 타협하며 다투는 소리가 오랫동안 일어나고 또 일어난다. 조그만 누이동생은 새끼 원숭이처럼 두 팔로 어머니 목에 매달린 채 가만히 앉아서 슬픈 눈을 커다랗게 뜨고 어깨너머로 오빠를 쳐다본다. 마침내 어머니는 초콜릿 4분의 3을 쪼개어 윈스턴에게 주고, 나머지는 누이동생에게 준다. 어린 누이동생은 초콜릿을 손에 쥐고 멍하니 바라보는 표정이 그게 뭔지도 모르는 것 같다. 윈스턴은 가만히 서서 동생을 노려본다. 그러다가 누이동생 손에서 초콜릿 조각을 번개처럼 낚아채고 문으로 도망친다.

"윈스턴, 윈스턴! 돌아와! 동생한테 돌려줘!"

어머니가 뒤에서 소리친다. 윈스턴은 걸음을 멈춘다. 하지만 돌아가지 않는다. 어머니가 애타는 눈으로 윈스턴만 뚫어지게 쳐다본다. 지금도 윈스턴은 당시에 일어난 일을 생각한다. 하지만 훨씬 커다란 사건이 일어나기 직전이란 사실을 당시에는 몰랐다. 누이동생은 무언가를 빼앗겼다는 걸 깨닫고 힘없이 칭얼댔다. 어머니는 어린 동생을 한쪽 팔로 감싸며 당겨서 당신 젖가슴을 물렸다. 그 몸짓에서 윈스턴은 누이동생이 죽어간다는 사실을 깨달았다. 하지만 돌아서서 계단을 잽싸게 내려간다, 녹아서 끈적거리는 초콜릿을 한 손에 쥐고.

윈스턴은 어머니를 두 번 다시 못 본다. 초콜릿을 게걸스레 먹어치운 다음에야 부끄러운 마음에 거리를 몇 시간 돌아다니다가 배가 고파서 집으로 향했다. 집에 돌아온 건 어머니가 사라진 다음이다. 당시에도 흔하게 일어나던 현상이다. 어머니와 누이동생만 빼면 집에서 사라진 건 하나도 없다. 옷가지는 물론 어머니 외투까지 그대로 있다. 윈스턴은 어머니가 사망한 건지 아닌지 오늘날까지 확실히 모른다. 강제노동수용소로 끌려갔을 가능성이 크다. 누이동생은, 윈스턴이 그런 것처럼, 내전으로 늘어난 고아를 집단수용하는 곳으로 (교화원이라는 곳으로) 보내거나 어머니와 함께 노동수용소로 보내거나 아무렇게나 죽도록 내버려두었을 가능성이 크다.

꿈이 아직도 생생하다. 팔로 감싸며 보호하려는 동작이 모든 걸 상징하는 것처럼 유난히 또렷하게 떠오른다. 두 달 전에 꾸었던 꿈이 생각난다. 어머니는 하얀 누비이불이 지저분한 침대에 앉고 여동생은 어머니에게 매달린 자세 그대로 배는 서서히 침몰하는데, 어머니는 까마득한 밑에서, 밑으로 계속 가라앉으면서도, 새까맣게 변하는 물 너머로 자신을 꾸준히 바라본다.

윈스턴은 어머니가 사라진 이야기를 하고, 줄리아는 눈꺼풀을 그

대로 감은 채 몸을 돌려서 훨씬 편한 자세로 바꾸며 흐릿한 어투로
말한다.

"그때만 해도 당신이 꿀돼지였나 보군. 어린애는 누구나 꿀돼지니까."

"그래. 하지만 내가 말한 이야기 핵심은……"

숨소리를 들으니 줄리아는 다시 잠든 게 분명하다. 윈스턴은 어머니
에 관해 계속 이야기하고 싶다. 자신이 기억하기에, 어머니는 비범한
여인이거나 지성을 갖춘 여인이라고 할 수 없다. 하지만 나름대로 기준
을 지니고 살면서 나름대로 고상하고 순수한 모습을 유지했다. 어머니
는 당신의 감성을 스스로 통제했다. 주변 환경에 흔들리지 않았다. 쓸데
없는 행동을 하면 의미가 사라진다고 생각하지도 않았을 것 같다. 누군
가를 사랑하면 끝까지 사랑하고, 줄 것이 전혀 없을 때도 여전히 사랑하
는 식으로 말이다. 마지막 초콜릿 조각을 빼앗기자, 어머니는 누이동생
을 꼭 껴안았다. 물론 아무런 소용도 없다. 변하는 것 역시 없다. 그런다
고 초콜릿이 나오는 것도 아니다. 누이동생이나 어머니 당신이 죽는
걸 피할 수도 없다. 하지만 어머니에게는 그렇게 하는 게 너무나 당연한
것 같았다. 보트를 타고 피신하던 여인이 총알을 막을 수 있는 것도
아닌데 어린 아들을 팔로 감싸는 것처럼 말이다.

당에서 저지르는 가장 끔찍한 짓거리는 충동 하나로, 감정 하나로
행동하는 건 아무런 소용이 없다고 세뇌해, 인간에게서 현실에 대처할
능력을 모두 빼앗는 거다. 그래서 당에 장악당하면, 인간은 무얼 느끼
든 안 느끼든, 무얼 하든 안 하든 현실적으로 아무런 차이가 없다.
결국, 인간은 어떤 식으로든 사라지고, 그 존재나 행적은 영원히 지워
진다. 역사 흐름에서 확실하게 제거된다. 하지만 불과 두 세대 전만
하더라도 이런 걸 중요하게 여긴 사람은 아무도 없었던 것 같다. 역사
를 바꾸려는 시도 자체를 안 했으니 말이다. 사람들은 자신만 성실하면

된다 생각하고, 여기에 대해 아무런 문제도 안 삼았다. 하지만 정말 중요한 건 인간관계는 물론, 죽어가는 사람을 포옹하고 눈물을 흘리고 말을 건네는, 완전히 무기력한 행동 역시 의미가 대단하다는 사실이다. 이런 감성을 무산계급은 그대로 유지한다는 생각이 문득 떠오른다. 이들은 당이나 국가나 이념에 충실한 대신, 서로에게 충실하다.

윈스턴은 무산계급을 깔보던 마음이 깨끗이 사라진다. 무산계급이야말로 언젠가는 떨치고 일어나서 세상을 새롭게 만들 유일한 세력이라는 생각이 생전 처음으로 떠오른다. 무산계급은 인간성을 여전히 유지한다. 마음이 딱딱하지 않다. 이들에게는 원초적인 감정이, 윈스턴 자신이 열심히 노력해서 다시 배워야 할 감정이 그대로 남아있다. 이런 생각을 하다 보니, 몇 주 전에 잘린 팔 하나가 길바닥에서 나뒹구는 걸 보고 발로 차서 양배추 껍질처럼 시궁창 도랑으로 버린 게 떠오른다. 이런 소리가 절로 나온다.

"무산계급이 인간이다. 우린 인간도 아니다."

"왜?"

줄리아가 묻는다. 잠에서 다시 깨어난 거다.

윈스턴은 곰곰이 생각하다가 대답한다.

"당신은 너무 늦기 전에 여기를 나가서 서로 두 번 다시 안 만나는 게 우리에게 최선이라고 생각한 적 없어?"

"있어, 내 사랑, 그런 생각이 여러 번 떠올랐어. 하지만 그러고 싶은 마음은 없으니까 상관없어."

"지금까지는 운이 따랐지만, 그렇게 오래갈 순 없어. 당신은 젊어. 당신은 정상이면서도 순수하게 보여. 나 같은 사람을 안 만나면 앞으로 50년은 더 살 거야."

"아니야. 나도 충분히 생각했어. 나도 당신이 가는 대로 따라갈 거야. 그러니 너무 낙담하지 마. 나는 살아남을 자신이 있으니까."

"우리가 이렇게 지낼 수 있는 게 앞으로 반년일지⋯⋯일 년일지 아무도 몰라. 결국에는 헤어질 수밖에 없어. 그러면 하루하루 살아가는 게 얼마나 외롭겠어? 저들에게 잡히면 당신이나 나나 서로에게 해줄 수 있는 건 하나도 없어. 완전히 끝이야. 내가 자백하면 당신은 총살당하고, 내가 자백하지 않아도 당신은 총살당해. 내가 무슨 말을 하고 무슨 짓을 하든, 아니, 입을 완전히 다물더라도 당신이 죽는 걸 단 5분조차 늦출 수 없어. 우리는 서로가 죽었는지 살았는지조차 알 수 없을 거야. 우린 모든 힘을 완전히 빼앗길 거야. 중요한 건 우리가 서로를 배신하지 말아야 한다는 거야. 그런다고 달라지는 건 하나도 없겠지만."

"자백을 뜻하는 거라면, 그 정도는 해도 괜찮아. 자백은 누구나 하는 거니까. 어쩔 수 없어, 저들이 고문하면."

"자백하는 걸 말하는 게 아니야. 자백은 배신이 아니야. 내가 무슨 말을 하고 무슨 짓을 했다고 말하든 상관없이. 중요한 건 감정이야. 내가 저들에게 굴복해서 당신에 대한 사랑을 포기한다면⋯⋯ 그게 바로 배신이야."

줄리아는 이 말을 곰곰이 생각하다가 단호하게 대답한다.

"저들은 그것까지 굴복시킬 수 없어. 사랑만큼은 저들이 굴복시킬 수 없다고. 저들은 우리 입에서 어떤 말이든, 정말 심한 말까지 나오게 할 수 있지만, 그걸 우리가 믿도록 할 순 없어. 저들은 우리 내면으로 들어올 수 없으니까."

윈스턴은 새로운 희망을 살짝 느끼며 맞장구친다.

"맞아, 그럴 순 없어. 당신 말이 맞아. 저들은 우리 내면으로 들어올 수 없어. 우리가 인간이란 사실을 포기하지 않는 한, 결과가 달라지는 건 전혀 없더라도, 저들은 우리를 이길 수 없어."

언제나 귀를 곤두세우는 '텔레스크린'을 윈스턴은 떠올린다. 비록 우리를 밤낮없이 염탐할 순 있지만, 우리가 정신만 똑바로 차리면 충분히 따돌릴 수 있다. 저들이 아무리 똑똑해도 다른 인간 머릿속 생각마저 알아낼 장치를 만들 순 없다. 하지만 저들 손아귀에 완전히 들어가면 얘기는 달라진다. 애정성 안에서 구체적으로 일어나는 일은 아무도 모르지만, 고문, 마약, 신경계 반응을 정밀하게 측정하는 장비, 아무도 못 만나고 잠도 못 자게 하면서 끈질기게 심문해 진이 완전히 빠지도록 하는 수법 등은 충분히 추측할 수 있다. 구체적인 사실을 숨기는 건 어떤 식으로든 불가능하다. 저들이 조사해서 찾아낼 수도 있고, 고문으로 쥐어짤 수도 있다. 하지만 살아남는 게 아니라 인간성 유지를 목표로 삼는다면 결국엔 저들을 이길 수 있다. 저들은 우리 감정을 바꿀 수 없고, 마찬가지로 우리 역시 저들을 바꿀 수 없다, 설사 우리에게 그럴 마음이 있더라도. 저들은 우리가 생각하고 말하고 행동한 모든 것을 적나라하게 파헤칠 수 있지만, 우리 마음속을, 당사자조차 모를 정도로 신비롭게 움직이는 마음속을 정복할 순 없다.

8

두 사람은 행동에 옮겼다, 마침내 행동으로 옮겼다!

두 사람이 들어선 공간은 길게 뻗은 구조로, 불빛이 은은하다. '텔레스크린'은 나지막한 소리로 희미하게 웅얼대고, 짙푸른 양탄자는 푹신푹신한 벨벳을 밟는 느낌이다. 오브라이언은 맞은편 끝 책상 너머에 앉아서 초록색 갓등을 밝혔는데, 양쪽으로 서류 더미가 가득하다. 윈스턴과 줄리아를 안내하며 들어설 때, 하인은 굳이 고개를 들어서 쳐다보지도 않았다.

윈스턴은 가슴이 극심하게 방망이질하는 게, 과연 자신이 제대로 말할 수 있을까 의심스럽다. 둘이서 행동으로 옮겼다는 게, 마침내 여기까지 왔다는 게 윈스턴이 생각할 수 있는 전부다. 여기까지 온 게 정말 경솔하고, 둘이서 함께 오는 건 더더욱 멍청한 짓일 수 있다. 물론 서로 다른 길로 오다가 오브라이언 저택 현관 계단에서 만나긴 했지만 말이다. 여기는 엄청난 용기와 노력 없이는 결코 들어설 수 없는 곳이다. 당 간부 저택 내부는 둘째치고, 당 간부 거주지역에 들어서는 것부터 극히 드문 일이다.

거대한 저택, 모든 게 풍성하고 으리으리한 분위기, 고급 음식과 고급담배 특유의 생소한 내음, 믿을 수 없을 정도로 빠르고 조용히 오르내리는 승강기, 여기저기에서 하얀 제복을 입고 바삐 움직이는 하인 등, 모든 게 사람을 압도한다. 자신은 여기에 들어올 명분이 뚜렷한데도 발걸음을 떼어놓을 때마다 검은 제복을 입은 경호원이 모서리에서 갑자기 튀어나와 신분증을 요구하고 밖으로 내몰 것 같은 두려움까지 몰려든다. 그런데 하인은 조금도 주저하지 않고 두 사람을 안으로 들였다. 자그마한 몸집에 하얀 양복 차림에다 머리칼은 까만 사내로, 마름모꼴 무표정한 얼굴이 중국인을 연상시킨다. 하인이 안내하는 복도 바닥에는 양탄자를 부드럽게 깔고, 크림색 벽지와 하얀 밑동 벽은 놀라울 정도로 산뜻해, 마찬가지로 사람을 압도한다. 모든 벽에 사람 때가 하나도 안 묻은 복도를 본 적도 없다.

오브라이언은 손가락 사이에 종이 한 장을 끼워서 내용을 열심히 들여다보는 것 같다. 묵직한 얼굴이, 앞으로 숙여서 콧날만 보이는데,

위압적이면서도 지적이다. 그렇게 약 20초 동안 꿈쩍도 안 했다. 그러다가 구술기록기를 앞으로 당겨 관청에서만 사용하는 전문용어로 전달사항을 구술한다.

"항목 1 쉼표 5 쉼표 7 전적으로 승인 마침 항목 6 포함 제안 사상범죄에 달할 정도로 극히 불합리 취소 마침 미집행 기계류 총경비 합산 견적서 인수 전체 건설공사 마침 전달사항 끝."

그러더니 의자에서 느긋하게 일어나, 푹신한 양탄자를 지나서 두 사람에게 다가온다. 사무적인 분위기는 새말과 함께 사라진 것처럼 보이지만, 방해받아서 불쾌한 듯 표정은 여전히 딱딱하다. 윈스턴은 일찌감치 느끼던 공포가 갑자기 당혹감으로 변하며 온몸에 번진다. 자신이 멍청한 실수를 저지른 것 같다. 오브라이언이 정치적으로 반대편에 섰다는 증거가 도대체 어디에 있단 말인가? 눈길 한 번 마주친 것과 이상한 말을 한 번 들은 게 전부다. 이것 말고는 꿈 내용에 근거해서 마음속으로 은밀하게 상상한 게 전부다. 하지만 이제는 사전을 빌리러 왔다는 식으로 둘러댈 수도 없다. 그러면 줄리아까지 데려온 걸 설명할 도리가 없다. 오브라이언은 '텔레스크린'을 지나다가 어떤 생각이 문득 떠오르는지, 걸음을 멈추더니 몸을 옆으로 돌려서 벽에 있는 스위치를 누른다. 찰칵 소리가 날카롭게 일어난다. '텔레스크린' 소리가 사라진다.

줄리아가 가느다란 소리를 뱉어낸다. 깜짝 놀란 것 같다. 공포가 극심한데도 윈스턴 역시 너무 놀라서 입이 저절로 열린다.

"그걸 꺼도 되는군요!"

"그렇소. 우린 이걸 꺼도 괜찮소. 이만한 권한은 있다오."

오브라이언이 두 사람 앞으로 다가온다. 단단한 몸집은 두 사람을 압도하고 얼굴에 떠오른 표정은 여전히 읽을 수 없다. 엄숙하게 서서 윈스턴이 입을 열기만 기다리는데, 도대체 무슨 말을 한단 말인가?
바쁜 사람을 방해하는 이유가 뭐냐면서 여전히 짜증만 내는 것 같다.
일 초 일 초가 지나간다, 아주 무겁게. 윈스턴은 불안감을 달래며 오브
라이언만 꾸준히 바라본다. 갑자기 딱딱한 얼굴이 깨지는 게 미소라도
떠올리는 것 같다. 그리곤 콧등에 걸친 안경을 독특하게 매만진다.

"내가 말할까요, 당신이 말하겠소?"

오브라이언이 묻는 말에, 윈스턴이 대뜸 말한다.

"제가 말하겠습니다. 저 물건이 정말 꺼진 건가요?"

"그렇소, 다른 물건도 모두 껐소. 우리 말고 아무도 없소."

"저희가 여기에 온 까닭은……."

윈스턴이 입을 다문다. 여기까지 찾아온 동기가 정말 애매하다는
사실이 처음으로 떠오른다. 오브라이언에게 받을 도움이 무언지 모르
니, 자신이 찾아온 이유도 선뜻 말할 수 없다. 그래서 근거도 없이
허풍떠는 소리처럼 들리겠다고 생각하며 다시 말한다.

"저희는 당을 무너뜨리는 걸 목표로 은밀하게 움직이는 단체가 분명
히 있다고, 귀하도 거기에 관여한다고 믿습니다. 저희도 가입해서 힘
을 보태고 싶습니다. 저희는 당에 반대합니다. 저희는 영사 강령을
거부합니다. 저희는 사상범입니다. 저희는 간통도 했습니다. 제가 이
런 말씀까지 드리는 까닭은 귀하의 자비에 우리를 맡기고 싶어섭니다.
귀하가 저희에게 다른 방식으로 자백하길 원한다면, 어떤 방식이든
기꺼이 수용하겠습니다."

윈스턴이 말을 멈추고 뒤를 힐끗 쳐다본다. 누가 문을 여는 느낌
때문이다. 아니나 다를까, 몸집은 조그맣고 얼굴은 노란 하인이 노크
도 없이 들어왔다. 두 손에 쟁반을 들었는데 화려한 유리병과 유리잔이
담겼다.

"마틴은 우리 편이오. 이리 가져오게, 마틴. 원탁에 내려놓도록. 의자는 충분하지? 그럼 편히 앉아서 얘기하는 게 좋겠군. 자네도 의자를 가져오도록, 마틴. 공적인 일이야. 하인 업무는 앞으로 10분 동안 중단하도록."

오브라이언은 태연하게 말하고, 조그만 사람은 편한 자세로 느긋하게 앉는데, 하인 분위기는 여전하다. 특권을 즐기는 하인 분위기 말이다. 윈스턴은 하인을 곁눈질로 살핀다. 평생을 한 가지 역할에 충실한 느낌, 잠시나마 가면을 벗어던지는 건 위험하다고 여기는 느낌이 강하다. 오브라이언은 화려한 유리병 목을 잡고 검붉은 액체를 유리잔마다 가득 따른다. 그걸 보는 순간, 윈스턴은 벽이나 광고판에서 오래전에 본 장면이, 커다란 네온사인 술병이 위아래로 움직이면서 유리잔에 술을 따르던 광경이 어렴풋이 떠오른다. 위에서 보면 술이 까만 것 같은데, 화려한 유리병에서는 새빨갛게 빛난다. 향기가 달콤새콤하다. 줄리아가 호기심 어린 표정으로 잔을 들어서 향내를 맡자, 오브라이언이 엷게 미소를 머금으며 말한다.

"포도주라고 하는 거요. 책에서 읽었겠지요, 당연히. 일반 당원은 구할 수 없소, 안타깝게도."

오브라이언이 다시 엄숙한 표정으로 술잔을 들며 덧붙인다.

"건강을 위해서 건배하는 것도 괜찮겠지요. 우리 지도자, 에마누엘 골드스타인을 위해서."

윈스턴은 흡족한 마음으로 잔을 든다. 포도주는 책에서 읽고 꿈만 꾸던 술이다. 채링턴 노인이 절반만 기억하는 노래나 유리 문진이 그런 것처럼 포도주 역시 자신이 마음속으로 좋아하는, 지금은 사라진 낭만을, 옛 세상을 떠올리게 한다. 윈스턴은 포도주가 딸기잼처럼 달콤하면서도 금세 취하게 할 거라고 언제나 상상했다. 그런데 한 모금 마시니, 정말 실망스러운 느낌만 확 몰려든다. 진을 오랫동안 들이키다 보니, 포도주 맛을 거의 느낄 수 없다. 그래서 빈 잔을 내려놓으며 묻는다.

"그렇다면 골드스타인이라는 사람이 실제로 있는 겁니까?"

"그렇소, 실제로 있소, 여전히 생생하게. 계시는 곳은 나도 모르오."

"그럼 반역 음모는…… 조직은? 진짭니까? 사상경찰이 조작한 게 아니란 말입니까?"

"그렇소, 모두 진짜요. '형제단', 우리가 부르는 명칭. 단원이 알 수 있는 건 '형제단'이 존재한다는 사실, 자신이 단원이라는 사실을 넘어설 수 없소. 여기에 대해선 잠시 후에 다시 설명하겠소."

오브라이언이 손목시계를 쳐다보며 계속 말한다.

"간부당원이라도 '텔레스크린'을 30분 이상 끄는 건 현명하지 않소. 두 분은 함께 오지 않는 게 좋았소. 따로따로 떠나는 게 좋소. 동무, 당신이……"

오브라이언이 줄리아에게 고개를 끄덕이며 덧붙인다.

"먼저 떠나시오. 이제 우리에게 남은 시간은 20분이오. 먼저 몇 가지 질문할 게 있으니, 양해하시오. 당신네 두 분은 어떤 일이든 할 수 있겠소?"

"저희가 할 수 있는 일이라면 무슨 일이든 하겠습니다."

윈스턴이 대답하자, 오브라이언은 의자에 앉은 몸을 살짝 돌려서 윈스턴을 마주 본다. 줄리아를 거의 외면하는 게, 윈스턴이 그 몫까지 대답하는 걸 당연하게 받아들이는 것 같다. 그러더니 순간적으로 두 눈을 감는다. 그래서 감정이 하나도 안 담긴 목소리로 나지막하게 묻기 시작한다. 당연한 절차라는, 교리문답과 비슷하다는, 어떤 대답이 나올지 뻔히 안다는 어투다.

"목숨을 바칠 각오는 되었소?"

"네."

"사람을 죽일 각오도 되었소?"

"네."

"파업을 감행해서 무고한 목숨 수백 명이 죽는 것까지 감수할 수 있소?"

"네."

"외국 세력에 조국을 넘길 수 있소?"

"네."

"속이고, 날조하고, 협박하고, 아이들 동심을 무너뜨리고, 중독성 마약을 배포하고, 매춘을 권장하고, 성병을 퍼트리는 등, 당 권력이 부패하고 타락하도록 어떤 짓이든 할 각오가 되었소?"

"네."

"예를 들어, 조직을 위해 어린애 얼굴에 황산을 뿌려야 한다면……그럴 각오도 되었소?"

"네."

"사회적 신분을 포기하고 심부름꾼이나 부두 노동자로 평생을 보낼 각오도 되었소?"

"네."

"자살할 각오도 되었소, 우리가 명령한다면 조금도 주저하지 않고?"

"네."

"당신네 두 사람이 헤어져서 다시는 못 만날 각오도 되었소?"

"싫어요!"

줄리아가 끼어든다. 윈스턴은 아무런 대답도 못 하고 시간만 보낸다. 말할 힘이 순간적으로 사라진 느낌이다. 혀를 움직여도 첫음절만

나온다. 이리저리 반복해서 움직여도 마찬가지니, 결국엔 말이 나와도 도무지 알아들을 수 없다. 그러다가 "싫습니다"라고 뱉어낸다.

"잘 말했소. 우리가 모든 걸 알아야 해서 물은 거요."

오브라이언이 말하더니, 줄리아에게 몸을 돌려서 나름대로 감성이 깃든 목소리로 덧붙인다.

"당신은 윈스턴이 살아남는다 해도 완전히 다른 사람으로 변할 수 있다는 사실을 아시오? 우리는 윈스턴을 새롭게 변신시켜야 할 수도 있소. 얼굴, 동작, 손 모양, 머리 색깔, 심지어 목소리까지 말이오. 물론 당신 역시 완전히 다른 사람으로 변해야 할 수도 있소. 우리 측 성형외과 의사들은 누구든 외모를 바꿔서 도저히 못 알아보게 하는 능력이 탁월하오. 가끔 그래야 할 때가 있소. 멀쩡한 사지를 절단해야 할 때도 있고."

윈스턴은 몽골족 같은 마틴 얼굴을 곁눈질로 다시 훔쳐본다. 흉터 자국은 조금도 찾을 수 없다. 줄리아는 새파랗게 질린 얼굴로 주근깨를 또렷하게 드러낸 채 오브라이언을 똑바로 바라본다. 그러다가 좋다는 식으로 조그맣게 대답한다.

"좋소, 그럼 그것도 결정되었소."

은으로 만든 담배 상자가 탁자에 있다. 오브라이언은 아무렇지 않은 표정으로 두 사람에게 담배 상자를 내밀고 자신도 한 개비 꺼내더니, 일어나서 이리저리 천천히 거닌다, 그래야 생각이 잘 떠오른다는 듯. 담배는 품질이 정말 좋다. 알맹이를 두툼하게 휘감았는데, 종이가 턱없이 부드럽다. 오브라이언이 손목시계를 다시 쳐다보며 말한다.

"이제 주방으로 돌아가는 게 좋겠어, 마틴. 15분 후에 '텔레스크린'을 켤 거야. 두 동무가 떠나기 전에 얼굴을 잘 익혀두도록. 나중에 다시 만나야 하니까, 나 대신."

조그만 사내는 현관에서 처음 만날 때처럼 두 사람 얼굴을 쳐다보며 까만 눈동자를 깜빡인다. 태도 하나하나에 친밀감이라곤 눈곱만큼도 없다. 두 사람 외모만 암기할 뿐 관심도 없고 감정도 없다는 표정이다. 성형수술한 얼굴은 표정을 못 바꾼다는 생각조차 들 정도다. 마틴은 그렇게 한마디 말도 없고 인사도 없이 밖으로 나가서 문을 조용히 닫는다. 오브라이언이 한 손을 까만 제복 주머니에 넣고 다른 한 손은 담배를 든 채 이리저리 거닐다가 말한다.

"깊이 숨어서 은밀하게 싸워야 한다는 사실은 두 분도 잘 알 것이오. 두 분은 언제나 은밀하게 숨어야 하오. 지령을 받으면 따라야 하오, 이유조차 모른 채. 나중에 책을 한 권 보낼 테니, 우리가 사는 사회는 본질이 무엇이며 그걸 깨뜨릴 전략은 무언지 파악하시오. 그 책을 다 읽으면 두 분은 '형제단' 정식 단원이 되는 거요. 하지만 우리가 싸우는 목표 일반은 물론 당면 과제 가운데에서도 두 분이 알 수 있는 건 하나도 없소. '형제단'이 실제로 존재한다고 내가 두 분에게 말했는데, 그 숫자가 백 명인지 천만 명인지도 말할 수 없소. 두 분이 개인적으로 알 수 있는 범위는 십여 명을 절대로 넘을 수 없소. 대체로 서너 명에 불과하오, 두 분과 접촉하는 선이 때때로 바뀌는 식으로. 이번이 첫 번째 접촉이며, 앞으로 꾸준히 유지될 것이오. 두 분이 받을 지령은 모두 내가 내리는 것이오. 두 분과 접촉할 필요가 있다면 마틴을 통하겠소. 결국에 잡힌다면 두 분은 자백할 것이오. 그건 피할 수 없소. 하지만 두 분에겐 자백할 내용이 거의 없소. 스스로 활동한 내용이 전부요. 두 분이 볼 수 있는 선 역시 하찮은 인물 몇 명에 불과하오. 나를 불 가능성은 아마 없을 것이오. 그즈음이면 내가 이미 죽었거나, 얼굴도 신분도 완전히 다른 사람으로 변했을 터이니 말이오."

오브라이언이 부드러운 양탄자를 이리저리 거닌다. 체구가 커다란

데도 동작이 놀라울 정도로 우아하다. 호주머니에 손을 찌르거나 담배를 다루는 동작도 마찬가지다. 힘이 세다는 느낌보다 분별력에다 풍자하는 능력까지 지녔다는, 믿음직하다는 느낌이 돋보인다. 열성이 얼마나 대단한지 모르겠지만, 광신자 같은 외골수 기질은 조금도 안 보인다. 살인, 자살, 성병, 사지 절단, 얼굴 성형 등을 말할 때도 가볍게 농담하는 분위기다. 그 목소리는 '피할 순 없다. 하나하나 단호하게 해치워야 한다. 하지만 사회가 바람직하게 변한 다음에는 이렇게 행동하지 말아야 한다'고 말하는 것 같다.

윈스턴은 오브라이언이 감탄스럽다. 숭배하는 마음마저 든다. 순간적으로 골드스타인이라는 존재조차 아련하게 잊어버릴 정도다. 강인한 어깨와 무뚝뚝한 얼굴을, 아주 못생겼는데도 극히 세련된 얼굴을 보노라면 오브라이언이 실패한다는 건 생각할 수도 없다. 어떤 작전이든 효율적으로 진행하고 어떤 위험도 사전에 대처할 것 같다. 줄리아도 강한 인상을 받은 것 같다. 담뱃불이 꺼진 줄도 모르고 열심히 들으니 말이다.

오브라이언이 말을 이어나간다.

"두 분은 '형제단'이 존재한다는 소문을 들었을 거요. 그래서 나름대로 그림을 그렸을 게 분명하오. 사람들이 거대한 지하조직을 만들어 지하에서 은밀하게 만나고, 벽에다 선동하는 글을 휘갈기고, 손을 독특하게 움직이거나 암호를 말해서 동지와 접촉하는 장면을 상상했겠지요. 하지만 그런 건 실제로 존재하지 않소. '형제단' 단원은 동지를 알아볼 수 없소. 단원 한 명이 서넛 이상을 아는 건 불가능하오. 골드스타인 동지 역시 사상경찰에 잡힌다 해도 단원 명단 전체를 넘겨줄 수 없는 건 물론, 그런 명단을 입수할 정보조차 제공할 수 없소. 그런 명단 자체가 없소. '형제단'을 깡그리 소탕할 수 없는 이유는 조직 형태 자체가 흔히 말하는 조직과 다르기 때문이오. 누구도 깨뜨릴 수 없다는 믿음, 바로 이게 '형제단'을 하나로 묶는 동력이오. 두 분을 지탱케 하는 건 그 무엇도 없소, 이 신념 외에는. 두 분은 동지도 만날 수 없고 격려받을 수도 없소. 결국엔 잡혀도 도와줄 사람은 더더욱 없소. 우리는 어떤 단원도 구하지 않소. 기껏해야, 입을 꼭 다물 필요가 있을 때 면도칼을 감방으로 살그머니 넣어주는 정도요. 결과도 없고 희망도 없이 살아가는데 익숙해야 하오. 한동안 활동하다 잡히고, 그래서 자백하고 죽는 게 전부요. 이게 두 분이 처음이자 마지막으로 마주칠 결과요. 우리가 살아생전에 눈에 띄는 변화를 목격할 가능성은 없소. 우리는 죽은 몸이오. 우리에게 진짜 인생은 미래형이 전부요. 그래서 먼지 한 줌과 뼈다귀 몇 조각 상태로 미래사회에 동참하는 것이오. 하지만 얼마나 오랜 세월이 지나야 그런 세상이 올지는 아무도 모르오. 천 년이 걸릴 수도 있소. 당장 우리가 할 수 있는 건 건강한 정신을 조금씩 넓혀나가는 것밖에 없소. 우리는 집단으로 움직일 수 없소. 우리가 할 수 있는 건 우리 지식을 이 사람 저 사람에게, 다음 세대로 또 다음 세대로 전달하는 게 전부요. 사상경찰이 존재하는 한, 다른 방법은 없소."

오브라이언이 걸음을 멈추고 손목시계를 세 번째로 들여다본다. 그리고 줄리아에게 말한다.

"이제 당신이 떠날 시간이오, 동무. 잠깐만. 술이 아직 절반이나 남았군."

그러더니 술잔 세 개를 모두 채우고 자기 잔을 들면서 덧붙이는데, 빈정대는 어투는 여전하다.

"이번에는 무얼 건배할까요? 사상경찰을 혼란스럽게 만드는 거? 빅 브러더가 죽도록? 인류를 위해? 미래사회를 위해?"

194

"과거를 위해."

윈스턴이 제안하자, 오브라이언이 근엄하게 동의한다.

"맞아, 과거가 훨씬 중요해요."

세 사람은 잔을 비우고, 잠시 후에 줄리아가 떠나려고 일어서니, 오브라이언이 캐비닛 꼭대기에서 조그만 상자를 꺼내, 하얗고 납작한 알약 한 알을 건네며 혀에 물라고 말한다. 술 냄새를 풍기며 밖으로 나가면 안 된다는, 승강기 안내원은 눈치가 빠르기 때문이라는 거다. 줄리아가 나가고 문이 닫히는 순간에 줄리아란 존재를 완전히 잊어버린 듯, 오브라이언이 두어 걸음 거닐다가 멈추며 말한다.

"구체적으로 협의할 내용이 있소. 당신에게 은신처 같은 곳이 있겠지요?"

윈스턴은 채링턴 노인네 가게 위층 방을 설명하고, 오브라이언은 다시 말한다.

"그 정도면 당분간 괜찮겠군. 나중에 다른 은신처를 소개하겠소. 은신처는 자주 바꾸는 게 중요하니까. 우선은 '그 책'부터……."

윈스턴은 '그 책'이라는 표현에 특별히 힘주어 말한다고 느끼고, 오브라이언은 계속 말한다.

"당신도 알겠지만, 골드스타인이 쓴 책부터 보내겠소. 최대한 빨리 보내겠지만, 내가 손에 넣을 때까지 최소한 며칠은 걸릴 거요. 책이 얼마 없소, 당신도 충분히 짐작하겠지만. 사상경찰이 끊임없이 추적해서 우리가 찍어내자마자 없애버리니 말이오. 하지만 아무리 그래도 소용없소. 그 책을 완전히 없앨 순 없으니까. 마지막 한 권이 사라지더라도 우리는 한 자도 빠뜨리지 않고 그대로 발간할 수 있소. 직장에 갈 때 가방을 드시오?"

오브라이언이 덧붙이는 말에 윈스턴이 대답한다.

"네, 항상."

"어떻게 생겼소?"

"까만색, 심하게 낡은. 끈이 두 개."

"까만색, 끈이 두 개, 심하게 낡고…… 좋소. 아주 가까운 시일에……
정확한 날짜를 말할 순 없지만…… 당신이 오전에 처리할 일감 하나에
탈자 하나가 있을 테니, 서류를 다시 보내라고 요청하시오. 그리고
다음 날에는 가방을 집에 두고 출근하시오. 그러면 적당한 시간에 거리
에서 어떤 사내가 당신 팔을 건들며 '가방을 떨어뜨린 것 같군요'하고
말할 거요. 사내가 건네는 가방에 골드스타인 책이 한 권 들었을 거요.
책은 14일 안에 돌려주시오."

두 사람은 잠시 침묵한다. 이윽고 오브라이언이 다시 말한다.

"이제 당신은 2분 안에 떠나야 하오. 우리는 다시 만날 거요……
우리가 다시 만나면……."

오브라이언이 뒷말을 흐리자, 윈스턴이 쳐다보다가 주저하며 묻는다.

"어둠이 모두 사라진 세상에서?"

오브라이언이 놀란 기색조차 없이 머리를 끄덕이더니, 무슨 말인지
안다는 듯 대답한다.

"어둠이 모두 사라진 세상에서. 그건 그렇고, 밖으로 나가기 전에
나한테 하고 싶은 말은 없소? 당신 생각이든, 묻고 싶은 거든?"

윈스턴은 가만히 생각한다. 더 묻고 싶은 건 없다. 어마어마한 일반
론을 언급하고 싶은 마음은 더더욱 없다. 오브라이언이나 '형제단'과
연관이 하나도 없는 내용만, 예전에 어머니가 마지막 나날을 보내던
어두운 침실, 채링턴 노인네 가게 위층 조그만 방, 유리 문진, 장미
나무 액자로 감싼 동판화 등이 뒤엉킨 영상만 머리에 떠오른다. 그래서
불쑥 묻는다.

"'오렌지와 레몬이여, 성 클레멘트 종이 소리치네!'라는 구절로 시작하는 옛 노래를 들은 적이 있습니까?"

이번에도 오브라이언은 고개를 끄덕인다. 그러더니 엄숙하고 정중하게 노래 가사를 끝까지 암송한다.

오렌지와 레몬이여, 성 클레멘트 종이 소리치네!
그대는 나에게 동전 세 푼을 빌렸다, 성 마틴 종도 소리치네!
언제 갚을 건가? 낡은 베일리 종이 소리치네!
부자가 되면, 쇼디치 종도 소리치네!

"마지막 구절까지 아는군요!"

윈스턴이 감탄하자, 오브라이언이 대답한다.

"그렇소, 마지막 구절까지 아오. 그럼 이제, 안타깝게도, 당신이 떠날 시간이오. 하지만 잠깐만. 나한테 알약 하나를 받는 게 좋겠소."

윈스턴은 자리에서 일어나고, 오브라이언은 손을 내민다. 어찌나 힘차게 잡는지 윈스턴은 손뼈가 으스러지는 것 같다. 문가에서 뒤를 돌아보지만, 오브라이언은 마음속으로 윈스턴을 몰아내는 과정에 이미 들어간 것 같다. 한 손을 '텔레스크린' 스위치에 대고서 기다리니 말이다. 오브라이언 뒤편으로 책상과 초록색 갓 전등과 구술기록기와 서류로 가득한 철사 바구니 여러 개가 보인다. 이번 접선은 끝났다. 앞으로 30초면 오브라이언은 도중에 중단한 작업을, 당에 아주 중요한 작업을 다시 시작할 거란 생각이 들었다.

9

윈스턴은 피곤해서 녹초가 되었다. '녹초가 되었다'는 말이 딱 맞는다. 이 구절이 머릿속에서 자연스레 떠오를 정도다. 몸뚱이가 젤리처럼 흐느적거릴 뿐 아니라 투명하게 변한 것 같다. 손을 들면 빛이 통과할 것 같은 느낌이다. 할 일이 어찌나 많은지 몸속에서 진물이 모두 빠져나간 상태다, 신경조직과 뼈와 피부라는 연약한 조직만 남기고. 감각이란 감각은 하나도 남김없이 팽창한 것 같다. 작업복은 어깨를 짓누르고, 도로는 발바닥을 짓이기고, 손을 오므렸다 펴는 것조차 관절이 삐거덕거릴 정도로 힘들다.

닷새 동안 작업 시간만 90시간이 넘는다. 청사 직원은 누구나 마찬가지다. 이제 작업이 모두 끝났다. 할 일은, 당에서 부여한 작업은 어떤 형태로든, 말 그대로 하나도 없다, 내일 아침까지는. 은신처에서 여섯 시간을 보내고 아홉 시간은 아파트에서 푹 잘 수 있다. 윈스턴은 지저분한 거리에서 따사로운 오후 햇살을 받으며 채링턴 노인네 가게를 향해 천천히 나아가며 순찰경찰이 없나 조심스럽게 살피지만, 오늘 오후만큼은 위험할 게 하나도 없다는 확신이 애매하게 든다. 손에 든 묵직한 가방이 걸음을 옮길 때마다 무릎을 때려서 얼얼한 느낌이 다리를 타고 오르내린다. 가방 안에는 '그 책'이 있다. 6일 전에 받았는데 펼쳐보는 건 둘째치고 아직 제대로 쳐다보지도 못했다.

증오 주간 6일째, 행진, 연설, 아우성치기, 노래하기, 깃발 흔들기, 포스터, 영화, 밀랍인형, 천둥 같은 북소리, 째지는 트럼펫, 발을 쿵쿵 내딛는 행군, 바퀴가 으르렁대는 탱크, 시끄럽게 날아가는 대규모 비행편대, 고막을 울리는 총소리에 시달리며 여섯 날을 보내는 동안 대중은 절정으로 치달으며 흥분하고, 유라시아에 대한 증오는 광분 상태로

끓어오른 나머지, 행사 마지막 날에는 공개로 교수형에 처할 유라시아 전쟁포로 2천 명을 군중이 마음대로 손댈 수만 있다면 사지를 갈기갈기 찢어발길 게 분명한데, 바로 이 순간에 오세아니아는 유라시아와 전쟁을 벌인 적이 한 번도 없다는, 오세아니아는 동아시아와 전쟁 중이라는, 유라시아는 동맹국이라는 발표가 나온다.

  이렇게 갑작스럽게 변한 이유는 당연히 설명하지 않는다. 적국은 유라시아가 아니라 동아시아라는 내용을 한순간에 일제히 전격적으로 선포한 게 전부다. 당시에 윈스턴은 런던 중앙 광장에서 시위하는 중이었다. 한밤중이라서 하얀 얼굴과 주홍색 깃발은 조명등 불빛에 물들었다. 광장에는 수천 명이 빼곡히 들어찼다. 스파이단 제복을 입은 학생도 천여 명에 달했다. 주홍색 휘장을 드리운 연단에서는 당 간부가, 깡마른 몸집은 조그맣고 두 팔은 유난히 기다랗고, 큼지막한 대머리에 몇 가닥 머리칼을 헝클어뜨린 당 간부가 군중에게 열변을 토했다. 당 간부는 룸펠슈틸츠헨[3] 형상에 증오심이 가득한 얼굴로, 한 손은 마이크를 움켜잡고 다른 손은 뼈만 앙상한 팔을 머리 위로 쳐들어서 허공을 미친 듯이 할퀴었다. 목소리는 확성기에서 쇳소리로 변해, 잔악성, 대량학살, 추방, 약탈, 강간, 포로 고문, 민가 폭격, 허위선전, 불법침략, 조약위반 등을 끝없이 나열하며 천둥처럼 울려 퍼졌다. 연설을 듣노라면 처음에는 확신이 가득 들어차다가 나중에는 광분하지 않을 수 없다. 군중은 수시로 분노를 터트리고, 연사가 외치는 목소리는 목구멍 수천 개가 맹수처럼 사납게 터트리는 함성에 묻혔다. 제일 잔인하고 사나운 함성은 학생들 입에서 튀어나왔다. 연설을 그렇게 20여 분 진행할 즈음에 연락원 한 명이 연단으로 급히 뛰어오르더니 종이쪽지 하나를 연사 손에 슬쩍 찔러넣었다. 연사는 계속 연설하면서 종이쪽

_____

3) 독일 민화에 나오는 난쟁이 마법사.

자를 펴서 읽었다. 목소리도 그대로고 몸짓도 그대로고 연설하는 내용마저 그대로인데, 명칭만 갑자기 변했다. 군중 사이에서는 다 알아듣는다는 느낌이 파도처럼 번져나갔다, 아무런 말도 없이. 그러다가 엄청난 동요가 일었다. 오세아니아는 동아시아와 전쟁하는 중이다! 광장 여기저기에 걸어놓은 깃발과 포스터는 모두 엉터리다! 절반 이상은 내용이 다르다! 이건 방해공작이다! 골드스타인 첩자들이 한 짓이다! 중간에 소동이 일면서 벽마다 포스터를 뜯어내고 깃발을 찢어발겨서 짓밟았다. 스파이단 학생들이 놀라운 활동성을 보이며 지붕 꼭대기로 올라서 굴뚝마다 매단 끈을 잘라냈다. 불과 2~3분 만에 모든 소동이 끝났다. 연사는 마이크를 여전히 움켜잡고 어깨를 앞으로 숙인 채 다른 손으로 허공을 할퀴면서 계속 연설했다. 그렇게 일 분이 지나자, 군중은 야수 같은 분노를 다시 터트렸다. '증오하기'는 조금 전과 똑같이 흘러간다, 대상이 바뀐 게 다를 뿐이다.

윈스턴이 뒤를 돌아보면서 정말 감탄한 건, 연사가 조금도 주저하지 않는 건 물론 문맥까지 그대로 유지하면서 연설을 중단하지 않고 문맥도 안 끊은 채 문장을 말하는 중간에 증오 대상을 살짝 바꿨다는 사실이다. 그런데 바로 그 순간, 색다른 현상이 일어나며 윈스턴 관심을 모두 빼앗았다. 포스터를 찢어내는 등 한창 어수선한 순간에 얼굴을 한 번도 못 본 사내가 어깨를 톡톡 치며 말한 것이다.

"실례합니다, 가방을 떨어뜨린 것 같군요."

윈스턴은 가방을 멍하니 받았다. 한마디도 안 했다. 가방을 열어볼 기회는 앞으로 며칠 동안 없을 게 분명했다. 군중 시위가 끝나는 순간, 윈스턴은 진리성으로 곧장 갔다, 시간은 벌써 23시를 향해 치닫는데도 말이다. 청사 직원 모두가 그렇게 했다. '텔레스크린'에서 모두 자기 칸막이로 가라고 명령했지만, 굳이 그럴 필요조차 없었다.

오세아니아가 싸우는 적국은 동아시아다. 오세아니아는 동아시아와 처음부터 지금까지 전쟁하는 중이다. 지난 5년 동안 쌓아온 정치 관련 문건과 자료를 이제 대부분 없애야 한다. 온갖 기록과 신문, 서적, 소책자, 영화, 음악, 사진 등, 모든 자료를 순식간에 고쳐야 한다. 누가 딱히 지시한 건 아니지만, 유라시아는 전쟁하는 적국이고 동아시아는 동맹국이라는 자료를 부서 책임자마다 앞으로 일주일 안에 깨끗하게 삭제하려고 애쓸 게 분명했다. 엄청난 작업인 데다, 작업 내용에 진짜 이름을 붙일 수 없다는 사실 때문에 부담감은 더 커다랗게 다가왔다. 기록국 소속 직원 전원이 하루 24시간 가운데 18시간 일하고, 눈을 잠시 붙이는 건 두세 시간에 불과했다. 지하실에서 매트리스를 올려와 복도마다 쭉 깔았다. 먹을 거라곤 샌드위치와 승리 커피밖에 없는 식사는 식당 종업원이 손수레에 실어서 운반했다.

윈스턴이 책상에 가득한 작업 내용을 깨끗하게 처리하고 잠깐 눈을 붙이다 깨어날 때마다, 콕콕 쑤시고 짓무른 눈으로 엉큼엉큼 기어서 돌아올 때마다, 책상에는 서류 다발이 눈덩이처럼 쌓이다 못해 구술기록기 절반을 덮으며 마룻바닥으로 흘러넘쳤다. 그러면 무엇보다 먼저, 서류를 차곡차곡 쌓아서 작업 공간부터 확보했다. 무엇보다 힘든 건, 작업 내용이 기계적으로 해치우는 막노동은 결코 아니란 사실이다. 명칭만 바꾸면 되는 작업도 있지만, 보고서 내용을 자세히 파악해서 상상력을 발휘해야 하는 작업도 상당했다. 전쟁이 벌어진 지역을 다른 지역으로 바꾸려면 지리 지식도 상당히 필요했다.

사흘째가 되는 날에는 눈이 견딜 수 없을 정도로 아파서 안경알을 몇 분 간격으로 닦았다. 물리적으로 불가능한 작업에 매달려서 발버둥치는, 거부하는 게 마땅한데도 제대로 해내려고 조바심내는 느낌이었다. 가만히 돌이켜보면, 정말 고통스러운 건 한 마디 한 마디를 구술기록기에 대고 중얼거리거나 펜촉을 움직이는 게 아니라 거짓말을 정교하게 꾸며야 한다는 사실이다.

윈스턴은 기록국 모든 직원과 마찬가지로 모든 걸 완벽하게 위조하려고 속을 태웠다. 여섯째 날 아침에는 밀려드는 서류가 점차 줄었다. 전송관에서 뱉어내는 게 30분 동안 하나도 없다가, 서류통 하나를 뱉어내고, 그러다가 완전히 멈췄다. 사방에서 거의 동시에 작업할 게 사라진 거다. 묵직한 한숨이 청사 전역에서 은밀하게 흘러나왔다. 노골적으로 드러낼 순 없지만, 모든 작업을 완벽하게 마무리했다. 유라시아와 전쟁했다는 과거를 이제는 어떤 인간도 서류상으로 증명할 수 없다. 12시에는, 뜻밖에도, 청사 직원 전체에게 다음 날 아침까지 푹 쉬라는 발표가 나왔다. '그 책'이 있는 가방은 여전히 그대로라서, 윈스턴은 작업할 때는 두 발 사이에 끼워놓고 잠잘 때는 몸 밑에 깔다가, 집으로 가서 면도하고 목욕하다가 그대로 잠들 뻔했다, 물이 살짝 미지근한 욕조에서.

지금 윈스턴은 관절에서 우두둑 소리가 나는데도 채링턴 노인네 상점 위 계단을 오른다. 정말 피곤하다. 하지만 졸린 느낌은 이제 없다. 윈스턴은 창문을 열고 지저분한 소형 석유 난로에 불을 붙이고 커피를 만들려고 주전자를 올린다. 줄리아도 금방 도착할 게 분명하다. 기다리는 동안 '그 책'을 읽을 생각이다. 낡은 안락의자에 앉아서 가방에 묶인 끈 두 개를 푼다.

까맣고 두툼한 책을 서툴게 제본했는데, 표지에 제목도 명칭도 없다. 인쇄 역시 살짝 엉망이다. 책장 가장자리가 닳고 쉽게 넘어가는 걸 보면 그동안 여러 사람을 거친 것 같다. 속표지에 적힌 제목은 이렇다.

집단 과두정치의 이론과 실제[4]
에마누엘 골드스타인 저

윈스턴은 내용을 읽는다.

제1장 무지는 힘이다

유사 이래, 신석기 시대 말기 이래, 세상에는 상류층, 중류층, 하류층이라는 세 부류 인간이 존재한다. 세 부류는 다시 여러 갈래로 나뉘고, 수없이 다양한 이름으로 태어나고, 그 규모는 물론 서로에 대한 태도역시 시대에 따라 다양하게 나타난다. 하지만 사회구조 자체가 본질에서변한 적은 지금까지 한 번도 없다. 엄청난 격변과 결정적인 변화 같은게 일어난 이후에도 사회는 똑같은 모습으로 돌아갔다. 팽이가 이리맞고 저리 흔들리면서도 언제나 균형을 되찾는 것처럼 말이다.

세 집단은 목표가 극단적으로 대립할 수밖에 없으니……

윈스턴은 읽다가 멈춘다. 자신이 읽는 내용을 안전하고 편안하게음미하고 싶다. 주변엔 아무도 없다. '텔레스크린'도 없고, 열쇠 구멍으로 엿듣는 귀도 없고, 황급히 뒤를 돌아보거나 책장을 손으로 가릴필요도 없다. 싱그러운 여름 공기가 뺨에서 노닌다. 어딘가 멀리서아이들 떠드는 소리가 희미하게 들려온다. 실내에는 시계가 벌레처럼재깍거리는 소리만 가득할 뿐, 다른 소리는 없다. 윈스턴은 안락의자에 몸을 깊숙이 파묻고 두 발을 벽난로 받침대에 얹는다. 행복한 순간

---

4) 이 책에 담긴 내용은 트로츠키가 집필한 〈배반당한 혁명(The Revolution Betrayed)〉과 비슷하다.

이요, 영원한 순간이다. 결국에는 끝까지 다 읽고 낱말 하나하나를 다시 읽을 게 분명한 사람이 흔히 그러듯, 윈스턴은 갑자기 다른 장을 펼친다. 제3장이 나온다. 그래서 거기를 읽는다.

제3장 전쟁은 평화다

세계를 초강대국 3개로 나누는 건 20세기 중엽 이전부터 예견했으며, 그 조짐 역시 실제로 나타났다. 러시아가 유럽을, 미국이 대영제국을 합병하면서 현존하는 3개 열강 가운데 두 개가, 유라시아와 오세아니아가 세상에 등장했다. 세 번째 열강 동아시아는 이후 10년 동안 복잡한 전쟁을 치른 다음에 비로소 단일국가로 등장한다. 3개 초강대국을 가르는 국경은 자발적으로 설정한 곳이 있는가 하면 전황에 따라 변하는 곳도 있지만, 대체로 지리적 경계에 따른다. 유라시아는 포르투갈에서 베링 해협까지 유럽과 아시아 대륙 북부를 포괄한다. 오세아니아는 아메리카 대륙과 영국제도, 오스트레일리아를 포함한 대서양 제도와 아프리카 대륙 남부지역을 포괄한다. 동아시아는, 두 강대국보다 작으며 서부 국경선이 애매한데, 중국과 그 남쪽 국가, 일본제도, 광활하지만 변화가 심한 만주, 몽골, 티베트를 포괄한다.

초강대국 셋은 서로 이런저런 동맹을 맺으며 끊임없이 전쟁한다. 지난 25년 사이에 전쟁을 멈춘 적은 한순간도 없다. 하지만 지금은 20세기 초반과 달리 전쟁에 모든 힘을 쏟아서 필사적으로 싸우지 않는다. 국지전에 불과하며, 상대를 파멸시키겠다는 목표도 없다. 전쟁을 벌일 명분도 없고, 이념이 달라서 대결하는 것도 아니다. 그렇다고 해서 전쟁하는 행위나 태도에 잔인성이 줄거나 신사적인 모습이 늘었다는 뜻은 결코 아니다. 정반대다. 전쟁 히스테리는 모든 나라에서 끊임없이 늘어나, 약탈하고 강간하고 어린애를 학살하고 인민을 노예로 만들고, 포로를 끓는 물에 삶거나 산 채로 매장하는 식으로 복수하는 걸 너무나 당연하게 여긴다. 이런 행위를 적군이 아니라 같은 편이 자행해도 공을 세웠다며 찬양한다. 하지만 전쟁에 실제로 참여하는 건 극소수에, 고도로 훈련받은 전문가에 불과해서 사상자는 비교적 적다. 전투는, 실제로 일어난다고 해도, 일반인이 추측할 수 없는 지역이나 바닷길 전략지점을 방어하는 부동요새 부근에서 애매하게 발생하는 정도다. 도시 중심지에서 발생하는 전투는 로켓 폭탄이 이따금 터지면서 수십 명이 사망하거나 소비품목이 만성적으로 부족한 이상도 이하도 아니다. 전쟁은 본질이 완전히 변했다. 구체적으로 말한다면, 전쟁이 발발하는 우선순위가 변했다. 20세기 초반에 발발한 세계대전에서 사소하게 여기던 동기가 지금은 가장 중요한 동기로 변했으며, 정부는 그걸 대중에게 끊임없이 선동하고 자극한다.

상대국이 몇 년에 한 번씩 바뀌긴 해도 전쟁은 항상 똑같으니, 지금 일어나는 전쟁의 본질을 이해하려면, 무엇보다 먼저, 전쟁이 모든 걸 결정하는 건 아니라는 사실을 알아야 한다. 초강대국 두 나라가 동맹을 맺고 다른 한 나라를 정복하는 건 절대로 불가능하다. 세 나라는 세력이 너무나 비슷하고 자연 방어벽이 너무나 단단하기 때문이다. 유라시아는 영토라는 광활한 공간이, 오세아니아는 광대한 태평양과 대서양이, 동아시아는 주민이 자녀를 많이 낳고 근면한다는 장점이 있다. 둘째, 물질이란 관점에서 굳이 싸워야 할 이유는 이제 없다. 자립경제 체제를 확립해서 생산과 소비가 조화를 이루어, 예전처럼 시장을 쟁탈하려고 싸울 이유도 없으며, 원자재를 둘러싼 경쟁 역시 이제 예전처럼 치열할 필요는 없다.

어떤 경우든 초강대국 세 나라 각자는 영토가 광활해, 자국에서 필요한 물자 대부분을 자국 안에서 확보할 수 있다. 전쟁이 경제적인 목적과 직접적인 관계가 있다면, 그건 노동력이다. 세 나라가 접한 국경 주변에는 어느 초강대국도 영원히 소유할 수 없는 영토가 있다. 탕헤르, 브라자빌, 다윈, 홍콩을 연결하는 완충지대가 있는데, 세계 인구 5분의 1이 여기에 산다. 이들 인구 밀집지역과 북극 빙원 지대를 장악하려고 세 강대국은 끊임없이 싸운다. 이곳 분쟁지역 전체를 한 나라가 실제로 차지한 적은 없다. 국지전을 벌여서 일부 지역을 돌아가며 점령하거나, 동맹을 새로 맺으면서 예전 동맹국을 배신하고 기습공격을 하는 식으로 일부 지역을 장악하는 정도다.

분쟁지역 전역에는 귀중한 광물이 있고, 일부 지역은 나무에서 고무 같은 중요한 원자재를 생산하는데, 고무는 추운 지역에서 값비싼 합성 제품을 만드는 데 꼭 필요하다. 하지만 무엇보다 중요한 건, 이 지역에 값싼 노동력이 한없이 존재한다는 사실이다. 어떤 강대국이든 아프리카 적도 지역이나 중동 여러 지역이나 남인도나 인도네시아 군도를 장악한다는 건 수천만에 달하는 인력을 확보해서 싼 임금으로 중노동을 시킬 수 있다는 걸 의미한다. 이 지역 주민은 공공연한 노예 신분으로 전락해, 이 정복자에게서 다른 정복자로 끊임없이 넘어가, 무기를 더 많이 생산하고, 영토를 더 넓게 확장하고, 노동력을 더 많이 확보하고, 그래서 무기를 더 많이 생산하고, 영토를 더 넓게 확장하는 경쟁에 석탄이나 원유처럼 소모된다. 따라서 전투는 분쟁지역 범주를 실제로 벗어난 적이 결코 없다는 사실에 우리는 주목해야 한다. 유라시아 국경은 콩고 분지와 지중해 북부해안 사이를 전진했다 후퇴하는 식이다. 인도양과 태평양 제도는 오세아니아와 동아시아가 빼앗고 빼앗기길 끊임없이 반복한다. 유라시아와 동아시아가 나눠 먹은 몽골 지역 정세 역시 항상 불안하다. 북극에서는 세 강대국이 방대한 지역을 놓고 점유권을 주장하는데, 대부분은 사람도 안 살고 개발도 안 된 곳이다. 하지만 세력은 대체로 균형을 이루며, 초강대국 중심지역이 공격당하는 경우는 없다. 게다가 적도 부근에서 고통에 시달리는 식민지 노동력이 세계 경제에 꼭 필요한 것도 아니다. 세상을 풍요롭게 하는데 이바지하는 것 역시 하나도 없다. 이들이 생산하는 물품은 전쟁에 모두 사용하며, 전쟁을 벌이는 목적은 또 다른 전쟁을 벌일 때 유리한 위치를 확보하는 것이기 때문이다. 식민지 노예 노동력은 전쟁을 중단없이 계속하는데 이바지할 뿐이다. 따라서 식민지 노동력이 없더라도 세계 구조는 물론 현 세상을 유지하는 자체에는 본질에서 아무런 차이가 없다.

현대전에서 가장 중요한 목적은 (이중사고 원리가 그렇듯, 이 목적 역시 당 핵심 지도부에서 인정함과 동시에 부정하는데) 생활 수준 전반을 끌어올리지 않으면서 공산품을 모두 소모하는 거다. 19세기 말 이후로 잉여 소비재 처분 방식은 산업사회에서 가장 커다란 문제로 끊임없이 등장한다. 하지만 지금 당장은 배불리 먹는 사람이 거의 없어, 이 문제는 그렇게 절박하지 않고 갑자기 절박하게 변할 가능성도 없으니, 파괴행위를 일부러 자행할 필요도 없다. 오늘날 우리는 1914년 이전 세상과 비교할 때 훨씬 더 헐벗고 굶주리고 황폐한 세상을 살아가며, 당시 사람들이 예상하던 미래사회와 비교하면 사정은 더욱 험악하다. 20세기 초반만 해도 거의 모든 지식인은 믿을 수 없을 정도로 풍요롭고 한가롭고 질서정연하고 효율적인 미래사회를, 유리와 강철과 하얀 콘크리트 건물이 눈부시게 화려하고 번듯한 사회를 꿈꿨다. 과학기술은 엄청나게 발전하고, 그래서 속도를 더하며 중단없이 발전할 거라는 주장을 극히 당연하게 받아들였다. 하지만 현실은 달랐다. 전쟁과 혁명이 연속으로 발생하며 시설을 파괴한 것도 있지만, 과학기술이 발전하려면 경험에 근거해서 사고하는 방식이 중요한데, 이런 사고방식은 엄격한 통제사회에서 살아남을 수 없기 때문이기도 하다.

전체적으로, 현 세상은 50년 전 세상보다 많이 떨어진다. 일부 낙후된 분야가 발전하고, 전쟁과 경찰 첩보망 관련 분야 중심으로 다양한 설비를 개발했지만, 실험과 발명은 대부분 정체하고, 1950년대에 발발한 원자탄 전쟁으로 파괴된 시설은 아직도 완전히 복구하지 않았다. 그런데도 기계설비에 내재한 위험은 여전히 존재한다. 증기기관을 이용한 기계설비가 처음 등장한 순간, 지각 있는 사람들은 인간이 고된 노동에서 벗어나고, 불평등한 구조 역시 상당 부분 사라질 수밖에 없다고 생각했다. 기계설비를 사용하면 굶주림과 장시간 노동, 불결한 환경, 문맹, 질병 등은 몇 세대 안에 모조리 없앨 수 있다고 판단한 거다. 물론 사회는 이런 방향으로 나아가지 않았지만, 자동생산 시스템이 초래한 과잉생산 물품은 대중에게 분배할 수밖에 없으니, 기계설비가 19세기 말부터 20세기 초까지 약 50년에 걸쳐 일반대중의 생활 수준을 상당히 끌어올린 것 역시 사실이다.

하지만 재화가 전반적으로 늘어난 현상은 계급사회를 파괴할 위험을 내포한 건 물론, 일정 부분에선 그 자체로 계급사회 파괴를 의미한다. 모든 사람이 일할 건 줄고 먹을 건 늘고 집에 목욕탕과 냉장고가 있고 자가용은 물론 비행기까지 소유한다면, 사회구조에서 가장 중요하고 가장 또렷하게 존재하는 불평등 구조는 사라질 수밖에 없다. 이게 일반적인 현상이 된다면, 재물은 신분을 가르는 기준이 될 수 없다.

개인 소유와 사치라는 측면에서 재물은 공평하게 분배하고 권력은 소수 특권계급이 장악하는 사회도 당연히 떠올릴 수 있다. 하지만 현실 세상에서 이런 사회는 오랫동안 유지할 수 없다. 모든 사람이 충분한 경제력과 여가를 누린다면, 가난해서 아무것도 모르던 대중 다수가 글을 배우고 생각하는 방법을 깨달을 게 분명하며, 대중이 이런 경지에 오르면 소수 특권층은 존재가치가 없다는 사실마저 마침내 깨닫고 깨끗하게 쓸어낼 테니 말이다. 장기적으로 볼 때, 계급사회는 대중이 빈곤하고 무지할 때만 유지할 수 있다. 20세기 초반에 사상가 일부가 동경한 것처럼 원시 농경사회로 돌아가는 건 현실적인 해결책이 아니다. 거의 모든 국가에서 기계화를 본능적으로 추구하는 경향과 어긋나는 건 물론, 산업화에서 뒤처진 국가는 군사력 역시 떨어져 직접적이든 간접적이든 산업화에서 앞선 경쟁국에 압도당하기 때문이다.

재화 생산을 줄여서 대중을 빈곤한 상태로 유지하는 것 역시 바람직한 해결책은 아니다. 자본주의 마지막 단계에서, 대략 1920년부터 1940년 사이에, 이 방법을 광범위하게 사용했다. 경제가 침체하고, 토지를 경작하지 않고, 자본설비를 늘리지 않아, 엄청난 사람이 일자리를 잃고 정부 연금으로 연명하는 사태를 많은 국가에서 구경만 했다. 하지만 이 방법 역시 군사력 약화를 초래하며, 고통이 극한으로 치닫다 보면 대중 역시 반발할 수밖에 없다. 문제는 재화를 실제로 늘리지 않으면서 산업화를 어떻게 추진하느냐다. 재화는 생산하지만 분배하지 않는 방식 말이다. 이걸 현실적으로 달성할 방법은 끊임없는 전쟁밖에 없다.

전쟁에서 핵심 목표는 인간 생명을 파괴하는 게 아니라 인간이 노동해서 만든 재화를 파괴하는 거다. 전쟁은 재화를 산산이 깨부수거나 공중으로 날려버리거나 바닷속 깊이 빠뜨려서 대중이 안락하게 지내는 걸, 그래서 장기적으로 대중이 유식하게 성장하는 걸 막는 수단이다. 전쟁 무기류를 파괴하든 파괴하지 않든, 무기 생산 공장 자체는 소비품목을 생산하지 않으면서 노동력을 효율적으로 소모하는 공간이다. 예를 들어, '부동요새' 하나는 화물선을 수백 척 만들 노동력을 소모한다. 엄청난 노동력이 소비품목을 하나도 못 만든 채 사라지고,

새로운 노동력은 새로운 '부동요새'를 만드는 식으로 사라진다.

전쟁 규모는 인민 대중에게 기본 욕구만 충족시키고 남은 자원을 완벽하게 소모하는 범위에서 진행하는 게 원칙인데, 현실적으로 인민 다중의 욕구는 언제나 과소평가하고, 따라서 생활필수품 전반이 부족한 사태는 항상 일어난다. 그런데도 정부는 이걸 바람직한 현상으로 바라본다. 그래서 적극적으로 지지하는 계층까지 궁핍 언저리에 묶어 두는 정책을 정교하게 실시한다. 인민 다중이 물자 부족에 시달리면 소수 특권층은 그만큼 중요한 존재가 되고 따라서 신분 차이는 그만큼 확실하게 드러나기 때문이다.

20세기 초반 생활 기준으로 본다면 현재는 당 간부도 고된 노동에 시달리며 검소하게 사는 편이다. 그런데도 어쨌든 당 간부는 시설이 좋고 널찍한 저택, 질 좋은 옷, 좋은 음식과 술과 담배, 하인 두세 명, 자가용이나 헬리콥터 등, 상당한 사치를 누리면서 일반 당원과 다른 세상에서 산다는 특권의식을 즐기고, 일반 당원 역시 우리가 '노동자'라고 부르는 무산계급 다수와 비교해서 상당한 특권의식을 누린다. 사회 분위기는 적군에게 포위당한 분위기, 그래서 말고기 한 덩이로 부자와 빈자를 가르는 분위기다. 그러면서 전쟁 중이라는 느낌을, 그만큼 위험하다는 느낌을 사방에 흩뿌려서 모든 권력을 소수 특권층에게 넘기는 걸 생존에 꼭 필요한 조건처럼 여기게 한다.

전쟁은, 뒤에서 다시 언급하겠지만, 심리적으로 받아들일 수 있는 방식으로 필요한 만큼 파괴한다. 원칙적으로, 사원과 피라미드를 세우고, 땅에 구멍을 팠다가 다시 메우고, 엄청난 물품을 생산했다가 불을 지르면 넘쳐나는 잉여 노동력을 간단하게 소모할 수 있다. 하지만 이런 방법은 계급사회를 형성하는 경제적 근거는 확보할지언정 감성적 근거는 확보할 수 없다. 여기에서 중요한 건 일반 대중의 분위기가 아니다. 이들은 일만 꾸준히 한다면 어떤 자세를 보이든 상관없다. 중요한 건 당 내부 분위기다. 제일 밑바닥 당원까지 유능하고 부지런하고 한정된 범위에서 지적인 건 물론, 광적인 맹신에 빠져들어야 한다. 공포와 증오와 아첨과 승리감이 만연한 분위기에 빠져들어야 한다. 다시 말해서 머릿속 정신상태를 전쟁 수행에 적절하도록 유지해야 한다. 실제로 전쟁하는지 아닌지는 중요하지 않다. 결정적인 승리 역시 있을 수 없으니, 전황이 좋은지 나쁜지도 중요하지 않다. 무엇보다 중요한 건 전쟁 상태를 유지하는 자체다.

당이 당원에게 요구하는 지적 분열은, 그리고 전쟁 분위기에서 훨씬 쉽게 나타나는 지적 분열은 보편적인 현상이지만, 그 현상은 지위가 오를수록 또렷하게 드러난다. 실제로 당 간부는 전쟁 히스테리와 적에 대한 증오심이 누구보다 강하다.

인민을 이끄는 능력이란 측면에서 당 간부는 전쟁 소식 가운데 무엇이 거짓인지 알아야 할 때가 종종 있으며, 전쟁 자체가 가짜라는, 실제로 일어나는 게 아니거나 전쟁을 벌이는 실제 목적 역시 겉으로 발표한 것과 완전히 다르다는 사실을 알아야 할 때도 종종 있다. 하지만 이런 지식은 '이중사고' 기술로 쉽게 극복할 수 있다. 그러면 당 간부 전체는 전쟁이 진짜라는, 결국엔 승리할 수밖에 없다는, 오세아니아가 온 세상을 확실하게 지배할 거라는 불가사의한 믿음을 완벽하고 확고하게 받아들이게 된다.

당 간부 전체는 앞으로 승리한다는 신념이 확고하다. 이런 신념이 옳다는 건 점령지를 점차 확대해서 압도적인 세력을 구축하거나 누구도 필적할 수 없는 신무기를 개발하는 방식으로 증명할 수 있다. 그래서 신무기를 끊임없이 연구하고 개발하는데, 이런 노력은 창의력이 뛰어나거나 깊이 생각하는 걸 좋아하는 인간 유형이 에너지를 배출할

창구가 거의 없는 현실에서 아주 유익한 배출구 역할도 한다. 고전적 의미의 과학은 현재 오세아니아에서 거의 사라졌다. 새말에도 '과학'이란 단어는 없다. 다양한 발상을 실험하고 관찰하는 방법은, 예전에 과학적 업적을 이루어내던 방식은 '영사' 기본 원칙에 반한다. 기술 발전 역시 그 결과물로 인간의 자유를 제한할 수 있을 때만 나타난다. 인간에게 유익한 기술은 모든 영역에서 정체하거나 후퇴하는 중이다. 밭은 말에 쟁기를 걸어서 경작하고 책은 기계가 쓴다. 하지만 극히 중대한 분야에서는, 예컨대 전쟁과 사찰 분야에서는, 예전과 같은 과학 방식을 여전히 권장하거나 못 본 척 넘어가는 게 현실이다.

당에서 설정한 2대 목표는 지구를 정복하는 것 그리고 인민에게서 주체적 사고 능력을 영원히 말소하는 것이다. 여기에서 당은 꼭 해결해야 할 문제가 두 개 생긴다. 하나는 다른 인간의 머릿속 생각을 어떻게 알아내느냐는 문제고, 또 하나는 수억에 달하는 인구를 사전경고 없이 한순간에 어떻게 죽이느냐는 문제다. 과학 연구를 계속하는 한, 가장 중요한 연구 주제는 바로 이거다.

현대 과학자는 심리학자와 심문자를 혼합한 형태로, 얼굴에 나타난 다양한 표정과 동작과 어투를 극히 세밀하게 연구해서 약물과 충격요법과 최면과 물리적 고문으로 진실을 짜내는 효과를 실험한다. 여기에다 화학자는 물리학자나 생물학자로서, 생명을 빼앗는 방식에 한정한 연구까지 수행한다. 평화성 내부에 다양하게 존재하는 거대한 실험실에서, 그리고 브라질 밀림이나 오스트레일리아 사막이나 남극의 이름 없는 섬에 은밀하게 설치한 실험기지에서 전문가들이 팀을 갖춰서 끈질기게 작업하는 식이다. 일부는 전쟁에 필요한 병참 수송 계획에 몰두하고, 일부는 로켓 폭탄을 훨씬 커다랗게 더 커다랗게, 폭발력을 훨씬 강력하게 더 강력하게, 장갑 강철판을 훨씬 강력하게 더 강력하게 만드는 방법에 몰두한다. 또 다른 일부는 원래보다 치명적인 독가스를 연구하고, 수용성 독극물을 엄청난 규모로 만들어 대륙에서 식물 전체를 말살하는 방법을 연구하고, 인체 저항력을 뛰어넘는 병원균을 배양한다. 또 다른 일부는 물속을 다니는 잠수함처럼 땅속을 다니는 특수차량이나, 군함처럼 기지가 없어도 되는 비행기를 만들려고 애쓴다. 또 다른 일부는 수천 킬로미터 상공에 렌즈를 매달아서 태양광선을 모으거나 지구 중심부 열기를 자극해서 지진이나 해일을 인위적으로 일으킬 극히 희박한 가능성까지 탐색한다.

더욱 놀라운 건, 이런 연구추진 사업 가운데 실현 단계에 접근한 건 단 하나도 없으며, 초강대국 3개국 가운데 다른 두 국가를 확실하게 앞선 국가 역시 없다는 사실이다. 더더욱 놀라운 건, 초강대국 3개국 모두 다양한 연구추진 사업으로 개발하려는 그 어떤 무기보다 강력한 무기를, 원자폭탄을, 이미 소유했다는 사실이다. 당에서는, 습관적으로 그러듯 이번에도 당이 발명했다고 주장하지만, 원자폭탄은 1940년대에 이미 출현해서 10여 년 후에 광범위하게 사용했다. 당시에 원자폭탄 수백 개를 산업중심지에, 유럽 러시아 지역과 유럽 서부와 북아메리카에 투하한 것이다. 그래서 각국 통치세력은 원자폭탄을 조금만 더 투하하면 조직사회는, 그래서 자기네 권력은 끝날 수밖에 없다는 사실을 깨달았다. 그 후로, 공식 협상을 맺자는 제안도 없고 실제로 맺은 적도 없지만, 누구도 원자폭탄을 투하하지 않았다. 초강대국 3개국 모두 조만간에 결정적 시기가 닥쳐올 수밖에 없다는 확신에 근거해, 원자폭탄을 끊임없이 생산하고 저장하는 정도다. 따라서 전쟁 기술은 지난 30~40년 동안 답보 상태에 머물렀다. 헬리콥터를 예전보다 많이 사용하고, 폭격기는 자체 추진 로켓으로 대체하고, 금방 침몰하는 전함은 침몰할 가능성이 거의 없는 부동요새로 대체할 뿐, 다른 무기는 예전 모습 그대로다.

탱크, 잠수함, 어뢰, 기관총, 소총은 물론 수류탄까지 여전히 그대로 사용한다. 그래서, 신문과 '텔레스크린'에서는 대량학살이 끝없이 일어난다고 보도하지만, 예전처럼 필사적으로 전투하며 수십, 수백만이 몇 주일 사이에 죽는 형태는 두 번 다시 안 일어난다.

치명적으로 패배할 여지가 많은 작전은 초강대국 3개국 누구도 시도하지 않는다. 행여나 대규모 작전을 수행한다면 그건 동맹국을 기습 공격할 때다. 3대 강대국이 취하거나 취하는 척하는 전략은 모두 똑같다. 그 전략은, 전쟁과 협상을 반복하며 때맞춰 배신하고 공격하는 전술을 적절하게 섞어서 군사기지로 특정 상대국을 완전히 동그랗게 포위한 다음, 우호조약을 체결하고 의혹이 가라앉을 때까지 평화 관계를 오랫동안 유지하는 것이다. 그러면서 로켓에 원자폭탄을 적재했다가 모든 전략요충지에 일제히 발사해, 보복할 수 없을 정도로 완벽하게 상대국을 파괴하는 것이다. 그리고 나서 남은 초강대국과 우호조약을 체결해서 새로운 공격을 준비하는 것이다. 물론, 하나같이 실현 불가능한 백일몽이란 사실은 말할 필요도 없다. 지금까지 적도와 극지 인근 분쟁지역을 벗어난 곳에서 전투를 벌인 적도 없고, 적국 영토를 치고 들어간 적도 없으니 말이다.

이것은 초강대국 국경 지역 가운데 일부는 변할 수 없는 공간이란 현실을 반영한다. 예를 들어, 유라시아는 지리적으로 유럽에 속한 영국제도를 쉽게 정복할 수 있으나, 역으로 오세아니아는 국경선을 라인 강이나 폴란드 비스툴라 지방까지 밀어붙일 수 있다. 하지만 이런 조치는 서로 약속한 적은 없지만, 강대국이 모두 따르는 문화 보전 원칙을 어기는 셈이 된다. 오세아니아가 예전에 프랑스와 독일이라고 부르던 지역을 정복하려면, 약 1억에 달하는 주민을 기술 발전이란 측면에서 오세아니아 수준으로 끌어올리거나 모두 죽이는 식으로 완벽하게 말살해야 하는데, 말처럼 쉽지 않은 것이다.

이런 문제는 초강대국 3개국 모두 똑같다. 전쟁 포로나 유색인 노예라는 한정된 범위를 벗어나서 외국인과 접촉을 못 하게 하는 건 각자가 체제를 유지하는 데 절대적으로 필요하다. 당장은 공식적으로 손을 맞잡은 동맹국인데도 언제나 의심과 의혹이 가득한 눈초리로 바라본다. 오세아니아 일반 시민은 전쟁포로가 아닌 유라시아나 동아시아 시민을 절대로 볼 수 없고, 외국어 공부는 금기사항이다. 외국인과 접촉하면 그들 역시 자신과 비슷한 인간이란 사실을, 그들에 관해서 지금까지 들은 이야기는 모두 거짓이란 사실을 깨닫게 된다. 그러다 보면 눈과 귀를 꼭 틀어막은 사회는 무너지고, 공포와 증오와 독선이 가득한 분위기는 눈 녹듯 사라질 수밖에 없다. 따라서 페르시아, 이집트, 자바, 실론 등을 지배하는 나라가 아무리 자주 바뀔지언정 핵심 국경선을 넘나드는 건 폭탄 말고 무엇도 안 된다고 세 강대국 모두가 확신하는 거다.

이렇게 된 배경에는 공공연하게 언급한 적은 없어도 암암리에 인정하고 행동 근거로 삼는 사실이 하나 있다. 초강대국 3국은 생활 환경이 매우 비슷하다는 거다. 오세아니아를 지배하는 철학은 '영사', 유라시아 지배 철학은 '신 볼셰비즘', 동아시아 지배 철학은 흔히들 '죽음숭배'라고 번역하는 중국어로, '자기 말살'이라고 번역하는 편이 훨씬 적절할 것 같다. 그런데 오세아니아 시민은 다른 지배 철학 두 개가 어떤 내용인지 알 수 없다. 도덕과 상식을 야만적으로 거스른다고 비난하도록 교육받는 게 전부다. 하지만 세 철학은 별다른 차이가 없으며, 여기에 근거한 사회체제 역시 특별한 차이가 없다. 어디든 지배구조는 똑같은 피라미드형이고, 지도자는 신처럼 숭배하며, 경제구조는 전쟁을 끊임없이 반복하며 비슷하게 유지한다. 그래서 세 강대국은 상대국을 정복할 수 없을 뿐 아니라 상대국을 정복한다고 해도 별다른 이익이 없다. 그보다는 계속 대립하는 식으로 곡식 세 다발처럼 서로를 받쳐주는 게 유리하다. 게다가, 모든 부분에서 그러듯, 세 강대국 지배집단은 자신들이 하는 행위를 알면서도 모른다. 세계 정복에 일생을 바치긴 하는데, 승리하면 안 된다는, 전쟁은 영원해야 한다는 사실만 절실하게 느끼는 식이다. 그래서 상대를 정복할 위험이 없다는 원칙은 현실 부정을 가능케 하는데, 이는 영사를 비롯해 다른 두 사상 체계에서도 두드러지게 나타나는 특징이다. 따라서 앞에서 지적한 대로, 전쟁을 계속하는 과정에서 전쟁 성격이 근본적으로 변했다는 사실을 다시 한 번 짚고 넘어가는 게 좋겠다.

지난 시대만 해도, 전쟁이란 한쪽이 승리하거나 패해서 마침내 끝나는 거로 정의했다. 지난 시대만 해도, 전쟁은 인간사회가 물리적 한계를 극복하는 주요수단 가운데 하나기도 했다. 시대를 통틀어 어떤 지배자든 추종자에게 그릇된 세계관과 환상을 조장하고 강요하는 식으로 군사력 훼손이란 결과를 초래할 수 없었다. 패배는 바람직하지 않은 건 물론 독립성 상실로 이어질 수 있으니, 패하는 사태가 결코 없도록 미리 충분히 대비하려 애썼다.

구체적인 현실도 무시할 수 없었다. 철학이나 종교나 윤리학이나 정치학에서 둘 더하기 둘은 다섯이 될 수 있을지언정, 총이나 비행기를 설계할 때만큼은 반드시 넷이어야 했다. 능력이 떨어지는 국가는 다른 국가에 정복당하니, 능력을 쌓으려면 환상을 물리쳐야 했다.

이게 전부가 아니다. 능력을 갖추려면 과거 경험에서 배워야 하니, 그러려면 과거에 일어난 사건을 정확히 파악하는 게 필요했다. 신문이나 역사책은 당연히 일정한 색깔과 편견을 지닐 수밖에 없지만, 오늘날 같은 날조는 완벽하게 불가능했다. 전쟁은 건전한 정신을 지키는 안전장치고, 지배계급을 지키는 안전장치였다. 전쟁은 이길 수도 있고 질 수도 있으나, 그 책임에서 완벽하게 벗어날 수 있는 지배계급은 어디에도 없었다.

그러나 전쟁은 말 그대로 영원한 형태로 변하면서 위험성 역시 줄었다. 전쟁이 영원한 형태로 변하면 군수품 같은 것도 사라진다. 과학기술은 발전을 멈추고 너무나 명백한 사실을 부정하거나 무시하는 것도 괜찮다. 앞에서 살펴본 것처럼, 과학이라고 할 만한 연구활동은 전쟁 목적에 합당하게 여전히 진행하지만, 이런 연구활동은 본질이 백일몽과 비슷해, 특별한 결과를 못 낸다 해도 상관없다. 능력은 이제 필요 없다. 군사적 효율성조차 마찬가지다. 오세아니아에서 능력이라곤 사상경찰을 제외하면 어디에도 없다.

초강대국 3개국은 서로를 정복할 수 없으니, 각자는 사실상 별개 세상으로 존재하며, 그 안에서 어떤 사상이든 마음껏 왜곡한다. 현실은 일상생활에서 나타나는 다양한 욕구, 즉, 먹고 마시려는 욕구, 집과 의복을 구하려는 욕구, 독을 마시거나 꼭대기 층 창문에서 뛰어내리지 않으려는 욕구 기타 등등을 통해서 압박한다. 삶과 죽음 사이에는, 그리고 육체적 쾌락과 육체적 고통 사이에는 여전히 경계선이 또렷하지만, 그게 전부다.

외부세계와 단절되고 과거와 단절된 나머지, 오세아니아 시민은 우주에서 행성 사이를 떠도는 존재마냥 어느 방향이 올라가는 거고 어느 방향이 내려가는 건지 알 방법이 없다. 이런 나라를 지배하는 자는 절대 권력을 누린다, 이집트 파라오나 로마 황제도 누릴 수 없던 권력 말이다. 이들은 성가실 정도로 넘쳐흐르는 추종자가 굶어 죽는 걸 예방해야 하며, 군사기술을 적국과 비슷하게 저급한 수준으로 유지해야 한다. 이렇게 저급한 의무만 지킨다면, 현실을 어떤 형태로든 마음대로 왜곡하는 건 일도 아니다.

따라서 옛날에 전쟁을 수행한 기준에 따라 판단한다면, 지금 수행하는 전쟁은 협잡에 불과하다. 뿔이 서로를 해칠 수 없는 각도로 뻗은 반추동물끼리 싸우는 식이다. 하지만 이렇게 비현실적인 전쟁도 의미가 전혀 없는 건 아니다. 잉여 소비재를 해소하고, 각 계급에 독특하게 필요한 정신구조를 조장하는 효과가 있으니 말이다.

앞으로 언급하겠지만, 전쟁은 이제 순전히 국내문제다. 과거만 해도 어떤 나라든 지배계급은 서로에게 바람직한 걸 깨닫고 따라서 전쟁으로 파괴하는 범위를 제한했지만, 그래도 서로를 무찌르려고 싸웠으며 승자는 패자를 언제나 약탈했다. 하지만 우리가 살아가는 오늘날엔 적국을 무찌르려고 싸우지 않는다. 오늘날 수행하는 전쟁은 지배계급이 자국민을 억누르는 수단이며 전쟁을 수행하는 목적은 영토를 정복하거나 방어하는 게 아니라 사회구조를 그대로 유지하는 것에 불과하다. '전쟁'이란 단어 자체가 엉뚱하게 변했다는 뜻이다. 전쟁이 영원한 형태로 변했다는 건 전쟁 자체가 완전히 사라졌다는 의미다. 신석기 시대부터 20세기 초반까지 전쟁이 인간에게 가한 독특한 압력은 완전히 사라지고 그 자리에 전혀 다른 성질이 틀어박혔다. 세 강대국이 서로 싸우지 말고 각자 자국 영토를 유지하며 영원히 평화롭게 살자고 합의라도 한 것처럼 말이다. 실제로 이렇게 합의한다면 외부침략이라는 엄청난 문제에서 벗어나, 각자 독자적인 세계를 구축할 수 있다. 영원한 평화는 영원한 전쟁과 마찬가지다. '전쟁은 평화다'라는 당 구호가 말하는 게 바로 이거다. 물론 당원 대부분은 극히 피상적으로 애매하게 이해하지만 말이다.

원스턴은 독서를 잠시 멈춘다. 어딘가 멀리서 로켓 폭탄이 쾅! 터진다. '텔레스크린' 없는 공간에서 금서를 몰래 읽는 느낌이 황홀하다. 육신은 나른하고 의자는 편안하고 산들바람은 창문을 넘나들며 뺨을 어루만진다. 혼자라는 느낌과 안전하다는 느낌이 온몸에 느긋하게 번진다. 책 내용이 황홀하다. 아니, 확신을 준다는 표현이 훨씬 정확하다. 딱히 새로운 내용이라고 할 건 없지만 그래서 더욱 끌린다. 자신도 책에 담긴 내용을 그대로 말했을 것 같다, 머릿속에서 잡다하게 떠오르는 생각을 제대로 정리한다면 말이다. 책을 쓴 사람은 자신과 생각이 비슷하지만, 비교할 수 없을 정도로 강력하고 체계적이며, 공포에 찌든 기색도 없다. 가장 훌륭한 책은 독자가 아는 내용을 풀어나간 책이라고 윈스턴은 느낀다. 그래서 제1장으로 다시 돌아가는 순간에 계단을 오르는 줄리아 발소리가 들려, 의자에서 일어나며 맞이한다. 줄리아는 갈색 연장 가방을 마룻바닥에 철퍼덕 떨어뜨리고 윈스턴 품으로 달려든다. 서로 얼굴조차 못 본 게 일주일이 넘는다.

"그 책을 받았어."

윈스턴이 말하고, 두 사람은 포옹을 푼다.

"그래, 받았어? 잘했군."

줄리아가 시큰둥하게 말하더니, 곧바로 석유 난로 옆으로 가서 무릎을 꿇고 커피를 준비한다.

다시 '그 책'을 화제로 꺼낸 건 두 사람이 침대에서 30분을 뒹군 다음이다. 초저녁 공기가 선선한 게, 시트 한 장을 당겨서 덮으니까 딱 어울린다. 밑에서 귀에 익은 노랫소리와 신발로 판석 바닥을 끄는 소리가 들린다. 체구는 건장하고 팔은 새빨간 여인이, 윈스턴이 처음 왔을 때 본 여인이 뜰에서 붙박이처럼 지내는 것 같다. 낮에는 언제나 빨랫대야와 빨랫줄 사이를 오가다가 입으로 빨래집게를 물거나 노래를 힘차게 부르면서 말이다. 줄리아가 옆으로 돌아눕는 게, 벌써 잠이라도 자려는 것 같다. 그래서 윈스턴은 마룻바닥에 내려놓은 책을 집어서 침대 머리맡에 등을 기대고 앉으며 말한다.

"우린 이 책을 읽어야 해. 당신도. '형제단' 단원은 누구나 읽어야 한다고."

줄리아가 두 눈을 감은 채 말한다.

"당신이 읽어. 커다랗게. 그게 제일 좋아. 당신이 읽으면서 설명해."

시계는 6시, 즉 18시를 가리킨다. 앞으로 서너 시간 남았다. 윈스턴은 책을 무릎에 올려놓고 커다랗게 읽는다.

제1장 무지는 힘이다

유사 이래, 신석기 시대 말기 이래, 세상에는 상류층, 중류층, 하류층이라는 세 부류 인간이 존재한다. 세 부류는 다시 여러 갈래로 나뉘고, 수없이 다양한 이름으로 태어나고, 그 규모는 물론 서로에 대한 태도 역시 시대에 따라 다양하게 나타난다. 하지만 사회구조 자체가 본질에서 변한 적은 지금까지 한 번도 없다. 엄청난 격변과 결정적인 변화 같은 게 일어난 이후에도 사회는 똑같은 모습으로 돌아갔다. 팽이가 이리 맞고 저리 흔들리면서도 언제나 균형을 되찾는 것처럼 말이다.

"줄리아, 자는 거야?"

윈스턴이 묻는다.

"아니야, 듣는 중이야. 계속 읽어. 내용이 놀라워."

윈스턴이 다시 읽는다.

세 집단은 목표가 극단적으로 대립할 수밖에 없으니, 상류계급 목표는 현 상태를 유지하는 거다. 중간계급 목표는 상류계급으로 올라가는 거다. 하층계급은 일상사에 찌든 채 힘겹게 사느라 하루하루 밥벌이하는 문제를 벗어나서 생각할 기회가 극히 적다는 한계가 있지만, 원칙적으로 가장 바람직한 목표는 모든 차별을 폐지해서 모든 인간이 평등하게 살아가는 사회를 건설하는 걸 수밖에 없다. 그래서 역사라는 게 생긴 이래, 본질이 똑같은 투쟁은 일어나고 또 일어나고 또 일어난다.

상류계급은 오랫동안 완벽한 권력을 누리는 것 같지만, 결국에는 내분이 생기거나 효율적으로 통치할 능력을 상실하는 순간이, 혹은 두 요소가 동시에 몰아치는 순간이 있을 수밖에 없다. 그 순간에 중간계급은 자유와 정의를 위해 싸우는 척하면서 하층계급을 자기편으로 끌어들여 상류계급을 무너뜨린다. 그래서 목표에 도달하자마자 중간계급은 하층계급을 원래 자리로 되돌리고, 자기네는 상류계급이 된다. 이 과정에서 다른 두 계급 가운데 하나나 두 계급 모두에서 일부가 떨어져나와 중간계급을 형성하고, 그래서 투쟁은 다시 일어난다. 세 계급 가운데에서 계급적 목표를 단 한 순간도 달성할 수 없는 유일한 계급은 하층계급이다. 역사를 통틀어서 물질적 발전이 전혀 없었다고 하면 과장이 너무 심할 것이다. 쇠퇴기에 들어선 오늘날에도 인간 평균은 몇 세기 전보다 풍요롭게 살아가니 말이다. 그러나 늘어난 재물이, 약간은 편하게 변한 세상살이가, 개혁이나 혁명이 인간을 조금이나마 평등하게 만든 적은 없다. 하층계급 관점에서 보면 역사 변화는 지배자가 바뀌는 이상을 의미한 적이 한 번도 없다.

이런 형태가 되풀이한다는 사실은 19세기 말에도 많은 사람이 또렷하게 확인했다. 그래서 역사를 순환과정으로 해석하고 인간사회에서 불평등은 만고불변의 법칙이라고 주장하는 철학자까지 나왔다. 항상 그렇듯, 이런 주장 역시 지지자가 당연히 나타난다. 하지만 지금 현재

이걸 주장하는 자세는 당시와 엄청나게 다르다. 예전에는 사회를 계급 형태로 유지해야 한다는 주장이 주로 상류계급에서 나왔다. 왕과 귀족이, 사제와 법률가가, 이들에게 기생하는 족속이 그렇게 주장했다. 무덤에 묻힌 다음에 천국이라는 상상의 세상에서 충분히 보상받을 거라는 식으로 다른 계급을 달래면서 말이다. 중간계급은 권력을 목표로 투쟁할 때마다 자유와 정의와 인류애라는 표현을 활용했다. 그런데 지배계급은 아니지만 머지않아 그렇게 되기를 갈망하는 사람들은 이제 인류애라는 개념을 맹렬하게 공격한다. 과거만 해도 중간계급은 평등이라는 가치를 내걸고 혁명을 일으켜, 구체제를 무너뜨리는 순간에 새로운 독재권력으로 등장했다. 그런데 이제 중간계급은 자기네가 독재할 거라고 미리 선언한다.

사회주의 이론은 고대 노예 반란까지 꿰뚫는 철학체계의 마지막 연결고리로 19세기 초에 나타나는데, 지난 시대를 풍미한 '공상적 이상주의'에 커다란 영향을 받은 건 누구도 부정할 수 없다. 하지만 1900년경부터 출현한 다양한 사회주의 이론은 자유롭고 평등한 사회를 만들자는 목표를 처음에 제시하다가 나중에 공공연하게 조금씩 물러선다. 그러다가 금세기 중엽에 새롭게 출현한 운동, 즉, 오세아니아의 '영사', 유라시아의 '신 볼셰비즘', 동아시아의 소위 '죽음 숭배' 등은 자유와 평등을 영원히 억압하겠다는 목표를 노골적으로 드러낸다. 물론 이들 새로운 운동은 예전 운동에서 성장해, 예전과 똑같은 명칭을 사용하고 예전과 똑같은 이념인 척하려는 경향이 있다. 하지만 진짜 목표는 발전을 억누르고 특정 순간에 역사를 고정하는 거다. 역사가 딱 한 번만 더 흔들린 다음에 영원히 멈추길 바라는 거다. 중간계급이 상류계급을 내쫓고 상류계급으로 등극하는 게 역사법칙이라면, 이번 만큼은 새롭게 등장한 상류계급이 전략을 정교하게 구사해서 지배권력을 영원히 유지하자는 거다.

이런 교리가 새롭게 등장한 데에는 기존과 다르게 19세기 이후부터 역사에 대한 지식이 쌓이면서 역사의식이 성장한 게 크게 작용했다. 역사가 변하는 주기를 파악했다고 판단한 거다. 제대로 파악한다면 새롭게 바꿀 수도 있다는 식으로 말이다. 하지만 더 커다랗게 작용한 건 기본 토대가 변했다는 사실이다. 20세기에 들어서면서 인간이 평등하게 사는 게 기술적으로 가능하게 된 것이다. 인간은 타고난 재능이 다르니 각자의 성향에 따라 기능을 특화해야 한다는 주장은 여전히 타당하다. 그러나 계급을 차별하고 빈부 격차가 커다랄 필요는 실질적으로 사라졌다. 그전만 하더라도 계급 차별은 불가피한 측면과 동시에 바람직한 측면도 있었다. 인류 문명이 발전하는데 불평등은 필수였다. 하지만 기계를 통해 생산성이 늘어나면서 상황은 완전히 변했다. 인간이 서로 다른 분야에 종사할 필요성은 여전할지언정, 사회적 경제적으로 차별하며 살아갈 필요성은 사라졌다. 권력을 새롭게 잡으려는 집단이 볼 때, 평등한 사회는 싸워서 획득할 이상이 아니라 힘껏 막아야 할 위험요소로 돌변한 거다.

아주 먼 옛날만 해도 정의롭고 평화로운 사회는 현실적으로 불가능한 터라, 평등한 사회를 주장하는 건 어렵지 않았다. 지상낙원에서 억압하는 법도 없고 가혹하게 노동할 필요도 없이 모든 인간이 형제애를 나누며 살아간다는 이상은 수천 년 동안 인간에게 끝없는 상상력을 자극했다. 그리고 역사가 변하는 순간마다 이익을 챙긴 집단에 일정한 영향을 끼쳤다. 프랑스와 영국과 미국 혁명을 이어받은 후계자는 인권과 언론 자유, 법 앞에서 평등한 권리 등을 주장하는 건 물론 일정하게 실천했다. 그러나 정치사상 주류는 1940년대로 들어서면서 권위주의로 돌변한다. 지상낙원을 실현할 수 있는 바로 그 순간에 지상낙원을 부정한 것이다. 새롭게 등장한 정치이론은, 어떤 가면을 쓰던, 계급 통제사회로 돌아갈 것을 하나같이 주장했다. 그리고 1930년 전후로 정세가 험악하게 변하자, 재판 없이 투옥하거나 전쟁 포로를 강제노동에 동원하거나 공개로 처형하거나 자백을 받으려고 고문하거나 인질로 이용하거나 주민 전체를 강제로 이송하는 등, 오랫동안 금지하던, 심지어 수백 년 동안 외면하던 정책을 다시 실시하고, 계몽주의와 진보주의를 주장한다고 자부하던 사람들은 그걸 묵인하는 정도가 아니라 옹호했다.

'영사'와 그 경쟁국 이론이 정치이론으로 형태를 완전히 갖춘 건 딱 10년 동안 세계 곳곳에 전쟁이 일어나고, 내란이 일어나고, 혁명과 반혁명이 일어나는 소용돌이 끝물이었다. 하지만 그 징후는 20세기 초에 전제주의라고 불린 다양한 체제에서 찾아볼 수 있다. 모든 게 혼란스러운 상황에서 이런 세상이 등장하리라는 걸 사람들은 오랫동안 예견했다. 이런 세상을 어떤 부류가 지배할지도 충분히 예견했다. 관료와 과학자, 기술자, 노동조합 운동가, 광고 전문가, 사회학자, 교사, 언론인, 직업정치인 등에서 새로운 귀족이 나왔다. 독점산업과 중앙집권으로 세상이 황폐하게 변하자, 중산층 월급쟁이나 노동운동 지도자급 출신이 힘을 합쳐서 세력을 형성한 거다. 과거 권력자들과 비교하면, 이들은 탐욕이 적고 사치품에 유혹도 덜 받지만, 권력에 대한 갈망은 훨씬 크며, 무엇보다 자신이 하는 행동을 훨씬 정확하게 인식하고 반대세력을 훨씬 적극적으로 압살하는데, 차이가 특히 커다란 건 마지막으로 지적한 부분이다.

현존하는 전제정치와 비교하면, 과거의 모든 독재자는 열의가 없고 능률이 떨어진다. 지배계급은 자유사상에 물들기 일쑤고, 어떤 일이든 끝을 확실하게 맺는 법이 없고, 겉으로 드러난 행동만 중시할 뿐 백성은 무엇을 생각하든 관심이 없었다. 중세를 지배한 가톨릭 교회조차 현대를 기준으로 보면 매우 관대하다. 물론 예전에는 그 어떤 정부도 시민을 끊임없이 감시할 장치가 없었다는 게 한 가지 이유일 수 있다. 하지만 인쇄술이 발전하면서 여론 조작은 그만큼 쉬워지고, 영화와 라디오는 그 효과를 증폭시켰다. 텔레비전이 나오면서, 그리고 기술이 발전하여 장비 하나로 송신과 수신을 동시에 하면서 개인의 은밀한 생활은 마감한다. 모든 시민을, 비중이 커다란 시민은 더더욱, 경찰이 하루 24시간 내내 감시하고, 다른 통신망은 모두 폐쇄한 채 정부 선전 만 듣도록 한 거다. 이것은 정부가 시키는 대로 모든 시민이 완벽하게 복종하도록 강제하는 건 물론, 모든 계층이 의견을 완벽하게 통일하도 록 강제할 수단을 이제 비로소 확보했다는 의미다.

50년대와 60년대라는 혁명적 시기를 보내고 나서, 사회는 항상 그 런 것처럼 인간집단을 상류층, 중류층, 하류층으로 재편한다. 하지만 새롭게 등장한 상류계급은, 예전의 상류계급과 달리, 본능에 따라 행 동하는 대신 그 자리를 지키는 데 필요한 걸 파악하고 움직인다. 독재 정권을 유지하는 안전장치는 집단주의밖에 없다는 사실을 역사는 오 랜 기간에 걸쳐서 증명했다. 부와 권력을 가장 효율적으로 보호하는 방법은 부와 권력을 모두 장악하는 거다. 20세기 중반에 실시한 '사유 재산 폐지' 정책은 현실적으로 극소수 인물에게 재물이 집중하는 결과 를 초래했다. 하지만 다른 점은 극소수 인물이라는 게 개인 하나하나가 아니라 하나의 집단이라는 사실이다. 개인적으로, 어떤 당원이든 사소 한 소지품 말고 무엇도 소유할 수 없다. 전체적으로, 당은 오세아니아 에 존재하는 모든 걸 소유한다. 당이 모든 걸 통제하며 적절하다고 판단하는 만큼 분배한다. 당이 혁명을 치르고 몇 년에 걸쳐서 특별한 반발 없이 모든 걸 지배하는 자리에 올라설 수 있었던 건 모든 과정을 집단화에 필요한 조치로 제시했기 때문이다. 자본가 계급이 재산을 몰수당하면 사회주의가 뒤따를 수밖에 없다는 사실을 사람들은 오랫동안 너무나 당연하게 여겼다. 그리고 자본가 계급은 확실하게 몰수당했다. 수많은 공장, 광산, 토지, 주택, 수송선 등 자본가가 소유한 모든 걸 몰수했다. 따라서 생산수단은 개인이 더는 소유할 수 없으니, 당연히 모든 인민이 공유할 수밖에 없게 된 것이다. '영사'는 초기 사회주의 운동에서 성장하고 용어까지 그대로 물려받아, 사회주의 개혁에 담긴 핵심내용을 실행했다. 그래서 미리 충분히 예측하고 의도한 대로, 경제 불평등을 영원하게 만들었다.

하지만 계급사회를 영원히 고착하는 데에는 훨씬 정교한 계획이 필요했다. 지배계급이 권력에서 밀리는 데에는 네 가지 유형이 있다. 다른 나라에 정복당하는 경우, 통치를 효율적으로 못해서 대중 다수가 봉기하는 경우, 중간계급이 세력을 모아서 불만을 강력하게 표출하는 경우, 대중을 통치할 자신감은 물론 의지까지 상실한 경우다. 네 가지 경우는 홀로 나타나지 않고 일정한 법칙에 따라 서로 상당한 영향을 미치면서 움직인다. 지배계급이 네 가지 경우를 모두 억누를 수 있다면 권력을 영원히 유지할 수 있다. 여기에서 무엇보다 중요한 요소는 지배계급의 정신 자세다.

금세기 중반 이후로, 첫 번째 위험은 사실상 사라졌다. 지금 현재 세계를 지배하는 세 강대국은 현실적으로 누구에게도 정복당할 수 없다. 인구가 꾸준히 줄어든다면 정복당할 수 있겠지만, 인구감소 현상은 정부가 다양한 정책을 동원해서 가볍게 해결할 수 있다. 두 번째 위험 역시 이론에 불과하다. 군중은 스스로 봉기하는 경우가 결코 없다. 군중은 자신들이 탄압받는다는 이유 하나로 봉기하지 않는다. 비교할 척도가 없다면, 이들은 자기네가 탄압받는다는 사실조차 깨달을 수 없다.

경제 위기는 과거만 해도 툭하면 일어났으나, 지금은 조금도 걱정할 필요가 없다. 아예 위기가 일어날 수 없는 구조다. 하지만 정치적으로 아무리 애써도 전혀 다른 혼란은 언제든 비슷한 규모로 일어날 수 있으며, 실제로 일어난다. 불만을 표현할 방법이 없기 때문이다. 기계기술이 발전한 이후로 우리 사회는 과잉생산이라는 문제가 언제 터질지 몰랐는데, 이는 끝없는 전쟁이란 방법으로 해결했다(제3장 참조). 게다가 전쟁은 대중을 자극해서 사기를 최고로 끌어올리는 장점도 있다. 따라서 현 사회를 지배하는 계급이 볼 때, 진짜 위험한 건 능력이 있으나 지위가 낮아서 권력에 굶주린 사람들이 새롭게 결집하는 것, 그리고 지배계급 내부에서 자유주의와 방임주의가 성장하는 것밖에 없다. 해결방법은, 한마디로, 교육이다. 지시하는 집단과 바로 밑에서 집행하는 행정 관료의 의식구조를 끊임없이 파고들며 조종할 필요가 생긴 거다. 대중의 의식구조는 가볍게 조작할 수 있으니 말이다.

이런 배경을 파악하면 누구든, 예전에 모르다가 이제 막 깨달은 사람도 오세아니아 사회구조를 완벽하게 이해할 수 있다. 피라미드 정점에는 빅 브러더가 있다. 빅 브러더는 전지전능한 존재다. 오류를 저지를 수 없다. 성공한 건 무엇이든, 달성한 건 무엇이든, 승리한 건 무엇이든, 과학 발명은 무엇이든, 지식은 무엇이든, 지혜는 무엇이든, 행복은 무엇이든, 좋은 건 무엇이든 빅 브러더 지도력과 영감에서 나온다. 하지만 누구도 빅 브러더를 직접 본 적은 없다. 빅 브러더는 게시판마다 붙은 얼굴이고, '텔레스크린'에서 나오는 목소리다. 빅 브러더는 영원히 안 죽을 가능성도 크다. 언제 태어났는지도 애매하다. 한 마디로 빅 브러더는 당이 자신을 세상에 드러내는 가면에 불과하다. 빅 브러더가 하는 역할은 사랑과 공포와 존경 등, 집단보다는 개인에게 훨씬 쉽게 느끼는 감정을 한데 모으는 거다. 빅 브러더 바로 밑에는

'안쪽 당'이 있다. 그 숫자는 6백만, 혹은 오세아니아 인구 2퍼센트 미만으로 한정한다. '안쪽 당' 밑에는 '바깥 당'이 있는데, 안쪽 당이 국가를 이끄는 머리라면, 바깥 당은 그 손과 발이라고 할 수 있다. 바깥 당 바로 밑에는 우리가 '무산계급'이라고 습관적으로 일컫는 대중이 있는데, 그 숫자는 전체 인구에서 85퍼센트를 차지한다. 우리가 초기에 계급을 구분할 때만 해도 무산계급은 하층계급이었다. 적도 인근에 산다는 이유로 이 정복자에서 저 정복자에게 끊임없이 넘어가는 노예는 당시만 해도 우리 사회를 구성하는 계층이 아니며, 따라서 계급 구분에 꼭 필요한 존재가 아니었기 때문이다.

원칙적으로, 앞에서 언급한 세 집단은 지위를 세습하지 않는다. 이론적으로 볼 때, 부모가 안쪽 당원이라고 해서 그 자식이 안쪽 당원으로 태어나는 건 아니다. 안쪽 당이든 바깥 당이든 입당하려면 16세란 나이에 시험을 치러서 통과해야 한다. 여기에는 인종차별도 없고 지역 차별도 없다. 유대인도 흑인도 순수한 인디언 혈통 남미인도 당에서 가장 높은 고위직에 오를 수 있으며, 지방을 운영하는 행정 관료는 언제나 해당 지방 출신으로 선출한다. 오세아니아 어느 지방에 사는 주민도 자신을 멀리 떨어진 수도에서 지배하는 식민지 주민으로 여기지 않는다. 오세아니아에는 수도라는 중심지역 자체가 없으며, 이름만 존재하는 최고 지도자는 어디에 사는지 아무도 모른다. 영어는 '혼성 공통어'고 새말은 공용어라는 사실만 제외하면 중앙으로 결집하려고 시도하는 건 하나도 없다. 각 지역 통치자는 핏줄에 근거하지 않고 공동 교리를 추구하는 방식으로 결집한다. 그렇지만 얼핏 보기에 우리 사회가 세습 형식으로 각 계층을 구분하는, 그것도 아주 정밀하고 세밀하게 구분하는 것처럼 나타나는 것 역시 사실이다.

다른 계층으로 이동하는 건 자본주의는 물론 산업화 이전 시대와 비교해도 턱없이 줄었다. 안쪽 당과 바깥 당을 오가는 이동은 일정하게 존재하지만, 무능력자를 안쪽 당에서 쫓아내고, 야심만만한 바깥 당 당원을 안쪽 당으로 끌어올려서 반발하는 걸 막는 정도다. 무산계급은 사실상 당에 들어올 수 없다. 무산계급 가운데에서 능력이 탁월한 사람은 언제든 문제가 될 수 있어, 사상경찰이 감시하다가 제거한다. 그러나 이런 상황은 영원히 고착된 것도 아니고 원칙도 아니다.

당은 예전에 흔히 말하던 당과 개념이 완전히 다르다. 당은 같은 혈육에게 권력을 물려주는 걸 목표로 하지 않으며, 가장 유능한 사람을 지도부로 끌어올 수 없다면 무산계급에서 완전히 새로운 형태로 인재를 기용하는 데 주저하지 않을 것이다. 당 조직은 세습체계가 아니라는 사실은 당이 위기에 빠질 때마다 반대파를 무마하는데 엄청나게 작용했다. 소위 '특권계급'을 상대로 투쟁하던 과거의 사회주의자는 세습이 아니면 영구불변도 아니라고 판단했다. 독재권력을 이어가는데 세습이 꼭 필요한 건 아니라는 사실을, 세습하는 귀족사회는 항상 단명해도 가톨릭 교회처럼 선출하는 조직은 수백 수천 년 동안 이어간다는 사실을 놓친 거다. 하지만 독재권력에서 우리가 놓치지 말아야 할 건 부자세습이 아니다. 죽은 사람은 일정한 세계관과 일정한 통치방식을 남기고, 산 사람은 그대로 이어가는 현상이다. 지배계급이 후계자를 지명하는 한, 지배권력은 계속 이어진다. 당이 영원히 이어나가려고 애쓰는 건 혈통이 아니라 당 조직 자체다. 당 권력을 누가 장악하는가는 중요하지 않다. 중요한 건 계층으로 구분한 사회구조를 언제나 비슷하게 유지하는 거다. 우리 시대를 특징짓는 다양한 신념과 습관과 취향과 감정과 정신 등은 사실상 당을 신비롭게 유지해서 현 사회가 지닌 다양한 문제를 인민이 알아챌 수 없도록 하려고 고안한 것에 불과하다.

오늘날, 물리적 반란은 물론이고 반란을 준비하는 것조차 현실적으로 불가능하다. 무산계급이 들고 일어나는 건 두려워할 필요가 전혀 없다. 그냥 내버려두면 현세대에서 다음 세대로, 현 세기에서 다음 세기로 끊임없이 이어가며 노동하다가 자식을 낳고 죽어갈 뿐, 반란을 일으켜야 한다는 충동은 물론 세상을 바꿔야 한다는 인식조차 떠올릴 수 없다. 이들은 산업기술이 발달해서 교육 수준을 높일 때만 위험한 존재로 변할 수 있다. 그러나 군사적, 상업적 경쟁이 더는 중요하지 않으니, 대중을 교육하는 수준 역시 현실적으로 많이 떨어뜨릴 수 있다. 대중이 어떤 생각을 하고 어떤 생각을 거부하느냐 하는 건 이제 관심을 기울일 필요가 없다. 이들은 아는 게 없으니, 지적인 자유조차 누릴 수 없기 때문이다. 하지만 당원이 극히 사소한 문제에서 아주 조금이라도 벗어나는 건 그냥 넘어갈 수 없다.

당원은 태어나서 죽을 때까지 사상경찰에게 감시받는다. 당원은 혼자 있을 때조차 혼자 있는 게 아니다. 어디에 있든, 잠자든 안 자든, 작업 중이든 휴식 중이든, 욕실에 있든 침실에 있든, 아무도 모르게, 본인은 감시받는다는 사실조차 모르게 감시받는다. 당원이 하는 것 역시 무엇이든 주목받는다. 친구 관계, 여가 활동, 아내와 자식을 대하는 자세, 혼자 있을 때 얼굴에 떠오르는 표정, 잠을 자면서 잠꼬대하는 말, 몸짓에 밴 특징까지 은밀하게 관찰당한다. 구체적인 비행은 물론, 아무리 사소하더라도, 괴벽이 있거나 습관이 변하거나 내적으로 갈등하는 징후로 해석할 수 있는 신경질까지 확실하게 탐지당한다. 당원에게 선택의 자유란 어떤 형태로든 존재할 수 없다. 그렇다고 해서 당원의 행동을 뚜렷한 규범이나 법으로 규제하는 것도 아니다. 오세아니아에는 법이 없다. 발각되면 사형당할 수밖에 없는 다양한 사상과 행동역시 공식적으로 금지하지 않으며, 끝없이 숙청하고 체포하고 고문하고 투옥하고 증발시키는 등도 실제로 죄를 범해서 처벌하는 게 아니라 앞으로 언젠가 죄를 범할 가능성을 깨끗이 쓸어내자는 차원이다.

당원은 의견이 옳은 건 물론 직관도 옳아야 한다. 당은 당원에게 다양한 신념과 태도를 강요할 뿐, 그 이유를 또렷하게 설명하는 경우는 없는데, 이걸 설명하려면 '영사'에 내재한 모순을 모두 적나라하게 드러내야 하기 때문이다. 당원 가운데에는 천성적으로 타고난 정통(새말로 좋은사상가)이 있는데, 이런 당원이라면 어떤 조건에서든 깊이 생각하지 않아도 참된 신념과 바람직한 감정을 체득할 수 있다. 하지만 어떤 경우든 어릴 적부터 새말로 '범죄단절'이니, '흑백'이니, '이중사고'니 하는 말로 정신훈련을 정교하게 받는 까닭에 어떤 주제라도 깊이 생각할 의욕이나 능력을 모두 상실한다.

당원은 사사로운 감정이 없어야 하며, 열정을 적극적으로 드러내야 한다. 적국과 내부 반역자에게 끊임없이 분노하며 증오하고, 승리에 환호하고, 당 권력과 지혜 앞에 자신을 항상 낮추며 살아야 한다. 헐벗고 부족한 생활로 인한 불만은 '2분간 증오하기' 같은 방식을 통해 겉으로 교묘하게 드러내며 발산하고, 의심이나 반발로 이어질 수 있는 사색은 어릴 적에 체득한 내면 수양으로 사전에 소멸해야 한다.

내면 수양에 들어서는 초보 단계는, 어릴 적부터 가르치는데, 새말로 '범죄단절'이라고 한다. '범죄단절'이란 위험한 생각이 떠오르는 문턱에서 생각 자체를 거의 본능처럼 멈추는 능력을 말한다. 구체적인 사실을 유추해서 파악하지 않는 능력과 논리적인 오류를 감지하지 않는 능력, '영사'에 해롭다면 아무리 단순한 주장이라도 오해하는 능력, 이단 방향으로 나아갈 수 있는 생각은 모두 무시하거나 반박하는 능력도 여기에 속한다. '범죄단절'이란 한마디로 인민을 바보로 만드는 수단이다. 아니, 바보라는 표현으로 충분하지 않다. 정반대다. 완벽한 정통성을 확보하려면 곡예사가 자기 몸을 자유자재로 구부리듯 정신을 마음대로 조절할 수 있어야 한다.

오세아니아 사회는 궁극적으로 빅 브러더는 전지전능하며 당은 오류가 없다는 신념에 근거한다. 그러나 실제로 '빅 브러더'는 전지전능한 존재가 아니고 당은 오류가 없는 게 아니니, 구체적인 사건이 일어날 때마다 순간순간 끊임없는 융통성을 발휘해서 처리하는 건 극히 중요하다. 여기에서 '흑백'이라는 중요한 새말이 나온다. 다른 많은 새말과 마찬가지로 이 단어에도 상반되는 개념 두 개가 담겼다. 반대편에게 적용할 때, 이 단어는 명백한 사실을 거부하며 흑을 백이라고 주장하는 뻔뻔한 태도를 뜻한다. 하지만 당원에게 적용할 때는 당이 요구하면 흑을 백이라고 기꺼이 말하는 충성심을 뜻한다. 흑을 백으로 믿는 능력, 한 발짝 더 나아가 흑을 백으로 아는 능력, 이전에 거꾸로 믿었던 사실을 잊는 능력을 뜻하기도 한다. 이렇게 하려면 과거를 끊임없이 조작할 수밖에 없으니, 이는 당에서 요구하는 모든 걸 받아들이는 사고체계, 즉 '이중사고'라는 새말이 상징하는 사고체계로 그대로 이어질 수밖에 없다.

과거를 조작할 필요성은 두 가지 이유에서 나온다. 하나는 보조하는 차원, 즉 예방하는 차원이다. 보조하는 차원이 필요한 이유는 당원 역시 무산계급과 마찬가지로 비교할 기준이 없어야 현 상황을 참고 견디기 때문이다. 당원을 외국과 단절시켜야 하는 것처럼 과거와 단절시켜야 한다. 예전보다 훨씬 잘 산다고, 생활 수준이 꾸준히 올라간다고 믿도록 만들어야 하기 때문이다. 그러나 무엇보다 중요한 건 당의 무오류성을 확보하는 안전장치라는 측면이다. 이는 다양한 연설과 통계와 기록을 끊임없이 수정해, 당에서 예언한 내용은 항상 옳다는 기록을 증명하는 정도로 끝나지 않는다. 당 강령이나 정치 동맹을 바꾼 적 역시 단 한 번도 없어야 한다. 마음을 바꾸거나 정책을 수정한다는 건 나약하다는 걸 고백하는 셈이기 때문이다. 예를 들어, 유라시아든 동아시아든 오늘날 적국이라면 이 나라는 예전부터 지금까지 항상 적국이어야 한다. 실제는 그렇지 않다면 실제 자체를 바꿔야 한다. 역사 기록을 끝없이 바꿀 필요가 생기는 것이다. 과거를 실시간으로 개조하는 작업은 진리성에서 수행한다. 애정성에서 인민을 사찰하고 탄압하는 만큼이나 정권 안정에 극히 중요한 작업이다.

과거를 개조하는 건 '영사'에서 가장 중요한 교리다. 과거 사건은 객관적으로 존재하는 게 아니라 자료에 기록한 형태와 인간이 기억하는 형태로 존재한다. 과거는 기록한 자료와 인간 기억을 하나로 뭉친 거다. 그런데 당은 모든 기록을 완벽하게 통제하고 당원들 기억을 완벽하게 통제하니, 과거 역시 당이 선택하는 대로 결정이 난다는 것이다. 또한 과거는 바꿀 수 있을지언정 구체적인 사실 자체를 바꾼 적은 한 번도 없다는 것이다. 필요한 순간에 필요한 형태로 과거를 재창조한다면, 새롭게 창조한 내용이 바로 과거며, 다른 과거는 결코 존재할 수 없기 때문이다. 흔히 그러는 것처럼 똑같은 사건을 1년 사이에 여러 번 수정해도 이런 논리는 그대로 적용된다. 당은 언제나 절대적인 진실을 소유하며, 절대적인 진실은 현재의 진실과 다를 수 없다. 따라서 과거를 효율적으로 통제할 때 무엇보다 중요한 건 기억 훈련이다. 모든 자료에 기록한 내용이 당시 상황에 딱 들어맞는다는 사실을 확인하는 수준은 기계적인 행동에 불과하다. 모든 사건이 바람직한 방향으로 나아갔다는 사실을 명심하는 게 중요하다. 그래서 기억을 재정립하거나 자료 기록 내용을 뜯어고쳐야 한다면, 수정을 모두 마친 다음에는 자신이 그렇게 했다는 사실조차 잊어야 한다. 이렇게 하는 기술은 다른 정신 기법처럼 배우면 된다. 그래서 당원 대다수는 물론 정통을 추구하는 인물과 지적인 인물 모두가 이걸 확실히 배운다. 옛말에서는 이걸

'현실 통제'라고 곧이곧대로 불렀다. '새말'에서는 '이중사고'라고 한다. '이중사고'는 이것 말고도 많은 개념을 내포한다.

'이중사고'는 한 사람이 상반된 신념 두 개를 동시에 주장하고 동시에 받아들이는 능력을 말한다. 당 소속 인텔리는 자기 기억이 바뀐다는 걸 안다. 그래서 자신이 진실을 가지고 장난친다는 사실도 안다. 하지만 '이중사고'를 적용해, 진실이 침해당한 건 아니란 사실을 충족시킨다. 이중사고를 적용할 때는 의식을 집중해야 한다. 그러지 않으면 만족스러울 정도로 정확하게 수행할 수 없다. 하지만 여기에는 의식을 완벽하게 배제해야 하는 측면도 있다. 그러지 않으면 날조한다는 느낌이 들면서 죄책감으로 이어진다.

'이중사고'는 '영사'에서 무엇보다 중요한 핵심이다. 당에서 실시하는 모든 행위는 의식적인 사기 기법을 도용하면서도 완전히 정직하게 수행한다는 확고부동한 목적의식을 지녀야 하니 말이다. 계획적으로 거짓말하면서 거짓말을 진실로 믿고, 불편하게 변한 특정 사실을 잊어버리다가 다시 필요하면 필요한 기간만 끄집어내고, 객관적 현실을 인정하면서 동시에 부정하는 등, 하나같이 없으면 안 되는 기술이다. '이중사고'라는 단어를 사용할 때조차 '이중사고'를 적용해야 한다. 이 단어를 사용한다는 건 진실을 뜯어고쳤다는 사실을 인정한다는 것이니, '이중사고'를 새롭게 적용해서 이런 기억 자체를 없애야 하기 때문이다. 거짓말을 끝없이 펼쳐나가서 진실을 언제나 앞질러야 하기 때문이다. 당이 지금까지 역사 흐름을 통제한 건 궁극적으로 '이중사고' 덕분이고, 우리 모두 잘 알듯, 이런 상황은 앞으로 수천 년 동안 계속될 가능성이 크다.

과거만 해도 독재정권은 너무 경직되거나 연약하게 변하면서 권력을 빼앗겼다. 오만하거나 멍청한 나머지 돌변하는 상황에 제대로 적응

할 수 없어서 몰락하거나, 느슨하게 사고하다가 비겁하게 변해서 무력이 필요한 순간에 양보하다가 몰락하는 식이다. 한 마디로 의식세계나 무의식세계 어느 한쪽에서 몰락한 것이다. 하지만 당에서는 의식세계와 무의식세계를 동시에 포용해서 사상체계를 확립하는 놀라운 성과를 올렸다. 이것을 제외한 그 어떤 지적 토대도 당이 영원히 지배하도록 만들 순 없다. 지배하는 자리에 오르려면, 그래서 영원히 지배하려면 현실감각을 뒤죽박죽으로 만들어야 한다. 지배권력을 유지한다는 건 과거에 실수한 내용에서 배우며, 따라서 자신은 절대로 실수하지 않는다는 확신까지 갖추었다는 의미다.

'이중사고'를 가장 정교하게 시행하는 사람은 '이중사고'를 만든 사람, 그래서 정신세계를 기만하는 거대한 도구를 아는 사람이라는 건 말할 필요도 없다. 우리 사회에서 현재 일어나는 내용을 가장 잘 아는 사람은 현실 세계를 가장 모르는 사람이기도 하다. 일반적으로 이해력이 대단할수록 망상도 대단하고, 아는 게 많으면 정신은 병든다. 이것에 대한 명백한 증거는 사회적 지위가 올라갈수록 전쟁 히스테리 역시 강하게 나타난다는 사실이다. 전쟁에 가장 이성적인 태도를 보이는 사람은 분쟁지역에서 살아가는 예속민이다. 이 사람들에게 전쟁은 조수처럼 밀려들어 온몸을 끊임없이 난도질하는 재난에 불과하다. 어느 편이 이기든 이들은 관심조차 없다. 통치자가 바뀐다는 건 주인이 바뀌는 정도에 불과하다는 사실을, 자신들은 예전과 똑같이 취급당하며 예전과 똑같이 일해야 한다는 사실을 너무나 잘 아니 말이다.

이들보다 조금 나은 대접을 받는, 우리가 소위 '무산계급'이라고 부르는 사람들은 전쟁을 어쩌다가 조금씩 의식하는 정도다. 정부가 광적인 공포와 증오를 몰아붙이는 순간인데, 그대로 놔두면 이들은 지금 전쟁하는 중이라는 사실을 오랫동안 잊어버릴 수도 있다. 전쟁에 대한 열정이 정말 대단한 부류는 당 내부, 특히 안쪽 당에 많다. 세계정복이 불가능하단 걸 아는 사람들이 세계정복을 가장 굳건하게 믿는다. 상반된 개념을 하나로 결합하는 독특한 현상은, 무지와 지식을 하나로 묶고 냉소와 열광을 하나로 묶는 현상은, 오늘날 오세아니아 사회를 규정하는 가장 또렷한 특징 가운데 하나다. 공식 이념은 그럴 이유가 없는 영역까지 모순으로 가득하다. 그래서 당은 사회주의 운동이 주장하던 모든 원칙을 배척하고 비방하면서도 '사회주의'라는 이름을 굳이 사용한다. 당은 과거 몇 세기 동안 유례를 찾아볼 수 없을 정도로 노동자 계급을 경멸하도록 가르치면서도 예전에 육체 노동자들이 입던 작업복을 당원에게 제복으로 입힌다. 당은 가족의 결속을 체계적으로 무너뜨리면서도 가족애를 자극하는 호칭으로 지도자를 부른다.

우리를 통치하는 4개 부처 명칭도 사실을 교묘하게 뒤집는 후안무치를 그대로 드러낸다. 평화성은 전쟁을, 진리성은 거짓말을, 애정성은 고문을, 풍부성은 굶주림을 담당한다. 이런 모순은 우연히 생긴 게 아니다. 흔히 말하는 위선 때문에 생긴 것도 아니다. '이중사고'를 체계적으로 적용한 결과다. 다양한 모순을 조화시킬 때 비로소 권력을 영원히 유지할 수 있기 때문이다. 이것 말고 과거의 악순환에서 벗어날 방법은 없다. 인간 평등을 영원히 외면하려면, 그래서 우리가 말하는 상류계급이 자기네 자리를 영원히 지키려면, 일반적인 정신상태를 광적인 상태로 몰아가며 통제해야 한다.

그러나 지금 이 순간까지 우리가 외면한 문제가 있다. '인간 평등을 막아야 하는 이유는 무언가? 지금까지 흘러온 과정을 우리가 제대로 설명했다고 가정할 때, 지금 이 순간에 이렇게 거대하고 치밀한 계획을 세워서 역사를 봉쇄하려고 하는 동기는 무언가?' 하는 문제다.

바로 여기에 가장 중요한 비밀이 있다. 우리가 살펴본 것처럼 당은,

특히나 안쪽 당은 이중사고 덕분에 지금까지 유지해왔다. 하지만 훨씬 근원적인 동기가, 처음에는 권력을 장악하고 나중에는 사상경찰과 '이중사고'와 영원한 전쟁 등, 다양한 장치를 만드는 식으로 나아갈 수밖에 없었던 이유가 있다. 그건 바로……

윈스턴은 주위가 조용하다는 걸 깨닫는다. 색다른 소리라도 들리는 느낌이다. 아까부터 옆에서 아무런 기척이 없는 것 같다. 줄리아는 옆으로 누워서 허리 위로 맨살을 드러낸 채 팔 하나에 뺨을 벴는데, 까만 머리카락이 한 타래 흘러내리며 두 눈을 가로지른다. 가슴이 규칙적으로 천천히 오르다가 내려간다.

"줄리아?"

대답이 없다.

"줄리아, 자는 거야?"

대답이 없다. 줄리아는 잠들었다. 윈스턴은 책을 덮어 마룻바닥에 조심스럽게 내려놓고 침대에 누워서 시트를 끌어 두 사람 몸뚱이를 덮는다.

가장 중요하다는 비밀이 궁금하다. '과정'은 파악했지만 '원인'은 모른다. 제1장도 그렇고 제3장도 그렇고, 자신이 모르던 내용을 새롭게 제시한 건 하나도 없다. 이미 알던 내용을 체계적으로 정리한 수준이다. 하지만 그 내용을 책으로 읽으니, 자신이 미친 게 아니라는 느낌은 예전보다 확실하게 다가온다. 소수라고 해서, 자신 한 명이라고 해서 미친 건 아니다. 세상에는 '참'이 있고 '거짓'이 있는데, 온 세상이 '거짓'을 추구하는 가운데 혼자만 '참'에 매달린다고 그 사람이 미친 건 아니다.

서서히 가라앉는 태양이 노란빛으로 창문을 비스듬히 들어와서 베

개에 눕는다. 윈스턴은 눈을 감는다. 햇살은 얼굴에 닿고 부드러운
여체는 몸뚱이에 닿는다. 졸음과 동시에 자신감이 강하게 일어난다.
모든 게 잘 풀린다는, 자신은 안전하다는 느낌도 든다. 윈스턴은 '건강
한 정신은 통계가 아니다'[5]고 중얼거리면서 꿈나라로 빠져든다, 이
말에 심오한 지혜가 담겼다고 여기며.

10

윈스턴은 정말 오래 잤다고 느끼며 잠에서 깨어난다. 하지만 구식
시계를 힐끗 보니 20시 30분에 불과하다. 그래서 누운 자세 그대로
겉잠을 즐기는데, 평소처럼 그윽한 노랫가락이 아래 마당에서 일어난다.

덧없는 환상이었네.
사월 꽃잎처럼 스러졌으니.
하지만 그 모습과 맹세는 모든 꿈을 뒤흔들었네!
내 마음을 모조리 앗아갔다네!

노래가 허접한데도 여전히 인기가 좋은 모양이다. 어디를 가나 이
노래가 들린다. '증오가'보다 인기가 오래간다. 노랫소리에 줄리아가
깨어나서 기지개를 쭉 켜더니 침대에서 일어나며 말한다.
"배가 고파. 커피를 새로 만들어야겠어. 제기랄! 난롯불이 꺼져서
물이 식었네."

---

5) 통계가 진실을 왜곡할 수 있다는, 독재정권에서는 더더욱 그렇다는 의미다.

줄리아가 난로를 들어서 이리저리 흔들다가 덧붙인다.

"기름이 없어."

"아래층 주인한테 가면 구할 수 있을 거야."

"석유를 가득 채웠는데, 어이가 없군."

줄리아가 투덜대더니, 다시 말한다.

"옷을 입어야겠어. 추워진 것 같아."

윈스턴도 일어나서 옷을 입는다. 지칠 줄 모르는 목소리가 계속 노래한다.

시간이 모든 걸 치료한다지만,

모든 걸 잊을 수 있다지만,

웃음과 눈물이 해를 거듭하며

내 가슴을 그대로 쥐어짠다네.

윈스턴은 제복 허리띠를 조이면서 창가로 다가간다. 태양은 건물 너머로 내려간 게 분명하다. 마당을 비추던 햇살이 더는 안 보인다. 바닥에 깔린 판석이 축축하게 젖은 걸 보면 물로 지금 막 씻어낸 것 같다. 하늘도 깨끗하게 씻어낸 느낌이다. 굴뚝 사이로 파란 색깔이 너무나 맑고 깨끗하다. 팔뚝이 새빨간 여인은 분주히 오가면서 입을 뻥긋하는 식으로 노래하다 입을 다물고 기저귀를 빨랫줄에 고정하더니, 다시 처음부터 반복하고 또 반복한다. 세탁일로 먹고사는 사람인지, 손자가 20~30명에 달해서 기저귀를 줄곧 널어대는 건지 궁금한 생각마저 든다.

줄리아가 옆으로 다가왔다. 그래서 건장한 여인을 함께 가만히 내려다보는데, 황홀한 느낌이 묘하게 떠오른다. 동작이 독특한 여인을,

빨랫줄로 올리는 굵은 팔뚝을, 힘이 넘치는 암말처럼 풍만한 엉덩이를 가만히 보노라니, 참 아름답다는 생각이 든다. 오십 대 여인의 육신도, 임신으로 불어난 몸뚱이도, 거친 일에 시달리느라 피부가 웃자란 홍당무처럼 쭈글쭈글한 여인도 아름다울 수 있다고 생각한 건 생전 처음이다. 하지만 정말 아름답다는, 아니, 그러지 말라는 법도 없다는 생각이 들었다. 화강암처럼 굴곡 없이 통짜로 뻗은 몸매, 거칠고 새빨간 피부를 처녀 피부와 비교하는 건 장미 씨앗을 장미와 비교하는 셈이다. 하지만 씨앗이 꽃보다 못할 건 뭔가?

"아름답군."

윈스턴이 중얼거리자 줄리아가 대답한다.

"엉덩이가 일 미터는 족히 되겠어."

"그게 바로 저 여인 매력이야."

윈스턴이 말하더니, 나긋나긋한 줄리아 허리를 팔로 감싼다. 엉덩이에서 무릎까지 나란히 달라붙는다. 둘 사이에서 아기가 나올 순 없다. 이건 두 사람이 결코 누릴 수 없는 꿈이다. 입으로만, 마음에서 마음으로만 은밀하게 주고받는 꿈에 불과하다. 마당에서 일하는 여인은 복잡한 생각이 없다. 튼튼한 팔과 따스한 가슴과 아이를 마음껏 가질 자궁이 있을 뿐이다. 저 여인은 아이를 몇이나 낳았을까, 윈스턴은 궁금하다. 열다섯 명은 거뜬할 것 같다. 저 여자도 잠시나마, 대략 일 년 정도, 들장미처럼 아름답게 피어나고 잘 익은 과일처럼 부풀다가 갑자기 딱딱하고 빨갛고 거칠게 변하더니, 처음에는 자식 뒤치다꺼리를 하고 다음에는 손자 뒤치다꺼리를 하느라, 빨래하고 설거지하고 바느질하고 밥 짓고 청소하고 먼지 털고 수선하고 또 설거지하고 빨래하는 일에 끝없이 빠져들며 삼십 년 넘는 세월을 보냈을 게 분명하다. 그런데도 지금 이렇게 노래한다. 여인에 대한 존경심이 굴뚝 너머로 구름 한 점 없이 새파랗게 뻗어 나가는 하늘과 신비롭게 뒤섞이는 느낌이다. 하늘은 유라시아든 동아시아든 누구에게나 똑같다고 생각하니, 기분이 묘하다. 하늘 아래 모든 사람도 똑같을 거라는, 세상 사람 모두가, 수십 수백억에 달하는 사람이, 서로를 모른 채 증오와 거짓이란 장벽으로 갈린 사람들 역시, 생각하는 법을 배운 적은 없어도 가슴과 배와 근육에는 언젠가 세상을 완전히 뒤엎을 수밖에 없는 힘이 가득하다는 생각도 떠오른다. 그렇다! 희망이 있다면 그건 바로 무산계급이다!

'책'을 끝까지 안 읽어도, 바로 이게 골드스타인이 하고 싶은 말이라는 생각이 든다. 미래사회를 건설할 주인공은 무산계급이다. 그런데 무산계급이 지배하는 세상이 오고, 그래서 새로운 사회를 건설하면, 그 사회 역시 윈스턴 스미스 자신에게 당이 지배하는 현 세상처럼 이질적으로 다가오지 않을까? 아니다. 정신만큼은 건강한 사회일 수밖에 없기 때문이다. 그런 세상은 조만간 온다. 엄청난 힘이 새로운 의식으로 전환할 때가 온다. 무산계급은 영원하다. 마당에서 굳세게 일하는 저 여인을 보면 조금도 의심할 수 없다. 결국에는 무산계급이 깨어날 것이다. 천 년이 걸릴 수도 있지만, 무산계급은 당이 소유할 수도 없고 말살할 수도 없는 활력을 주고받으며 모든 역경을 딛고 활기차게 일어설 것이다, 하늘을 나는 새처럼.

"기억해? 우리가 처음 만나던 날, 숲에서 노래를 불러주던 지빠귀?"

윈스턴이 묻자, 줄리아가 대답한다.

"우리에게 불러준 게 아니야. 혼자 즐거워서 노래한 거야. 아니, 그것도 아니야. 그냥 노래한 거야."

새도 노래하고 무산계급도 노래하는데, 당은 노래하지 않는다. 세계 곳곳에서, 런던과 뉴욕에서, 아프리카와 브라질에서, 국경선 저편 신비스런 금단의 땅에서, 파리와 베를린 거리에서, 끝없이 펼쳐진 러시아 평야의 다양한 마을에서, 북새통을 이루는 중국과 일본 시장에서, 사방에서, 저 여인처럼 정복당하지 않는 사람들이 노동과 출산으로 괴물처럼 단련한 몸으로 죽을 때까지 온갖 고생을 하면서도 우뚝 서서 굳건하게 노래한다. 저렇게 굳건한 종족에게서 결국에는 의식이 또렷한 종족이 언젠가 나타날 수밖에 없다. 사람은 모두 죽으니, 미래사회는 새로운 종족이 차지한다. 그러나 무산계급이 육체를 통해 살아남듯, 누구든 건강한 정신을 살려낸다면, 둘 더하기 둘은 넷이라는 원칙을 은밀하게 전달하는 식으로 미래사회에 참여할 수 있다.

"우리는 죽었어."

윈스턴이 말하자, 줄리아도 똑같이 말한다.

"우리는 죽었어."

"너희는 죽었다."

뒤에서 금속성 목소리가 하는 말에 두 사람은 화들짝 갈라선다. 윈스턴은 내장이 모조리 얼어붙는 것 같다. 줄리아는 눈동자 주변이 하얗게 변한다. 그러다가 얼굴까지 샛노랗게 변한다. 양쪽 볼에 남은 연지 자국이 살갗에서 떨어져나온 것처럼 선명하다.

"너희는 죽었다."

금속성 목소리가 다시 말한다.

"저 그림 뒤야."

줄리아가 속삭인다.

"그림 뒤다. 그 자리에서 꼼짝 마라. 따로 지시할 때까지 움직이지 마라."

금속성 목소리가 명령한다.

올 것이 왔다, 마침내 왔다! 두 사람은 가만히 서서 상대편 눈을 멀뚱멀뚱 바라볼 수밖에 없다. 도망치자는, 너무 늦기 전에 여기에서 벗어나자는 생각은 조금도 안 떠오른다. 벽에서 흘러나오는 금속성 명령에 거부한다는 건 생각할 수도 없다. 걸쇠가 빠지는 듯한 소리가 들리더니, 유리 깨지는 소리가 요란하게 일어난다. 그림이 마룻바닥으로 떨어지자, 뒤에서 '텔레스크린'이 나타난다.

"이제 저들이 우리를 볼 수 있군."

줄리아가 말하자, 금속성 목소리가 대답한다.

"이제 우리는 너희를 볼 수 있다. 방 가운데로 나와라. 똑바로 서서 등을 맞대라! 두 손을 머리 뒤로 올려라. 서로 몸이 안 닿도록!"

두 사람은 서로 몸을 안 댔지만, 윈스턴은 줄리아가 덜덜 떠는 게 느껴지는 것 같다. 어쩌면 자신이 덜덜 떠는 걸 수도 있다. 윈스턴은 이가 덜덜 떨리는 걸 간신히 억누른다. 하지만 무릎 밑으로는 도저히 어쩔 수 없다. 아래층에서 집 안팎으로 구둣발 소리가 요란하게 일어난다. 마당에 남정네들이 가득 들어찬 것 같다. 마당 판석 바닥에서 뭔가를 질질 끄는 소리가 난다. 여인네 노랫소리도 갑자기 멎었다. 뗑그렁 뗑그렁 구르는 소리가 오랫동안 들리는 게 빨래통을 마당 건너편으로 내던진 것 같더니 성난 목소리가 여기저기에서 혼란스럽게 일자, 윈스턴이 고통스러운 목소리로 말한다.

"완전히 포위했어."

"완전히 포위했다."

금속성 목소리도 말한다.

줄리아가 이를 악물며 말하는 소리도 들린다.

"이제 작별인사를 해야겠군."

"작별인사나 하도록."

금속성 소리도 말한다. 그러더니 완전히 다른 목소리가, 가느다랗고 세련된 목소리가, 윈스턴이 전에 들어본 것 같은 목소리가 불쑥 끼어든다.

"그건 그렇고, 말이 나왔으니 말인데, '그대를 침실로 인도할 촛불이 여기에 있소. 그대 목을 잘라낼 도끼가 여기에 있소.'"

뭔가가 윈스턴 뒤쪽 침대에 시끄럽게 부닥친다. 사다리 머리가 창문을 뚫고 들어오며 창틀을 부쉈다. 누군가 사다리를 올라서 창문으로 들어온다. 계단을 쿵쾅거리며 올라오는 구둣발 소리도 들린다. 까만 제복에 건장한 사내들이 실내로 가득 들어차는데, 발에는 징이 박힌 구두를 신고 손에는 곤봉을 들었다.

이제는 윈스턴도 안 떤다. 눈동자조차 꿈쩍하지 않는다. 지금 중요한 건 딱 하나, 가만히 있어야 한다. 가만히 있어서 저들에게 때릴 핑곗거리를 주지 말아야 한다! 턱은 프로권투 선수처럼 매끈하고 입은 가늘게 찢어진 사내가 윈스턴 맞은편에서 엄지와 집게손가락 사이에 곤봉을 끼운 채 균형을 잡으며 깊은 생각에 잠긴다. 윈스턴은 그 눈을 쳐다본다. 벌거벗은 느낌이, 두 손은 머리 뒤에 올리고 얼굴과 몸뚱이는 그대로 드러난 느낌이 견딜 수 없다. 사내는 허연 혀끝을 내밀어서 입술이 있을 것 같은 부위를 핥더니 그대로 지나간다. 요란한 소리가 또다시 일어난다. 누군가 책상에서 유리 문진을 집어 벽난로 받침돌에 던져서 산산조각냈다.

산호조각이, 조그만 분홍색 산호조각이 설탕으로 만들어 케이크에 올린 장미꽃 봉오리처럼 매트 바닥을 구른다. 정말 조그맣다는, 항상 그렇게 작았다는 생각이 절로 든다. 뒤에서 헐떡거리는 소리와 쿵! 소리가 나더니, 누군가 발목을 힘껏 걷어찬다. 윈스턴은 균형을 잃고 금방이라도 쓰러질 것 같다. 사내 한 명이 관자놀이를 주먹으로 후려치자, 줄리아는 몸을 숙이고 바닥으로 나뒹굴며 가쁜 숨을 몰아쉰다. 윈스턴은 겁나서 고개를 조금도 돌릴 수 없지만, 납빛으로 변한 채

숨을 몰아쉬는 줄리아 얼굴이 때때로 시야에 들어온다. 윈스턴은 엄청난 공포에 시달리는 와중에도 그 고통을, 너무나 끔찍한 고통을 자기 몸으로 그대로 느끼는 것 같은데, 숨을 쉬려고 몸부림치는 줄리아보다는 당연히 덜하다. 윈스턴은 그 고통을 너무나 잘 안다, 숨을 쉬는 게 무엇보다 중요한 터라 통증이 온몸에 가득한데도 아직은 느낄 수조차 없는 엄청난 고통을. 그런데 사내 두 명이 줄리아 양쪽 무릎과 양쪽 어깨를 잡아서 일으키더니, 부댓자루처럼 질질 끌며 밖으로 나간다. 윈스턴은 줄리아 얼굴을 힐끗 본다. 아래로 축 늘어진 얼굴은 샛노랗게 일그러지고 두 눈은 꼭 감았는데, 볼 양쪽에 연지 자국이 그대로 남았다. 마지막으로 본 줄리아 모습이다.

윈스턴은 가만히 서서 꼼짝을 않는다. 아직은 아무도 안 때린다. 자질구레한 생각이 쓸데없이 일어나며 머리를 스친다. 저들이 채링턴 노인도 체포했을까? 저들이 마당에 있던 여인을 어떻게 했을까? 소변이 정말 급하다. 이해가 안 간다. 불과 두어 시간 전에 소변을 보았기 때문이다. 벽난로 위에 걸린 시계는 9시, 즉 21시를 가리킨다. 하지만 빛이 여전히 강하다. 8월이면 21시에도 햇빛이 그대로 있나? 애초에 자신과 줄리아가 시간을 잘못 알았던 건 아닌가? 시계가 한 바퀴 돌도록 잠자서 다음 날 아침 8시 30분인데 20시 30분으로 착각한 건가? 하지만 더 깊이 생각하지 않는다. 아무러면 어떤가!

복도에서 가벼운 발소리가 새롭게 일어난다. 채링턴 노인이 방으로 들어온다. 까만 제복을 입은 사내들이 갑자기 공손하게 변한다. 채링턴 노인 역시 뭔가 변한 것 같다. 그런데 한쪽 눈이 바닥에 떨어진 유리 문진 파편으로 쏠리다가 매섭게 말한다.

"모두 주워."

사내 한 명이 허리를 숙여서 지시에 따른다. 런던 토박이 사투리는 완전히 사라졌다. '텔레스크린'에서 조금 전에 흘러나온 목소리와 똑같다는 사실을 윈스턴은 갑자기 깨닫는다. 채링턴 노인은 여전히 낡은 벨벳 조끼 차림이지만, 거의 반백이던 머리카락은 완전히 까맣게 변했다. 안경도 안 썼다. 맞는지 확인하려는 듯 윈스턴을 딱 한 번 날카롭게 쳐다보더니, 더는 아무런 관심도 안 보인다. 겉모습은 비슷해도 동일 인물은 아니다. 몸뚱이를 곧게 펴서 키가 훨씬 크게 보인다. 얼굴이 변한 건 거의 없는데도 완전히 다른 모습이다. 새까만 눈썹은 숱이 줄고, 주름은 사라지고, 얼굴 윤곽은 전부 변한 것 같다. 코가 짧아진 것처럼 보이기도 한다. 서른다섯 살 정도로 보이는, 빈틈없이 냉정한 얼굴이다. 정체를 드러낸 사상경찰은 난생처음 본다는 생각이 떠오른다.

3부

1

원스턴은 자신이 끌려온 곳을 모른다. 애정성일 가능성이 큰데 확인할 방법은 없다. 자신이 들어선 감방은 천장이 높고 창문은 없으며 벽은 하얀 타일을 붙여서 번들거린다. 갓등이 차가운 빛을 흩뿌리고, 윙윙거리는 소리는 나직하게 끊임없이 이는데 통풍구 때문인 것 같다. 의자인지 선반인지 딱 앉기 좋은 넓이로 벽에 판자를 동그랗게 댔는데 문을 설치한 벽만 예외고, 문 맞은편 끝에는 변기통 하나가 있는데, 엉덩이를 걸칠 판자조차 없다. '텔레스크린'은 벽마다 하나씩, 모두 네 개다.

원스턴은 배가 은근히 아프다. 저들이 짐짝처럼 다루며 사방이 막힌 호송차에 실어서 이송할 때부터 줄곧 그랬다. 그런데 배까지 고프다. 너무 심하게 고파서 속이 쓰릴 정도다. 음식을 마지막으로 먹은 게 24시간은 지난 것 같은데, 35시간일 수도 있다. 저들이 자신을 체포한 게 아침인지 저녁인지 여전히 모르겠다. 영영 모를 가능성이 크다. 체포당한 이후로 아무것도 못 먹었다.

윈스턴은 협소한 의자에 앉아서 두 손을 깍지 끼고 무릎에 올린 채 최대한 가만히 있는 중이다. 가만히 앉아서 꿈쩍도 않는 법은 벌써 익혔다. 무심코 조금만 움직여도 '텔레스크린'에서 소리친다. 하지만 음식을 먹고 싶다는 생각은 마냥 커져만 간다. 빵 한 조각만 먹어도 소원이 없을 것 같다. 제복 주머니에 빵부스러기가 조금 있다는 생각이 든다. 한쪽 다리에 닿는 느낌으로 짐작하건대 빵조각이 꽤 커다랄 수도 있겠다. 결국에는 욕망이 공포를 이기고, 윈스턴은 주머니에 손을 넣는다.

"윈스턴! 6079 윈스턴! 감방에선 주머니에 손을 넣지 마."

'텔레스크린' 소리에 윈스턴은 다시 두 손을 무릎에 올려서 깍지 낀다. 여기로 끌려오기 전에 윈스턴은 다른 곳으로, 일반 감옥 같기도 하고 순찰경찰이 임시로 사용하는 유치장 같기도 한 곳으로 끌려갔다. 거기에 얼마나 있었는지 모른다. 최소한 몇 시간은 넘는다. 시계도 없고 햇빛도 없어서 시간을 추측하는 게 불가능했다. 시끄러운 데다 악취도 심했다. 감방 모습은 지금 갇힌 감방과 비슷하지만, 무척 더러운 데다 수감자도 10명에서 15명까지 항상 득실거렸다. 일반수가 대부분인데, 정치범도 몇 명 있었다. 윈스턴은 벽에 기댄 채 조용히 앉아, 불결한 사람들에게 떠밀렸다. 공포에 질린 데다 복통이 심해서 주변에 관심을 기울일 여지는 없지만, 당원 죄수가 보이는 태도는 일반수가 보이는 태도와 놀라울 정도로 다르다는 사실을 느꼈다. 당원 죄수는 겁에 질린 채 늘 조용한데, 일반 죄수는 누구도 거리끼지 않는 것 같았다. 교도관에게 욕지거리도 하고, 소지품을 압수할 때는 악착같이 덤벼들고, 마룻바닥에 추잡한 낙서를 끼적이고, 신기할 정도로 은밀하게 들여온 음식을 옷 속 어딘가에서 꺼내먹고, '텔레스크린'이 가만히 있으라고 소리치면 오히려 거기에 대고 악다구니까지 퍼부을 정도다. 그런가 하면 몇몇은 교도관하고 친한 듯 별명을 부르기도 하고, 감방문 감시구멍으로 담배를 얻으려고 갖은 애를 쓰기도 했다. 교도관 역시 일반 죄수에게는 상당한 인내심을 보이는데, 심하게 대할 수밖에 없을 때조차 비슷했다. 주고받는 대화는 앞으로 끌려갈 강제노동수용소에 관한 게 대부분이었다. 사람을 잘 만나고 줄만 잘 서면 '괜찮다'는 말도 들렸다. 온갖 뇌물과 특혜와 공갈 협박이 난무하고, 동성연애와 매춘도 가능하고, 감자로 빚은 밀주까지 있다는 거다. 중요한 자리는 일반 죄수가, 특히 강도범과 살인범이 도맡아서 나름대로 귀족계급을 이루며, 추잡한 일은 정치범이 도맡아서 처리한다고도 했다.

그곳에 있는 동안 마약장수, 도둑, 강도, 장물아비, 술주정뱅이, 매춘부 등 별별 죄수가 끊임없이 들락거렸다. 술주정뱅이는 대체로 심한 난동을 부려, 죄수들이 합세해서 억눌러야 했다. 체구는 커다랗고 나이는 예순 살 정도로 보이는 할머니 한 명이 교도관 네 명에게 팔다리를 들린 채 커다란 가슴은 덜렁거리고 하얀 머리카락은 산발한 모습으로 몸부림치고, 발을 내차고 고래고래 소리치며 완전히 망가진 상태로 끌려오기도 했다. 교도관들이 몸부림치며 발길질하는 노파에게서 신발을 벗기고 번쩍 들어서 윈스턴 무릎으로 내동댕이치는 바람에 윈스턴은 하마터면 넓적다리뼈가 부러질 뻔했다. 그런데도 노파는 벌떡 일어나서 교도관들을 향해 "야, 이 개새끼야" 하고 욕지거리를 퍼부었다. 그러다가 자신이 불편한 곳에 앉았다는 사실을 깨닫고 의자로 옮겨 앉으며 말했다.

"미안하우, 아저씨. 내가 당신을 깔고 앉으려고 한 게 아니라 저 개자식들이 내동댕이친 거라우. 저 자식들은 여자를 대할 줄 몰라,

안 그러우?"

할머니가 말을 잠시 멈추더니, 가슴을 톡톡 쳐서 트림하고 다시
말했다.

"용서하우. 내가 엉망이라우, 심하게."

할머니가 몸을 앞으로 숙여서 바닥에 잔뜩 토하더니, 두 눈을 감고
벽에 등을 기대며 덧붙였다.

"이제 살겠군. 참을 수가 없었다는 거라우, 내 말은. 게워내니까
속이 다 시원하네."

이제 정신이 드는 듯 새롭게 바라보더니, 윈스턴이 한눈에 마음에
드는 듯, 커다란 팔을 어깨에 두르며 끌어안아 윈스턴 얼굴에 맥주
냄새와 구토 냄새를 뿜어대며 물었다.

"이름이 뭐유, 아저씨?"

"스미스."

"스미스? 재미있군. 나도 스미슨데."

할머니가 감상에 빠져들며 덧붙였다.

"아아! 내가 낳은 아들일 수도 있겠군."

윈스턴은 그럴 수도 있겠다는 생각이 들었다. 어머니랑 나이도 비슷
하고 체격도 비슷했다. 강제노동수용소에서 20년을 보내면 저렇게
변할 수 있을 것 같았다.

할머니 말고 윈스턴에게 말을 붙이는 사람은 하나도 없었다. 일반수
는 정치범을 놀라울 정도로 무시했다. "정치꾼"이라고 부르는데, 관심
은 없고 역겨운 느낌은 가득한 어투였다. 정치범에게 말하는 걸 모두
두려워하는, 정치범끼리 말하는 건 더더욱 두려워하는 분위기였다.
딱 한 번, 여자 당원 두 명이 의자에 바짝 붙어 앉더니, 주변이 소란한
사이에 급하게 속삭이는 어투 두세 마디를 엿들었다. '101호실'에 대

한 이야기인데, 윈스턴은 무슨 말인지 이해할 수 없었다.

윈스턴이 여기로 끌려오고 두어 시간은 지난 것 같다. 복통은 사라질 줄 모르고 꾸준히 일어난다. 약간 괜찮을 때도 있고 더 심할 때도 있어, 머릿속 생각이 거기에 따라 늘어나기도 하고 줄어들기도 한다. 통증이 특히 심할 때는 아예 생각을 못 한다. 뭐라도 먹고 싶다는 갈망만 솟구친다. 그러다가 좋아지면 공포가 몰려든다. 앞으로 겪을 사태를 떠올리면 가슴이 마냥 쿵쾅거리고 숨은 멎을 것 같다. 곤봉이 팔꿈치를 때리고 징 박힌 구둣발이 정강이를 걷어차는 느낌이다. 바닥에 넙죽 엎드린 채 부러진 이 사이로 살려달라고 소리치는 자신이 보이는 것 같다. 줄리아를 차분하게 떠올릴 수도 없다. 자신은 줄리아를 사랑하니, 무슨 일이 있어도 배신하지 않겠다고 다짐한다. 하지만 이건 수학공식에 대입해서 풀어낸 답안에 불과하다. 줄리아를 사랑하는 마음이 느껴지지 않는다. 줄리아가 어떻게 됐는지 궁금한 마음조차 없다.

오브라이언을 자주 떠올리는데, 그럴 때마다 희망이 인다. 오브라이언 정도라면 자신이 잡혔다는 사실을 알 것이다. '형제단'은 단원을 구하지 않는다고 했다. 하지만 면도날이 있다. '형제단'에서 기회를 엿보다가 면도날을 보낼 거다. 교도관이 감방으로 몰려드는데 대략 5초는 걸릴 게 분명하다. 면도날이 살을 가르는 느낌은 짜릿하고, 면도날을 잡은 손가락은 뼈까지 파고들 것이다. 복통에 시달리는 몸뚱이에서 지난날에 겪은 통증이 모두 살아난다. 조금만 아파도 덜덜 떨리던 몸뚱이다. 기회가 생겨도 면도날을 사용할 거란 확신은 없다. 조금이라도 더 살려고 애쓰는 게, 결국에는 고문을 받을 게 분명해도, 단 10분이라도 더 살려고 애쓰는 게 훨씬 자연스럽다.

윈스턴은 여유가 될 때마다 벽에 붙은 타일 숫자를 세려고 애쓴다.

어렵지 않은 것 같은데도 도중에 숫자를 항상 놓친다. 여기는 어디며 지금은 몇 시인지 툭하면 궁금증이 인다. 지금은 환한 대낮이라는 느낌이 들다가도 칠흑 같은 밤이 분명하다는 생각이 곧바로 떠오른다. 여기에서는 불빛을 절대로 안 끄리란 생각도 본능적으로 떠오른다. 여기는 어두울 수 없는 공간이다. 오브라이언이 암시한 말을 이제야 알 것같다. 애정성에는 창문이 없다. 자신을 가둔 감방은 건물 중앙일 수도 있고 바깥쪽일 수도 있다. 지하 10층일 수도 있고 지상 30층일 수도 있다. 윈스턴은 머릿속으로 몸뚱이를 이리저리 움직여서 자신이 공중 높은 곳에 틀어박힌 건지 지하 깊숙이 묻힌 건지 균형 감각으로 느껴서 가늠하려고 애쓴다.

밖에서 다가오는 발걸음 소리가 들린다. 철문이 철커덩! 열린다. 젊은 관리가 말쑥한 검정 제복 차림으로 철문 사이에 산뜻하게 나타나는데, 가죽옷을 잔뜩 차려입은 느낌이다. 얼굴은 이목구비가 반듯하면서도 창백한 게 밀랍으로 만든 가면 같다. 자신들이 데려온 죄수를 들여보내라고 사내가 바깥쪽 교도관들에게 손짓한다. 시인 앰플포스가 비틀비틀 들어선다. 철문이 다시 철커덩 닫힌다.

앰플포스가 애매하게 한두 걸음 움직이는 게, 빠져나갈 문이 어딘가 있다는 생각이라도 하는 것 같더니, 이리저리 거닐기 시작한다. 윈스턴이 있다는 사실은 여전히 못 알아챈다. 어리둥절한 시선이 윈스턴 머리 위 벽면 1미터 지점을 가만히 바라본다. 신발조차 안 신었다. 숭숭 뚫린 양말 구멍으로 더러운 발가락이 삐져나왔다. 면도도 여러 날 못했다. 텁수룩한 수염이 광대뼈까지 뒤덮어, 커다랗지만 연약한 몸뚱이나 불안한 동작과 이상하게 어우러지면서 악당 같은 분위기를 풍긴다.

윈스턴은 없는 기력을 억지로 끌어모은다. 앰플포스에게 말을 걸어야 한다. '텔레스크린'이 소리치는 위험을 감수해야 한다. 앰플포스가 면도날을 전달할 당사자일 수도 있다.

"앰플포스."

윈스턴이 마침내 입을 연다. '텔레스크린'이 소리를 안 친다. 앰플포스가 살짝 놀라며 동작을 멈춘다. 두 눈이 윈스턴에게 천천히 모인다. 그러다가 한탄한다.

"아, 윈스턴 스미스! 자네도!"

"어쩌다 들어왔나?"

"사실대로 말하자면……"

앰플포스가 윈스턴 맞은편 의자에 어설프게 앉으며 덧붙인다.

"죄는 딱 한 가지야, 그렇지 않나?"

"그렇다면 죄를 저지른 건 맞나?"

"언뜻 보기에는."

앰플포스가 대답하더니, 이마에 손을 얹고 관자놀이를 꾹 누르는 게 무언가를 떠올리려고 애쓰는 것 같다. 그러다가 애매한 어투로 다시 말한다.

"몇 가지가 있어. 한 가지는 간신히 떠올렸는데…… 이것 때문일 거야. 내가 경솔했지, 분명히. 우리는 키플링 시 결정판을 만드는 중이 었어. 끝나는 구절에 '신'이라는 낱말을 그대로 남겨두었지. 어쩔 도리가 없었거든!"

앰플포스가 화난다는 표정으로 말하더니, 얼굴을 들어서 윈스턴을 쳐다보며 덧붙인다.

"행을 바꾸는 자체가 불가능했어. 각운은 '심'이야. 우리 말에는 '심'에 각운을 맞출 단어가 열두 개밖에 없다는 걸 자네는 아는가? 며칠을 두고 머리를 짜냈어. 다른 각운이 안 나오더라고."

앰플포스 얼굴에 떠오른 표정이 갑자기 변한다. 곤혹스러운 표정이 가시면서 즐거운 기색이 슬그머니 끼어든다. 현학자가 쓸데없는 사실을 발견하고 기뻐하는 모습이, 지적인 여유가 숱 많고 더러운 머리카락 사이로 번뜩인다.

"영어는 각운이 부족하다는 사실에 영국 시 역사가 얼마나 커다란 영향을 받았는지 자네는 생각한 적 있나?"

없다. 윈스턴은 그런 생각을 한 적이 없다. 이런 상황에서 그걸 중요하다거나 흥미진진하게 여길 수도 없다. 그래서 묻는다.

"지금 몇 시인지 아는가?"

앰플포스가 깜짝 놀란 표정을 다시 떠올린다.

"그건 생각한 적 없군. 저들이 나를 체포한 건 대략 세 시쯤이었어…… 이틀 전."

두 눈이 벽을 이리저리 스친다. 어딘가에 창문이 있다고 생각하는 것 같다. 그러다가 덧붙인다.

"여기는 밤과 낮에 차이가 없어. 나로선 시간을 계산할 방법이 전혀 없군."

두 사람은 몇 분 동안 단편적인 대화를 나눈다. 그런데 특별한 이유도 없이 '텔레스크린'이 조용히 하라고 소리친다. 윈스턴은 가만히 앉아서 입을 꾹 다물고 두 손을 깍지 낀다. 앰플포스는 몸집이 너무 커서 좁은 의자에 편히 앉을 수 없어, 안절부절못하며 몸을 이리저리 움직이다, 깡마른 손을 깍지 낀 채 한쪽 무릎을 감싸다가 다른 쪽 무릎을 감싼다. '텔레스크린'이 앰플포스에게 가만히 있으라고 다시 소리친다. 시간이 흐른다. 20분인지 1시간인지…… 판단할 수 없다. 밖에서 발소리가 다시 일어난다. 윈스턴은 창자가 오그라든다. 머지않아, 곧, 어쩌면 5분도 안 돼서, 어쩌면 지금 당장, 쿵쿵거리는 발소리는 자신을 향해 다가올 수밖에 없다.

문이 열린다. 젊은 나이에 얼굴은 냉혹한 관리가 감방으로 들어선다. 그리고 앰플포스에게 손을 가볍게 움직이며 말한다.

"101호실."

앰플포스는 교도관 사이에 끼어서 비틀비틀 걸어나간다. 얼굴이 막연하게 흔들린다. 이해할 수 없다는 표정이다.

많은 시간이 흐른 것 같다. 복통이 다시 일어난다. 머릿속 생각은 똑같은 궤도를 돌고 또 도는 게, 똑같은 홈으로 떨어지고 또 떨어지는 쇠 구슬 같다. 머릿속 생각은 딱 여섯 개다. 복통, 빵조각, 피와 비명, 오브라이언, 줄리아, 면도날. 창자에서 경련이 또 일어나고, 육중한 발걸음 소리는 또 다가온다. 문이 열리고, 식은땀 냄새가 공기를 타고 몰려든다. 파슨스가 감방으로 들어선다. 카키색 반바지에다 체육복 윗도리 차림이다.

이번에는 윈스턴이 자기 처지조차 잊을 정도로 깜짝 놀란다.

"자네가 잡히다니!"

파슨스는 윈스턴을 흘긋 쳐다보는데, 흥미롭다거나 놀라는 기색은 없고 고통스러운 표정만 가득하다. 안으로 들어서자마자 요란하게 서성인다. 마음을 안정시킬 수 없는 게 분명하다. 똑바로 펼 때마다 통통한 무릎을 덜덜 떤다. 두 눈을 동그랗게 뜨고 물끄러미 쳐다보는 게, 중간에 있는 무언가에 시선이 쏠리는 것 같다.

"무엇으로 끌려온 건가?"

윈스턴이 묻는다.

"사상범죄!"

파슨스가 대답하는데, 금방이라도 울 것 같다. 자신이 저지른 죄를 완벽하게 인정하면서도 자신에게 그런 죄목을 적용한다는 사실을 믿을 수 없다는 공포가 엿보인다. 이윽고 윈스턴 앞에서 걸음을 멈추더니 열심히 하소연한다.

"여보게, 설마 저들이 나를 총살하진 않겠지, 그치? 실제로 죄를 저지른 건 하나도 없는데, 설마 총살하진 않겠지? 머릿속 생각이 전부인데, 그건 어쩔 수 없는 거 아닌가? 사정을 얘기하면 저들이 충분히 참작할 거야. 아, 난 저들이 그럴 거라고 믿어! 저들도 내가 어떤 사람인지 잘 알잖아. 난 절대로 나쁜 사람이 아니야. 그래, 머리는 둔해. 하지만 열심히 활동했잖아. 난 당을 위해서 최선을 다했어, 그치? 그러니 5년 정도면 충분할 거야, 그치? 아니면 10년 정도? 나 같은 사람은 노동수용소에 쓸모가 많아. 궤도에서 딱 한 번 벗어났다고 총살하는 건 아니겠지?"

"죄를 짓긴 했나?"

윈스턴이 묻자, 파슨스는 "당연히 죄를 지었지! 당이 무고한 사람을 체포한다고 생각하는 건 아니겠지?" 하고 소리치며 '텔레스크린'을 비굴한 시선으로 힐끗 바라보더니, 개구리 같은 얼굴이 차분하게 변하다 못해 엄숙한 표정까지 살짝 머금으며 점잖게 덧붙인다.

"사상범죄는 정말 무서운 거라네, 친구. 정말 교활하지. 자신도 모르는 사이에 빠져든다고. 내가 사상범죄에 어떻게 빠져들었는지 아는가? 잠잘 때였어! 그래, 사실이야. 꿈속에서 나는 열심히 일했어, 맡은 일을 완수하려고, 마음속에 못된 생각이 있다는 걸 조금도 모른 채. 그런데 내가 잠꼬대를 시작한 거야. 내가 뭐라고 한 줄 아는가?"

파슨스가 목소리를 낮추며 덧붙이는 게, 치료를 받으려고 치부를 어쩔 수 없이 드러내는 사람 같다.

"'빅 브러더를 타도하라!'였네. 그래, 내가 그렇게 말했어! 그렇게 여러 번 말한 것 같아. 자네랑 나 단둘이니 하는 말인데, 친구, 더 커다란 죄를 저지르기 전에 체포당해서 정말 다행이라네. 내가 재판장에 서면 뭐라고 말할지 아는가? 나는 이렇게 말할 거야. '고맙습니다. 더 늦기 전에 이렇게 구원해주셔서 정말 고맙습니다'라고."

"고발한 게 누군가?"

윈스턴이 묻자, 파슨스는 자랑하듯 대답하는데, 씁쓸한 표정은 어쩔 수 없다.

"꼬맹이 딸년. 열쇠 구멍으로 엿들었어. 내가 잠꼬대하는 걸 듣고서 바로 다음 날 경찰한테 신고했다네. 일곱 살짜리 고발자치고 꽤 똑똑해, 그치? 딸년한테 불만 같은 건 하나도 없네. 아니, 오히려 자랑스러워. 내가 딸년 하나는 제대로 키웠다는 증거잖아."

파슨스가 요란하게 서성이더니 변을 보고 싶은 표정으로 변기를 몇 차례 쳐다본다. 그러다가 반바지를 갑자기 내리며 말한다.

"여보게, 실례하겠네. 참을 수 없군. 금방 나올 것 같아."

그러더니 커다란 궁둥이를 변기에 대고 철퍼덕 주저앉는다. 윈스턴은 두 손으로 얼굴을 가린다. 그와 동시에 '텔레스크린'이 소리친다.

"윈스턴! 6079 윈스턴 스미스! 손을 내려. 감방에서 얼굴을 가리지 말도록."

윈스턴은 두 손을 내린다. 파슨스가 변기에다 한 무더기를 요란하게 싸지른다. 그런 다음에 비로소 수도꼭지가 고장이란 걸 알고, 감방은 몇 시간 동안 악취가 진동한다.

파슨스는 밖으로 끌려나갔다. 다른 죄수가 번갈아서 끌려오고 끌려나가는데, 그러는 이유가 뭔지 도무지 영문을 알 수 없다. 한 번은 여자가 101호실로 끌려가는데, 윈스턴이 보기에 '101호실'이란 말을 듣는 순간에 여자가 덜덜 떨면서 안색까지 변하는 것 같았다. 시간은 이렇게 흐르고, 자신이 여기로 끌려온 게 아침이라면 지금은 오후고,

오후라면 한밤중이 되었을 것 같다. 감방에는 이제 죄수가 남녀 합쳐서 모두 여섯 명이다. 모두 입을 꼭 다문 채 가만히 앉아있다. 윈스턴 맞은편에 앉은 사내는 턱이 쑥 들어가고 이가 툭 튀어나와서 커다란 설치류처럼 보인다. 양쪽 볼이 얼룩덜룩하며 통통해서 밑으로 축 처진 게, 입에다 음식을 잔뜩 저장했다고 믿지 않을 수 없을 정도다. 잿빛 눈동자는 겁에 질린 채 이리저리 굴리다가 누군가 시선이 마주치면 얼른 다른 데로 돌린다.

문이 열리고 다른 죄수가 또 들어오는데, 그 모습을 보는 순간에 윈스턴은 간담이 서늘하게 변한다. 상스럽게 보이는 평범한 사내로, 기술자 출신 같다. 그런데 얼굴이 정말 놀라울 정도로 수척하다. 해골 같다. 너무 여윈 탓에 입과 눈은 흉할 정도로 커다랗고, 두 눈에는 어떤 사람이나 어떤 대상을 당장에라도 없앨 정도로 증오하는 느낌만 가득하다.

사내는 윈스턴하고 약간 떨어진 의자에 앉는다. 윈스턴은 그쪽으로 눈길을 두 번 다시 안 돌리는데도, 해골 같은 얼굴이 잔뜩 일그러진 채 생생하게 떠오르는 게 바로 정면에서 보이는 것 같다. 그러다가 윈스턴은 그 이유를 문득 깨닫는다. 굶어서 죽어가는 게 분명하다. 감방 안 모든 사람이 똑같은 생각을 거의 동시에 떠올린 것 같다. 의자 주변에서 모든 사람이 극히 미세하게 동요한다. 턱이 쑥 들어간 사내도 해골 같은 사내 얼굴을 힐끗힐끗 쳐다보다가 꺼림칙한 표정으로 시선을 거두더니, 도저히 못 참겠다는 듯 다시 바라본다. 곧이어 자리에 앉은 채 안절부절못하다, 결국엔 벌떡 일어나서 어설프게 비틀거리며 서성이다가 제복 주머니에 손을 쑤셔 넣고 머뭇거리는 느낌으로 거무스름한 빵을 꺼내서 얼굴이 해골 같은 사내에게 내민다.

'텔레스크린'에서 귀청이 떨어질 것 같은 호통을 매섭게 터트린다.

258

턱이 쑥 들어간 사내가 서성이던 자세 그대로 화들짝 놀란다. 얼굴이 해골 같은 사내는 두 손을 등 뒤로 잽싸게 돌리는 게, 빵을 안 받겠다고 만천하에 시위라도 하는 것 같고, '텔레스크린'은 계속 고함친다.

"범스테드, 2713 범스테드 J! 빵조각을 바닥에다 버려!"

턱이 쑥 들어간 사내가 빵조각을 마룻바닥에 떨어뜨리자, '텔레스크린'이 다시 소리친다.

"그 자리에 서. 문 쪽으로 돌아. 그대로 가만히 있어."

턱이 쑥 들어간 사내는 그대로 복종한다. 아주 커서 주머니처럼 축 늘어진 볼이 심하게 떨린다. 문이 철커덩 열린다. 젊은 관리가 들어와서 옆으로 비키자, 뒤에서 팔과 어깨는 우락부락하고 몸집은 땅딸막한 교도관이 나타난다. 그래서 턱이 쑥 들어간 사내 맞은편에 서더니, 젊은 관리가 신호하자, 체중을 모두 담아서 볼록한 입을 사정없이 후려친다. 사내 몸뚱이가 밖으로 나가떨어질 것 같은 충격이다. 실제로 몸뚱이는 실내를 가로질러 변기통 바닥에 그대로 부닥친다. 순간적으로 기절한 듯 꼼짝을 않는데, 입과 코에서 시뻘건 피가 삐져나온다. 가냘프게 우는 소리도 새어 나오는데, 당사자는 모르는 것 같다. 그러다가 몸을 돌려서 비틀거리며 두 손과 무릎으로 일어난다. 피와 침이 흐르는 사이로 깨진 틀니 조각 두 개가 나온다.

죄수들 모두 손을 무릎에 올려서 겹친 상태로 가만히 앉아 꼼짝을 않는다. 턱이 쑥 들어간 사내가 엉금엉금 기어서 제자리에 힘겹게 앉는다. 얼굴 한쪽이 시커멓게 멍들었다. 입 전체가 진홍빛으로 흉측하게 부어오르는데, 한가운데에 구멍이 뚫려서 시커먼 덩어리 같다. 핏방울이 가슴팍으로 뚝뚝 떨어진다. 그러면서도 훨씬 겁에 질린 표정으로 잿빛 눈동자를 굴리며 이 사람 저 사람을 살피는 게, 자신이 당하는 걸 보고서 다른 죄수들이 얼마나 비웃는지 알아보려는 것 같다.

문이 열린다. 젊은 관리가 손가락을 까딱거려서 해골 사내를 가리키며 말한다.

"101호실로."

윈스턴 주변에서 숨을 훅 들이쉬며 당황하는 느낌이 인다. 해골 사내가 실제로 몸을 던져서 바닥에 무릎을 꿇더니 두 손을 모으며 울부짖는다.

"동무! 관리님! 절 그곳으로 보내면 안 됩니다! 이미 모든 걸 털어놓지 않았습니까? 더 알고 싶은 게 뭡니까? 무엇이든 자백하겠습니다, 무엇이든! 무엇이든 말씀만 하시면 제가 곧바로 자백하겠습니다. 조서만 작성하시면 무엇이든 서명하겠습니다…… 무엇이든! 101호실만은 제발!"

"101호실로!"

젊은 관리는 다시 명령하고, 해골 얼굴은, 이미 완벽하게 창백한 얼굴은, 윈스턴으로선 도저히 믿을 수 없는 색깔로 변한다. 완벽하게 새파란 색 말이다. 그리고 소리친다.

"그래, 마음대로 해! 너희는 나를 몇 주일이나 굶겼어. 이제 차라리 죽이라고 총으로 쏘라고 목을 매달라고 25년형을 때려도 좋아. 내가 불어야 할 사람이 또 누구야? 그게 누군지 말만 해. 너희가 원하는 건 뭐든지 불 테니까. 그게 누구든, 너희가 그 사람을 어떻게 하든 나는 아무런 상관도 없어. 나는 마누라도 있고 자식도 셋이나 있어. 제일 큰놈은 여섯 살도 안 됐어. 너희가 몽땅 잡아다가 내 앞에서 멱을 따더라도 나는 가만히 지켜보기만 하겠어. 하지만 101호실만은 제발!"

"101호실로."

그래도 젊은 관리는 명령하고, 해골 사내는 다른 죄수를 미친 듯이 둘러보는 게 대신 희생시킬 사람을 찾는 것 같다. 그러다가 주먹 한

방에 엉망으로 변한, 턱이 쑥 들어간 사내에게 두 눈이 멎는다. 그리곤 깡마른 팔을 내밀며 소리친다.

"당신네가 끌어갈 사람은 저 작자지, 내가 아니오! 저 작자가 얼굴을 얻어맞고 뭐라고 했는지 아시오? 기회를 주시오. 내가 한 마디도 빠짐없이 일러바치겠소. 당을 거부하는 작자는 저 인간이오, 내가 아니라!"

교도관이 다가가고, 해골 사내는 목청을 키우며 소리친다.

"저 작자가 한 말을 들어보시오! '텔레스크린'이 뭔가 잘못됐소. 잡아가야 할 놈은 저놈이오. 저놈을 데려가시오, 나 말고!"

건장한 교도관 두 명이 사내 팔을 잡으려고 양쪽에서 몸을 숙인다. 하지만 바로 그 순간, 해골 사내가 잽싸게 튀어 감방 맞은편으로 몸을 던지더니, 의자를 받친 쇠 다리를 움켜잡는다. 그리고 짐승처럼 울부짖는다. 교도관이 팔을 비틀어서 풀려고 하는데, 해골 사내가 쇠 다리에 매달린 힘은 정말 놀랍다. 20초는 족히 끌어당기는 중이니 말이다. 다른 죄수는 모두 가만히 앉아서 양손을 무릎에 올려놓은 채 앞만 똑바로 바라본다. 마침내 울부짖는 소리가 그치고 해골 사내는 기진맥진해서 간신히 매달린다. 그러다가 색다른 비명이 인다. 교도관이 구둣발로 차서 한쪽 손가락을 으스러뜨린 거다. 그리곤 해골 사내 발을 잡고 질질 끌어당긴다.

"101호실로."

젊은 관리는 다시 명령하고, 해골 사내는 뭉개진 손을 움켜쥐고 머리를 떨군 채 비틀거리며 끌려나간다. 저항하는 기색은 완전히 사라졌다.

긴 시간이 흘렀다. 해골 사내가 끌려간 게 한밤중이라면 지금은 아침이고, 아침에 끌려간 거라면 지금은 오후다. 이제 윈스턴 혼자다,

몇 시간째. 비좁은 의자에 앉는 게 너무 힘들어서 툭하면 일어나 이리 저리 거니는데, '텔레스크린'도 나무라지 않는다. 빵조각은 턱이 쑥 들어간 사내가 떨군 자리에 그대로 있다. 처음에는 그쪽을 안 보려고 무진장 애썼지만, 배고픔은 어느새 목마름으로 바뀌었다. 입이 끈적끈 적하고 역한 맛까지 난다. 끊임없이 윙윙대는 소리에다 변함없이 하얀 빛에 현기증까지 나면서 머릿속이 텅 비는 느낌이다. 뼈까지 쑤시는 느낌을 더는 견딜 수 없어서 일어나는데, 너무 어지러운 나머지 그대로 있을 수도 없어서 곧바로 앉는다.

몸에 감각이 조금이라도 돌아올 때마다 공포가 다시 살아난다. 희망 은 끊임없이 줄어도 오브라이언과 면도날 생각을 계속 떠올린다. 음식 에 면도날을 숨길 것 같기도 하다, 행여나 먹을 걸 준다면. 줄리아 생각도 희미하게 떠오른다. 어디에선가 자신보다 훨씬 지독한 고통에 시달리고 있으리라. 바로 지금 이 순간에 줄리아가 극심한 고통에 시달 리며 비명이라도 지를 것 같다. '내가 고통을 두 배로 받아서 줄리아를 구할 수 있다면, 난 기꺼이 그렇게 할까? 그래, 그렇게 할 거야'란 생각이 절로 떠오른다. 하지만 당연히 그래야 마땅하다는 이성적인 결론에 불과하다. 실제로 그럴 수 있다는 확신은 없다. 여기에 갇힌 상태로는 무엇도 확신할 수 없다. 고통을 겪고 또 겪으리라는 확신이 전부다. 게다가 지금 당장도 고통스러운 판에 더 커다란 고통이 달려드 는 걸 어떤 이유로든 과연 자신이 감수할 수 있겠는가? 이 문제는 아직도 뭐라고 분명히 답할 수 없다.

발걸음 소리가 다시 다가온다. 문이 열린다. 오브라이언이 들어온다.

윈스턴이 깜짝 놀라며 일어선다. 너무나 커다란 충격에 조심해야 한다는 사실까지 잊어버린다. 수십 년 사이에 처음으로 '텔레스크린' 이란 존재마저 잊는다.

"아, 당신도 잡혔군요!"

"오래전에 잡혔다네."

오브라이언이 온화하게 대답한다. 안타깝다는 느낌마저 묻어난다. 그러더니 옆으로 비켜선다. 뒤에서 교도관이 나타나는데, 가슴은 떡 벌어지고 손은 까맣고 기다란 곤봉을 들었다.

"자네는 이렇게 될 줄 알았어, 윈스턴. 자신을 속이지 말게. 이렇게 될 거라는 사실을 자네는 확실히 알았다고…… 오래전부터 늘."

오브라이언이 말한다. 그렇다, 윈스턴은 이런 일이 벌어질 걸 늘 알았다는 사실을 이제야 깨닫는다. 하지만 곰곰이 생각할 여유는 없다. 두 눈 가득 들어오는 건 교도관 손에 들린 곤봉이 전부다. 머리든, 귓바퀴든, 팔등이든, 팔꿈치든, 어디든 때릴 게 분명하다.

팔꿈치다! 윈스턴은 온몸에서 기운이 쭉 빠져, 무릎을 꿇고 털썩 주저앉으며 다른 손으로 팔꿈치를 감싼다. 눈에서 노란 불꽃이 튄다. 모든 게 노랗게 보인다. 믿을 수 없다, 매 한 대가 이렇게 아프다니, 도저히 믿을 수 없다! 노란 불꽃이 사라지자, 자신을 내려다보는 두 사람이 보인다. 자신이 몸을 비트는 모습을 보고서 교도관이 웃는다. 어쨌든 한 가지 의문은 풀린다. 어떤 이유로든 고통이 늘어나는 걸 바랄 사람은 절대로 없다. 고통에 관한 한, 인간이 바랄 수 있는 건 오직 한 가지, 빨리 멈추는 게 전부다. 세상 그 무엇도 육체적인 고통보다 못 견딜 건 없다. 고통 앞에는 영웅도 없다, 절대로 없다. 윈스턴은 이런 생각을 하고 또 하며, 마비된 팔을 부둥켜안고 마룻바닥에서 몸을 비튼다.

2

윈스턴은 야전침대 같은 곳에 누워있는데, 바닥보다 훨씬 높은 느낌이다. 무언가에 묶여서 몸을 움직일 수 없다. 불빛이 얼굴로 쏟아진다. 평소보다 강한 것 같다. 오브라이언이 옆에서 열심히 내려다본다. 그 반대편에는 어떤 사내가 하얀 가운 차림으로 섰는데, 손에 주사기를 들었다.

윈스턴은 두 눈을 떴는데도 주변이 아주 조금씩 보인다. 완전히 다른 세상에서, 아주 깊은 바닷속에서 여기까지 헤엄친 기분이다. 얼마나 오랫동안 갇혔는지도 모른다. 체포당한 순간부터 낮과 밤을 본 적이 없다. 기억도 이어지지 않는다. 의식이, 잠자면서 느끼는 의식조차, 뚝 끊겼다가 상당한 공백 이후에 갑자기 돌아오곤 한다. 하지만 이런 공백이 며칠인지 몇 주인지, 아니면 단 몇 초인지 파악할 방법은 없다.

팔꿈치를 처음 얻어맞으면서 악몽은 시작되었다. 당시에 일어난 모든 과정이 준비 단계에 불과하다는, 거의 모든 죄수가 당연히 겪는 심문 과정의 일환이라는 사실은 훨씬 나중에 깨달았다. 죄수라면 마땅히 자백할 죄목은 간첩 행위나 파업공작 등, 범위가 다양하다. 자백은 형식이지만 고문은 실재다. 매를 얼마나 많이 얼마나 오랫동안 맞았는지 기억할 수도 없다. 까만 제복을 입은 사내 대여섯 명이 언제나 동시에 달려든다. 주먹질할 때도 있고 곤봉질할 때도 있고 쇠몽둥이로 때릴 때도 있고 구둣발로 찰 때도 있다. 윈스턴은 매질을 피하려고 끝없이 무기력하게 몸뚱이를 이리저리 비틀기도 하고 창피를 모르는 짐승처럼 마룻바닥을 뒹굴기도 하지만, 그럴수록 옆구리와 복부와 팔꿈치와 정강이와 사타구니와 불알과 아래쪽 척추 등에 발길질이 더 많이 몰려들 뿐이다. 고문을 한없이 받다 보면, 세상에서 가장 잔인하고 사악하고 용서할 수 없는 짓거리는 교도관이 계속 때리는 게 아니라 자신이 정신을 잃지 않는 거란 생각마저 든다. 공포에 질린 나머지 미처 때리기도 전에 살려달라고 애원하거나, 주먹을 추켜드는 동작만 보아도 진짜든 가짜든 자신이 지은 죄를 마구 털어놓기 일쑤다. 처음에는 아무것도 자백하지 않겠다고 마음을 단단히 먹다가 고통에 겨운 숨소리로 한마디씩 힘겹게 뱉어낼 때도 있고, 속으로 이렇게 중얼거릴 때도 있다.

'자백하겠지만 아직은 아니야. 당장은 참을 수 있는 데까지 참아야 해. 세 대만 더 참다가, 두 대만 더 참다가 저들이 원하는 내용을 자백하자.'

제대로 설 수 없을 때까지 맞다가 감방 돌 바닥에 감자 자루처럼 내팽개쳐진 채, 몇 시간에 걸쳐서 기운을 회복하면 다시 끌려가서 얻어맞기 일쑤다. 회복하는 데 걸리는 시간도 점차 늘어난다. 회복 시간은 기억이 희미하다. 수면 상태나 혼수상태로 보내기 때문이다. 감방에 들어가면 선반처럼 벽에서 삐져나온 널빤지 침대, 양철 세숫대야, 따끈한 수프와 빵, 가끔은 커피를 곁들인 식사가 있다는 건 기억난다. 퉁명스럽게 생긴 이발사가 들어와서 턱수염을 밀고 머리를 깎아준 것도, 하얀 가운을 걸친 사내가 사무적으로 맥박을 재고 청진기를 대고 눈꺼풀을 뒤집고, 부러진 뼈를 찾으려고 온몸을 더듬으며 손가락으로 푹푹 찌르고, 팔에 진정제를 주사하던 장면도 기억난다.

매질은 조금씩 줄고 협박이 늘어난다. 답변이 시원찮으면 언제라도 매질하겠다며 공포 분위기를 조성하는 식이다. 심문하는 사람도 이제 까만 제복을 입은 악당이 아니라 당 소속 지식분자다. 동작이 빠르고 안경알을 번뜩이는 약간 통통한 남자들로, 서로 번갈아가며 심문하는

데, 확신할 순 없지만, 한번 시작하면 열 시간에서 열두 시간은 이어지는 것 같다.

이들은 윈스턴에게 가벼운 고통을 끊임없이 가하지만, 고통을 가하는 방식에 주로 의존하는 건 아니다. 따귀를 갈기거나 귀를 비틀거나 머리카락을 잡아당기거나 한 발로 서게 하거나 소변을 못 보게 하거나 얼굴에 강한 빛을 비춰서 눈물이 흐르는 고통을 가하긴 해도, 그 목적은 모멸감을 주어서 논리적으로 사고하며 반박할 힘을 파괴하는 정도다. 이들이 사용하는 진짜 무기는 함정을 설치해서 무자비한 질문을 몇 시간이고 끝없이 퍼부어대며 실수를 유도하고, 어떤 말을 하든 모조리 비틀어서 하나같이 거짓말에다 자가당착이라는 식으로 몰아가, 윈스턴이 정신적 피로와 수치심에 시달리며 흐느낄 수밖에 없도록 만드는 거다. 그래서 심문 한 차례에 대여섯 번이나 운 적도 있다.

이들은 윈스턴에게 거의 항상 험하게 말하며 욕설을 퍼붓고, 윈스턴이 조금만 머뭇거려도 고문실로 돌려보내겠다고 위협했다. 하지만 어조를 갑자기 바꿔서 동무라 부르고, 영사와 빅 브러더 이름으로 호소하고, 자신이 저지른 악행을 되돌리고 싶은 마음이 들 정도로 당에 대한 충성심은 여전하지 않으냐며 구슬픈 어투로 하소연하기도 했다. 몇 시간씩 심문당하다 신경이 걸레처럼 너덜거릴 때는 이렇게 호소하는 말에도 윈스턴은 눈물을 훌쩍였다. 애처로운 목소리가 구둣발과 주먹보다 완벽하게 윈스턴을 무너뜨린 거다. 그래서 윈스턴은 그들이 원하는 건 무엇이든 대답하는 입이 되고 서명하는 손이 되었다. 관심사는 딱 하나, 그들이 원하는 게 무언지 파악하는 것, 그래서 달달 볶이기 전에 재빨리 자백하는 것이다. 그래서 당 간부를 암살하고 사악한 전단을 배포하고 공금을 횡령하고 군사 기밀을 팔고 온갖 태업을 벌였다고 자백했다. 동아시아 정부에게 돈을 받고 1968년부터 첩자로 오랫동안 활동했다고 자백했다. 독실한 신앙인에 자본주의를 숭배하며, 성도착자라고 자백했다. 아내를 살해했다고도 자백했다. 아내가 여전히 살아있다는 사실은 자신이 알고 심문자들도 아는 게 분명한데 말이다. 골드스타인과 오랫동안 접촉하고, 지하조직의 일원이며, 자신이 그동안 만난 거의 모든 사람 역시 그렇다고 자백했다. 모든 걸 자백하고 모든 사람을 연루시키는 편이 훨씬 쉬웠다. 어떤 의미에서는 모두 사실이기도 하다. 자신은 당에 반대했다는 것도 사실이다. 당이 볼 때는 생각하는 거나 행동하는 거나 차이가 없으니 말이다.

색다른 기억도 있다. 마음 한쪽 구석에 따로 틀어박힌 채 주변을 새까맣게 에워싼 그림 같다.

자신은 감방에 있는데, 어둡다고 말할 수도 있고 밝다고 말할 수도 있다. 눈 한 쌍 말고 보이는 건 하나도 없으니 말이다. 바로 옆에서 일종의 도구 같은 게 규칙적으로 천천히 째깍거린다. 눈 한 쌍이 점차 빛나면서 커다랗게 변한다. 갑자기 자신이 공중으로 떠오르며 커다란 눈으로 빠져든다.

자신은 다이얼이 에워싼 의자에 묶이고, 바로 위에서는 불빛이 눈부시다. 하얀 가운을 입은 사내가 다이얼을 읽는다. 바깥에서 구둣발을 쿵쿵! 내딛는 소리가 묵직하게 일어난다. 문이 철커덩 열린다. 얼굴이 밀랍 같은 관리가 들어오고, 교도관 두 명이 뒤따른다.

"101호실."

관리가 말한다.

하얀 가운 사내는 돌아보지 않는다. 윈스턴에게 눈길도 안 준다. 오로지 다이얼만 쳐다본다.

자신은 거대한 복도를, 너비가 일 킬로미터나 되고 금색 불빛은 휘황찬란한 복도를 굴러가며 폭소를 터트린다. 목청껏 소리높여 커다

랗게 자백한다. 모든 걸 자백한다, 온갖 고문에도 말하지 않던 것까지
낱낱이. 자신이 지금까지 살아온 역사를 모조리 털어놓는데, 상대는
이미 모든 걸 안다. 교도관도, 심문자도, 하얀 가운 사내도, 오브라이언
도, 줄리아도, 채링턴 노인도 복도를 함께 구르며 폭소를 터트린다.
앞으로 겪을 게 분명한 끔찍하고 섬뜩한 절차를 웬일인지 그냥 넘어간
다. 이제 다 끝났다, 이제 고통은 없다, 인생사를 마지막 하나까지
낱낱이 드러내서 이해받았다, 용서받았다.

  오브라이언 목소리가 들린 것 같아 윈스턴은 판자 침대에서 벌떡
일어난다. 심문하는 내내 한 번도 안 보였지만, 바로 옆에, 윈스턴이
볼 수 없는 위치에 오브라이언이 있다는 느낌은 끊임없이 받았다. 모든
걸 지시한 게 오브라이언이다. 교도관에게 윈스턴을 고문시킨 사람도,
윈스턴이 죽는 사태를 예방한 사람도. 윈스턴이 고통스러워서 비명을
지를 때를, 잠시 쉬어야 할 때를, 음식을 먹여야 할 때를, 잠자야 할
때를, 팔뚝에 약물을 주입할 때를 결정한 사람도. 질문하고 대답을
제시한 사람도. 오브라이언은 고문 집행자며, 오브라이언은 보호자며,
오브라이언은 심문자며, 오브라이언은 친구다. 언제인가 한 번은, 윈
스턴이 약에 취해서 잠잘 때인지 그냥 잠잘 때인지 아니면 잠을 못
이룰 때인지 기억할 수 없는데, 어떤 목소리가 윈스턴 귀에 대고 중얼
거렸다.

  "걱정하지 말게, 윈스턴. 자넨 내가 지키니까. 나는 자네를 7년이나
감시했어. 이제 전환점에 도달한 거야. 난 자넬 구할 거야, 내가 자넬
완벽하게 만들 거라고."

  오브라이언 목소리인지는 확실하지 않다. 하지만 7년 전 다른 꿈에
서 "우린 어둠이 모두 사라진 세상에서 다시 만날 거요"라고 자신에게
말한 것과 똑같은 목소리다.

윈스턴은 심문이 어떻게 끝나는지 하나도 기억을 못 한다. 암흑만 가득하던 감방이 모습을 서서히 드러낸다. 자신은 등을 바닥에 대고 똑바로 누워서 꼼짝을 못 한다. 몸뚱이가 주요 부위마다 완벽하게 묶였다. 뒤통수마저 무언가에 묶였다. 오브라이언이 근엄한 표정으로 슬픈 듯 내려다본다. 그 얼굴이, 밑에서 보니, 지칠 대로 지쳐서 거친 느낌이다. 눈 밑으로 주름이 축 늘어지고 코에서 턱으로 주름살이 어렸다. 오브라이언은 윈스턴이 생각한 것보다 나이가 많았다. 마흔여덟에서 쉰 살은 된 것 같다. 한 손으로 다이얼을 짚었는데, 동그란 표면에 숫자를 쭉 적고 꼭대기에 레버가 있다. 오브라이언이 말한다.

"내가 말했지. 우리가 다시 만난다면 바로 여기가 될 거라고."

"그렇소."

윈스턴이 대답하자, 오브라이언은 아무런 경고도 없이 손을 살짝 움직이고, 통증은 파도처럼 밀려든다. 정말 엄청난 고통이다. 자세히 알 수는 없지만, 지금 자신이 치명상을 입는다는 느낌마저 든다. 자신이 정말로 치명상을 입는 건지 아니면 그렇게 느끼도록 전기로 조작한 건지 모르겠지만, 몸이 마구 뒤틀리고 관절이 서서히 찢어진다. 극심한 통증으로 이마에 땀이 맺히지만, 무엇보다 끔찍한 건 등뼈가 금방이라도 부러질 것 같다는 공포다. 윈스턴은 이를 악물고 코로 거친 숨을 몰아쉬며 최대한 오랫동안 침묵하려고 애쓴다. 그러자 오브라이언이 얼굴을 바라보며 말한다.

"뼈가 당장에라도 부러지지 않을까 두려워하는군. 자네가 특히 두려워하는 건 등뼈가 그렇게 되는 거겠지. 척추가 똑 부러져서 척수가 뚝뚝 떨어지는 광경이 머릿속에 생생하게 떠오를 거야. 머릿속에는 그런 생각만 가득할 거야, 그렇지 않나, 윈스턴?"

윈스턴은 대답을 않는다. 오브라이언이 다이얼 레버를 제자리로 돌린다. 파도 같은 고통이 밀려들 때만큼이나 빠르게 물러가고, 오브라이언은 다시 말한다.

"이건 40이야. 다이얼 숫자가 100까지 있는 게 보일 거야. 제발 부탁인데, 우리가 대화하는 내내, 나는 아무 때나 수치를 마음대로 올려서 고통을 가할 수 있다는 사실을 자네가 명심하길 바라네. 거짓으로 자백하거나 적당히 얼버무리거나 자네가 아는 내용이 보통 수준 이하로 떨어지면 고통스러운 비명을 지르게 할 수밖에 없어, 그 즉시. 무슨 말인지 알겠나?"

"네."

윈스턴이 대답하자, 오브라이언은 태도가 약간 누그러진다. 그래서 깊이 생각하는 표정으로 안경을 고쳐 쓰더니, 한두 발짝 움직인다. 그러다가 입을 다시 여는데, 목소리가 부드럽고 느긋하다. 징벌을 가하기보다는 자세히 설명하면서 설득하려고 애쓰는 의사나 교사, 심지어 성직자 같은 분위기다.

"내가 자네 문제로 신경을 곤두세우는 이유는, 윈스턴, 자네에게 그만한 가치가 있어서야. 자네 문제가 뭔지는 자네 자신이 완벽하게 알아. 자네는 그걸 오래전부터 알았어. 그러면서 부정하려고 애썼지. 자네는 정신이 혼란스러워. 기억하는 내용에 하자가 많아서 고생하지. 실제 사건은 기억을 못 하면서, 실제로 일어난 적이 없는 사건을 기억한다고 확신하니 말이야. 그런 건 충분히 고칠 수 있어. 자네가 병을 고치지 못한 건 그러고 싶은 마음이 없어서야. 아주 조금만 노력하면 되는데, 자네는 아직 그럴 준비가 안 된 거야. 지금 이 순간에도, 내가 충분히 확인했듯, 자네는 그 병을 좋은 거로 여기면서 열심히 매달려. 예를 한 번 들어볼까? 지금 이 순간, 오세아니아가 전쟁하는 나라는 어디지?"

"제가 체포당할 때만 해도 오세아니아는 동아시아와 전쟁하는 중이었습니다."

"동아시아라. 좋아. 그런데 오세아니아는 언제나 동아시아와 전쟁하는 중이었어, 아닌가?"

윈스턴은 숨을 들이마신다. 그리고 입을 열려다가 다시 꾹 다문다. 다이얼에서 눈을 뗄 수가 없다.

"진실을 말해, 제발, 윈스턴. 자네가 아는 진실을. 자네가 기억한다고 생각하는 내용을 말해."

"제가 기억하기로는, 제가 체포당하기 일주일 전만 해도 우리는 동아시아와 전쟁하지 않았습니다. 그들은 우리 동맹국이었습니다. 전쟁은 유라시아와 했습니다. 4년 동안 계속. 그전에는……"

오브라이언이 손을 들어서 중단시키더니, 이렇게 말한다.

"사례 하나 더. 몇 년 전에 자네는 심각한 착란을 일으켰어. 예전에 당원이던 존스와 아론슨, 러더퍼드 세 사람은 죄를 저지른 적이 없다고 믿은 거야. 그들이 자백한 게 거짓임을 증명할 문서를 확실하게 봤다고 믿으면서. 사진을 봤다는 망상마저 일으켰지. 그 사진이 자네 손에 실제로 들어왔다고 착각했어. 이렇게 생긴 사진 말이야."

직사각형 신문 조각 하나가 오브라이언 손가락 사이에 나타나더니, 윈스턴 눈앞에 잠시 머문다. 사진이다. 의문의 여지가 없다. 바로 그 사진이다. 존스와 아론슨과 러더퍼드가 뉴욕에서 당 행사에 참석한 사진, 자신이 11년 전에 우연히 발견했다가 곧바로 파기한 사진의 또 다른 사본이다. 그 사진이 순간적으로 눈앞에 나타나더니, 시야에서 사라진다. 하지만 분명히 보았다! 확실히 보았다! 윈스턴은 상체를 일으키려고 필사적으로 발악한다. 하지만 어느 방향으로든 1센티미터도 움직일 수 없다. 순간적으로 다이얼마저 까마득히 잊었다. 무슨 일이 있어도 그 사진을 자기 손으로 다시 움켜잡고 싶었다. 아니, 다시 볼 수만 있어도 소원이 없을 것 같았다.

"그게 있군요!"

윈스턴이 감탄하자, 오브라이언이 대답한다.

"아니."

그리고 맞은편 실내로 걸어간다. 거기에 기억 구멍이 있다. 오브라이언이 격자 뚜껑을 연다. 보이진 않지만, 얇은 종잇조각이 따뜻한 기류를 타고 날아서 화염에 휩싸이며 사라진다. 오브라이언이 벽에서 돌아서며 말한다.

"재. 알아볼 수도 없는 재. 먼지. 그건 존재하지 않아. 존재한 적도 없고."

"하지만 분명히 존재했잖아요! 그건 존재한다고요! 그건 기억 속에 존재해요. 난 그걸 기억해요. 당신도 그걸 기억하고요."

"난 그걸 기억하지 않아."

오브라이언이 하는 말에 윈스턴은 가슴이 철렁한다. 이중사고다. 윈스턴은 극심한 무력증에 빠져든다. 오브라이언이 거짓말한다는 걸 자신이 확신할 수만 있다면 문제 될 건 하나도 없다. 하지만 오브라이언은 사진에 담긴 내용을 정말로 잊어버렸을 가능성이 충분하다. 기억을 부인한 자체를 잊어버리는 정도로 끝나지 않고, 잊어버린 행위까지 잊어버렸을 게 분명하다. 그걸 거짓말하는 거라고 어떻게 단언할 수 있을까? 머릿속에서 완벽하게 망각하는 어이없는 사태가 실제로 발생할 수도 있는 것 아닌가! 윈스턴은 또다시 좌절한다.

오브라이언은 깊이 생각하는 표정으로 가만히 내려다본다. 그러다가 고집은 세지만 똑똑한 아이를 위해 정말 열심히 노력하는 교사처럼 말한다.

"과거 통제를 다룬 당 구호가 있어. 그걸 커다랗게 암송하도록, 부탁이니."

"과거를 통제하는 자는 미래를 통제한다. 현재를 통제하는 자는 과거를 통제한다."

원스턴이 순순히 암송하자, 오브라이언은 그렇다는 표정으로 고개를 천천히 끄덕이며 말한다.

"현재를 통제하는 자는 과거를 통제한다. 과거는 실제로 존재한다는 게 자네 의견인가, 윈스턴?"

윈스턴은 무력증이 다시 온몸을 내리누른다. 두 눈이 다이얼을 힐끗거린다. 고통을 피할 대답이 '네'인지 '아니요'인지는 물론, 자신이 진짜라고 믿는 대답이 뭔지도 모르겠으니 말이다.

오브라이언이 희미하게 웃다가 다시 말한다.

"자넨 형이상학자가 아니야, 윈스턴. 지금 이 순간까지 자네는 존재한다는 게 무슨 뜻인지 생각한 적조차 없어. 내가 더 정확하게 말하지. 과거가 구체적으로 존재하는가, 특정 공간에? 구체적인 물질세계가, 과거가 여전히 일어나는 세계가 어딘가에 존재하는가?"

"아니요."

"그렇다면 과거는 어디에 존재하지, 정말 있다면?"

"기록 속에. 글자로."

"기록 속에. 그리고?"

"마음속에. 인간의 기억 속에."

"기억 속이라. 좋아, 그렇다면. 우리가, 당이, 모든 기록을 통제해, 그리고 모든 기억을 통제해. 그렇다면 우리가 과거를 통제하는 거야, 그렇지 않은가?"

이 말에 윈스턴은 순간적으로 다이얼을 다시 잊고서 소리친다.

"하지만 사람들이 떠올리는 기억을 어떻게 막지요? 그건 자신도 모르는 거잖아요. 스스로 통제할 수 없는 거잖아요. 그런데 기억을 어떻게 통제하지요? 내 기억도 통제하지 않았잖아요!"

오브라이언이 다시 엄숙한 표정을 떠올린다. 다이얼에 손까지 얹는다. 그리고 말한다.

"정반대야. 자네가 통제하지 않은 거야. 그래서 여기로 끌려온 거고 자네가 여기로 끌려온 건 겸손하지도 않고 자제력도 없었기 때문이야. 자네는 순종하지 않았어. 정신이 똑바로 박힌 사람이라면 그럴 수 없는데. 자네는 미치광이가 되는 쪽을, 미치광이 소수파를 선택했어. 정신 수양을 잘한 사람이 아니면 현실을 볼 수 없어, 윈스턴. 자네는 현실이 외부에 객관적으로 발생하는 현상이며, 그 자체로 존재한다고 믿어. 현실이 원칙적으로 자명할 수밖에 없다고 믿어. 그래서 미망에 빠져들어 어떤 사물을 확실히 보았다고 생각하곤, 다른 모든 사람도 자네와 똑같은 사물을 보았다고 가정하는 거야. 하지만 내가 분명히 말하는데, 윈스턴, 현실은 외부에 발생하는 현상이 아니야. 현실은 인간의 정신 속에 존재할 뿐, 다른 어디에도 없어. 내가 말하는 건 개인의 정신이 아니야. 개인은 실수도 저지르고 결국엔 소멸하고 말거든. 내가 말하는 건 당의 정신이야. 총체적이며 영원하거든. 당이 진실이라고 판단하는 건 무엇이든 진실이야. 당에서 바라보는 시각을 통하지 않으면 현실을 볼 수 없어. 바로 이게 자네가 다시 배워야 하는 거야, 윈스턴. 그러려면 자신을 파괴하는 행위가, 강력한 의지가 필요해. 제정신으로 돌아오려면 자신을 많이 낮춰야 해."

오브라이언이 말을 잠시 멈춘다. 지금까지 한 말을 윈스턴이 받아들일 시간을 주려는 것 같다. 그러다가 다시 말한다.

"자네가 일기장에 쓴 걸 기억하나? '둘 더하기 둘은 넷이라고 말하는 게 자유다'?"

"네."

윈스턴이 대답하자, 오브라이언이 왼손을 들어서 손등을 보이며 엄지를 감추고 네 손가락을 뻗는다.

"손가락이 몇 개지, 윈스턴?"

"넷이요."

"그런데 만약 당이 넷이 아니라 다섯이라고 하면, 몇 개지?"

"넷."

대답이 고통스러운 단말마로 끝난다. 다이얼 바늘이 55로 치솟았다. 온몸에서 식은땀이 솟구친다. 공기가 폐부를 가르며 들어차다가 묵직한 신음으로 흘러나온다. 입을 힘껏 다물어도 소용없다. 오브라이언이 가만히 바라보는데, 손가락 네 개를 여전히 내민 상태다. 그러다가 레버를 내린다. 이번에는 고통이 살짝 줄어드는 정도다.

"손가락이 몇 개지, 윈스턴?"

"넷."

바늘이 60까지 오른다.

"손가락이 몇 개지, 윈스턴?"

"넷이오! 넷! 그게 아니면 뭐란 말이오? 넷!"

바늘이 다시 오른 게 분명하지만, 윈스턴은 쳐다보지 않는다. 묵직하고 근엄한 얼굴과 손가락 네 개가 시야를 가득 채운다. 손가락이 기둥처럼 거대하고 흐릿하게 우뚝 서서 살짝 떨리는 것처럼 보이는데, 넷이 분명하다.

"손가락이 몇 개지, 윈스턴?"

"넷! 그만, 그만! 도대체 이러는 이유가 뭐냐고요? 넷! 넷!"

"손가락이 몇 개지, 윈스턴?"

"다섯! 다섯! 다섯!"

"아니야, 윈스턴, 그런 대답은 소용없어. 자넨 거짓말하는 거야. 아직도 넷이라고 생각하면서 말이야. 다시 묻겠는데, 손가락이 몇 개지?"

"넷! 다섯! 넷! 당신이 정한 대로. 제발 그만, 인제 그만!"

윈스턴은 갑자기 일어나 앉아서 오브라이언 한쪽 팔에 어깨를 의지한다. 순간적으로 정신을 잃었던 모양이다. 몸뚱이를 얽어맨 끈은 풀린 상태다. 너무 추워서 몸이 덜덜 떨리고 이가 딱딱 부딪치고 눈물이 양쪽 뺨으로 흘러내린다. 윈스턴은 오브라이언에게 아기처럼 매달린다. 팔로 어깨를 묵직하게 감싼 느낌이 이상할 정도로 편안하다. 오브라이언이 보호자라는, 고통을 가하는 건 다른 사람이라는, 전혀 다른 사람이라는, 오브라이언이 고통을 덜어줄 거라는 느낌마저 든다.

"자넨 배우는 게 느리군, 윈스턴."

오브라이언이 다정하게 하는 말에 윈스턴이 울먹인다.

"그럼 어떻게 하나요? 눈앞에 있는 걸 어떻게 안 볼 수 있느냐고요? 둘 더하기 둘은 넷이잖아요."

"가끔은, 윈스턴, 가끔은 다섯이기도 해. 가끔은 셋이기도 하고. 가끔은 동시에 여러 숫자일 수도 있고. 자네는 더 열심히 노력해야 해. 제정신을 찾는 게 쉬운 건 아니라고."

오브라이언이 윈스턴을 침대에 눕힌다. 사지가 다시 단단히 묶였지만, 고통은 많이 줄고, 덜덜 떨리던 느낌도 사라졌다. 몸에 기운이 하나도 없고 추운 느낌이 전부다. 오브라이언이 하얀 가운을 걸친 사내에게 고갯짓한다. 그러자 내내 꼼짝 않고 가만히 있던 하얀 가운 사내가 고개를 숙여서 윈스턴 눈을 자세히 살피고, 맥박을 짚고, 가슴에 귀를 대고, 여기저기를 톡톡 두드리더니, 오브라이언에게 고개를 끄덕인다.

"다시."

오브라이언이 말하고, 고통은 온몸으로 밀려든다. 바늘이 70.75까지 치솟은 게 분명하다. 이번에는 벌써 두 눈을 감았다. 손가락은 앞에 그대로 있고, 그대로 네 개라는 걸 윈스턴은 잘 안다. 지금 중요한 건 고통이 끝날 때까지 살아서 버티는 거다. 자신이 소리를 내지르는지 아닌지도 더는 모른다. 고통이 다시 준다. 윈스턴이 눈을 뜬다. 오브라이언이 레버를 완전히 내린 상태다.

"손가락이 몇 개지, 윈스턴?"

"넷. 넷인 것 같아요. 가능하면 다섯으로 보겠어요. 다섯을 보려고 노력하는 중입니다."

"자네가 바라는 건 뭔가, 다섯을 본다고 날 설득하는 거, 아니면 정말 다섯으로 보는 거?"

"정말 다섯으로 보는 거요."

"다시."

오브라이언이 말한다. 이번에는 바늘이 80.90까지 오른 것 같다. 통증을 겪어야 하는 이유조차 간헐적으로 잊어버린다. 말려 올라간 눈꺼풀 뒤로 손가락이 수없이 춤추며 다가오다 멀어지고, 손가락이 이리저리 숨다가 나타나는 것 같다. 자신은 손가락 숫자를 세려고 하는데, 이유는 모른다. 자신이 아는 건 숫자를 도저히 셀 수 없다는 게, 넷과 다섯 사이에 알 수 없는 정체성이 존재한다는 게 전부다. 고통이 다시 잦아든다. 윈스턴이 눈을 뜬다. 여전히 똑같은 대상이 보이는지 궁금하다. 수많은 손가락이, 움직이는 나무처럼, 양방향으로 흘러가면서 이리 겹치고 저리 겹친다. 윈스턴은 눈을 다시 감는다.

"손가락이 몇 개지, 윈스턴?"

"몰라요. 모르겠어요. 충격을 더 주면 난 죽을 거예요. 넷, 다섯,

여섯……. 모르겠어요."

"훨씬 낫군."

오브라이언이 말하고, 바늘은 윈스턴 팔을 살며시 파고든다. 황홀한 기운이 온몸으로 따뜻하게 퍼져나간다. 고통은 벌써 절반이 사라졌다. 윈스턴은 눈을 뜨고 고마운 표정으로 오브라이언을 올려다본다. 너무나 사악하고 너무나 지적인, 가득한 주름이 엄숙한 얼굴을 보자 심장이 쿵쿵 뛰는 것 같다. 몸을 움직일 수 있다면 팔을 뻗어서 오브라이언 손을 잡고 싶다. 지금 이 순간만큼은 오브라이언이 누구보다 사랑스럽다. 고통을 끝낸 것 하나 때문이 아니다. 예전 느낌이, 오브라이언이 친구든 적이든 원칙적으로 상관없다는 느낌이 되살아났다. 오브라이언은 대화가 통하는 사람이다. 사람은 사랑받는 것보다 이해받는 걸 더 좋아한다는 생각도 든다. 오브라이언은 자신을 미칠 정도로 고문하고, 한동안은 자신을 금방이라도 죽일 것 같았다. 하지만 아무래도 상관없다. 어떤 의미에서 두 사람은 우정보다 깊은 걸 공유하는 관계다. 막역한 벗이다. 구체적으로 말한 적은 한 번도 없지만, 둘 사이에는 어떤 식으로든 매우 커다란 공감대가 존재한다. 오브라이언이 자신도 생각이 똑같다는 표정으로 가만히 내려다본다. 그러다가 느긋하게 대화하는 어투로 묻는다.

"여기가 어딘지 알겠나, 윈스턴?"

"모릅니다. 짐작은 가요. 애정성 내부."

"여기에서 얼마나 오랫동안 지냈는지 아는가?"

"모릅니다. 며칠, 몇 주, 몇 달……. 몇 달은 된 것 같아요."

"그렇다면 우리가 사람들을 여기로 데려오는 이유는 뭐라고 생각하는가?"

"자백을 시키려고요."

"아니야, 그건 이유가 안 돼. 다시 대답하도록."

"혼내려고."

윈스턴 말에 오브라이언이 소리친다. 목소리가 완전히 변하면서 얼굴 역시 갑자기 근엄하면서도 활기차게 변한다.

"아니야! 자백을 끌어내려는 것도, 혼내려는 것도 아니야. 우리가 자넬 여기에 데려온 이유가 무언지 알려줄까? 자네 병을 고치려는 거야! 자넬 제정신으로 만들려는 거야! 그거 아는가, 윈스턴, 우리가 여기로 데려온 사람 가운데 병을 못 고치고 내보낸 사람은 하나도 없다는 사실을? 우리는 자네가 저지른 멍청한 범죄행위에 관심이 없어. 당에서는 밖으로 드러나는 행위에 관심이 없어. 우리가 관심을 기울이는 건 머릿속 생각이 전부야. 우리는 적을 파멸하는 거로 끝나지 않아. 완전히 바꿔놓지. 무슨 말인지 알겠나?"

오브라이언이 윈스턴에게 상체를 숙인다. 거리가 가까우니 얼굴은 거대하고, 밑에서 올려다보니 섬뜩할 정도로 사악하다. 거기에다 의기양양한 표정과 미치광이 같은 열정까지 가득하다. 윈스턴은 가슴이 쪼그라든다. 그럴 수만 있다면 침대 속으로 깊숙이 파고들고 싶다. 오브라이언이 장난삼아서 다이얼을 돌릴 것 같다는 느낌까지 또렷하게 일어난다. 하지만 바로 그 순간에 오브라이언이 돌아선다. 그래서 한두 걸음 거닌다. 그러다가 열정을 살짝 가라앉히며 다시 말한다.

"자네가 무엇보다 먼저 이해할 건 우리에게 순교는 없다는 사실이야. 예전에 종교적으로 박해한 사례는 자네도 책에서 읽었을 거야. 중세에는 종교 재판이라는 게 있었어. 실패작이지. 이단을 박멸하려고 시작했는데, 영원한 생명을 주는 거로 끝났으니까. 이단자 하나를 말뚝에 묶어서 화형에 처하면, 다른 이단자 수천 명이 생겨났거든. 이유가 뭘까? 적이 여전히 회개하지 않았는데도 공개장소에서 죽였기 때문이야. 아니, 회개하지 않았기 때문에 죽였단 말이 옳겠지. 사람들이 죽은 건 진정한 믿음을 버리지 않았기 때문이야. 모든 영광은 희생자 몫으로, 모든 굴욕은 그들을 화형에 처한 종교재판소 몫으로 자연스레 돌아갔지. 나중에 20세기로 들어서면서 소위 전체주의라는 집단이 생겨났어. 독일 나치와 러시아 공산당 말이야. 러시아 공산당은 이단을 종교재판소보다 잔인하게 처단했어. 중세 때 저지른 오류에서 확실하게 배웠다고 생각한 거야. 그래, 맞아, 순교자를 만들면 안 된다는 사실 하나는 확실히 깨달았으니까. 희생자를 공개석상에 노출해서 재판하기 전에, 그 존엄성을 철저하게 파괴한 거야. 무엇이든 시키는 대로 자백하고, 약물을 주입하고, 서로를 비난하며 책임을 전가하고, 살려달라고 애원하는, 야비하고 비열하고 천박한 쓰레기로 변할 때까지 철저하게 파괴한 거야, 고문하고 고립시키는 방법으로. 그런데 몇 년도 안 가서 똑같은 사태가 다시 일어난 거야. 죽은 자는 순교자로 변하고 그들이 인간 이하로 전락한 건 잊혔어. 그렇다면 이번에는 이유가 뭘까? 무엇보다 중요한 건, 그들이 강요받아서 거짓으로 자백했다는 사실이야. 우리는 그런 실수를 저지르지 않아. 여기에서 우리에게 자백하는 건 모두 진심이야. 우리가 그걸 진심으로 만들거든. 게다가 우리는 죽은 자들이 일어나서 맞서 싸울 가능성을 허용하지 않아. 자네가 결백하다는 사실을 후세가 입증할 거라는 상상은 않는 게 좋아, 윈스턴. 후세는 자네에 관한 걸 조금도 알 수 없어. 역사 흐름에서 자네는 깨끗하게 사라지거든. 우리는 자네를 기체로 만들어서 성층권으로 날려 보낼 거야. 자네에 대한 건 하나도 남기지 않아. 명부에 담긴 이름도 사라지고, 산 사람 머릿속 기억에서도 사라져. 미래는 물론이고 과거도 소멸당하는 거야. 애초에 존재한 적 자체가 없는 거지."

그렇다면 굳이 나를 고문하는 이유가 뭐냐는 생각이 절로 떠올라,

윈스턴은 씁쓸한 느낌에 빠져드는데, 오브라이언이 별안간 걸음을 멈춘다, 윈스턴 머릿속 생각이 겉으로 드러나기라도 한 것처럼. 그러더니 사악하고 커다란 얼굴을 바싹 들이민다, 두 눈을 가늘게 뜨고서. 그러다가 말한다.

"우리가 자네를 완전히 파괴할 거라면, 그래서 자네가 한 말이나 행동이 아무런 의미도 없이 사라질 거라면, 굳이 심문하는 이유는 뭐냐? 바로 이게 지금 자네 머릿속에 그대로 떠오를 거야, 그렇지 않나?"

"네."

윈스턴이 대답하자, 오브라이언이 살짝 웃으며 말한다.

"자네는 패턴에 일정한 흠결이 있어, 윈스턴. 우리가 깨끗하게 닦아야 하는 얼룩이지. 우리는 과거의 박해자와 다르다고 지금 막 내가 말하지 않았나? 우리는 어설프게 복종하는 것에, 비참하게 굴복하는 것에 만족하지 않아. 마침내 자네가 우리에게 항복하겠다면 그건 자유 의지에서 우러나와야 하는 거야. 우리가 이단을 파괴하는 건 우리에게 저항하기 때문이 아니야. 이단이 우리에게 저항하는 한, 우리는 이단을 절대로 파괴하지 않아. 이단을 개종하고 속마음을 장악해서 새로운 인간으로 만들지. 이단 마음속에 가득한 악과 환상을 모조리 태워버리는 거야. 겉모습만 아니라 마음과 영혼까지 우리 편으로 온전히 넘어오게 하는 거지. 우리는 이단을 우리 편으로 만든 다음에 죽여. 아무리 은밀하고 무기력한 형태라도 세상 어딘가에 엉뚱한 생각이 존재한다는 걸 우린 도저히 참을 수 없거든. 죽는 순간조차 우리는 어떤 일탈도 허용하지 않아. 옛날에는 이단자가 여전히 이단자로 화형식 현장으로 의기양양하게 걸어가며 자기 생각을 주장했어. 러시아 공산당에게 숙청당한 피해자도 처형장으로 걸어가서 총알이 날아오길 기다리는 동안 머릿속에는 반역 정신이 가득했어. 하지만 우리는 머리를 날려버리기 전에 완벽하게 개조해. 중세 때 종교재판소는 '그러면 안 된다'고 명령했어. 전체주의 정권은 '그래야 한다'고 명령하고, 우리는 '그렇게 돼라'고 명령해. 여기로 데려온 사람 누구도 우리에게 끝까지 맞서지 않아. 하나같이 깨끗하게 세뇌당하지. 자네가 예전에 무죄라고 믿은 배신자 존스와 아론슨과 러더퍼드 역시 결국에는 우리가 완전히 무너뜨렸어. 그들을 심문할 때 나도 직접 참여했지. 나는 그들이 조금씩 허물어지면서 두 손으로 싹싹 빌고, 넙죽 엎드리고, 엉엉 우는 모습을, 그러다가 결국에는 고통이나 공포 때문이 아니라 후회 때문에 그러는 모습을 지켜보았어. 우리가 심문을 끝낼 즈음에 그들은 껍데기만 남았지. 남은 거라곤 자신들이 저지른 짓을 슬퍼하고 빅 브러더를 사랑하는 마음이 전부였어. 그들이 빅 브러더를 지극히 사랑하는 광경은 정말 볼만했어. 한시바삐 총살하라고, 그래서 자신들이 마음을 깨끗하게 유지한 채 죽도록 해달라고 애원했으니까."

목소리가 꿈속처럼 몽롱하게 들린다. 의기양양한 표정과 광적인 열정이 얼굴에 여전하다. 저건 연기가 아니라는, 오브라이언은 위선자가 아니라는, 한 마디 한 마디가 확고한 신념에서 나온다는 생각이 든다. 윈스턴을 무엇보다 무겁게 짓누르는 건 자신이 지적으로 열등하다는 자각이다. 묵직하면서도 우아하게 거닐며 시야에 들어오다가 빠져나가는 상대를 윈스턴은 가만히 쳐다본다. 오브라이언은 모든 점에서 커다란 존재다. 윈스턴이 가졌던, 혹은 가질 수 있었던 생각 가운데 오브라이언이 오래전에 떠올리고 검토하고 뱉어내지 않은 생각은 하나도 없다. 그 마음속에는 윈스턴 생각이 모두 담겨있다. 그렇다고 해서 오브라이언이 미쳤다고 할 수 있을까? 아니다, 미친 건 윈스턴 자신이 분명하다. 오브라이언이 걸음을 멈추고 가만히 내려다본다. 그러다가 근엄한 목소리로 다시 말한다.

"살 수 있다는 생각은 않는 게 좋아, 윈스턴, 자네가 우리에게 아무리 완벽하게 항복하더라도 말이야. 한번 빗나간 사람을 살려준 적은 지금까지 없으니까. 설사 살려줘서 자네가 천수를 누린다 해도 우리 손아귀를 벗어날 순 없어. 자네가 여기에서 겪는 건 영원한 거야. 미리 알아두도록. 우리는 자네가 다시는 회복할 수 없을 정도로 파괴할 거야. 자네는 다양한 고통을 겪어, 결코 회복할 수 없을 거야, 천 년을 산다고 해도 평범한 인간이 누리는 감정을 두 번 다시 느낄 수 없다고. 내면에 존재하는 모든 게 죽어버리겠지. 사랑도, 우정도, 살아가는 기쁨도, 웃음도, 호기심도, 용기도, 존엄성도 다시는 느낄 수 없어. 속이 텅 비는 거야. 우리는 자네 내면을 완벽하게 짜내서, 거기에다 우리 생각을 가득 채울 거거든."

오브라이언이 말을 멈추고 하얀 가운 사내에게 손짓한다. 윈스턴은 머리 뒤에서 아주 묵직한 기구가 밀고 들어오는 걸 느낀다. 오브라이언이 침대 옆에 앉는다. 얼굴이 윈스턴 얼굴과 같은 높이에 자리한다. 그리고 윈스턴 머리 너머로 하얀 가운 사내에게 말한다.

"3천."

약간 축축한 패드 두 개를 관자놀이에 붙이는 느낌에 윈스턴은 움찔한다. 고통이, 완전히 새로운 고통이 밀려든다. 오브라이언이 한 손으로 윈스턴 손을 다정하게 다독이며 안심시킨다.

"이번에는 아프지 않아. 내 눈을 똑바로 보도록."

갑자기 엄청난 폭발 같기도 하고 폭발하는 느낌 같기도 한 게 일어나는데, 폭발음이 일어났는지는 확실하지 않다. 눈부신 섬광이 일어난 건 분명하다. 아픈 건 아니다. 기운이 쭉 빠지는 느낌이 전부다. 새로운 현상이 일어나기 전부터 똑바로 누워있었는데, 강한 충격을 받아서 쓰러진 거라는 느낌까지 묘하게 일어난다. 통증이 전혀 없는, 엄청난 충격에 윈스턴은 완전히 뻗었다. 머릿속에서 묘한 느낌이 일어난다. 두 눈에 초점이 돌아오면서, 윈스턴은 자신이 누구며 여기가 어딘지 떠올리고, 자신을 가만히 바라보는 얼굴도 알아본다. 하지만 어딘가 커다란 구멍이 뚫린 것 같다. 두뇌 일부를 떼어낸 느낌이다.

"오래 걸리지 않을 거야. 내 눈을 똑바로 보도록. 오세아니아가 전쟁하는 나라는 어디지?"

오브라이언이 묻는 말에, 윈스턴은 가만히 생각한다. 오세아니아가 뜻하는 내용도, 자신은 그 시민이라는 생각도 떠오른다. 유라시아와 동아시아도 떠오른다. 하지만 누가 누구와 전쟁하는지는 모르겠다. 아니, 전쟁한다는 자체를 모르겠다.

"기억이 안 나요."

"오세아니아는 동아시아와 전쟁하는 중이야. 이제 기억나나?"

"네."

"오세아니아는 동아시아와 끝없이 전쟁하는 중이야. 자네가 태어난 이후로, 당을 건설한 이후로, 역사가 시작된 이후로, 한시도 멈추지 않고 전쟁했어, 항상 똑같은 전쟁. 그건 기억나나?"

"네."

"11년 전에 자네는 세 사람이 반역죄로 처형당했다는 전설을 만들어냈어. 자네는 세 사람이 무죄라는 걸 증명하는 종잇조각을 목격한 척했지. 그런 종잇조각은 애초에 존재한 적이 없는데 말이야. 그런데도 자네는 그렇다고 상상하더니 나중에는 진짜라고 믿기 시작했어. 그걸 처음 만들어낸 순간을 이제 자네는 기억해. 내 말이 맞나?"

"네."

"나는 조금 전에 자네에게 손가락을 들어 보였어. 자네는 다섯 개를 보았어. 그것도 기억나나?"

"네."

오브라이언이 왼손 손가락을 모두 펼치고 엄지를 감춘다.

"손가락이 다섯 개야. 손가락 다섯 개가 보이나?"

"네."

윈스턴은 손가락을 바라보는데, 순간적으로 마음속에 떠오르는 형상이 변한다. 다섯 개가 보인다. 이상한 건 하나도 없다. 그러다 모든 게 정상으로 돌아오고, 오랜 공포와 증오와 당혹감이 다시 스멀스멀 피어오른다. 하지만 너무나 확실한 순간이, 오브라이언이 새롭게 제시하는 내용 하나하나가 텅 빈 구멍을 가득 채우면서 완벽한 진실로 변하는 순간이, 둘 더하기 둘이 상황에 따라서 다섯도 되고 셋도 되는 순간이, 얼마나 오랜지 모르겠지만 대략 삼십 초 정도 나타났다. 그러다가 사라지는데, 오브라이언이 손을 내린 다음이다. 그 순간을 되찾을 순 없지만, 그 순간을 떠올릴 순 있다. 완전히 다른 사람처럼 살던 시절에 행동한 걸 사람들이 생생하게 떠올리듯 말이다.

"그게 가능하다는 사실을 이제 깨달았군."

오브라이언이 하는 말에 윈스턴이 대답한다.

"네."

오브라이언이 만족스러운 표정으로 일어선다. 그 너머 왼편으로 하얀 가운 사내가 조그만 병을 깨뜨려서 주사기로 주사액을 빨아들이는 모습이 보인다. 오브라이언이 돌아서서 방긋 웃는 얼굴로 윈스턴을 바라본다. 그리고 예전과 마찬가지로 콧잔등에 걸친 안경을 고쳐 쓰며 말한다.

"자네가 일기장에 쓴 내용을 기억하나, 자네를 이해하고 대화할 수만 있다면 내가 적이든 친구든 상관없다는 말? 그 말이 맞아. 나는 자네와 대화하는 게 즐거워. 자네 생각은 정말 그럴싸해. 내 생각이랑 비슷해, 자네가 제정신이 아니라는 점만 빼면. 이제 심문을 끝낼 참인데, 궁금한 게 있다면 질문하도록."

"어떤 질문도 괜찮습니까?"

"무엇이든."

오브라이언이 대답하더니, 윈스턴 시선이 다이얼로 향하는 걸 알아채고 덧붙인다.

"스위치를 껐어. 첫 번째 질문이 뭐지?"

"줄리아는 어떻게 됐습니까?"

윈스턴이 묻자, 오브라이언은 미소를 다시 머금는다.

"줄리아는 자네를 배신했어, 윈스턴. 곧바로…… 스스럼없이. 그렇게 빨리 넘어오는 사람은 흔치 않아. 자네 앞에 나타난다 해도 쉽게 알아볼 수 없을 거야. 반항심이든 교활한 성질이든 어리석은 모습이든 음탕한 마음이든 모두 완벽하게 사라졌거든. 완벽하게 전향한 거야, 교과서처럼."

"고문했나요?"

오브라이언은 여기에 대답을 않고 넘어간다.

"다음 질문."

"빅 브러더는 실제로 존재합니까?"

"당연히 존재하지. 당도 존재하고. 빅 브러더는 당 자체야."

"나와 똑같은 방식으로 존재하나요?"

"자네는 존재하지 않아."

오브라이언이 대답한다. 윈스턴은 무력감이 다시 밀려든다. 자신이 존재하지 않는다는 걸 증명할 논리는 확실하다. 충분히 예상할 수 있다. 하지만 그건 허튼소리다. 말장난에 불과하다. '당신은 존재하지 않는다'는 명제 자체가 논리적으로 모순이 아니던가? 하지만 그렇게 말해서 무슨 소용이 있겠는가? 오브라이언이 반박할 수 없는 논거를 엉뚱하게 제시하며 자신을 무너뜨릴 거란 생각에 윈스턴은 마음이 움츠러든다. 그래서 힘없이 대답한다.

"나는 존재한다고 생각해요. 난 내 정체성을 또렷하게 인식해요. 나는 태어났고 앞으로 죽어요. 팔도 있고 다리도 있어요. 난 이렇게 일정 공간을 점유해요. 내가 점유한 공간을 다른 물체가 동시에 점유할 순 없어요. 이런 의미에서, 빅 브러더도 존재하나요?"

"그건 중요하지 않아. 존재한다는 게 중요하지."

"빅 브러더도 죽습니까?"

"당연히 안 죽지. 빅 브러더가 어떻게 죽을 수 있겠나? 다음 질문."

"'형제단'은 실제로 존재합니까?"

"그건, 윈스턴, 자네가 절대로 알 수 없어. 우리가 자네를 마무리하고 풀어주는 쪽으로 결정하더라도, 그래서 자네가 아흔 살까지 살더라도, 자네는 그 질문에 대한 대답이 '그렇다'인지, '아니다'인지 절대로 알 수 없어. 자네가 살아가는 동안, 그 질문은 자네 마음속에 영원히 풀 수 없는 수수께끼로 남을 거야."

윈스턴은 누워서 가만히 있다. 가슴이 오르락내리락하는 속도가 조금씩 빠르게 변한다. 제일 먼저 떠오른 질문은 여전히 안 물었다. 그걸 물어야 하는데, 혀가 움직이길 거부하는 것 같다. 오브라이언 얼굴에 재미있다는 기색이 떠오른다. 코에 걸친 안경에도 빈정대는 느낌이 어리는 것 같다. 자신이 하려는 질문을 안다는 생각이 갑자기 떠오른다! 그와 동시에 말이 불쑥 튀어나온다.

"101호실은 뭔가요?"

오브라이언 얼굴에 떠오른 표정이 바뀌지 않는다. 그리고 무미건조하게 대답한다.

"자네는 101호실이 뭔지 알아, 윈스턴. 모두가 101호실이 무언지 알아."

오브라이언이 하얀 가운 사내에게 손가락 하나를 추켜든다. 심문이 끝난 게 분명하다. 바늘이 팔에 꽂힌다. 윈스턴은 깊은 잠에 빠져든다.

3

"사상개조에는 3단계가 있어. 학습하는 단계, 이해하는 단계, 수용하는 단계. 이제 2단계로 들어가는 거야."

오브라이언이 말한다. 항상 그렇듯 윈스턴은 똑바로 누운 상태다. 하지만 최근 들어서 몸뚱이를 묶은 끈이 헐겁다. 침대에 묶는 건 여전히 똑같지만, 이제는 무릎도 조금 움직일 수 있고, 머리도 이리저리 돌릴 수 있고, 팔꿈치부터 손까지 들 수도 있다. 다이얼 역시 예전만큼 무서운 대상이 아니다. 머리만 빠르게 굴리면 극심한 고통을 충분히 피할 수 있다. 오브라이언이 레버를 올리는 건 주로 윈스턴이 어리석게 굴 때다. 그래서 다이얼을 아예 사용하지 않고 심문을 모두 마칠 때도 잦다. 그동안 심문을 몇 차례나 받았는지는 기억할 수 없다. 심문 과정 전체가 몇 주는 될 정도로 무한정 늘어나는 것 같고, 심문하는 간격은 며칠일 때도 있고 한두 시간에 불과할 때도 있다.

"가만히 누워서 지내다 보면, 애정성이 자네에게 그토록 많은 시간과 수고를 들이는 이유가 정말 궁금할 거야, 자네가 질문까지 할 정도로. 자유로울 때도 자넨 본질에서 똑같은 문제로 고민하곤 했지. 자네는 자신이 살아가는 사회를 기계적으로 파악할 순 있지만, 그 밑에 깔린 동기까지 파악할 순 없었던 거야. 일기장에 '과정은 파악했지만 원인은 모른다'고 적은 거 기억하나? 자네가 '원인'을 생각했다는 건 스스로 제정신이 아닐 수 있다고 의심했다는 뜻이야. 자네는 그 책을, 골드스타인 책을 읽었어, 최소한 일부는. 그 책에 담긴 내용은 자네가 예전부터 알던 내용 아니던가?"

"당신도 읽었습니까?"

윈스턴이 묻자, 오브라이언이 대답한다.

"내가 쓴 책이야. 정확히 말하자면 집필에 참여한 거지. 알다시피 단독으로 책을 제작하는 경우는 없으니 말이야."

"사실인가요, 책에 적힌 내용은?"

"서술 자체는 그래. 하지만 거기에서 주장하는 내용은 헛소리야. 지식을 은밀하게 축적한다거나, 계몽 의식이 점차 퍼져나간다거나, 궁극적으로 프롤레타리아 혁명이 일어난다거나, 당을 무너뜨린다거나 하는 내용 말이야. 자네는 그 책에 그런 내용이 담겼으리라고 예측했어. 하지만 전부 헛소리야. 무산계급은 천 년이 지나든 백만 년이 지나든 절대로 혁명을 일으키지 않아. 애초에 그럴 수가 없거든. 이유까지 말하진 않겠어. 자네도 그 대답을 아니까. 행여나 무장봉기라도 일으킬 꿈을 지녔다면 포기하는 게 좋아. 당을 전복할 방법은 어디에도 없으니까. 당이 통치하는 건 영원하니까. 자네 생각을 정리하는 출발점으로 삼도록."

오브라이언이 침대로 가까이 다가오며 덧붙인다.

"영원히! 그러면 이제 '과정'과 '원인'에 관한 문제로 돌아가지. 자네는 당이 권력을 유지하는 과정은 잘 알아. 그렇다면 우리가 권력에 집착하는 원인은 무얼까? 우리가 그러는 동기는 무얼까? 우리가 권력을 원하는 이유는 무얼까?"

윈스턴이 입을 다물자, 오브라이언이 재촉한다.

"어서 대답해."

그래도 윈스턴은 입을 안 연다. 피로한 느낌이 온몸에 가득하다. 광적인 열정이 오브라이언 얼굴에 깃들어서 희끗거린다. 오브라이언이 무슨 말을 할지 알 것 같다. 당이 권력을 추구하는 건 자기 자신을 위해서가 아니라 다수의 이익을 위해서다. 당이 권력을 추구하는 건, 대중은 나약하고 비겁한 존재라서 자유를 견딜 수도 진실을 똑바로 바라볼 수도 없으니, 훨씬 강력한 세력이 체계적으로 기만하면서 통치해야 하기 때문이다. 인류는 자유와 행복 가운데 하나를 선택해야 하는데, 대다수에게 훨씬 바람직한 건 행복이다. 당은 약자를 영원히 보호하며, 선을 구현하기 위해 악을 실천할 정도로 헌신하는 기관이며, 타인이 행복하도록 자신의 행복을 희생하는 집단이다.

윈스턴이 정말 무서운 건, 오브라이언이 이렇게 말해도 자신은 믿는다는 사실이다. 오브라이언 얼굴을 보면 그걸 알 수 있다. 오브라이언은 모든 걸 안다. 세상이 실제로 어떤 모양인지, 인간 다수가 예전보다 어느 만큼 비참한 환경에서 살아가는지, 이런 상태를 유지하려고 당이 어떤 거짓말과 만행을 일삼는지 등, 오브라이언이 윈스턴보다 천 배는 많이 안다. 오브라이언은 이걸 모두 이해하고 숙고하지만, 다를 건 하나도 없다. 궁극적인 목적을 제시하며 모든 걸 정당화한다. 윈스턴은 '자신보다 아는 게 훨씬 많은 미치광이에게 도대체 어떻게 반박할 수 있단 말인가?' 하는 생각을 떠올리며 힘없이 말한다.

"당신네는 우리를 위해서 우리를 지배해요. 인간에게 스스로 통치할 능력이 없다고 믿으니까요. 그래서……."

오브라이언이 깜짝 놀라는 게 금방이라도 고함을 내지를 것 같다. 날카로운 통증이 온몸을 훑는다. 오브라이언이 다이얼 레버를 35까지 올린 거다. 그리고 소리친다.

"정말 어리석군, 윈스턴, 정말 어리석어! 그렇게 말하면 안 된다는 정도는 알아야지."

오브라이언이 레버를 내리면서 계속 말한다.

"질문 내용에 대한 답은 내가 지금 알려주지. 이런 내용이야. 당이 권력을 추구하는 건 전적으로 당을 위해서야. 우리는 타인의 행복에 아무런 관심도 없어. 우리 관심은 오로지 권력이야. 재산도 사치도 행복도 오래 사는 것도 관심 밖이야. 오로지 권력, 온전히 권력뿐이야. 온전한 권력이 무엇을 의미하는지 자네도 충분히 느낄 거야. 우리는 과거의 모든 독재정권과 달라, 우리가 무슨 일을 하는지 안다는 점에서. 우리를 제외한 모든 독재정권은, 우리와 비슷한 독재정권조차, 하나같이 비겁한 위선자였어. 독일 나치와 러시아 공산당은 우리와 매우 비슷한 방법을 사용했지만, 그럴 수밖에 없는 이유를 인정할 용기는 조금도 없었지. 그들은 일정 기간 마지못해 권력을 장악하는 척, 조금만 노력하면 모든 인간이 자유와 평등을 누리는 낙원이 오는 척하거나, 그렇다고 확신했어. 우리는 그렇게 하지 않아. 우리는 그 누구도 권력을 포기하려고 권력을 잡는 게 아니란 사실을 잘 알아. 권력은 수단이 아니야. 권력은 목적이야. 인간은 혁명을 지키려고 독재정권을 세우는 게 아니야. 인간은 독재정권을 세우려고 혁명하는 거야. 고문하는 목적은 고문하는 거야. 권력을 잡는 목적은 권력을 잡는 거고. 무슨 말인지 알아듣겠나?"

윈스턴은 오브라이언 얼굴에 지친 표정이 가득한 걸 보고 예전에 그런 것처럼 이번에도 충격을 받는다. 강인하고 뚱뚱하고 잔인한 얼굴이, 지성과 열정을 적절하게 통제하며 자신을 무기력증으로 몰아넣는 얼굴이 지금은 많이 지쳐 보인다. 눈 밑으로 살이 축 처지고, 광대뼈

살갗 역시 축 늘어졌다. 오브라이언이 상체를 숙여서 지친 얼굴을 일부러 가까이 들이밀며 덧붙인다.

"내 얼굴이 늙고 지쳤다고 생각할 거야. 내가 권력에 대해서 떠들지만, 몸뚱이가 늙어가는 건 어쩔 수 없다고 생각하겠지. 자네는, 윈스턴, 개인은 세포에 불과하다는 걸 모르겠나? 세포가 지친다는 건 유기체가 활발하게 움직인다는 증거야. 자네는 손톱을 깎으면 죽나?"

오브라이언이 침대에서 돌아서더니, 호주머니에 한 손을 넣고 다시 이리저리 거닐다가 말한다.

"우리는 권력을 섬기는 사제야. 권력은 신이야. 하지만 지금 당장으로선, 자네에게 권력은 평범한 단어에 불과해. 이제 자네도 권력이 어떤 의미인지 깨달을 때가 됐어. 자네가 무엇보다 먼저 알아야 할 건 권력은 집단이란 사실이야. 개인은 자신이 개인이길 멈출 때 비로소 권력을 소유할 수 있어. '자유는 예속이다'는 당 구호는 자네도 잘 알지? 이걸 반대로 뒤집어도 된다는 생각을 지금까지 해본 적 있나? 예속은 자유다. 홀로 있으면, 자유로우면, 인간은 언제나 패배할 수밖에 없어. 이건 어쩔 수 없는 진실이야, 인간은 누구나 죽을 수밖에 없는데, 죽는 건 무엇보다 커다란 패배거든. 하지만 인간이 전적으로 완벽하게 굴복할 수 있다면, 자기 정체성을 벗어던질 수 있다면, 당과 한몸이 되어서 당 자체로 녹아들 수 있다면, 그 인간은 전지전능하고 영원한 존재가 되는 거야. 자네가 두 번째로 알아야 할 건, 권력은 인간을 지배한단 사실이야. 신체를 지배하고, 특히 중요한 건, 정신을 지배한다는 사실. 물질을, 외적 현실이라고 말해도 되는데, 지배하는 건 중요하지 않아. 이미 우리는 물질을 완벽하게 지배하거든."

순간적으로 윈스턴은 다이얼을 외면한다. 그리고 일어나 앉으려고 격렬하게 움직이다가 몸뚱이만 고통스럽게 비틀며 소리친다.

"하지만 물질을 어떻게 지배한단 말입니까? 기후도 중력 법칙도 지배할 수 없으면서. 질병도 고통도 죽음도……"

오브라이언이 손을 들어서 말을 막는다.

"우리가 물질을 지배하는 건 정신을 지배하기 때문이야. 현실은 두 개골 속에 존재해. 자네도 차츰 깨달을 거야, 윈스턴. 우리가 할 수 없는 건 하나도 없어. 투명인간, 공중부양…… 무엇이든. 내가 원하기만 하면 나는 여기에서 비눗방울처럼 떠오를 수 있어. 내가 원하지 않는 것뿐이야, 당이 원하지 않기 때문에. 자네는 자연법칙에 대한 19세기 관념을 깡그리 없애야 해. 자연법칙도 우리가 만들거든."

"하지만 그건 사실이 아니에요! 당신네는 지구 전체를 지배하는 것도 아니잖아요. 유라시아와 동아시아는 어떻게 하지요? 당신네가 그곳을 정복한 건 아니니까요."

"그건 중요한 게 아니야. 우리는 적당한 순간에 그들을 정복할 거야. 설사 정복하지 않는다 해도 무슨 차이가 있겠나? 우리는 그들이 존재한다는 사실 자체를 차단할 수 있어. 오세아니아가 지구 전체라고."

"하지만 지구도 티끌 하나에 불과해요. 인간은 한없이 작은 존재고요…… 무기력한! 인간이 생겨난 게 과연 얼마나 되었죠? 지구에는 수백만 년 동안 아무도 안 살았다고요."

"헛소리. 지구 나이는 우리와 똑같아. 우리보다 많은 게 아니라고. 어떻게 우리보다 많을 수 있겠나? 인간이 의식하지 않는 건 존재하는 게 아닌데."

"하지만 멸종한 동물 화석이 가득하잖아요. 매머드와 마스토돈, 거대한 공룡……. 인간이 생겨나기 오래전에 지구에서 살던."

"자네 눈으로 그런 화석을 직접 보았나, 윈스턴? 당연히 못 봤겠지. 19세기 생물학자들이 거짓으로 만들어낸 거니까. 인류 이전에 존재한 건 무엇도 없어. 인류 이후 역시. 인류가 아니면 존재하는 건 하나도 없거든."

"하지만 우주는 우리와 상관없이 존재해요. 별을 보세요! 개중에는 백만 광년이나 멀찌감치 떨어진 것도 있다고요. 우리가 영원히 닿을 수 없는 별이요."

윈스턴이 반박하자, 오브라이언은 무관심한 어투로 되묻는다.

"별이 뭐지? 그건 몇 킬로미터 밖에서 반짝이는 불꽃이야. 우리가 원하면 충분히 닿을 수 있지. 꺼버릴 수도 있고. 우주는 지구가 중심이야. 태양과 별은 지구 주변을 돈다고."

윈스턴이 또다시 격렬하게 움직인다. 이번에는 아무 말도 않는다. 그러자 말 없는 반박에 대답하듯 오브라이언이 다시 말한다.

"물론 어떤 점에서 그건 사실이 아니야. 바다를 항해할 때나 일식을 예측할 때는 지구가 태양 주위를 돌고 별이 수백 수천만 킬로미터 떨어졌다고 가정하는 편이 편리해. 하지만 그래서 어쨌다는 거야? 우리가 천문학을 이중체계로 운영하면 안 되는 건가? 별은 가까이 있을 수도 있고 멀리 있을 수도 있어, 필요에 따라. 우리 수학자에게 그럴 능력이 없다고 생각하나? 이중사고를 잊은 건가?"

윈스턴은 몸을 다시 움츠린다. 어떤 주제든 오브라이언은 신속한 대답으로 자신을 죽사발 만든다. 곤봉으로 마구 얻어맞은 느낌이다. 그렇지만 윈스턴은 자신이 옳다는 걸 너무나 잘 안다. 자신이 머릿속으로 규정하는 대로 세상 만물이 존재한다는 믿음은 엉터리라는 사실을 증명할 방법은 분명히 있지 않겠는가? 그런 생각은 오류라는 사실이 오래전에 드러나지 않았던가? 그걸 말하는 용어도 있는데, 지금은 생각이 안 난다. 오브라이언이 입가에 희미한 미소를 머금고 내려다보더니, 다시 말한다.

"형이상학은 자네 장기가 아니야, 윈스턴. 자네가 떠올리려고 애쓰는 단어는 유아론이야. 하지만 그것 역시 착각이야. 이건 유아론이 아니야. 집단유아론이지, 굳이 이름을 붙이자면. 이건 완전히 다른 거야. 아니, 정반대라고. 본론에서 벗어났군."

오브라이언이 어투를 바꾸며 덧붙인다.

"진정한 권력은, 우리가 밤낮으로 싸워서 확보한 권력은, 사물에 대한 게 아니라 인간에 대한 거야."

오브라이언이 말을 멈추더니, 똑똑한 학생에게 질문하는 교사처럼 묻는다.

"인간은 다른 인간에게 권력을 어떻게 행사할까, 윈스턴?"

윈스턴이 가만히 생각하다가 대답한다.

"고통을 가하는 방법으로."

"바로 그거야. 고통을 가하는 방법. 복종하는 거론 충분하지 않아. 고통을 배제한다면, 상대가 자신의 의지가 아니라 우리 의지에 복종한다는 걸 어떻게 확인하겠나? 권력은 고통과 굴욕을 가하는 거야. 권력은 상대의 정신을 갈가리 찢어발겨서 우리가 원하는 모습으로 조립하는 거야. 어떤가? 이제 우리가 어떤 세상을 만들어가는지 알 것 같은가? 쾌락을 추구하는 어리석은 이상 국가, 낡은 개혁가들이 꿈꾸던 이상 국가와 정반대야. 공포와 배신과 고통이 가득한 세상, 짓밟고 짓밟히는 세상, 무자비한 현상이 줄어드는 게 아니라 꾸준히 늘어나는 세상. 우리 세상에서 진보란 더 커다란 고통을 향해서 나아가는 거야. 예전 문명은 자기네가 사랑이나 정의에 기초한다고 주장했어. 우리 문명은 증오에 기초해. 우리 세상에는 공포와 분노와 승리와 자기비하만 존재해. 나머지는 우리가 파괴하거든…… 깡그리. 우리는 혁명 이전부터 존재하던 사고방식을 벌써 파괴하기 시작했어. 부모와 자식 관계, 인간과 인간이 맺는 관계, 남자와 여자가 맺는 관계를 잘라냈어. 아내나 자식이나 친구를 믿는 사람은 이제 어디에도 없어. 하지만 앞으로는 부인과 친구도 사라질 거야. 아이는 태어나자마자 엄마 품에서 떼어낼 거야, 암탉에게서 알을 빼앗듯. 성욕도 사라질 거야. 출산은 매년 갱신하는 급식 카드 같은 거로 변하고, 우리는 오르가슴도 없앨 거야. 우리 신경학자들이 연구하는 중이야. 충성심도 모조리 없애버릴 거야, 당에 대한 충성심만 빼고. 사랑도 사라질 거야, 빅 브러더를 사랑하는 것만 빼고. 웃음도 사라질 거야, 적을 물리치고 승리해서 웃는 것만 빼고. 예술도 사라지고 문학도 사라지고 과학도 사라지는 거야. 우리가 전지전능한 존재로 되면 과학도 필요하지 않거든. 아름다운 것과 추한 것에 대한 차별도 사라질 거야. 호기심도 사라지고 세상을 살아가는 즐거움도 사라질 거야. 쾌락이란 쾌락은 모두 파괴되는 거지. 하지만 잊지 말아야 할 게 있어, 윈스턴. 권력에 취하는 현상은 훨씬 교묘하게 끊임없이 늘어날 거라는 사실. 어느 순간이든 승리하는 쾌감은, 무기력한 적을 짓밟는 감동은 끊임없이 존재할 거라는 사실. 미래를 떠올리고 싶다면, 구둣발이 인간을, 그 얼굴을 영원히 짓밟는 장면을 상상하도록."

오브라이언은 윈스턴이 말할 거라고 예상한 듯 입을 다문다. 하지만 윈스턴은 침대에서 몸을 더욱 움츠릴 뿐, 아무 말도 할 수 없다. 심장이 얼어붙는 것 같다. 그러자 오브라이언이 다시 말한다.

"이건 영원하다는 사실을 꼭 명심하도록. 구둣발로 짓밟을 얼굴은 언제나 나타날 수밖에 없거든. 이단 역시, 사회를 해치는 암세포 역시 언제나 나타나고, 그래서 패배와 굴욕을 당하고 또 당할 테니까. 자네가 우리 손에 들어온 다음부터 겪은 걸 모조리 겪을 테니까, 훨씬 심하게. 간첩 행위, 배신행위, 체포, 고문, 처형, 행방불명은 절대 사라지지 않을 테니까. 우리가 사는 세상은 승리하는 세상이자 끔찍하게 무서운 세상이 될 테니까. 당은 권력이 늘어날수록 인내심이 줄어들거든. 반대파가 줄어들수록 독재는 늘어나고. 골드스타인을 비롯한 이단 세력도 영원히 존재할 거야. 매일 매 순간 패배하고 의심받고 조롱받고 야유받겠지만, 그래도 영원히 살아남을 거야. 지난 7년 동안 내가 자네와 함께 연출하던 연극도 세대를 거듭하며 꾸준히 살아남아, 훨씬 정교하게 발전하겠지. 우리는 이단자를 여기에 마음대로 끌고 와서 엄청난 고통에 비명을 지르고 망가지다 못해 비열한 존재로 변하고…… 그러다가 결국에는 참회하고 구원받아, 우리 발밑으로 스스로 기어오게 할 거야, 영원히. 그게 바로 우리가 만들어가는 세상이야, 윈스턴. 승리하고 또 승리하며 이기고 또 이기는 세상, 권력의 신경계를 끊임없이 압박하고 또 압박하고 또 압박해서. 그 세상이 어떤 모습으로 나타날지는 이제 자네도 깨닫겠지. 하지만 결국에는 그걸 이해하는 이상이 될 거야. 자네 역시 그 세상을 받아들이고 좋아하고 그 일부가 될 테니까."

윈스턴은 입을 열 만한 기력을 충분히 찾은 상태다. 그래서 힘없이 말한다.

"그럴 순 없어요!"

"무슨 뜻이지, 윈스턴?"

"당신네는 지금 막 묘사한 세상을 만들 수 없어요. 그건 꿈이에요. 불가능해요."

"왜?"

"공포와 증오와 잔인한 행위를 토대로 문명을 세울 순 없으니까요. 그런 문명은 절대로 오래갈 수 없으니까요."

"왜?"

"활력이 없으니까요. 그래서 무너질 테니까요. 그래서 자멸할 테니까요."

"헛소리. 자네는 증오가 사랑보다 소모적이라고 생각해. 하지만 꼭 그래야 할 이유가 뭐지? 정말 그렇다면, 그 차이는 뭐지? 우리가 우리 자신을 훨씬 빨리 소모하는 편을 선택했다 치자고. 우리가 생명을 빠르게 소모해서 서른 살에 늙어버린다 치자고. 그런다고 해서 달라지는 게 뭐지? 개인이 죽는 건 진짜 죽는 게 아니라는 진실을 자네는 이해할 수 없는 건가? 당은 영원한 존재라고."

언제나 그렇듯, 이 목소리에 윈스턴은 그대로 무너진다. 자신이 계속 반박하면 오브라이언이 다이얼을 또 돌리지나 않을까 두렵기도 하다. 그런데도 입을 다물 수 없다. 그래서 뚜렷한 논리도 없이, 오브라이언이 한 말에 대한 막연한 공포 외에는 확실한 근거도 없이 다시 반박한다.

"모르겠어요……. 별로 관심이 안 가요. 하지만 당신네는 실패할 거예요. 당신네는 어떤 식으로든 패배할 거예요. 삶이 당신네를 굴복시킬 거예요."

"우리는 삶을 입체적으로 세세하게 통제해, 윈스턴. 자네는 인간에게 천성이라는 게 있어서 우리 행동에 분노하며 반발할 거라 상상하는 거야. 하지만 그 천성까지 우리가 만들어낸다고. 인간은 무한정 조작할 수 있는 존재야. 혹시 무산계급이나 노예가 일어나서 우리를 무너뜨릴 거라는 낡은 생각으로 돌아간 건가? 그런 생각은 버려. 그들은 무기력해, 동물처럼. 중요한 건 당이야. 다른 건 아무런 소용이 없어…… 당치않은 존재라고."

"상관없습니다. 결국엔 그들이 당신네를 무찌를 테니까요. 그들은 조만간에 당신네 정체를 깨닫고, 그러면 당신네를 갈기갈기 찢어발길 테니까요."

"그런 일이 벌어질 거라는 증거가 하나라도 있나? 아니면 꼭 그럴 수밖에 없는 이유라도 있나?"

"아닙니다. 믿음입니다. 나는 당신네가 실패한다고 확신합니다. 우주에는 당신네가 결코 이길 수 없는 원리가 존재합니다, 그게 신령인지 법칙인지 모르겠지만."

"신을 믿나, 윈스턴?"

"아닙니다."

"그렇다면 그게 무얼까, 우리가 결코 이길 수 없는 원리라는 게?"

"모릅니다. 인간의 정신."

"그렇다면 자네는 자신이 인간이라고 생각하나?"

"그렇습니다."

"자네가 인간이라면, 윈스턴, 자네는 마지막 인간이야. 자네 종족은 멸종했거든. 그 후계자가 우리야. 자네는 자네가 혼자라는 사실을 이해하나? 자네 부류는 역사에서 사라졌어. 존재하지 않는다고."

오브라이언이 태도를 바꾸며 더욱 가혹한 어투로 덧붙인다.

"자네는 우리보다 도덕적으로 우월하다고 생각하지, 우리는 잔인한데다 거짓말까지 하고?"

"그렇습니다. 제가 우월하다고 생각합니다."

오브라이언이 아무 말 않는다. 다른 두 사람 목소리가 들린다. 그중 하나가 자기 목소리라는 사실을 윈스턴은 잠시 후에 깨닫는다. 자신이 '형제단'에 가담한 날 밤에 오브라이언과 나눈 대화를 녹음한 내용이다. 자신이 거짓말하고 훔치고 위조하고 살인하고 마약과 매춘을 조장하고 성병을 전염시키고 아이 얼굴에 황산을 뿌리겠다고 약속하는 목소리가 들린다. 오브라이언이 짜증스런 표정을 살짝 내비친다. 이런 것까지 증명하는 건 정말 무가치하다고 말하는 것 같다. 그러더니 버튼을 누르고 목소리는 멈춘다.

"침대에서 일어나."

오브라이언이 말한다. 결박한 밧줄이 저절로 풀린다. 윈스턴은 바닥으로 내려와서 비틀거리며 일어선다. 그러자 오브라이언이 말을 이어간다.

"자네는 마지막 인간이야. 자네는 인간 정신을 수호해. 이제 자네란 존재를 생생하게 깨닫도록 해주지. 옷을 벗어."

윈스턴은 작업복을 고정한 끈을 푼다. 지퍼 고정 장치는 오래전에 찢겨나갔다. 자신이 잡힌 이후로 옷을 모두 벗은 적이 있는지 기억할 수 없다. 작업복 속에서 누리끼리한 누더기가 더러운 모습을 드러낸다. 속옷 잔해라는 걸 겨우 알아볼 정도다. 그것까지 바닥으로 끌어 내리자, 맞은편에서 삼면 거울이 보인다. 윈스턴은 그곳으로 다가가다가 우뚝 멈춘다. 자신도 모르게 비명이 터져 나온다.

"계속 걸어. 거울 사이에 서도록. 옆모습까지 보이게."

오브라이언이 다그친다.

윈스턴이 걸음을 멈춘 건 소스라치게 놀랐기 때문이다. 해골처럼 생긴 몰골이 구부정한 모습으로 자신을 향해 다가온다. 그 모습이 너무나 끔찍하다. 그게 자신이라는 사실을 깨달았기 때문만은 아니다. 윈스턴은 거울로 다가간다. 몸뚱이를 구부정하게 숙여서 얼굴이 툭 튀어나온 것 같다. 절망에 빠진 죄수 얼굴이, 벗겨진 정수리로 매끈하게 이어지는 이마가, 구부러진 코와 잔뜩 야윈 광대뼈, 그 위에 틀어박혀서 잔뜩 경계하는 눈이 보인다. 뺨에는 주름이 가득하고 입술은 안으로 푹 들어간 것 같다. 자기 얼굴이 분명하지만, 내면보다 심하게 변한 것 같다. 그 얼굴에 담긴 감정 자체도 자신이 느끼는 감정과 다른 것 같다. 머리는 군데군데 벗겨졌다. 처음에는 머리카락이 백발로 변했다고 생각했지만, 백발로 변한 건 두피다. 양손과 얼굴 둘레를 제외하곤 때가 오랫동안 덕지덕지 달라붙어서 온몸이 회색이다. 때 밑으로 빨간 상처 자국이 곳곳에 있고, 발목 옆에는 하지정맥류 궤양이 심해서 살갗이 벗겨졌다. 하지만 무엇보다 끔찍한 건 잔뜩 야윈 몸뚱이다. 옆구리에 살이 하나도 없어서 갈비뼈가 그대로 드러나고, 다리에도 살이 없어서 무릎이 허벅지보다 굵다.

윈스턴은 오브라이언이 옆모습을 보라고 말한 뜻을 이제야 깨닫는다. 척추가 굽은 모습이 정말 섬뜩하다. 가느다란 어깨는 앞으로 굽어서 가슴에 구멍이 뚫린 것 같고, 깡마른 목은 두개골 무게에 눌려서 반으로 접힐 것 같다. 다른 사람이 본다면 중병에 시달리는 60대 노인이라고 말할 게 분명하다.

"자네는 내 얼굴이, 안쪽 당원 얼굴이 늙고 지쳐 보인다는 생각을 가끔 했을 거야. 그렇다면 자네 얼굴은 어떤가?"

오브라이언이 말하더니, 윈스턴 어깨를 잡고 빙글 돌려서 얼굴을 정면으로 바라보며 다시 말한다.

"자네가 어떤 상태인지 보라고! 온몸에 더럽게 뒤덮인 때를 보라고 발가락 사이에 낀 때를 보라고. 다리에 생긴 염증 때문에 흉하게 벗겨진 살갗을 보라고. 자네한테서 염소 같은 악취가 나는 건 아는가? 이미 적응한 지 오래돼서 잘 모를 거야. 해골 같은 자네 형상을 보라고. 잘 보이지? 자네 이두박근은 내가 엄지와 검지로 쥘 수 있을 정도야. 자네 목은 당근처럼 가볍게 부러뜨릴 수 있고 우리 손에 들어온 이후, 자네 몸무게가 25킬로그램이나 빠진 건 아는가? 머리카락도 한 줌씩 빠지고? 봐!"

오브라이언이 윈스턴 머리를 잡아당겨서 머리카락을 한 줌 뽑아낸다.

"입을 벌려. 이가 아홉, 열, 열한 개 남았군. 여기에 올 때는 몇 개였지? 그런데 얼마 안 남은 이까지 빠지는 중이야. 여길 보라고!"

오브라이언이 남은 앞니 하나를 엄지와 검지로 힘껏 잡는다. 갑작스러운 통증이 일어난다. 오브라이언이 느슨한 이를 뿌리째 뽑더니, 감방 바닥으로 던지며 계속 말한다.

"자넨 몸뚱이가 썩어가는 중이야. 살이 갈가리 찢기는 중이지. 자네는 뭐지? 오물 덩어리야. 이제 돌아서서 거울을 봐. 자네 앞에 있는 괴물이 보이나? 그게 마지막 인간이야. 자네가 인간이라면, 그게 마지막 남은 인류라고. 이제 옷을 다시 입도록."

윈스턴은 천천히 뻣뻣하게 움직이며 옷을 입기 시작한다. 극도로 깡마르고 쇠약한 몸 상태를 지금까지 몰랐던 것 같다. 자신이 여기에 생각보다 오래 있었던 게 분명하다는 생각만 떠오른다. 볼품없는 누더기를 몸에 두르는데, 망가진 몸이 불쌍하다는 느낌도 불쑥불쑥 솟구친다. 그래서 자신도 모르는 사이에 침대 옆 조그만 의자에 철퍼덕 무너져서 눈물을 터트린다. 끔찍하게 생긴 자신이, 볼품없는 자신이, 해골 같은 몰골이 가혹한 불빛 아래 더러운 속옷 차림으로 앉아서 운다는 사실은 잘 알지만, 도저히 멈출 수 없다.

오브라이언이 어깨에 손을 얹으며 말하는데, 어투가 다정하다.

"영원히 그런 건 아니야. 언제든 마음만 먹으면 그런 모습에서 벗어날 수 있어. 모든 건 자네한테 달렸어."

"당신이 이런 거예요! 당신이 나를 이 꼴로 만든 거예요."

윈스턴이 소리치며 흐느끼자, 오브라이언이 반박한다.

"아니, 윈스턴. 그 꼴로 만든 건 자네 자신이야. 자네가 당에 맞서겠다고 마음먹을 때 그걸 받아들인 거라고. 그 결정에 이것까지 모두 포함되었거든. 자네가 예상하지 않은 건 하나도 없어."

오브라이언이 입을 잠시 다물더니 다시 말한다.

"우린 자넬 때렸어, 윈스턴. 우린 자넬 파괴했어. 몸뚱이가 어떻게 변했는지 자네도 봤지? 자네 정신도 똑같은 상태야. 나는 자네한테 대단한 자부심이 남았다고 생각하지 않아. 자네는 발길질과 매질을 당하고 모욕을 겪었어. 너무 아파서 비명을 지르고, 자네 피와 토사물이 잔뜩 널린 바닥에서 이리저리 뒹굴었어. 살려달라고 울부짖으면서 모든 사람과 모든 원칙을 배신했어. 자네가 겪지 않은 굴욕을 단 하나라도 떠올릴 수 있겠나?"

윈스턴은 벌써 울음을 그쳤지만, 눈물은 두 눈에서 계속 삐져나온다. 그러다가 오브라이언을 올려다보며 대답한다.

"난 줄리아를 배신하지 않았어요."

오브라이언이 가만히 생각하는 표정으로 내려보다가 말한다.

"그래, 맞아. 그건 완벽한 사실이야. 자네는 줄리아를 배신하지 않았어."

오브라이언을 묘하게 존경하는 마음이, 그 무엇으로도 파괴할 수 없을 것 같은 존경심이 윈스턴 가슴으로 다시 밀려든다. 지성이 대단하다는, 정말 대단하다는 생각이 절로 떠오른다! 오브라이언은 자신이 한 말을 이해하지 못한 적이 한 번도 없다. 다른 사람이라면 누구든 자신이 줄리아를 배신했다고 반박할 게 분명한데 말이다. 자신에게서 고문으로 쥐어짜지 못한 게 무엇이 있단 말인가? 자신은 줄리아에 대한 걸, 습관을, 성격을, 지난 삶을 모두 말했다. 둘이 만나서 경험한 모든 걸, 자신이 줄리아에게 한 말과 줄리아가 자신에게 한 말을, 암시장에서 산 음식, 음란한 행동, 당에 반발하며 애매한 음모를 떠올린 것까지, 아주 사소한 내용까지 낱낱이 자백했다. 그렇지만 방금 자신이 그렇게 말한 데에는 줄리아를 배신하지 않았다는, 줄리아를 여전히 사랑한다는, 줄리아에 대한 감정은 여전히 그대로라는 의도가 담겼다. 오브라이언은 그걸 이해한 것이다, 다시 설명할 필요도 없이. 그래서 윈스턴이 물었다.

"알려주세요, 저들이 날 언제 총살하나요?"

오브라이언이 대답한다.

"오래 걸릴 가능성이 커. 자네는 까다로운 사례거든. 하지만 희망을 포기하지 말도록. 우리는 누구든 치료하니까. 결국에는 자네를 총살할 거고."

4

윈스턴은 상태가 많이 좋아졌다. 하루라는 표현을 사용해도 괜찮을 지 모르겠지만, 하루하루가 다를 정도로 살이 붙고 힘이 생긴다.

하얀 불빛과 윙윙대는 기계음은 여전히 똑같지만, 감방도 예전 감방 보다 약간은 편안하다. 판자로 만든 침대에는 베개와 매트리스가 있고 앉는 걸상도 있다. 목욕도 하고 양철 대야에서 세수도 꽤 자주 한다. 심지어 따듯한 물까지 공급받을 정도다. 속옷도 새로 받고 깨끗한 작업 복도 받았다. 하지정맥류 궤양에는 연고를 바르고 붕대로 감았다. 남 은 이를 마저 뽑고 의치를 새로 맞추기도 했다.

몇 주에서 몇 달은 흐른 게 분명하다. 마음만 먹는다면 시간이 지나 는 것도 충분히 가늠할 수 있다. 식사가 규칙적으로 나오는 것 같아서 다. 윈스턴이 판단하기에 식사는 24시간에 세 차례 나오는 것 같다. 자신이 음식을 받는 시간이 밤인지 낮인지 궁금한 느낌이 가끔 희미하게 떠오른다. 음식은 놀라울 정도로 훌륭하고, 고기도 세 번에 한 번꼴로 나온다. 한번은 담배까지 한 갑 나왔다. 성냥이 없지만, 말 한마디 없이 음식만 가져다주는 교도관이 불을 붙여주곤 한다. 담배를 처음 태울 때는 속이 메스꺼웠지만, 윈스턴은 꾹 참으며 담배 한 개비를 식후마다 절반씩 나눠 피워서 한 갑으로 꽤 오랫동안 버텼다.

저들은 모서리에 몽당연필이 묶인 하얀 석판도 주었다. 윈스턴은 처음에 석판을 전혀 사용하지 않았다. 깨어있는 시간에도 감각이 하나도 없어서 축 늘어졌다. 식사하고 다음 식사가 나올 때까지 가만히 누워서 꿈쩍하지를 않거나, 계속 잠자거나, 눈을 뜨는 게 너무 힘들어서 그대로 감은 채 백일몽에 멍하니 빠져들기 일쑤였다. 환한 조명을 얼굴에 받으면서 잠자는 건 이미 익숙하다. 어두운 것과 별 차이가 없는 것 같다. 굳이 다른 게 있다면, 꿈 내용이 선명하다는 정도다.

이 시기에 윈스턴은 꿈을 정말 많이 꿨는데, 항상 행복한 내용이다. 자신이 황금빛 찬란한 들녘에 있거나, 어머니나 줄리아나 오브라이언과 햇빛이 찬란하게 비치는 화려하고 거대한 폐허에 앉아, 하는 일 하나 없이 가만히 앉아서 따사로운 햇살을 즐기며 평화로운 대화를 나누었다. 깨어있을 때는 대체로 꿈 내용을 떠올렸다. 고통스러운 자극이 완전히 사라진 나머지, 지적인 생각을 떠올릴 힘마저 모두 사라진 것 같았다. 따분하지도 않고, 대화를 즐기고 싶은 마음도 오락을 즐기고 싶은 마음도 없었다. 혼자 있다는 게, 맞지도 않고 심문도 안 당한다는 게, 충분히 먹는다는 게, 온몸이 깨끗하다는 게 완벽하게 만족스럽기만 했다.

그러다가 잠자는 시간이 서서히 줄어드는데, 침대에서 일어나고 싶은 의욕은 여전히 못 느꼈다. 몸에 기운이 돌아오는 걸 느끼면서도 가만히 누워있고 싶은 마음만 가득했다. 손가락으로 여기저기를 만지고 찔러서 근육이 붙고 피부가 팽팽하게 올라오는 게 착각은 아닌지도 확인했다. 온몸에 살이 붙는다는 걸 마침내 더는 의심하지 않는 단계에도 이르렀다. 이제는 허벅지가 무릎보다 통통한 게 확실하다. 그런 다음에, 처음에는 마지못해 규칙적으로 운동하기 시작했다. 하지만 얼마 후엔 감방 안에서 보폭으로 재는 식으로 3킬로미터까지 걷고,[6] 꾸부정한 어깨도 반듯하게 펴지기 시작했다. 힘이 조금 드는 운동을 시도하다가, 자신이 할 수 없는 동작에 깜짝 놀라기도 하고 창피하기도 했다.

걷는 운동 이상을 할 순 없었다. 걸상을 든 채 팔을 쭉 펼 수도 없고, 한 다리로 넘어지지 않고 설 수도 없었다. 쪼그리고 앉으면 허벅지와 종아리가 너무 아파서 몸을 똑바로 일으킬 수 없다는 것도 알아챘다. 배를 바닥에 대고 납작 엎드려서 팔심으로 몸을 일으키려고도 했다. 소용이 없었다. 단 1센티미터도 일으킬 수 없었다. 하지만 며칠 더 노력하자 - 식사를 몇 번 더 하자 - 그렇게 힘든 동작마저 해냈다. 여섯 번 연속으로 해내는 수준까지 올랐다. 윈스턴은 몸에 대한 자신감이 늘어나고, 얼굴이 정상으로 돌아올 거라는 희망까지 간간이 품었다. 민둥민둥한 두피에 어쩌다 손이 닿을 때가 아니면 거울에서 본 얼굴도, 주름투성이로 망가진 얼굴도 떠오르지 않았다.

정신적인 의욕도 살아났다. 그래서 판자 침대에 앉아 등을 벽에 기댄 채 무릎에 석판을 올려놓고 자신을 재교육하는 어려운 작업에 하나씩 들어갔다.

자신은 완전히 항복했다. 그건 충분히 인정한다. 이제야 깨달았지만, 사실, 자신은 그렇게 결정하기 오래전에 이미 그럴 마음을 먹었다. 애정성으로 끌려온 순간부터 - 그렇다, 줄리아와 우두커니 선 채로

---

6) 만 보를 걸었다는 뜻이다.

'텔레스크린'에서 명령하는 금속성 목소리를 듣던 순간부터 – 자신은 막강한 당 권력에 맞서는 게 정말 부질없고 무의미하다는 사실을 깨달 았다. 사상경찰이 자신을 7년 동안 확대경 밑에 놓인 딱정벌레처럼 지켜보았다는 사실도 이제 안다. 그들이 주목하지 않은 말이나 행동도 없고, 그들이 추론할 수 없는 생각도 없다. 그들은 일기장 표지에 희뿌 옇게 쌓인 먼지까지 그대로 복원했다. 그들은 자신에게 녹음을 들려주 고 사진을 보여주었다. 자신과 줄리아를 찍은 사진도 많다. 그중에는 심지어……. 윈스턴은 당을 상대로 더는 싸울 수 없다. 게다가 당은 모든 게 옳다. 그건 당연한 결과다. 영원한 집단지성이 어떻게 틀릴 수 있단 말인가? 그 판단을 외부에서 어떤 기준으로 검증할 수 있단 말인가? 제정신은 통계수치다. 저들이 생각하는 것처럼 생각하는 법을 배우면 된다!

손에 쥔 연필이 굵직하고 불편하게 느껴진다. 윈스턴은 머리에 떠오 르는 생각을 적기 시작한다. 우선 커다란 대문자로 서툴게 적는다.

자유는 예속이다.

그러다가 밑에다 곧바로 적는다.

둘 더하기 둘은 다섯이다.

그런데 장애물 같은 게 생긴다. 마음을 집중할 수 없다. 무언가를 회피하는 것 같다. 다음에 나올 게 무언지 아는 게 분명하지만, 순간적 으로 기억을 떠올릴 수 없다. 저절로 떠오르지 않는다. 그래서 윈스턴 은 논리적으로 힘껏 추론한 다음에 비로소 그걸 떠올린다. 그리고 이렇게 쓴다.

　권력은 신이다.

　윈스턴은 모든 걸 받아들인다. 과거는 바꿀 수 있다. 과거를 바꾼 적은 한 번도 없다. 오세아니아는 동아시아와 전쟁하는 중이다. 오세아니아는 언제나 동아시아와 전쟁했다. 존스와 아론슨, 러더퍼드는 실제로 범죄를 저질렀다. 자신은 그들이 무죄라는 걸 증명하는 사진을 본 적이 없다. 그런 사진은 애초에 존재한 적조차 없다. 자신이 꾸며낸 거다. 정반대 기억이 떠오르지만, 그건 잘못된 기억이며, 스스로를 기만한 결과물이다. 모든 게 얼마나 간단한가! 항복만 하면 나머지는 자동으로 해결된다. 물살을 거스르느라 아무리 몸부림치며 헤엄쳐도 뒤로 계속 밀렸는데, 한순간에 마음을 바꿔서 방향을 돌리니 힘을 제대로 받으며 앞으로 쭉쭉 나아가는 느낌이다. 일어날 일은 어차피 일어난다는 식으로 마음을 바꾼 외에는 변한 게 하나도 없다. 윈스턴은 자신이 지금까지 저항한 이유를 도무지 알 수 없다. 모든 게 편안하다, 다만……!

　무엇이든 진실일 수 있다. 흔히 말하는 자연법칙은 허튼소리다. 중력법칙도 허튼소리다. 오브라이언은 "원하기만 하면 나는 비눗방울처럼 둥둥 떠다닐 수 있다"고 말했다. 윈스턴은 이 말을 '오브라이언이 공중에 둥둥 떠다닌다고 생각한다면, 그리고 나 역시 그 장면을 내 눈으로 본다고 생각한다면, 그 일은 실제로 일어나는 거다'는 뜻으로 받아들인다. 하지만 가라앉던 잔해가 수면으로 불쑥 떠오르듯, '실제로 그런 일은 일어나지 않아. 우리가 상상한 거야. 환영이라고' 하는 생각이 불쑥 치밀어오른다. 윈스턴은 이 생각을 곧바로 억누른다. 잘못된 생각이다. 이런 생각은 외부 어딘가에 '진짜' 행동이 일어나는 '진짜' 세상이 있다는 조건을 전제한다. 하지만 그런 세상이 어떻게 존재할 수 있단 말인가? 우리가 아는 지식 가운데에서 우리가 마음으로 받아들이지 않는 게 어디에 있단 말인가? 세상일은 우리 마음에서 일어난다. 마음속에서 일어나는 일은 무엇이든 진짜로 일어나는 거다.

윈스턴이 오류를 가볍게 해결하니, 이제는 그런 오류에 넘어갈 위험도 사라진다. 그런데도 윈스턴은 앞으로 자신에게서 이런 오류가 절대로 발생하지 않도록 해야 한다는 사실을 깨닫는다. 위험한 생각이 떠오를 때마다 마음속에 사각지대를 만들어야 한다. 자동으로, 본능으로 만들어야 한다. 새말에서는 이걸 '범죄단절'이라고 한다.

윈스턴은 '범죄단절' 연습에 들어간다. '당은 지구가 평평하다고 한다', '당은 얼음이 물에 가라앉는다고 한다'와 같은 명제를 설정하고, 여기에 반박하는 주장은 보지도 않고 듣지도 않도록 훈련한다. 쉽지 않다. 막강한 추론과 임기응변 능력이 필요하다. 예를 들어, '둘 더하기 둘은 다섯' 같은 주장은 자신의 지적 이해력을 뛰어넘는 산술 문제를 일으킨다. 그래서 논리를 매우 정교하게 구사하다가도 갑자기 조잡한 논리적 실수조차 못 느끼는 식으로 두뇌 운동성을 극히 탁월하게 구사하는 능력이 필요하다. 멍청한 정신도 지적인 정신만큼이나 중요하며, 습득하는 과정 역시 똑같이 어렵다.

그러는 내내, 마음 한구석에서는 저들이 자신을 언제 총살할지 궁금하다. 오브라이언은 "모든 건 자네한테 달렸어"라고 말했다. 그러나 의식적으로 노력해서 그날을 앞당길 방법은 없다는 걸 윈스턴은 잘 안다. 저들은 윈스턴을 지금 당장 총살할 수도 있고, 10년 뒤에 총살할 수도 있다. 독방에 몇 년이고 가둘 수도 있고, 강제 노동 수용소에 보낼 수도 있고, 가끔 그런 것처럼 잠시 풀어줄 수도 있다. 그래서 체포하고 심문하는 과정을 다시 그대로 재연한 다음에 총살할 가능성도 충분하다. 분명한 사실 하나는, 죽음은 예측한 순간에 절대로 일어나지 않는다는 거다. 전통에 따르면, 누구도 들은 적은 없지만 다들 아는 은밀한 전통에 따르면, 저들은 감방에서 감방으로 이어지는 복도를 걸을 때, 아무런 경고 없이 뒤에서 머리를 쏘는 게 원칙이다.

어느 대낮에 – 대낮이란 표현은 적절하지 않을 수 있다. 한밤중일 수도 있으니 말이다 – 윈스턴은 황홀한 백일몽에 이상하게 빠져든다. 자신은 복도를 걸으며 총알이 날아오기만 기다린다. 자신은 총알이 언제든 날아올 수 있다는 걸 잘 안다. 모든 걸 해결해서 부드럽게 정리했다. 의심스러울 것도 없고 반박할 것도 없고 고통스러울 것도 없고 두려울 것도 이제 없다. 몸뚱이도 건강하고 튼튼하다. 그래서 햇살을 받으며 걷는 기분으로 상쾌하게 나아가며 편안하게 걷는다. 애정성 하얀 벽 비좁은 복도가 아니다. 넓이는 1킬로미터에 달하며 햇빛은 엄청나게 찬란한 통로를 약에 취해서 황홀경에 빠진 채 걷는 느낌이다. 황금빛 들녘에서 오솔길을 따라 토끼가 풀을 뜯는 초원을 가로지르며 걷는다. 짧은 잔디는 발바닥에 푹신하게 밟히고, 햇살은 얼굴을 부드럽게 매만진다. 초원 끝에서 느릅나무가 쭉 늘어서서 바람에 살랑대고, 그 너머 어딘가에 개울이 있어 버드나무 아래 파란 웅덩이에서 황어가 노닌다.

윈스턴은 갑자기 엄청난 공포에 질리며 벌떡 일어난다. 등줄기에 식은땀이 흥건하다. 자신이 커다랗게 외치는 소리를 들은 거다.

"줄리아! 줄리아! 줄리아, 내 사랑! 줄리아!"

순간적으로 줄리아가 바로 옆에 있다는 환상에 흠뻑 빠져든 거다. 그냥 함께 있는 정도가 아니라, 자기 몸속으로 들어온 것 같았다. 살갗 조직 속으로 파고든 것 같았다. 줄리아와 함께 지낼 때 이상으로 줄리

310

아를 사랑한다는 느낌이 가득 몰려들었다. 줄리아가 어딘가에서 자신에게 구원을 요청한다는 느낌도 들었다.

윈스턴은 침대에 똑바로 누워서 마음을 달래려고 애쓴다. 자신이 무슨 짓을 한 건가? 순간적으로 나약하게 변해서 이렇게 굴욕스러운 삶을 몇 년이나 연장했단 말인가?

이제 바깥에서 쿵쿵 다가오는 구둣발 소리가 들릴 게 분명하다. 이렇게 감정이 폭발한 걸 저들이 벌주지 않고 넘어갈 리 없다. 전에는 몰랐더라도 이제는 자신이 저들과 맺은 약속을 어겼다는 사실을 알게 분명하다. 자신은 당에 복종하지만, 또한 당을 여전히 증오한다. 옛날에는 겉으로 복종하는 척하면서 속으로 증오했다. 이제는 한 걸음 더 물러났다. 마음은 항복했지만, 훨씬 깊은 마음속은 온전히 지키고 싶었다. 잘못이라는 걸 알면서도 윈스턴은 잘못하는 게 훨씬 좋았다. 저들도 이해하고 오브라이언도 이해할 거다. 바보 같은 외침 한 마디에 자백이란 자백을 모조리 담았으니 말이다.

전 과정을 처음부터 다시 반복해야 할지도 모른다. 몇 년이 걸릴 수도 있다. 윈스턴은 손으로 얼굴을 훑어서 새로운 모습을 익히려고 애쓴다. 볼 양쪽에 깊이 파인 상처가 있고 광대뼈는 날카롭고 코는 납작하다. 게다가 거울을 마지막으로 본 이후에 의치를 새로 끼웠다. 얼굴이 어떻게 생겼는지 모르니, 속을 알 수 없는 표정을 떠올리는 게 쉽지 않다. 어쨌든 표정을 바꾸는 정도로는 충분하지 않다. 비밀을 지키고 싶으면 자신에게 먼저 숨겨야 한다는 사실을 윈스턴은 이제 비로소 깨달았다. 비밀이 있다는 걸 알더라도, 꼭 필요하기 전까진 어떤 형태로든 절대로 의식하지 말아야 한다. 지금부터는 생각만 올바른 정도가 아니라, 감정도 올바로 느끼고 꿈도 올바로 꾸어야 한다. 그리고 증오심은 자신의 일부긴 해도 다른 신체와 연결되지 않은 부위처럼 마음속에 꽁꽁 가둬야 한다.

언제든 저들은 자신을 총살하기로 마음먹을 수밖에 없다. 그게 언제일지 알 수 없지만, 몇 초 전에는 충분히 알아차릴 수 있다. 총을 쏘는 건 복도를 걸을 때 뒤에서다. 10초면 충분하다. 그 정도면 내면세계를 완전히 뒤집을 수 있다. 그러다가 돌연코, 한마디 말도 없이, 걸음조차 안 멈추고, 얼굴색 하나 안 변한 채, 갑자기 가면을 벗어던지면서 증오심을 뺑! 터트리는 거다. 성난 불길처럼 거대한 증오심을 온몸으로 발산하는 거다. 그러면 거의 동시에 탕! 하며 총알이 너무 늦든 너무 이르든 날아오겠지. 그래서 머리통이 부서지면 저들은 나를 다시 살려낼 수 없어. 이단이 떠올린 생각을 저들은 처벌할 수도 회개시킬 수도 없으니, 나는 그 손아귀에서 영원히 벗어나는 거야. 그래서 완벽한 저들 생각에 구멍을 내는 거야. 저들을 증오하며 죽는 것. 바로 그게 자유야.

윈스턴은 눈을 감는다. 이건 지적인 훈계를 받아들이는 것보다 어렵다. 이건 자신을 스스로 비하해서 병신으로 만드는 거다. 무엇보다도 더럽고 불결한 쓰레기더미로 뛰어드는 거다. 세상에서 가장 끔찍하고 역겨운 건 무얼까? 윈스턴은 빅 브러더를 떠올린다. (포스터로 끊임없이 보아서 넓이가 1미터는 될 것처럼) 커다란 얼굴, 까맣고 짙은 콧수염, 사람을 이리저리 따라다니며 감시하는 눈동자가 저절로 떠오른다. 자신은 빅 브러더를 실제로 어떻게 느낄까?

복도에서 구둣발 소리가 쿵쿵 다가온다. 철문이 철커덩 소리와 함께 활짝 열린다. 오브라이언이 들어온다. 뒤에는 얼굴이 밀랍처럼 창백한 관리와 까만 제복 교도관 여러 명이 있다.

"일어나. 이리 와!"

오브라이언이 명령한다.

윈스턴은 그 앞에 선다. 오브라이언이 두 손으로 윈스턴 어깨 양쪽을 강하게 잡고 유심히 바라본다. 그러다가 말한다.

"자네는 날 속이려고 했어. 정말 멍청한 짓이야. 똑바로 서. 나를 똑바로 보도록."

오브라이언이 잠깐 말을 멈추더니, 훨씬 부드러운 어조로 이어서 말한다.

"자넨 좋아지는 중이야. 지적으로 자네는 문제가 거의 없어. 진척이 없는 부분은 감정 하나야. 대답해, 윈스턴. 자네는 빅 브러더를 실제로 어떻게 느끼나? 명심하도록, 거짓말하면 안 된다는 걸. 자네도 알다시피 나는 거짓말을 귀신같이 알아채거든."

"증오합니다."

"증오한다. 좋아. 그렇다면 마지막 단계를 밟을 때가 왔군. 자네는 빅 브러더를 사랑해야 해. 복종하는 거로 충분하지 않아. 사랑해야 해."

오브라이언이 윈스턴을 교도관 쪽으로 살짝 밀며 말한다.

"101호실로."

5

윈스턴은 지금까지 자신이 창문 하나 없는 건물 내부 어딘가에 있다고 생각했다. 확실한 것 같았다. 어딜 가든 공기 압력이 살짝 다른 느낌이었다. 교도관이 자신을 구타한 감방은 지하층이었다. 오브라이언이 자신을 심문한 공간은 지붕 근처 높은 곳이었다. 그런데 이번에 끌려온 곳은 지하로 한참 내려온, 더는 내려갈 수 없을 정도로 깊은 곳이다.

이번에 끌려온 곳은 자신이 지금까지 경험한 어떤 감방보다도 크다.

하지만 주변에 보이는 건 거의 없다. 보이는 거라곤 바로 앞에 있는 조그만 탁자 두 개가 전부인데, 녹색 베이즈 천으로 덮어놓았다. 하나는 1~2미터 거리에 불과하고, 또 하나는 약간 멀리 떨어진 문 근처다. 자신은 의자에 똑바로 앉은 채 꽁꽁 묶였다. 몸뚱이는 둘째치고 머리조차 움직일 수 없다. 받침대 같은 것이 뒤에서 머리를 꽉 붙잡아 정면을 똑바로 바라보게 한다. 그런 상태로 혼자 놓아두더니, 문이 열리면서 오브라이언이 들어온다. 그리고 이렇게 말한다.

"자네는 전에 나한테 101호실에 뭐가 있느냐고 물었어. 난 자네가 이미 그 답을 안다고 대답하고. 누구나 알거든. 101호실에 있는 건 세상에서 가장 끔찍한 거야."

문이 다시 열린다. 교도관 한 명이 철사로 만든 상자 같기도 하고 바구니 같기도 한 물건을 들고 안으로 들어온다. 그래서 멀리 떨어진 탁자에 올려놓는다. 오브라이언이 중간에 있어서 윈스턴은 그게 무언지 볼 수 없다.

오브라이언이 다시 말한다.

"사람마다 세상에서 가장 끔찍하게 여기는 게 달라. 산 채로 땅에 묻어서 죽이는 걸 수도 있고, 불에 태워서 죽이는 걸 수도 있고, 물에 빠뜨려 죽이거나 말뚝을 박아서 죽이는 걸 수도 있고, 다른 방법 쉰 가지로 죽이는 걸 수도 있어. 개중에는 아주 사소한 물체를 정말 끔찍하게 여기는 사람도 있고, 죽는 것도 아닌데."

그리고 옆으로 조금 비켜, 탁자에 올려놓은 물체를 윈스턴이 제대로 보도록 한다. 직사각형 철망 상자다. 꼭대기에 손잡이를 달아서 들고 다니도록 했다. 앞면에 펜싱 마스크처럼 보이는 걸 달아서 안쪽으로 오목하게 들어갔다. 3~4미터 떨어진 거리지만, 칸막이를 길게 대서 상자를 두 칸으로 나누고, 칸마다 이상한 생물체를 넣은 게 보인다.

생쥐다!

오브라이언이 말한다.

"자네 경우엔 세상에서 가장 끔찍한 게 생쥐고 말이야."

그렇지 않아도 윈스턴은 상자를 보는 순간에 왠지 모르게 오싹한 느낌이, 왠지 모를 공포가 온몸을 휩쓸었다. 하지만 상자 앞에 붙인 마스크 같은 물건이 무언지는 이제 처음 깨닫는다. 창자가 녹아내리는 느낌이다. 그래서 갈라진 목소리로 커다랗게 소리친다.

"저건 안 돼요! 그럴 순 없어요! 절대 안 돼요! 말도 안 돼요!"

"꿈속에서 툭하면 시달리며 고통받던 순간을 기억하나? 자네 앞에는 시커먼 벽이 있는데, 울부짖는 소리가 들리는 거야. 벽 너머에 뭔가 끔찍한 물체가 있어. 그게 뭔지는 알지만, 무서워서 바깥으로 끌어낼 수 없어. 벽 너머에 있는 건 바로 생쥐거든."

오브라이언이 하는 말에, 윈스턴은 목소리를 가다듬으려고 애쓰며 사정한다.

"오브라이언! 이럴 필요가 없다는 건 당신도 잘 알잖아요. 제가 어떻게 하면 되겠습니까?"

오브라이언은 바로 대답하지 않는다. 그러다가 입을 여는데, 가끔 그런 것처럼 학교 선생님 같은 어투다. 깊이 생각하는 표정으로 멀리 쳐다보는 게, 윈스턴 뒤쪽 청중에게 말하는 것 같다.

"고통을 가하는 방식으로 충분하지 않을 때가 많아. 인간은 고통은 물론 죽음까지 감수하며 맞서는 사례가 가끔 있거든. 하지만 도저히 견딜 수 없는 게, 생각만 해도 견딜 수 없는 게 누구든 하나씩 있어. 용기나 겁하고는 상관없는 거야. 절벽에서 떨어질 때 밧줄을 잡는 게 비겁한 건 아니듯이. 깊은 물에서 나오는 순간에 숨을 잔뜩 들이마시는 것도 비겁한 게 아니고. 그건 누구도 어쩔 수 없는 본능에 불과해.

생쥐도 마찬가지야. 자네는 생쥐가 견딜 수 없는 거야. 생쥐는 자네가 아무리 애써도 버틸 수 없는 공포 가운데 하나야. 자네 역시 결국에는 우리가 하라는 대로 하겠지."

"그게 뭡니까, 뭐냐고요? 뭔지도 모른다면 제가 그걸 어떻게 하겠습니까?"

오브라이언이 상자를 들고 탁자를 가로질러서 가까이 가져온다. 그리고 탁자를 덮은 베이즈 천에 조심스럽게 내려놓는다. 윈스턴은 양쪽 귀에서 혈관이 윙윙거린다. 주변에 아무도 없고 완전히 혼자라는 느낌이다. 아무것도 없이 광활한 대지 한가운데에 있는데, 단조로운 사막은 햇볕을 뜨겁게 내리쏟고, 사막 너머로 아득히 멀리서 온갖 소리가 다가온다. 하지만 생쥐가 있는 상자는 2미터도 안 되는 거리다. 생쥐가 엄청나게 크다. 다 자라서 주둥이는 굵직하고 날카로우며 털은 회색이 아니라 갈색이다.

오브라이언이 보이지 않는 청중에게 똑같이 말한다.

"쥐는 설치류지만 육식성이야. 그건 자네도 잘 알아. 여기 도시 빈민가에서 일어나는 사고를 자네도 들었을 거야. 어떤 지역에서는 여인네가 아기를 집에 혼자 둘 수 없다더군, 단 5분도. 생쥐가 아기한테 달려들거든. 순식간에 살을 뜯어 먹고 뼈만 남기지. 죽어가는 사람이나 환자한테도 덤벼들어. 생쥐는 똑똑해서 인간이 무력한 순간을 기막히게 알아채거든."

상자에서 찍찍 소리가 일어난다. 그 소리가 아득히 멀리서 달려드는 것 같다. 생쥐 두 마리가 싸운다. 칸막이를 뚫고 상대에게 달려들려고 서로 싸운다. 끝없이 절망하는 소리도 들린다. 이 소리 역시 자신이 아니라 다른 데서 뱉어내는 것 같다.

오브라이언이 상자를 든다. 그러면서 상자에 달린 무언가를 누른다.

찰각하는 소리가 날카롭다. 윈스턴은 의자에서 벗어나려고 미친 듯이 몸부림친다. 소용이 없다. 온몸이, 머리까지 꽁꽁 묶어서 옴짝달싹할 수도 없다. 오브라이언이 상자를 가까이 가져온다. 이제 윈스턴 얼굴에서 1미터도 안 되는 거리다. 오브라이언이 말한다.

"첫 번째 레버를 눌렀어. 상자 구조를 알아둬. 마스크는 자네 얼굴에 딱 맞을 거야, 빈틈없이. 내가 여기 다른 레버를 누르면, 상자 문이 스르륵 올라갈 거야. 그러면 굶주린 괴물이 총알처럼 튀어나오겠지. 자네는 생쥐가 공중을 가르며 뛰어오르는 걸 본 적 있나? 놈들이 단번에 뛰어올라서 자네 얼굴을 파먹을 거야. 어떨 때는 눈부터 파먹어. 어떨 때는 뺨을 뚫고 들어가서 혓바닥을 먹어치우고."

상자가 다가온다. 바싹 다가온다. 날카로운 소리가 끊임없이 들리는데, 머리 위 허공에서 일어나는 것 같다. 하지만 윈스턴은 공포에 맞서서 모질게 싸운다. 생각해, 생각해, 단 1초라도. 생각하는 게 유일한 희망이야! 갑자기 짐승 특유의 역겨운 곰팡내가 코를 찌른다. 몸속이 정신없이 요동치며 모든 걸 게워낼 것 같다. 금방이라도 정신을 잃을 지경이다. 사방이 깜깜한 암흑이다. 순간적으로 윈스턴은 정신이 나가서 고함을 마구 질러댄다. 하지만 한 가지 생각을 움켜잡은 채 암흑에서 벗어난다. 살길은 단 하나다. 다른 방법은 없다. 다른 사람을, 다른 사람 몸뚱이를 앞세워서 생쥐를 막아야 한다.

철망 마스크가 너무 커서 다른 건 아무것도 안 보인다. 철망 문은 얼굴에서 이제 두 뼘 거리다. 생쥐 두 마리는 앞으로 벌어질 일을 안다. 한 놈은 아래위로 펄쩍펄쩍 뛰고, 다른 놈은, 시궁창 생쥐들 할아버지쯤으로 보이는 늙고 더러운 놈은 벌떡 일어나서 분홍색 앞발로 창살을 잡고 코를 열심히 킁킁댄다. 쭉 뻗은 수염과 누런 이빨이 보인다. 윈스턴은 턱없이 밀려드는 공포에 눈앞이 캄캄하다. 아무것도 안 보인다. 몸에서 힘이 쭉 빠지고 아무런 생각도 할 수 없다.

"중국 황실에서 흔하게 사용하던 형벌이야."

오브라이언이 말하는데, 가르치는 어투는 여전하다.

마스크가 얼굴로 바싹 다가온다. 철망이 뺨에 스친다. 그런데……
맙소사, 이건 안전장치가 아니다. 실낱같은 기대가 깨져나간다. 너무
늦었다. 너무 늦은 것 같다. 하지만 형벌을 떠넘길 사람이 온 세상에
딱 한 명 있다는 사실을, 다른 몸뚱이로 쥐를 막을 수 있다는 사실을
윈스턴은 갑자기 깨닫는다. 그래서 미친 듯이 외치고 또 외친다.

"줄리아한테 하세요! 줄리아한테 하라고요! 나 말고! 줄리아! 그 여
자한테 무슨 짓을 해도 상관없어요. 그 여자 얼굴을 찢어발기고 뼈를
발라내세요. 나 말고! 줄리아를! 나 말고!"

윈스턴은 생쥐에게서 몸을 틀어 거대한 심연으로 빠져든다. 의자에
묶인 건 여전하지만, 바닥을 뚫고, 건물 벽을 뚫고, 땅바닥을 뚫고,
바다를 지나고 대기를 지나서 우주 공간으로, 별이 늘어선 사이로 도망
쳐…… 생쥐에게서 끝없이 벗어나고 또 벗어나고 또 벗어난다. 몇 광년
거리로 벗어나지만, 오브라이언은 옆에 그대로 있다. 뺨에는 차가운
철망 느낌이 그대로다. 그런데 사방에 가득한 어둠 사이로 철커덕하는
금속성 소리가 다시 일고, 윈스턴은 상자 문이 열린 게 아니라 닫혔다
는 걸 깨닫는다.

6

밤나무 카페가 텅 비었다. 한 줄기 햇살이 창문 너머로 비스듬히

들어와서 먼지투성이 탁자에 내려앉는다. 15시, 한산한 시각이다. '텔레스크린'에서 엉터리 음악이 흘러나온다.

원스턴은 평소처럼 구석 자리에 앉아서 텅 빈 유리잔을 물끄러미 바라본다. 맞은편 벽에서 바라보는 거대한 얼굴을 이따금 쳐다본다. '빅 브러더가 당신을 지켜본다'는 문구가 밑에 있다. 시키지도 않았는데 웨이터가 와서 유리잔에 승리 술을 따르고 코르크 마개에 빨대를 꽂은 병에서 액체 몇 방울을 떨어뜨려 이리저리 흔든다. 정향나무 향기가 깃든 카페 명물이다.

원스턴은 '텔레스크린'에 귀를 기울인다. 당장은 음악만 나오지만, 평화성에서 어느 순간에 속보를 내보낼지 모른다. 아프리카 전선에서 들리는 소식이 극히 불안하다. 원스턴은 그곳 걱정을 온종일 간간이 떠올리는 중이다. 유라시아 군대가 (오세아니아는 유라시아와 전쟁 중이다. 오세아니아는 예전부터 지금까지 유라시아와 줄곧 싸운다) 남쪽으로 무서운 속도로 진군한다. 정오 뉴스에서 특별히 언급한 지역은 없지만, 콩고로 들어가는 통로가 전쟁터로 변했을 가능성이 크다. 브라자빌과 레오폴드빌이 위험하다. 이게 의미하는 바를 파악하려고 굳이 지도까지 볼 필요는 없다. 이건 중앙아프리카를 잃는 그 이상을 의미한다. 오랜 전쟁을 통틀어 사상 처음으로, 오세아니아 본토가 위험에 빠질 수 있다.

격렬한 감정이, 공포라기보다는 획일적인 분노가 마음속에서 활활 타오르다가 사그라든다. 원스턴은 전쟁 생각을 멈춘다. 요즘은 어떤 주제든 마음을 몇 분 이상 집중할 수 없다. 원스턴은 유리잔을 들어서 단숨에 들이킨다. 항상 그런 것처럼 몸이 부르르 떨리면서 구역질까지 살짝 일어난다. 정말 끔찍한 술이다. 정향과 사카린은 정말 역겨울 뿐, 짙은 기름 냄새를 조금도 줄일 수 없다. 무엇보다 끔찍한 건, 술 냄새가 낮이고 밤이고 들러붙어 마음속에서 다양한 냄새를 불러일으키는데, 그중에는······.

윈스턴은 그 냄새 이름을 절대로, 마음속으로도, 언급하지 않을 뿐 아니라, 그 모습 역시 떠올리지 않으려고 최대한 노력한다. 하지만 그 물체는 윈스턴 머릿속에 어렴풋이 틀어박힌 채 얼굴 바로 앞에서 어른거리고, 그 냄새는 코끝에 달라붙어서 떨어질 줄 모른다. 술기운이 올라서 자줏빛 입술 사이로 트림이 나온다.

풀려난 이후로 윈스턴은 살이 오르면서 예전 혈색도 되찾았다. 아니, 되찾은 정도가 아니라 훨씬 좋아졌다. 얼굴은 살이 통통하고, 코와 뺨은 혈색이 돌고, 대머리 두피마저 짙은 분홍색이다. 웨이터가, 마찬가지로 시키지도 않았는데, 체스판과 「타임스」 최신호를, 체스 문제가 실린 면을 펼쳐서 가져온다. 그러더니 윈스턴 유리잔이 빈 걸 보고 진 술병을 가져와서 가득 채운다. 따로 주문할 필요는 없다. 저들은 윈스턴 습관을 안다. 체스판을 항상 가져오고, 윈스턴이 앉는 구석 자리를 항상 비워놓는다. 카페에 손님이 가득할 때도 윈스턴은 구석 자리를 혼자 차지한다. 윈스턴과 너무 가까이 앉은 모습을 보여주려는 사람은 아무도 없다. 윈스턴은 자신이 마신 술잔을 셀 필요도 없다. 계산서랍시고 더러운 종잇조각을 가끔 내밀긴 하지만, 윈스턴이 보기에, 저들은 술값을 항상 저렴하게 청구하는 것 같다. 하기야 저들이 정반대로 바가지를 씌운다 해도 특별한 차이는 없다. 윈스턴은 요즈음에 돈이 충분하다. 직장도 있다. 한직이지만 월급이 예전 직장보다 훨씬 많다.

'텔레스크린'에서 나오던 음악이 멈추더니 목소리가 들린다. 윈스턴은 고개를 들고 가만히 듣는다. 하지만 전선 소식은 아니다. 풍요성에서 간단하게 발표하는 내용이다. 지난 사분기에 제10차 3개년 계획

구두끈 생산량을 98퍼센트 초과 달성했다는 내용 같다.

윈스턴은 체스 문제를 살피다가 말을 움직인다. 나이트 두 개를 움직여서 마무리하는 까다로운 문제다. '하얀 말을 두 번 움직여서 장군을 불러라.' 윈스턴은 고개를 들어서 빅 브러더 초상화를 바라본다. 하얀 말이 언제나 장군을 부른다는 생각이 막연히 신비롭게 떠오른다. 언제나, 예외 없이, 그렇게 배열한다. 세상이 시작된 이래 체스 문제에서 검은 말이 이긴 적은 한 번도 없다. 선이 악을 영원히 이긴다는 주장을 상징하는 건가? 거대한 얼굴이 윈스턴을 마주 보는데, 고요한 힘이 가득하다. 장군을 부르는 건 언제나 하얀 말이다.

'텔레스크린'에서 목소리가 멈추더니, 완전히 다른 어조로 아주 심각하게 덧붙인다.

"15시 30분에 중대한 내용을 발표하니, 모두 대기하기 바랍니다. 15시 30분입니다! 극히 중요한 뉴스니, 절대로 놓치지 마세요. 15시 30분입니다!"

딸랑거리는 음악이 다시 나온다.

윈스턴은 가슴이 두근거린다. 전선 속보라는 걸, 나쁜 소식이라는 걸 윈스턴은 본능적으로 알아챈다. 온종일, 아프리카에서 대패했다는 생각이 마음속으로 들락날락할 때마다 분노하는 감정이 솟구쳤다. 유라시아 군대가 철옹성 같은 국경선을 뚫고 아프리카 대륙으로 개미떼처럼 밀려드는 광경이 실제로 보이는 것 같다. 저들에게 허를 찌르면서 역공할 수 없는 이유는 무얼까? 서아프리카 해안선 윤곽이 머릿속에 생생하게 떠오른다. 윈스턴은 하얀 나이트를 들어서 체스판을 가로지르며 움직인다. 바로 저기다. 검은 무리가 남쪽으로 돌진하는데, 다른 군대가 불가사의하게 모여들어 그 후방을 순식간에 장악해, 육지와 바다에서 연결망을 모조리 차단하는 광경이 보인다. 의지만 강력하면 그만한 병력은 가볍게 만들어낼 것 같다. 하지만 빨리 움직이는 게 중요하다. 저들이 아프리카 전역을 장악하면, 저들이 케이프에 있는 비행장과 해군기지를 장악하면, 오세아니아는 둘로 갈린다. 그러면 어떻게 될지 모른다. 패배, 몰락, 세계 재분할, 당이 파멸할 수도 있다! 윈스턴은 숨을 깊이 들이마신다. 잡다한 생각이 – 정확히 말하면 잡다한 게 아니라 차곡차곡 쌓인 감정이, 제일 밑바닥에 깔린 감정이 무언지도 모른 채 – 속에서 요동친다.

북받치던 분노는 이내 사라진다. 윈스턴은 하얀 나이트를 제자리에 내려놓는데, 체스 문제를 푸는 연구에 집중할 수 없다. 이런저런 생각이 다시 떠돈다. 그러다가 탁자에 쌓인 먼지에 손가락을 대고 거의 무의식적으로 움직인다.

2+2=5

줄리아는 "저들은 당신 마음속까지 들어갈 수 없다"고 말했다. 하지만 저들은 마음속까지 들어올 수 있다. 오브라이언은 "자네가 여기에서 겪은 일은 영원하다"고 말했다. 그게 맞는 말이다. 스스로 저지른 행위 가운데에는 결코 회복할 수 없는 게 있다. 중요한 무언가가 마음속에서 죽었다. 불에 타서 완전히 사라졌다.

윈스턴은 줄리아를 만났다. 이야기도 나눴다. 위험할 건 하나도 없다. 윈스턴은 자신이 어떻게 행동하든, 저들은 별다른 관심이 없다는 사실을 본능적으로 깨달았다. 두 사람 가운데 한쪽이 원한다면 줄리아를 다시 만날 수도 있다. 실제로, 두 사람은 정말 우연히 만났다. 냉기가 살을 에는 3월 어느 날에 공원에서다. 땅바닥은 쇳덩어리처럼 단단하고, 잔디는 모조리 죽은 것 같고, 크로커스 몇 송이가 머리를 겨우 내밀다가 칼바람에 잘린 걸 제외하면 꽃봉오리라곤 어디에도 없다. 윈스턴은 찬 바람에 눈물이 흐르고 두 손은 꽁꽁 언 상태로 급히 걸어가다 10미터도 안 되는 거리에서 줄리아를 발견했다. 줄리아가 정말 묘하게 변했다는 생각이 제일 먼저 떠올랐다.

두 사람이 서로 아는 척도 않고 지나치는 순간, 윈스턴은 발길을 돌려서 뒤를 쫓는데, 딱히 내키는 걸음은 아니었다. 위험하지 않다는 건, 아무도 관심을 보이지 않으리라는 건 윈스턴도 안다. 줄리아는 아무 말도 안 했다. 처음엔 잔디밭을 비스듬히 가로지르며 걷는 게 윈스턴을 따돌리려는 것 같더니, 곧 포기한 듯 윈스턴이 옆으로 다가오게 했다. 이윽고 두 사람은 벌거벗은 잡목 숲에서 걸음을 멈춘다. 몸을 숨길 수도 바람을 막을 수도 없는 곳이다. 지독하게 춥다. 바람이 나뭇가지 사이로 윙윙 불어대며 듬성듬성 지저분하게 피어난 크로커스 꽃을 못살게 군다.

윈스턴은 줄리아 허리를 한쪽 팔로 감는다. 텔레스크린은 없어도 마이크를 설치한 건 확실하다. 게다가 사람들 눈에 띌 수도 있다. 하지만 상관없다. 아무것도 상관없다. 굳이 원한다면 땅바닥에 누워서 그 짓거리도 할 수 있다. 이런 생각을 하는 순간, 섬뜩한 공포에 몸이 얼어붙는다. 자신이 팔로 안아도 줄리아는 별다른 반응이 없다. 몸을 빼려고 하지도 않는다. 이제야 윈스턴은 줄리아가 어떻게 변했는지 깨닫는다. 얼굴은 훨씬 창백하고, 기다란 흉터가, 머리칼로 살짝 가리긴 했지만, 이마와 관자놀이를 가로지른다. 하지만 그 정도는 변한 것도 아니다. 허리가 굵어지면서 놀랄 만큼 뻣뻣하게 변했다. 언젠가 로켓 폭탄이 떨어진 다음에 폐허에서 시체를 끌어내는 작업을 거들다, 시체가 엄청나게 무거울 뿐 아니라 손에 닿는 느낌이 매우 딱딱하게 굳은 게, 살덩이가 아니라 돌덩이 같다는 사실에 엄청나게 놀란 적이 있다. 줄리아 몸뚱이가 딱 그런 느낌이다. 피부 조직이 예전과 완전히 다르겠다는 생각마저 문뜩 떠올랐다.

윈스턴은 줄리아에게 키스하려고 하지 않고, 두 사람은 말을 하려고 하지 않는다. 잔디를 다시 가로지르며 돌아올 때 비로소 줄리아는 윈스턴을 처음 바라본다. 아주 짧은 눈길인데, 경멸감과 반감으로 가득하다. 윈스턴은 자신을 경멸하는 이유가 지난 일 때문인지 살이 통통하게 오른 얼굴 때문인지 찬 바람이 두 눈에서 쥐어짜는 눈물 때문인지 궁금하다. 두 사람은 철제 의자 두 개에 나란히, 하지만 너무 가깝지 않게 앉는다. 줄리아가 입을 열려고 한다. 그러다가 꼴사나운 신발을 살짝 움직여서 나뭇가지를 일부러 짓밟는다. 발도 넓적하게 변한 것 같다.

"난 당신을 배신했어."

줄리아가 노골적으로 말한다.

"나도 당신을 배신했어."

윈스턴이 대답한다.

줄리아가 윈스턴을 혐오스러운 눈길로 또다시 슬쩍 쳐다본다. 그리고 말한다.

"저들은 절대 견딜 수 없는 거로, 생각조차 할 수 없는 거로 사람을 협박할 때가 있어. 그러면 우리는 '나한테 그러지 말고 다른 사람한테 하라고. 아무개한테 하라고' 소리치지. 그리곤 나중에, 거짓말에 불과한 척, 고문을 멈추게 하려고 한 말에 불과한 척, 진심이 아닌 척하면서 자신을 위로해. 하지만 그건 사실이 아니야. 그 순간만큼은 진심으로 한 말이야. 그게 아니고선 피할 길이 없다는 생각에 그런 방법을 써서 피하고 싶었던 거야. 그 고통을 다른 사람에게 떠넘기고 싶었던 거야. 다른 사람은 어떤 고통을 겪든 상관이 없는 거야. 자기 자신만 무사하면 충분하거든."

"자기 자신만 무사하면 충분하다."

윈스턴이 반복하자, 줄리아가 덧붙인다.

"그리고 나면 상대편에게 예전 같은 감정을 못 느끼지."

"맞아. 예전 같은 감정을 못 느껴."

할 말이 더 없는 것 같다. 매서운 바람에 얇은 작업복이 몸뚱이에
찰싹 달라붙는다. 말없이 가만히 앉아있다는 사실이 갑자기 당혹스럽
게 다가오고, 너무 추워서 가만히 있을 수도 없다. 줄리아가 지하철을
타야 한다는 식으로 말하면서 일어난다.

"꼭 다시 만나."

윈스턴이 말하자, 줄리아가 대답한다.

"그래, 꼭 다시 만나."

윈스턴은 약간 떨어진 거리에서, 반 발짝 뒤에서, 줄리아를 애매하
게 따라간다. 둘 다 입을 꾹 다문다. 줄리아는 윈스턴을 딱히 떨치려는
건 아니지만, 윈스턴이 나란히 걸을 수 없는 속도로 빠르게 걷는다.
윈스턴은 지하철역까지 줄리아를 바래다주려고 마음먹었지만, 추운
날씨에 이런 식으로 쫓아가는 게 갑자기 의미도 없고 견딜 수도 없다.
줄리아에게서 벗어나고 싶은 욕망과 밤나무 카페로 돌아가고 싶은
욕망만 걷잡을 수 없이 솟구친다. 밤나무 카페가 이렇게 매혹적으로
다가온 건 생전 처음이다. 구석 자리가, 신문과 체스판과 계속 따라주
는 술이 눈에 선하다. 특히 중요한 건 그곳은 따뜻하다는 거다. 다음
순간에, 완전히 우연이라고 할 순 없는데, 윈스턴은 자신과 줄리아
사이로 사람들이 끼어드는 걸 허용한다. 그래서 성의 없이 따라잡으려
다가 속도를 줄이고, 발길을 돌려서 반대 방향으로 멀어진다. 50미터
쯤 가다가 뒤를 돌아본다. 거리는 복잡하지 않지만, 줄리아를 알아볼

순 없다. 발길을 재촉하는 여남은 사람 가운데 하나가 줄리아일 순 있다. 하지만 몸뚱이가 굵고 뻣뻣하게 변한 나머지, 뒷모습을 더는 알아보지 못할 수도 있다.

줄리아는 "그 순간만큼은 진심으로 한 말"이라고 말했다. 실제로 자신은 진심으로 소리쳤다. 그냥 소리친 정도가 아니라 진심으로 갈망했다. 자신 대신 줄리아를……

'텔레스크린'에서 흘러나오던 음악이 변한다. 선정적인 선율이, 날카롭게 비웃는 선율이 대신 흘러나온다. 그러다가 인간 목소리가 노래한다. 실제가 아니라, 소리 형태를 닮은 기억에 불과할 수도 있다.

울창한 밤나무 아래서
나는 그대를 팔고 그대는 날 팔았네.

두 눈에 눈물이 고인다. 웨이터가 지나다가 유리잔이 빈 걸 보고서 술병을 들고 돌아온다.

윈스턴은 유리잔을 들어서 냄새를 맡는다. 한 모금 마실 때마다 끔찍한 느낌은 더욱 늘어난다. 하지만 술은 이제 도저히 뗄 수 없는 필수품이다. 술은 생명이자 죽음이자 부활이다. 윈스턴을 밤마다 혼수 상태에 빠뜨리는 것도 술이고, 아침마다 되살리는 것도 술이다. 아침에 일어나면, 11시 이전에 일어난 적은 거의 없는데, 눈꺼풀은 눈곱에 달라붙고 입은 바짝바짝 타들고 등은 부러진 것 같아, 밤마다 침대 옆에 놓는 술병과 찻잔이 아니면, 누운 자세에서 일어나는 것조차 불가능할 정도다. 점심시간에는 멍한 얼굴로 앉아서 술병을 낀 채 '텔레스크린'을 듣는다. 15시부터는 밤나무 카페에서 문을 닫을 때까지 붙박이로 지낸다. 자신이 무엇을 하든 아무도 상관하지 않는다. 호루라기를 불어서 정신을 차리게 하는 사람도 없고, '텔레스크린'도 경고하지 않는다. 간혹, 일주일에 두 번 정도, 완전히 잊힌 듯 먼지만 가득한 진리성 사무실에 가서 작업하는, 아니, 소위 작업이라는 걸 살짝 하는 정도다.

원스턴은 새말사전 11판 편찬 과정에서 일어나는 사소한 문제를 처리하는 수많은 위원회 가운데 하나에서 갈라진 분과위원회 위원으로 임명받았다. 여기에서는 '중간 보고서'라는 걸 만드는데, 원스턴은 자신들이 보고하는 내용을 정확히 파악한 적 역시 한 번도 없다. 쉼표를 괄호 안에 찍느냐 밖에 찍느냐 하는 문제 같은 걸 검토하는 수준이다. 위원회에는 네 사람이 더 있는데, 처지가 하나같이 비슷하다. 모두 모였다가, 할 일이 하나도 없다는 걸 솔직하게 인정하면서 곧바로 해산하는 날이 많다. 하지만 작업내용을 기재하거나 결코 끝나지 않을 기나긴 비망록 초고를 쓴다며 야단법석을 떠는 날도 있는데, 이럴 때면 일정한 주제로 토론하다가 이리저리 뒤얽히면서 난해하게 변해, 개념을 둘러싸고 미묘하게 입씨름도 벌이고 아무런 관계도 없는 딴소리를 한참 하다가 싸움을 벌여, 상부에 보고하겠다는 협박까지 오가기 일쑤다. 그러다가 한순간에 활력이 사라져, 새벽에 사라지는 유령처럼 탁자에 둘러앉아 생기라곤 하나도 없는 눈으로 서로를 멍하니 쳐다보는 게 전부다.

'텔레스크린'이 잠시 조용하다. 원스턴은 고개를 다시 든다. 속보! 하지만 아니다. 음악을 바꾸는 중에 불과하다. 원스턴은 눈꺼풀 뒤로 아프리카 지도를 떠올린다. 군대가 이동하는 게 그림으로 나타난다. 검은 화살표는 지도를 수직으로 가르며 남쪽으로 곧장 내려가고, 하얀 화살표는 동쪽으로 곧장 나아가며 검은 화살표 꼬리를 자른다. 확실한 설명을 구하듯, 원스턴은 포스터에 담긴 침착한 얼굴을 올려다본다.

두 번째 화살은 아예 존재한 적이 없다는 사실을 과연 상상이나 할
수 있을까?

윈스턴은 관심이 다시 가라앉는다. 그래서 술을 한 모금 마시고,
하얀 나이트를 집어서 시험 삼아 옮긴다. 장군. 하지만 옳은 수가 아닌
게 분명하다. 왜냐하면……

생각지도 않은 기억이 불쑥 떠오른다. 촛불을 켠 방에 하얀 이불을
덮은 커다란 침대가 있고, 아홉 살에서 열 살 정도로 보이는 아이는,
윈스턴 자신은, 바닥에 앉아 주사위 통을 흔들며 신나게 웃는다. 어머
니도 맞은편에 앉아서 활짝 웃는다.

어머니가 사라지기 한 달 전인 것 같다. 끊임없이 굶주리던 허기를
잊고 어머니에 대한 애정도 살아나면서 짧게 화해한 순간이다. 윈스턴
은 그날이, 비가 세차게 들이쳐서 유리창에 빗물은 콸콸 흐르고, 불빛
은 너무 어두워서 책을 읽을 수 없던 날이 생생하게 기억난다. 두
아이는 어둡고 좁은 침실이 따분해서 견딜 수 없다. 윈스턴은 먹을
것을 달라고 속절없이 떼쓰느라 징징대고 보채며 이리저리 돌아다니
다가 손에 잡히는 대로 물건을 어수선하게 흩어놓고, 이웃이 쾅쾅 두드
릴 때까지 벽을 걷어차고, 동생은 울다 그치기를 반복하니, 결국에는
어머니가 이렇게 말한다.

"자, 착하게 굴면 엄마가 장난감을 사줄게. 아주 멋진 장난감…….
마음에 꼭 들 거야."

그러더니 어머니는 빗속으로 나가 아직도 드문드문 여는 근처 조그
만 잡화상에서 '뱀 사다리' 놀이세트가 든 종이상자를 사서 가져왔다.
윈스턴은 비 맞아 축축한 종이상자 냄새가 아직도 기억난다. 아주 초라
한 장난감세트다. 판지는 금가고 나무로 만든 조그만 주사위는 엉망진
창으로 깎아서 어떤 면이든 제대로 설 수 없다. 윈스턴은 골나서 부루

통한 표정으로 가만히 바라보았다. 하지만 어머니는 촛불을 켜고, 그들은 바닥에 앉아서 게임을 시작했다. 이윽고 윈스턴은 놀이에 흠뻑 빠져들어, 조그만 말이 사다리를 힘차게 오르다가 뱀에 걸려서 출발점 부근으로 다시 미끄러질 때마다 소리를 지르며 커다랗게 웃어댔다. 그들은 게임을 여덟 번 하고, 각자 네 번씩 이겼다. 조그만 여동생은 너무 어려서 게임을 이해할 수 없어, 베개에 등을 대고 앉아서 다른 사람이 웃으면 덩달아 웃었다. 그들은 오후 내내 즐겁게 지냈다, 윈스턴이 아주 어릴 때만큼.

윈스턴은 이 장면을 마음에서 밀어낸다. 엉터리 기억이다. 엉터리 기억이 가끔 떠오르며 괴롭힌다. 그 본질을 제대로 안다면 문제 될 건 없다. 어떤 일은 실제로 일어난 게 맞고, 어떤 일은 실제로 일어난 게 아니다. 윈스턴은 체스판으로 시선을 돌려서 하얀 나이트를 다시 잡는다. 거의 동시에 하얀 나이트가 체스판에 요란하게 떨어진다. 윈스턴이 바늘에 찔린 것처럼 화들짝 놀란 거다.

트럼펫 소리가 사방에 날카롭게 울려 퍼졌다. 속보! 이겼다! 뉴스가 나오기 전에 트럼펫 소리가 들린다는 건 이겼다는 의미다. 카페 전체로 전율이 퍼져 나간다. 웨이터들마저 화들짝 놀라서 귀를 모두 곤두세웠다.

트럼펫 소리가 그만큼 요란하게 울려 퍼졌다. '텔레스크린'에서는 잔뜩 흥분한 목소리가 벌써 흘러나오지만, 시작과 동시에 바깥에서 일어나는 환호성에 완전히 묻힌다. 뉴스는 거리로 마법처럼 퍼져나갔다. 윈스턴은 띄엄띄엄 들리는 '텔레스크린' 뉴스를 조합해, 모든 게 자신이 예상한 대로 진행됐다는 사실을 깨닫는다. 거대한 해상 함대가 은밀하게 집결해서 적군 후방을 급습하는 식으로 하얀 화살표가 검은 화살표를 가로지르며 꼬리를 자른 것이다. 승전을 축하하는 소리가 조각난 채 소음을 뚫고 간헐적으로 밀려든다.

"방대한 군사작전…… 완벽한 협동작전…… 궤멸…… 50만에 달하는 포로…… 완벽한 사기 저하…… 아프리카 전역을 장악…… 조만간에 전쟁이 끝난다…… 승리…… 역사상 가장 위대한 승리…… 이겼다, 이겼다, 이겼다!"

윈스턴은 탁자 밑에서 두 발을 마구 움직인다. 자리에서 일어나진 않아도 마음은 마구 내달리며, 바깥에서 군중과 함께 힘차게 내달리며, 귀가 먹먹하도록 함성을 지른다. 윈스턴은 다시 고개를 들어서 빅 브러더 초상화를 바라본다. 세계를 좌지우지하는 거인! 아시아 유목민이 경솔하게 달려드는 걸 바위처럼 단단하게 막아낸 핵심! 10분 전만 해도, 그래, 딱 10분 전만 해도, 자신은 전선에서 들려올 소식이 승리일까 패배일까 궁금하게 여기며 마음속으로 얼마나 심하게 흔들렸던가! 아, 유라시아 군대만 패배한 건 아니다! 애정성에 들어간 첫날 이후 지금까지 자신은 정말 많이 변했지만, 모든 걸 최종적으로 완벽하게 치유하는 변화가 일어난 건 지금 이 순간이다.

'텔레스크린'에서는 포로와 전리품과 학살에 대한 이야기를 여전히 쏟아내지만, 바깥에서 일어나는 환호성은 벌써 조금씩 줄어든다. 웨이터도 각자 맡은 일로 돌아간다. 그중 하나가 술병을 들고 다가온다. 윈스턴은 황홀한 꿈에 빠져들 뿐, 유리잔에 술을 가득 채우는 동작엔 관심조차 없다. 이제 윈스턴은 내달리지도 환호성을 지르지도 않는다. 영혼이 눈처럼 하얗다. 애정성으로 돌아가서 모든 걸 용서받자. 공공장소에서 모든 걸 자백하고 모두를 고발하자. 자신은 하얀 타일이 깔린 복도를 환한 햇살에 축복받으며 걷고, 뒤에는 무장한 교도관이 있다. 오랫동안 갈망하던 총알이 머리를 파고든다.

윈스턴은 거대한 얼굴을 물끄러미 바라본다. 새까만 콧수염 밑에 숨은 미소를 파악하는데 40년이란 세월이 걸렸다. 아, 쓸데없이 잔인한 오해여! 아, 사랑스러운 저 품을 지금까지 제멋대로 오만방자하게 거부했구나! 술 냄새에 찌든 눈물 두 방울이 코 양옆으로 쪼르륵 흘러내린다. 하지만 이제 괜찮다, 모든 게 괜찮다, 싸움은 끝났다. 윈스턴은 자신과 싸워서 이겼다. 이제는 빅 브러더를 사랑한다.

부록
새말 제작 원칙

새말(Newspeak)은 오세아니아 공용어로, 영사, 즉, 영국 사회주의 이념을 충족하려고 고안했다. 1984년 현재로썬 말이든 글이든 새말 하나만 의사소통 수단으로 사용하는 사람은 없다. 「타임스」지는 논설을 새말로 작성하지만, 이건 전문가만 할 수 있는 어려운 작업이다. 그러나 2050년경에는 새말이 옛말(Oldspeak, 이른바 표준영어)을 완벽하게 대체할 것으로 보인다. 지금 당장으로썬 사용범위를 꾸준히 확대하면서, 당원 모두가 일상용어에서 새말 낱말과 문법체계 사용 영역을 늘리는 중이다. 1984년에 사용하는 새말사전은 9판과 10판으로, 과도기 형태인데, 불필요한 낱말은 물론 낡은 형식도 많아서 나중에 폐기할 예정이다. 여기에서 지금부터 언급할 내용은 새말사전 제11판에 수록한, 최종적이고 완벽한 결정판이다.

새말을 만든 목적은 영사 추종자에게 머릿속 생각과 세계관을 적절하게 표현할 수단을 제공해서 다른 생각은 조금도 못 하도록 하는 것이다. 새말을 전면적으로 완벽하게 받아들이고 옛말을 완전히 잊어버려, 이단 생각 자체를, 즉, 영사 원칙과 다른 생각 자체를 아예 떠올릴 수조차 없게 하자는 거다. 낱말을 통해 부정적인 연상작용을 일으키는 사태가 발생하지 않도록 말이다. 그래서 만들어낸 낱말은 당원이 하고자 하는 말에 담긴 의미를 극히 미묘하면서도 구체적으로 제한해, 다른 의미는 물론 다른 의미를 에둘러서 내포할 가능성까지 배제한다. 이 작업에는 낱말을 새로 만들어내는 것도 중요하지만, 단어에서 이단 의미는 물론 부수적인 의미를 최대한 제거하거나 불쾌한 단어를 완벽하게 삭제하는 게 더더욱 중요하다. 한가지 사례를 보자. **자유로운Free**이라는 단어는 새말에도 있는데, '이 강아지는 벼룩이 없다This dog is **free** from lice'나 '이 들판에는 잡초가 없다This field is **free** from weeds'라는 문장 형태로만 사용할 수 있다. '정치적으로 자유로운politically free'이나 '지적으로 자유로운intellectually free'과 같은 낡은 의미로 사용할 순 없다. 정치적 자유나 지적 자유는 이제 존재하지 않는 개념이니, 그걸 표현할 필요도 없는 거다.

이단 성향이 또렷한 단어를 삭제하는 건 물론이고 어휘 자체를 축소하는 게 목적이니, 없어도 되는 단어는 모두 제거한다. 새말은 생각을 확대하는 게 아니라 **축소**하려고 고안한 것이니, 단어 선택 여지를 최소한으로 줄이는 건 지극히 당연한 과정이다.

새말은 우리가 지금까지 사용하는 표준영어를 기반으로 한다. 하지만 표준영어를 사용하는 사람은 새말 문장을 거의 이해할 수 없는데, 새로 만든 단어가 없어도 사정은 똑같다. 새말 단어는 특징상 세 어군으로 분류하는데, A어군, (복합어라고 부르기도 하는) B어군, C어군이 바로 그것이다. 각 어군을 따로 설명하는 편이 훨씬 간단한 데다, 문법

적 특징은 모두 똑같으니, A어군부터 설명하겠다.

A어군

A어군은 먹고 마시고 일하고 옷을 입고 계단을 오르내리고 이동수단을 타고 정원을 가꾸고 요리하는 등, 일상생활에 필요한 어휘다. A어군은 **치다HIT, 달리다RUN, 개DOG, 나무TREE, 설탕SUGAR, 집HOUSE, 들판FIELD**처럼 우리가 이미 사용하는 단어가 대부분인데, 표준영어에서 사용하는 어휘에 비해 단어 숫자가 극히 적으며, 의미 규정은 훨씬 엄격하다. 의미가 애매하거나 미묘한 부분은 모두 제거했다. A어군에 포함된 새말은, 그 의미에 합당한 선에서, **한 가지** 개념만 단음으로 또렷하게 표현하려고 애쓴다. 문학적 목적이나 정치적, 철학적 토론에 A어군을 조금도 사용할 수 없도록 하자는 거다. A어군은 구체적인 사물이나 신체 활동 등 목적은 뚜렷하며 생각은 단순한 대상을 표현하는 게 목적이다.

새말은 문법상 두 가지 특징이 두드러진다. 첫 번째 특징은 다른 품사와 완벽하게 호환할 수 있다는 거다. 어떤 단어라도 동사, 명사, 형용사, 부사로 사용할 수 있으며, 이 법칙은 **만약IF**이나 **언제WHEN** 같은 추상적인 단어에도 적용하는 게 원칙이다. 명사와 동사 사이에는 어원이 같으면 형태 변형이 없는데, 이 법칙 하나로도 옛말 어형을 많이 파괴했다. 예를 들어, **생각THOUGHT**이라는 단어는 새말에 없다. **생각하다THINK**가 그 역할을 대신하니, 단어 하나로 명사와 동사 역할을 다 하는 거다. 어원학적 원칙은 여기에 조금도 적용하지 않으니, 예전처럼 명사를 사용하는 사례도 있고 동사를 사용하는 사례도 있다. 명사와 동사를 비슷한 의미로 사용할 때도 어느 한쪽을 폐기해서 어원학적 연결은 안 되는 게 일반이다. 예를 들어, **자르다CUT** 같은 단어는 존재하지 않는다. 명동사 **칼KNIFE**로 그 뜻을 충분히 표현하기 때문이다. 형용사는 명동사에 **-스러운**, 부사는 **-스럽게**라는 접미사를 붙여서 만든다. 따라서 **속도스러운**은 '빠른'이란 뜻이며, **속도스럽게**는 '빠르게'라는 뜻이다. 오늘날 사용하는 형용사 가운데 **좋은, 강한, 커다란, 까만, 부드러운** 같은 형용사 일부는 그대로 유지하는데, 이런 단어는 아주 조금이다. 이런 단어를 보존할 필요는 거의 없다. 명동사에 **-스러운**을 붙여서 거의 모든 형용사를 만들 수 있기 때문이다. 표준 영어 부사는 원래부터 **-스럽게**로 끝나는 극소수 부사 말고 남은 게하나도 없다. **-스럽게**란 접미사를 바꿀 수 없는 건 모두 없앴기 때문이다. 예를 들어, **잘WELL**이라는 단어는 **좋은스럽게GOODWISE**로 대체하는 식이다.

덧붙여서, 어떤 단어라도 접두어 **안-**이 붙으면 부정어가 되고, 접두어 **더-**가 붙으면 의미를 강조하고, 더 강조하고 싶으면 **더더-**를 붙이는데, 이 법칙은 원칙적으로 모든 단어에 적용한다. 예를 들면, **안추운**은 '따듯한'을 뜻하며 **더추운**과 **더더추운**은 '아주 추운'과 '최고로 추운'을 뜻한다. 또한, 표준영어에서 그런 것처럼, **전-, 후-, 위-, 아래-** 같은 접두어를 사용해서 거의 모든 단어가 뜻하는 의미를 바꿀 수 있다. 이런 방법으로 어휘를 대량으로 축소했다. 예를 들면, **좋은**이라는 단어가 있다면 **나쁜**이라는 단어는 존재할 필요가 없다. **안좋은**이라는 단어로 충분히, 아니, 훨씬 또렷하게 표현할 수 있기 때문이다. 두 단어가 반대말 한 쌍을 이룬다면 어떤 단어를 없앨지 결정하는 식이다. 예를 들어, **어두운**은 **안밝은**으로, **밝은**은 **안어두운**으로 선호도에 따라서 결정하는 것이다.

새말 문법에 담긴 두 번째 특징은 규칙성이다. 밑에서 언급할 몇 가지 사례만 제외하고, 어미변화는 모두 똑같은 규칙에 따른다. 즉,

동사는 과거형과 과거 분사형에 모두 -ED를 붙여서 똑같이 끝낸다. **훔치다**STEAL란 단어는 과거형이 STEALED, **생각하다**THINK는 THINKED 등, 모든 단어를 이런 식으로 표현하니, SWAM, GAVE, BROUGHT, SPOKE, TAKEN 등과 같은 형식은 모두 사라진다. 이것과 마찬가지로 복수형은 전부 -S나 -ES를 붙여서 만든다. **사람**MAN, **소**OX, **삶**LIFE은 복수형이 MANS, OXES, LIFES다. 형용사 비교급은 무엇이든 -ER, -EST (GOOD, GOODER, GOODEST)를 붙여서 만들고, 불규칙 변형과 MORE, MOST 형태는 폐기한다.

불규칙 변형을 그대로 허용하는 단어는 대명사, 관계사, 지시형용사, 조동사가 유일하다. 이들은 예전 용법을 그대로 따르는데, WHOM은 불필요해서 없애고, SHALL과 SHOULD 시제 역시 없애서 그 용법을 WILL과 WOULD로 대체한 것만 다르다. 빠르고 쉽게 말할 필요성 때문에 생겨난 조어에도 불규칙성은 일정하게 존재한다.

발음이 어렵거나 애매하게 들리는 단어는 사실상 나쁜 단어로 간주한다. 따라서 옛말 단어나 구조에 철자를 삽입해서 듣기 좋도록 만든다. 하지만 이럴 필요성은 B어군과 훨씬 커다란 관계가 있다. 철자를 삽입해서 발음을 쉽게 하는 게 매우 중요한 이유는 후반부에서 설명하겠다.

B어군

B어군은 정치적 목적을 달성하기 위해서 만든 단어 뭉치, 말하자면, 어떤 경우든 정치성을 내포해서 사용자에게 바람직한 정신 태도를 강제하는 단어 뭉치다. 영사 원칙을 완전히 이해하지 못하면 이 어군을 정확하게 사용할 수 없다. 이 어군은 옛말로 번역하거나 A어군에서 가져온 단어로 번역할 수 있는데, 이렇게 하면 문장이 길어지면서

함축된 의미는 사라진다. B어군은 일종의 구술 속기로, 다양한 개념 전체를 서너 음절로 압축해서 일반 언어보다 훨씬 정확하고 효과적으로 담는다.

B어군은 합성어가 대부분이다(구술기록기 같은 합성어는 A어군에도 있지만, 내용을 함축해서 편리하게 사용하는 수준일 뿐, 이념적 색채는 전혀 없다—원주). 단어 두 개 이상이나 단어 일부를 발음하기 쉽도록 결합했다. 그래서 나온 합성어는 언제나 명동사며, 어형변화는 일반 법칙에 따른다. 한 가지 예를 들면, **좋은생각GOODTHINK**이라는 단어는 대략 '정통'을 뜻하며, 동사로 사용하면 '정통으로 생각한다'는 의미다. 어형변화를 보면, 명동사는 GOODTHINK, 과거와 과거완료는 GOODTHINKED, 현재분사는 GOODTHINKING, 형용사는 GOODTHINKFUL, 부사는 GOODTHINKWISE, 동명사는 GOODTHINKER가 된다.

B어군 단어는 어원에 근거해서 만든 게 아니다. 여기에 속한 단어는 어떤 품사도 될 수 있으며, 어떤 어순에 넣어도 되고, 그 의미를 유지하는 선에서 발음하기 편하도록 구조를 다양하게 바꿀 수도 있다. 예를 들어, CRIMETHINK(사상죄thoughtcrime)라는 단어는 THINK가 뒷자리에 오는데, THINKPOL(사상경찰Thought Police)에서는 앞자리에 오고 POLICE 두 번째 음절 ICE를 뺐다. B어군은 듣기 좋게 발음하는 게 어려워, 불규칙 변화가 A어군보다 많다. 예를 들어, **진성MINITRUE**, **평성MINIPAX**, **애성MINILUV**은 형용사가 MINITRUTHFUL, MINIPEACEFUL, MINILOVELY인데, 그건 -TRUEFUL, -PAXFUL, -LOVEFUL이란 발음이 약간 이상하기 때문이다. 하지만 원칙적으로 B어군은 단어를 전부 변형할 수 있으며, 변형 원칙은 똑같다.

B어군에 속한 단어 상당수는 의미가 정말 미묘해서 새말을 충분히 소화하지 않은 사람은 거의 알아볼 수 없다. 예를 들어, 「타임스」 사설

에 자주 나타나는, **구사고인은 영사를 안통감한다**OLDTHINKERS UNBELLYFEEL INGSOC라는 문장을 살펴보자. 이 문장을 옛말로 짧막하게 번역하면 '혁명 이전에 사고할 능력을 모두 갖춘 사람은 영국 사회주의 원칙을 정서상 완벽하게 이해할 수 없다'가 된다. 하지만 이는 정확한 번역이 아니다. 무엇보다 우선, 위에 인용한 새말 문장을 온전히 이해하려면 **영사**가 의미하는 바를 또렷하게 알아야 한다. 게다가, 영사 이론을 확실하게 파악한 사람만 **통감한다**BELLYFEEL란 단어를 '현재로썬 상상할 수도 없을 정도로 무조건 뜨겁게 받아들인다'는 의미로, **구사고**OLDTHINK란 단어는 '사악한 성질과 부패한 성질이 복잡하게 뒤섞여서 도저히 해결할 수 없다'는 의미로 완벽하게 이해할 수 있다. 하지만 새말이 지닌 특별한 기능은, 가령 **구사고** 같은 단어는, 특정 의미를 표현하자는 게 아니라 그 의미를 파괴하자는 거다. 이런 단어는 원칙을 꾸준히 확대하다가 포괄적인 용어 하나로 모든 걸 담아낼 수 있을 때 다른 단어를 폐기하거나 제거하는 식이니, 그 숫자는 극히 적을 수밖에 없다. 새말사전을 만드는 전문가들이 현실적으로 직면한 가장 커다란 어려움은 단어를 새로 만드는 게 아니라, 단어를 새로 만들어서 의미를 규정하는 것, 즉, 새로 만든 단어로 옛말 단어를 어느 범위까지 없앨지 결정하는 것이다.

　자유로운FREE에서 살펴본 것처럼, 이단 의미가 담긴 옛말 단어 가운데 일부를 편의상 남겼는데, 그건 바람직하지 않은 의미를 이미 제거한 다음이다. 하지만 **명예, 정의, 도덕, 국제주의, 민주주의, 과학, 종교** 등과 같은 단어는 아주 간단하게 무수히 없앴다. 의미가 포괄적인 극소수 단어로 대체하고 옛말 단어를 폐기한 거다. 예를 들어, 자유나 평등하고 개념이 비슷한 단어는 **범죄사고**CRIMETHINK라는 단어 하나로 모두 묶고, 객관성이나 합리주의하고 개념이 비슷한 단어는 **구사고**라는 단어 하나로 모두 묶었다.

의미를 정확하게 파악하는 건 극히 위험하다. 당원에게 필요한 건, 고대 히브리인이 제대로 알지도 못하면서 자기네 민족을 제외한 다른 모든 민족은 '엉터리 신'을 숭배한다고 생각하던 것과 비슷하게 생각하는 것이다. 이런 신을 태양신, 옥황상제, 몰렉, 아스다롯 등과 같은 이름으로 부른다는 사실까지 알 필요는 없다. 제대로 모를수록 정통으로 사고하는데 훨씬 바람직하기 때문이다. 히브리인은 여호와도 알고 여호와가 내렸다는 십계명도 안다. 그래서 이름이 다르고 속성도 다른 신은 모두 엉터리라고 생각하는 거다. 이와 마찬가지로, 당원은 무엇이 올바른 행위인지, 어떻게 하면 거기에서 벗어나는지 극히 막연하게 총괄적으로 이해해야 한다. 예를 들어, 성생활은 전적으로 **성범죄**SEXCRIME(음행)와 **좋은성**GOODSEX(순결)이라는 새말 두 개로 완벽하게 통제하는 식이다.

성범죄는 성적으로 나타나는 비행을 모두 포함한다. 간음, 간통, 동성애, 다양한 성도착증은 물론, 성행위 자체를 즐기는 평범한 행위까지 포함한다. 이런 범죄는 일일이 나열할 필요가 없는데, 이것들 모두 똑같은 범죄며 원칙적으로 사형에 처하기 때문이다. C어군은 주로 과학기술 용어를 모았으니, 일정한 성적 일탈에 대해 구체적인 명칭을 붙이는 건 필요하겠지만, 일반 시민까지 그럴 필요는 없다. 일반 시민은 **좋은성**이 어떤 의미인지, 즉, 남자와 여자가 정상으로 성교하는 건 오로지 출산이라는 목적 하나 때문이며, 여성 측에서 성적 쾌감을 느끼는 건 안 된다는 정도만 알면 된다. 여기에서 벗어나는 건 모두 **성범죄**다. 새말에서는 이단 생각을 이단 행위 자체로 인식하는 이상 나아갈 수 없는 게 일반이다. 생각을 그 이상 펼쳐나가는 데 필요한 단어가 없기 때문이다.

B어군에는 이념적으로 중립인 단어가 없다. 대부분이 애매한 완곡어법을 사용한다. 예를 들어, **기쁨수용소**(강제노동수용소)나 **평성**(평화성, 즉, 전쟁성)과 같은 단어는 겉모습과 완전히 반대다. 하지만 개중에는 오세아니아 사회의 본질을 경멸하듯 솔직하게 나타내는 단어도 있다. 예를 들어, **무산계급먹이**는 당에서 대중에게 제공하는 형편없는 오락과 거짓 소식을 뜻한다. 정반대를 모호하게 나타내는 단어도 있는데, 당에 적용하면 '선'을 뜻하고 적에게 적용하면 '악'을 뜻하는 식이다. 하지만 언뜻 보기에 단순한 약어 같은데, 의미보다는 구조에서 이념적 색채를 나타내는 단어도 아주 많다.

정치적으로 어떤 식이든 의미가 있거나 있을 수 있는 단어는 B어군에 속한다. 조직, 인체, 강령, 국가, 기관, 공공건물은 무엇이든 이름을 익숙한 형태로 축약한다. 어원을 간직하는 선에서 음절을 최대한 줄여 단음으로 쉽게 발음하는 형태로 말이다. 예를 들어, 진리성에서 윈스턴이 근무한 기록국은 **기국**, 창작국은 **창국**, 텔레그램프로그램국은 **텔국**이라고 하는 식이다. 이렇게 하는 건 시간을 절약하자는 목적 하나 때문이 아니다. 20세기 초반부터 단어와 구문을 축약하는 건 정치 언어에서 드러나는 가장 커다란 특징이며, 이렇게 축약하는 경향은 전체주의 국가와 전체주의 조직에서 가장 두드러지게 나타난다는 사실은 익히 확인했다. 예를 들어, **나치**National Socialist, **게슈타포**Geheime Staatspolizei(Secret State Police), **코민테른**Communist International, **인프레코르**International Press Correspondence, **아지프로**7) 등이 좋은 사례다. 당시에는 이런 형태를 본능적으로 채택했으나, 새말은 특정 목적을 달성하기 위해 의도적으로 사용한다. 이름을

---

7) 인프레코르는 국제 보도 통신을 나타내는 약칭으로 코민테른 공식 기관지, 아지프로는 선전선동을 뜻하는 Agitation과 Propaganda 약칭이다.

축약하는 형태로 단어에 담긴 의미를 대부분 제거하면서 미묘하게 왜곡한 거다. 예를 들어, **공산주의인터내셔널**은 보편적인 형제애, 붉은 깃발, 저항, 카를 마르크스, 파리코뮌 등을 복합적으로 떠올리는데, **코민테른**은 아주 촘촘하고 단단한 조직, 확실하게 정의한 강령 이미지를 떠올리는 식이다. 축약한 단어는 '의자'나 '탁자'처럼 알아보기 쉽고 목적이 구체적이라는 느낌도 있다. 그래서 **코민테른**은 별다른 생각 없이 말할 수 있는데, **공산주의인터내셔널**은 순간이나마 머릿속으로 이런저런 생각을 떠올릴 수밖에 없다. 마찬가지로, **진성** 같은 단어가 연상할 수 있는 단어는 **진리성**이 연상할 수 있는 단어보다 적은 데다 통제하기도 쉽다. 이런 이유로, 단어를 최대한 축약하는 습관이 생긴 건 물론, 모든 단어를 쉽게 발음하도록 상당한 노력을 기울이는 거다.

새말에서는 듣기 좋은 소리를 내는 게 의미를 정확히 담는 이상으로 중요하다. 소리를 듣기 좋게 하는 데 필요하다면 문법 질서까지 희생하는 게 일반이다. 그럴 수밖에 없는 이유는, 정치적 목적을 달성하는 데 무엇보다 중요한 건, 짧게 잘라낸 단어에 의미를 명확히 담아서 빠르게 발음해, 화자가 마음으로 느끼는 반향을 최대한 줄이는 것이기 때문이다. B어군에 속한 단어는 대체로 비슷하다는 사실 역시 강점이다. 이런 단어는 항상 음절이 두 개나 세 개며, 첫음절과 끝음절에 강세가 똑같이 들어간다. **좋은생각**, **평성**, **프롤먹이**, **성범죄**, **기쁨수용소**, **영사**, **통감한다**, **사상경찰** 등이 좋은 사례다.

이런 단어는 단조로운 억양으로 딱딱 끊어서 빠르게 말하는 데 좋다. 바로 이게 B어군 단어가 겨냥한 목표다. 그래서 입에 담는 내용 자체를, 이념적 중립이 아닌 주제를 언급할 때는 더더욱, 머릿속 생각과 최대한 무관하도록 만들자는 거다. 일상생활을 살아가다 보면 곰곰이 생각해서 말해야 할 때가 많지만, 당원이 정치적 도덕적으로 판단할 때는 기관총이 총알을 퍼붓듯 올바른 의견을 자동으로 퍼부어야 한다. 이렇게 하도록 당원은 많은 훈련을 쌓고, 언어는 간단명료하게 사용하도록 만들고 그 느낌을 극히 거친 소리로 추악하게 표현해서 영사 정신에 합당하도록 하는 건, 새말 효과를 한 단계 끌어올리는데 매우 중요하다.

선택할 단어가 거의 없다는 사실은 여기에서 매우 커다란 역할을 한다. 현대 표준영어에 비하면 새말은 어휘가 극히 적은데도, 단어를 새롭게 줄일 방법을 끊임없이 고안한다. 실제로, 새말은 어휘가 매년 늘어나는 게 아니라 줄어든다는 점에서 다른 모든 언어와 다르다. 어휘가 줄어든다는 건 장점이다. 선택할 단어가 적을수록 생각할 가능성은 줄기 때문이다. 궁극적으로 새말은 두뇌를 전혀 사용하지 않고 목구멍에서 단번에 유창한 말을 쏟아내도록 하는 게 목적이다. 이 목적은 **오리말**이라는 새말 단어를 '오리처럼 꽥꽥거린다'는 의미로 사용한다는 사실에서 숨김없이 드러난다. B어군에 속한 다양한 단어가 그런 것처럼, **오리말**에는 정반대 의미 두 개가 있다. 꽥꽥거리며 말한 의견이 정통이라면 이 표현은 칭찬을 뜻하니, 당에서 연설한 연사를 「타임스」에서 **더더좋은 오리말연사**라고 언급했다면 그건 연사를 극히 높이 평가한다는 뜻이다.

C어군

C어군은 다른 어군을 보완하는 어군으로, 대부분이 과학기술 용어다. 어휘 자체는 오늘날 현대영어에서 사용하는 과학 용어와 비슷하며 어원도 같지만, 다른 어군과 마찬가지로 단어가 지닌 의미를 엄격하게 정의하고 바람직하지 않은 의미는 제거했다. C어군 역시 문법 규칙이 다른 두 어군에 속한 단어와 같다. C어군에 속한 단어는 일상 대화나

정치 담화에 사용하는 경우가 거의 없다. 과학자나 기술자는 필요한 단어를 해당 분야 용어집에서 찾을 수 있지만, 해당 분야가 다른 용어집에 실린 단어는 이해를 못 하는 게 일반이다. 모든 전문 용어집에 공통으로 실린 단어는 극히 적으며, 과학을 창조적으로 생각하는 습관으로 이해하도록 표현하는 용어 역시 어떤 전문분야든 극소수에 불과하다. 실제로, '과학'이라는 단어조차 없으니, 이 단어에 담긴 의미는 **영사**라는 단어에 이미 충분하게 담아놓았다.

지금까지 설명한 내용을 통해, 우리는 새말에서 이단 의견을 극히 낮은 수준 이상으로 표현할 수 없다는 사실을 알 수 있다. 물론, 이단 주장을 아주 천박한 수준으로 욕하듯 뱉어낼 순 있다. 예를 들어, **빅브러더는 안좋다**라고 말하는 것 역시 가능하다. 하지만 이런 문장은 정통 신념을 지닌 사람에게 논리적으로 명백한 모순일 뿐, 이성적으로 타당하게 들릴 순 없다. 제대로 표현할 단어 자체가 없기 때문이다. 영사에 반대하는 생각은 말없이 모호하게 드러내는 정도며, 여기에 대한 반발 역시, 다양한 이단 생각을 하나하나 또렷하게 정리하지 않은 채 전체를 싸잡아서 개괄적으로 비난하는 게 전부다. 현실적으로, 이단 내용을 새말로 표현하려면 단어 일부를 옛말로 번역하는 불법을 저질러야 한다.

예를 들어, **인간은 누구나 평등하다**는 문장을 새말로 표현할 순 있지만, 그 의미는 **인간은 누구나 머리가 빨갛다**는 문장을 옛말로 표현하는 수준에 불과하다. 이 문장은 문법적 오류는 없지만, 내용상 허위는 또렷하게 드러난다. 어떤 인간이든 체구와 몸무게와 체력이 똑같다는 건 거짓이니 말이다.

정치적 평등이란 개념은 더는 존재하지 않으며, 따라서 부차적 의미를 **평등**이라는 단어에서 제거했다. 옛말을 평범한 의사소통 수단으로 여전히 사용하던 1984년만 하더라도, 사람들이 새말 단어를 사용하면서 원래 의미를 기억할 위험은 이론상으로 존재했다. 하지만 **이중사고**를 충분히 익힌 사람은 이럴 위험을 피하는 게 조금도 어렵지 않은데, 두 세대만 지나면 이런 실수를 저지를 가능성조차 사라진다. 체스를 모르는 사람은 **퀸**이나 **룩**[8]에 담긴 부수적인 의미를 알 수 없듯, 새말을 단일 언어로 배우며 자란 사람은 **평등한**이라는 단어가 예전에 '정치적으로 평등하다'라는 부수적인 의미를, **자유로운**이 예전에 '지적으로 자유로운'이라는 부수적인 의미를 지녔다는 사실을 도저히 알 수 없다. 인간이 저지르던 수많은 범죄와 실수를 더는 저지를 수 없게 되는 것이다. 그런 걸 표현할 단어 자체가 사라져, 상상조차 할 수 없기 때문이다. 시간이 지날수록 새말에 담긴 특징은 더욱 또렷하게 나타나고 단어는 더욱 줄고 의미는 더욱 엄격하게 변하니, 부적절하게 사용할 가능성은 계속 줄어들 수밖에 없다.

옛말이 완벽하게 사라진다면 과거와 잇는 마지막 연결고리 역시 사라진다. 역사는 다시 작성하는 과정을 마쳤지만, 예전에 나온 문학 작품은 검열이 불완전한 탓에 여기저기에 단편적으로 남아, 옛말을 아는 사람은 그 내용을 이해할 수 있다. 하지만 미래에는 단편적인 내용이 용케 살아남는다 하더라도 그러한 내용을 이해하는 건 둘째치고 해석할 수조차 없게 된다. 기술적인 진행 과정이나 아주 단순한 일상 행동이나 애초에 정통(새말로는 **좋은생각스러운**) 경향을 담아낸 부분 외에는 옛말에 적힌 구절을 새말로 번역하는 자체가 완전히 불가능하다. 이 말은 1960년 이전에 작성한 책은 사실상 하나도 번역할 수 없다는 의미다. 혁명 이전 문학은 이념적 번역만 가능하다. 언어는

---

8) ROOK, 카드놀이에서 속이는 사람

물론 의미까지 바꿨다는 뜻이다. 독립선언문에 담긴 유명한 구절을 예로 들어보자.

우리는 다음을 자명한 진리로 주장한다. 인간은 누구나 평등하게 태어나고, 양도할 수 없는 권리를 조물주에게 부여받으며, 그중에는 생명과 자유와 행복을 추구할 권리가 있으며, 이런 권리를 보장받기 위해 우리는 정부를 설립하며, 모든 권력은 인민의 동의에서 나오며, 어떤 정부라도 이 목적을 파괴하면, 인민은 기존 정부를 바꾸거나 없애고 정부를 새로 세울 권리를 지닌다.

이 구절을 새말로 바꾸면서 원문에 담긴 의미를 그대로 유지한다는 건 완벽하게 불가능하다. 새말로 바꾸는 가장 좋은 방법은 전체 구절을 **사상죄**라는 단어 하나로 바꾸는 거다. 전체를 번역하는 건 이념적인 번역일 수밖에 없으며, 따라서 제퍼슨이 한 말 역시 전체주의 정부를 찬양하는 내용으로 변할 수밖에 없다.

실제로, 예전에 나온 문학작품 상당수를 이미 이런 방식으로 번역하는 중이다. 역사상 유명한 인물에 대한 기억은 보전하려고 애쓰면서, 그 업적을 영사 철학에 적합한 형태로 수정하는 식이다. 셰익스피어, 밀턴, 스위프트, 바이런, 디킨스 같은 다양한 작가의 다양한 작품 역시 번역하는 중인데, 작업을 완료하면 원작은 예전에 나온 다른 모든 작품과 함께 파기할 예정이다. 이런 번역은 작업 자체가 더디고 어려워, 21세기 초반부 십 년이나 이십 년 안에 완료할 가능성은 없다. 게다가 꼭 필요한 기술 방식 등, 실용성만 추구한 서적도 상당히 많아, 이들 역시 똑같은 방식으로 정리해야 한다. 새말을 최종으로 채택할 시기를

2050년으로 느지막하게 선택한 가장 커다란 이유는 번역 작업에 필요한 시간을 벌자는 거다.

작품해설

〈1984〉는 러시아 작가 예브게니 자먀틴의 〈우리들〉, 영국 소설가 올더스 헉슬리의 〈멋진 신세계〉와 함께 '세계 3대 디스토피아 소설'로 손꼽힌다. '유토피아'가 인간이 갈망하는 '이상향'이라면, '디스토피아' 는 인류가 예견하는 지옥이다. 사회 경제 정치 상황이 불안할 때 탄생하는 '유토피아/디스토피아 문학'은 당대 분위기를 긍정적이든 부정적이든 가장 잘 반영할 수밖에 없다. '유토피아 문학'이 중세 이후에 인간이 느끼는 희망과 자신감을 표현한다면, '디스토피아 문학'은 현대인의 무력감과 절망감을 표현한다. '유토피아/디스토피아 문학'은 당대 사회에 근거할 수밖에 없으니, 현실 부정은 현실 비판으로, 그래서 인류에게 닥칠 미래사회를 제시하는 형태로 이어진다.

〈1984〉는 문장이 멋들어진 소설로도 유명하다. 〈아메리칸 북 리뷰〉는 2006년에 '소설에서 가장 훌륭한 첫 문장 100개'와 '소설에서 가장 훌륭한 끝 문장 100개'를 뽑는데, 〈1984〉는 첫 문장이 8위에, 마지막 문장이 7위에 선정된다. '사월이라, 하늘은 맑고 공기는 쌀쌀하다. 시계마다 13시를 알린다'로 시작해서 '이제는 빅 브러더를 사랑한다'로 끝나는 문장이다. 하늘은 맑은데 나는 춥다는 문장은 억눌리는 개인을, '오후 1시에 종을 열세 번 울린다'는 문장은 오세아니아 사회가 비정상이라는 사실을 단적으로 드러낸다. 그리고 주인공 윈스턴이 인간답게 사는 사회를 갈망하며 수없이 고민하다가 목숨까지 걸고 '빅 브러더'에 반대하나, '이제는 빅 브러더를 사랑한다'는 고백으로 끝나는 문장은 극히 비관적인 미래를 상징한다. 실제로, 첫 문장과 끝 문장 모두 100위권에 든 작품은 〈1984〉 말고 찰스 디킨스가 쓴 〈두 도시 이야기〉가 유일하다. 게다가 세계 최대 단행본 출판사 '랜덤하우스'는 조지 오웰이 1948년에 집필해서 이듬해에 발표한 〈1984〉를 1998년에 '가장 위대한 20세기 영미 소설 100권' 가운데 13위로 선정했다.

〈동물농장〉이 혁명을 왜곡하고 전체주의로 나아가는 과정을 묘사한다면, 〈1984〉는 전체주의가 완성된 사회를 묘사한다. 총천연색 포스터가 실내를 압도하고, 약 마흔 살 정도로 보이는, 까만 콧수염은 두툼하고 표정은 엄숙하고 잘생긴, 폭 1m가 넘는 얼굴이 끊임없이 쳐다본다. 스탈린 얼굴이다. 사람이 움직이는 대로 눈동자가 따라가며 '빅 브러더가 당신을 지켜본다'는 문구로 협박하니, 이는 스탈린이 지배하는 소련을 처절하게 상징한다. 소련은 1991년에 해체하지만, 〈1984〉에서 경고하는 파시즘은 세계 곳곳에 현존하니, 2017년 현재 미국에서 트럼프 당선 이후, 파시즘에 대한 경계심이 발동하면서 〈1984〉는 미국인이 가장 많이 읽는 책 1위에 오를 정도다.

20세기 전반기 서양 문명사는 눈부시게 발전하면서 동시에 끔찍한 파괴가 일어나고 퇴보한 격동의 시대다. 두 차례에 걸친 세계대전, 서구 제국주의 식민지 수탈, 히틀러와 무솔리니라는 전체주의 발현, 스페인 내전 등은 역사 진보라는 수레바퀴를 거꾸로 돌렸다. 이런 상황은 19세기에 자본주의가 발전하고 모순이 깊어지면서 필연적으로 나타날 수밖에 없는 결과였다. 그래서 지식인은 부르주아 사회가 파멸할 수밖에 없다고 예견하면서 과연 역사는 진보하느냐는 문제에 강력한 의문을 제기한다.

이렇게 20세기 전반기에 나타난 허무와 절망을 냉철하게 인식한 실천적 지성인은 바로 조지 오웰이며, 디스토피아라는 반 유토피아를 활용해, 암울한 정치 상황을 그린 대표적인 작품은 바로 〈1984〉다. 조지 오웰은 미얀마에서 제국주의 경찰로 근무하며 영국 제국주의가 식민지에 가하는 온갖 폐해를 목격하고 제국주의에 반대하는 의식이 싹튼다. 그리고 스페인 내전에 의용군으로 참전하면서 파시즘, 나치즘, 스탈린주의라는 전체주의가 인류를 파멸로 몰아간다는 사실을 깨닫고 전체주의에 반대한다. 실제로 조지 오웰은 "1936년 이후로 내가 집필한 모든 작품 모든 구절은 '전체주의'를 직간접으로 비판하고 내가 이해하는 '사회민주주의'를 지지하는 것이다"고 고백한다. '제국주의 반대'가 오웰 문학의 시작이라면 '전체주의 반대'는 오웰 문학의 완성이다.

오웰은 〈1984〉에서 전체주의라는 악을 현실적으로 설정해 권력이 타락하는 모습을 그리며 전체주의 사회가 극한까지 나아간 미래의 디스토피아를 섬세하게 묘사한다. 1941년에는 〈문학과 정치〉에서 '전체주의는……인간의 사고와 자유를 유례가 없을 정도로 말살한다……전체주의는 우리가 사고하는 내용을 결정하고 이데올로기를 주입하고 행위규범을 설정해서 감정까지 지배한다'고 주장한다. 1949년에는 프란시스 핸슨에게 보낸 편지에서 '나는 내가 묘사하는 사회가 반드시 나타날 거라고 믿지 않지만, 〈1984〉가 풍자소설이라는 사실을 고려하더라도, 그와 유사한 사회나 조직은 도래할 수 있다고 믿는다'고 밝혔다. 선체주의를 누구보다도 경계한 오웰은 전체주의 사상이 모든 점에서 지식인들 머릿속에 뿌리박히는 상황을, 현대의 지적문화는 다양한 점에서 전체주의적 경향에서 벗어날 수 없는 상황을 극한으로 인식한 거다.

〈1984〉에서 관심을 끄는 요소 가운데 하나는 전체주의 사회를 절대적으로 지배하는 '빅 브러더'다. '빅 브러더'는 상상력이 만들어낸 허구지만 작가가 실제로 경험한 내용에 근거한 측면도 많다. 인도제국 경찰로서 경험한 내용과 바르셀로나에서 죽을 고비를 넘기며 경험한 내용, 스탈린 폭정과 우상화, 전시 중에 경험한 불합리한 검열 등이 바로 그것이다. 〈버마 시절〉에서 도덕적 딜레마에 빠진 플로리, 〈카탈루냐 찬가〉에서 멀어져가는 노동자혁명, 〈동물농장〉에서 돼지가 권력투쟁을 벌이다가 전제주의에 빠져드는 모습은 총체적 절망을 상징한다. 오웰이 쓴 마지막 소설 〈1984〉에서 '빅 브러더'가 출현하고 인간성이 파멸하는 건 어쩌면 당연한 귀결이다.

오웰이 그린 오세아니아 사회는 빅 브러더 초상화가 곳곳에서 지켜본다. 사람이 사는 곳은 텔레스크린이 감시하고 인적 드문 숲이나 들판에도 도청장치를 설치했다. 시내는 헬리콥터가 수시로 떠다니며 사람들이 사는 집안을 들여다보고 거리마다 사상경찰이 돌아다닌다. 한마디로 인간이 도저히 살 수 없는 지옥이다. 여기에 등장하는 국가는 모두 초강대국이며, 인간의 머릿속과 물질을 통제하는 식으로 전체주의 목표를 달성한다. 원자폭탄 전쟁을 치른 후, 세계는 다양한 병합을 통해 오세아니아, 유라시아, 동아시아라는 초강대국 3개국으로 나뉘는데, 오세아니아는 피라미드 정치 구조로, 영사라는 당이 나라를 이끌고 그 정점에는 빅 브러더가 있다. 그 밑으로 인구 2%는 안쪽 당원, 그 밑으로 바깥 당원, 맨 밑에는 전 인구 85%를 차지하는 무산계급이 존재한다.

주인공 윈스턴은 과거에 대한 '기억 찾기'와 '일기 쓰기'로 정치 투쟁을 시작해, 줄리아를 만나서 개인적인 자유와 성적 일탈에 빠져드는 식으로 저항하더니, 급기야 소극적 저항을 뛰어넘어 적극 저항하기로 마음먹는다. 그래서 줄리아와 함께 오브라이언을 만나 비밀 지하조직과 그 지도자 골드스타인에 관한 이야기를 듣고 반역에 동참한다.

윈스턴은 전체주의에 반역하는 혁명 정신을 무산계급에서 찾지만 그 신념은 시간이 흐를수록 암울하게 변한다. 윈스턴 자신도 정치 투쟁에 성공할 수 없다는 사실과 무산계급이라는 유일한 희망도 혁명에 나설 수 없다는 사실을 깨닫는다. 직관적으로 무산계급에 희망을 걸면서도 현실적으로 그 기대를 철회하는 딜레마에 빠져든 거다. 〈1984〉에 나오는 무산계급은 〈동물농장〉에 나오는 복서, 클로버, 벤자민 등 무력한 동물의 연장선에 불과하다. 결국, 무산계급은 혁명을 일으키지 않고 윈스턴 자신은 사상경찰에 잡혀서 세뇌당하고 죽을 걸 예상한다. 이는 조지 오웰이 우리에게 전체주의에 대항해 '인간다운 인간'으로 남는 게 과연 가능하냐고 묻는 화두다.

오웰은 이 작품에서 정부가 전체주의 통치 권력을 굳건히 다지는 핵심 통치 수단을 폭로한다. 첫 번째는 '텔레스크린'이다. '텔레스크린'은 영상과 소리를 송신하고 수신하니, 수신 기능은 일상적인 방송으로 거짓 정보를 흘리며 국민의 의식을 지배하고, 송신 기능은 국민의 일거수일투족을 감시한다. 공원이나 숲 속까지 도청장치를 숨겨서 감시한다. 이렇게 의식을 통제하고 모든 행동을 감시하는 행태는 처음에 조금씩 나타나서 오랜 세월에 걸쳐 끊임없이 늘어나니, 국민은 별다른 문제 없이 익숙하게 받아들인다.

두 번째는 '과거 통제'다. '과거를 지배하는 자는 미래를 지배한다. 현재를 지배하는 자는 과거를 지배한다'는 당 강령은 당이 역사를 날조하고 진실을 왜곡하는 형태로 과거에 대한 기억까지 지배해서 권력을 영원히 장악하겠다는 의지를 드러낸 거다. 오세아니아 주민들이 아는 과거는 당이 날조한 자료와 통제당한 기억이 한데 뭉친 것에 불과하다. 윈스턴은 과거의 진실이 어딘가에 남았을 거라 믿고 무산계급이 거주하는 구역을 돌아다닌다. 술집에 들어가서 어느 노인에게 "혁명 전은 지금보다 살기가 좋았나요, 나빴나요?"라고 묻지만, 노인이 기억하는 건 잡동사니뿐, 중요한 내용은 하나도 없다. 당에서 역사를 끊임없이 날조하며 현재를 지배한 결과다.

세 번째는 '이중사고'로, 서로 모순된 개념 두 개를 인간이 머릿속에 하나로 받아들이는 거다. 이는 관념론의 극치로, 정권이 아무리 엉터리를 주장해도 진실로 받아들이는 능력을 말한다. '전쟁은 평화다', '자유는 예속이다', '무지는 힘이다'는 당 구호는 이를 상징한다. 둘 더하기 둘은 셋일 수도, 넷일 수도, 다섯일 수도 있다. '이중사고'는 권력자를 절대자로 만들고, 일반 당원과 인민 다수를 정신분열에 시달리게 한다. '이중사고'는 오세아니아 전체를 지배한다. 전쟁을 추구하는 부서는 '평화성'이고, 인민을 압살하는 부서는 '애정성'이다.

네 번째는 '2분간 증오하기'다. 하루에 두 번씩 모든 국민과 당원이 작업실이든 도로든 한곳에 모여서 당이 제시한 적을 증오하며 광적으로 히스테리를 발산하는 건데, 당원은 현실에서 생기는 스트레스를 여기에서 마음껏 풀어낸다. '이중사고'가 혼란스런 개념을 머리로 받아들여 뭐가 뭔지 모르면서 정권을 무조건 지지하도록 한다면, '2분간 증오하기'는 국민이 불만을 해소하고 정권이 주장하는 내용을 마음속 깊이 받아들이는 과정이다.

다섯 번째는 '새말'을 만들어서 국민이 정권에 유리한 생각만 하도록, 다른 건 생각조차 못 하도록 하는 거다. 조지 오웰은 〈1984〉 부록 '새말 제작 원칙'에서 이렇게 말한다.

새말을 만든 목적은 영사 추종자에게 머릿속 생각과 세계관을 적절하게 표현할 수단을 제공해서 다른 생각은 조금도 못 하도록 하는 것이다. 새말을 전면적으로 완벽하게 받아들이고 옛말을 완전히 잊어버려, 이단 생각 자체를, 즉, 영사 원칙과 다른 생각 자체를 아예 떠올릴 수조차 없게 하자는 거다. 낱말을 통해 부정적인 연상작용을 일으키는 사태가 발생하지 않도록 말이다. 그래서 만들어낸 낱말은 당원이 하고자 하는 말에 담긴 의미를 극히 미묘하면서도 구체적으로 제한해, 다른 의미는 물론 다른 의미를 에둘러서 내포할 가능성까지 배제한다. 이 작업에는 낱말을 새로 만들어내는 것도 중요하지만, 단어에서 이단 의미는 물론 부수적인 의미를 최대한 제거하거나 불쾌한 단어를 완벽하게 삭제하는 게 더더욱 중요하다. 한가지 사례를 보자. 자유로운Free이라는 단어는 새말에도 있는데, '이 강아지는 벼룩이 없다This dog is free from lice'나 '이 들판에는 잡초가 없다This field is free from weeds'라는 문장 형태로만 사용할 수 있다. '정치적으로 자유로운politically free'이나 '지적으로 자유로운intellectually free'과 같은 낡은 의미로 사용할 순 없다. 정치적 자유나 지적 자유는 이제 존재하지 않는 개념이니, 그걸 표현할 필요도 없는 거다. 이단 성향이 또렷한 단어를 삭제하는 건 물론이고 어휘 자체를 축소하는 게 목적이니, 없어도 되는 단어는 모두 제거한다. 새말은 생각을 확대하는 게 아니라 축소하려고 고안한 것이니, 단어 선택 여지를 최소한으로 줄이는 건 지극히 당연한 과정이다.

여섯 번째는 교육과 훈련이다. 위에서 열거한 비정상 상태를 교육으로 주입하고, 어린애에게 부모를 고발하도록 장려하고, 성생활은 자녀 생산을 목표로 할 뿐 나머지는 모두 성범죄로 규정해서 가족제도를 파괴한다. 그러면서도 자극적인 포르노를 양산해서 무산계급을 통제한다.

일곱 번째는 궁핍한 생활이다. 국민 모두를 궁핍하게 만들어서 먹고 사는 문제 이외는 생각 자체를 못 하게 만든다. 윈스턴은 당원이라서 그나마 생활형편이 좋은 편인데, 겉옷으로 입을 거라곤 노동자 작업복을 개조한 당원 제복이 전부고 속옷은 너덜너덜하며 면도기는 항상 부족해서 수염조차 깎기 힘들고 술은 질산 맛이 나서 느글느글하고 고약한 데다 마시는 순간에 고무 곤봉으로 뒤통수를 맞는 느낌마저 들고, 담배는 거꾸로 드는 순간에 알맹이가 모두 빠진다. 시민은 신발조차 없는 게 일반이고 빈민가에서는 쥐가 아기를 물어뜯는다.

오웰은 이 소설을 1948년에 탈고하고 '48'을 '84'로 바꿔서 〈1984〉란 제목으로 이듬해에 발간한다. 이는 1984란 시간적 배경은 상징에 불과하단 사실을 말한다. 사람들은 1984년을 '공포의 해'로 진지하게 받아들이나, 1984년은 평범하게 지나고 오웰이 예언한 끔찍한 전체주의는 우리 눈에 안 보이니, 〈1984〉도 허구로 끝났다고 생각할 수 있다. 하지만 그건 옳지 않다. 1984는 상징에 불과하며 〈1984〉에서 말하는 파시즘은 세계 곳곳에서 위력을 발휘한다. 많은 사람이 거기에 저항할 뿐이다. 그래서 에리히 프롬은 '오웰이 상상한 악몽은 1984년 현재 그 어느 때보다 정확하게 나타난다'고 말하고, 미국의 미래학자 데이비드 굿맨은 1972년에 조지 오웰이 〈1984〉에서 예언한 137가지를 검토한 결과, 무려 80가지가 실현되었다는 사실을 확인했다. 그리고 1978년에 다시 검토했더니, 그 숫자는 100가지를 넘어섰다. 이차대전 이후 고전적 제국주의는 사라졌지만 거대한 금융자본과 산업자본과 기술자본이라는 다국적기업은 신제국주의 형태로 발현하고 기술적 전체주의는 현실사회 곳곳에서 국민을 감시한다. 미국에서는 파시즘을 노골적으로 주장하는 트럼프가 당선되고, 일부 시민은 히틀러 경례를 하며 자축한다.

〈동물농장〉과 〈1984〉를 출간하자, 미국 FBI는 조지 오웰을 반공주의자로 극찬하고, 영국 보수당도 찬양한다. 하지만 두 작품에서 상징하는 내용은 '좋은 나라 대 나쁜 나라'가 아니라 '정부 대 개인'으로, 파시스트 권력이 국민을 통제하고 억압하는 걸 비판하는 거다. 실제로, 〈1984〉가 끔찍하게 묘사하는 지역은 소련 대신 오세아니아라는 영미계 초강대국 아니던가!

〈1984〉에서 묘사한 끔찍한 사회는 불행하게도 우리가 사는 현실 세계에 그대로 나타난다. 강대국이 파견해서 약소국을 억압하는 군대는 '평화유지군'이고, 인류를 위협하는 핵무기는 '평화를 수호'한다. 광주에서 시민을 수없이 학살한 전두환은 '정의사회를 구현'하며 민주정의당, 즉, '민정당'을 만들어서 국민을 끊임없이 핍박하고, 지역 분열을 고착시킨 김영삼은 '한나라당'을 만들어 IMF 구제를 받을 정도로 나라를 망가뜨리고, 박근혜는 '새누리당'을 만들어서 비선 실세로 나라를 엉망진창으로 만들고, '새누리당'은 친박 비박으로 갈리더니, 친박은 '자유한국당', 비박은 '바른정당'을 창당한다. '개혁'과 '보수'는 서로 대치되는 개념인데 자유를 억압한 세력이 '자유'를 주창하고 바른 걸 억누르던 세력이 '바른'을 주창하며, 이를 하나로 묶어서 국민의 머릿속을 엉망으로 만드니, 대표적인 '이중사고'다. '이중사고'와 '역사왜곡'은 '역사교과서 국정화 시도'에서도 그대로 나타난다. 일제 식민지 잔재가 곳곳에 남은 상황에서 일본군 장교 박정희를 독립군으로 조작함과 동시에 식민지 지배 자체를 정당화해서 지배세력을 굳건히 하자는 거다. 일본 문부성이 조선 침략을 '진출'로, 3.1 운동 등 조선인이 일제에 저항한 항거를 '소요'로 역사교과서에 수록해서 식민지 지배를 정당한 과정으로 묘사하며 역사를 왜곡하는 판에 우리 정부는 거기에 편승하고, 한국 뉴라이트 세력은 일본 극우파가 만든 뉴라이트 이론을 그대로 수입해서 주장한다. 오세아니아 진리성이 한국에선 문교부로 일본에선 문부성으로 부활한 것이다.

지금까지 대한민국 정부는 위기가 닥칠 때마다 북한에 대한 증오심을 부추기고, 국민은 북한을 증오하는 식으로 현실에서 쌓인 스트레스를 풀고 정권을 지지했다. 그러다가 터진 세월호 침몰 사건은 대한민국 침몰을 상징한다. 세월호 침몰은 대한민국에 내재한 모순을 상징한다. 이승만과 박정희와 전두환과 이명박과 박근혜로 이어지는 반민족 친일 세력에 내재한 모순을 상징한다. 이들은 역사교과서 국정화 시도와 사드 배치 결정으로 그 정체를 살짝 드러내더니, 박근혜 비선 실세 국정농단 사건으로 그 정체를 만천하에 완벽하게 드러냈다.

오웰은 사망하기 직전에 〈1984〉에 대해 "중앙에서 경제를 통제하는 경우에 자칫하면 빠져들 끔찍한 현상을 보여주려고 쓴 작품"이라고 밝혔다. 우리나라는 모든 걸 중앙집권주의로 통치하다가 최근 들어서 지방자치를 시행하나, 지방마다 중앙에 여전히 의지하는 게 현실이다. 게다가 핵무기를 비롯한 대량 살상 무기, 각종 테러, 빈익빈 부익부, 재벌 독점, 관료주의, 생태계 파괴 등은 우리를 끊임없이 위협한다. 우리에게 필요한 건 현존하는 파시즘 유형을 정확하게 인식할 능력을 갖추는 것, 그리고 우리 안에 은밀하게 존재하는 파시즘적 속성을 파악하고 극복하는 거다. 우리 자신이 파시즘을, 독재를, 불통을, 현실 왜곡을, 어용 언론을 싫어하면서도 가랑비에 옷 젖듯 그 분위기에 빠져들고 그 논리에 젖어들어 내면에 깃든 파시즘 속성을 드러낼 때가 극히 많기 때문이다.

주인공 윈스턴이 잡혀서 죽을 수밖에 없다는 걸 알면서 비밀결사에 가입하고, 결국엔 잡혀서 인간이 상상할 수 없는 고문과 고통과 세뇌작업에 시달리다 '이제는 빅 브러더를 사랑한다'고 고백하는 모습은 극단적인 절망을 우리에게 보여준다. 우리가 높은 안목을 갖추고 현실을 직시하지 않으면, 끊임없이 자각하고 감시해서 정권이, 사회 각 부분이, 파시즘으로 나아가는 걸 막지 않으면 극단적인 절망은 우리에게 달려들 것이다.

송천동에서
김 옥 수

조지 오웰 연보

1903년   6월 25일, 인도 벵골에서 태어난다. 본명은 에릭 아서 블레어
          (Eric Arthur Blair)고, 아버지는 스코틀랜드계 영국인으로 인도
          정부 아편국 소속 하급관리 리처드 웜슬리 블레어(Richard
          Walmesley Blair), 어머니는 아이다 메이블 블레어(Ida Mabel
          Blair)로 영국계와 프랑스계 혈통을 이어받았다.

1904년   어머니는 자식들을 교육하고자 에릭과 다섯 살 위 누나 마조리
          를 데리고 영국으로 귀국해, 런던에서 60㎞ 떨어진 옥스퍼드
          헨리온템스에 정착한다.

1907년   어머니가 막내 에이브릴을 출산한다. 어머니는 남편이 귀국하
          는 1912년까지 남편이 인도에서 부치는 돈으로 세 아이를
          키우며 생활한다.

1911년   9월, 여섯 살에 들어가 2년 동안 공부한 성공회 '헨리온템즈
          유치원'에서 추천받아, 영국 남동부 이스트본 근처 사립 예비
          학교 세인트 시프리언스 기숙사에 학비를 절반만 내는 장학

생으로 입학한다. 이곳 생활은 지옥이었다. 부잣집 아이들은 가난한 에릭을 따돌리고, 음식은 형편없고, 겨울철 난방은 안 되고, 공중목욕탕 물은 미지근하고, 커다란 아이들은 끊임없이 학대하고, 선생님은 수시로 매질하니, 여덟 살에 불과한 에릭은 야뇨증에 시달린다.

1914년   10월 2일 자 〈헨리 & 사우스 옥스퍼드 스탠더드〉 지에 '깨어나라! 영국의 젊은이여'라는 시를 발표한다.

1917년   3월, 웰링턴에서 1년 동안 공부하다가 이튼스쿨에 왕립 장학생으로 입학한다. 지방 신문에 시를 두 편이나 싣고, 역사 퀴즈 대회에서 이등상을 받고, 학업성적이 우수한 결과다.

1918년   폐렴으로 고생한다.

1921년   이튼스쿨에 다니면서 계급차별을 뼈저리게 체험한다. 약하고 못생겼다는 열등감에 시달리며 자신을 실패한 인생으로 규정한다. 그리고 이런 사고방식에 평생 시달린다. 결국, 공부에 재미를 잃고 167명 가운데 138등이란 성적으로 졸업하는데, 이런 성적으로는 옥스퍼드에 갈 수 없어서 아버지와 마찬가지로 식민지 관료라는 길을 선택한다. 아직은 영국 제국주의와 식민정책이라는 속성을 모를 때였다. 실제로 이튼스쿨의 교육목표는 학생을 식민 관료와 군인과 제국주의자로 만드는 것이고, 오웰 역시 여기에서 벗어날 수 없었다.

1922년   6월에 경찰시험을 1주일 동안 치러서 합격한다. 동년 11월 27일부터 인도제국 경찰로 미얀마 양곤과 16㎞ 떨어진 지역에서 부 총경으로 근무한다. 당시 버마는 영국인 경찰 간부 90여 명이 현지인 경찰 13,000여 명을 관리하고, 그들이 1,300만 인구를 통제했다. 하지만 오웰은 영국인 간부 특유의 영국식 사교활동에 끼어들지 않고 고독하게 지낸다.

1927년   5년에 걸친 식민지 관리 생활에서 인간이 인간을 지배하는
         행태에 깊이 혐오하다가 휴가를 받아 귀국하고 사직한다. '압
         제의 일원'으로 '양심의 가책'을 느끼고 '실패하는 게 유일한
         미덕' 같던 시절이었다. 안정적인 신분을 포기한 거다. 당연
         히 가족이 반대했으나 에릭은 글을 써서 먹고살겠다는 선언
         과 함께 집을 뛰쳐나와 런던 빈민가 노팅힐에서 자취하며
         뜨내기 생활을 시작한다.

1928년   경찰관 사직서가 수리되자, 작가의 길을 걸으려 마음먹고
         자신이 흠모하던 잭 런던의 논픽션 '심연의 사람들'을 그대로
         체험하고자 이모가 사는 파리로 가서, 빈민가 허름한 호텔
         방에 묵으며, 접시닦이로 하루 13~17시간 일하거나 영어
         개인교수 등으로 빈곤하게 살아간다. 12월 29일, 자신이 쓴
         글 '싸구려 신문'을 산문 형태로 영국 신문지 〈G.K. 위클리〉
         에 처음 발표한다.

1929년   여름, 도둑이 들어서 돈을 전부 훔쳐가, 호텔에서 접시닦이로
         힘들게 생활한다. 런던 친구에게 취직자리를 부탁한다.

1930년   병만 얻은 채 일 년 만에 영국 런던으로 돌아간다. 일 개월
         동안 런던 빈민가에서 부랑자들과 함께 노숙자로 생활하고
         시골을 떠돌다, 켄트에서 이삭줍기 노동을 하루에 열 시간씩
         3주 동안 한 뒤에 런던으로 돌아온다. 파리와 런던에서 접시
         닦이를 하고 구빈원을 돌아다니며 체험한 내용을 바탕으로
         〈파리와 런던의 밑바닥 생활〉을 집필한다.

1931년   8월 초, 파리와 런던에서 궁핍하게 생활한 경험을 사실적으로
         묘사한 처녀작 〈파리와 런던의 밑바닥 생활〉 원고를 조너선

케이프 출판사에 넘긴다.

1932년   햄스테드 서점 점원, 호손즈 남자 고등학교에서 교사생활을
시작한다. 이때 엘리노어 자크를 만나서 사랑에 빠진다.

1933년   처녀작 〈파리와 런던의 밑바닥 생활〉을 몇몇 출판사에서 거절,
1월 9일 골란츠 출판사에서 〈조지 오웰〉이란 필명으로 출간
한다. (필명을 사용한 건 작가로서 실패해도 가족이 놀라지
않도록 하려는 조치인데, '조지'는 영국에서 가장 흔한 이름이
고 '오웰'은 서퍼크 지방 오웰 강에서 따왔다.) 비평가들은
높게 평가하고 〈선데이 익스프레스〉는 '금주의 베스트셀러'
로 선정한다. 〈버마 시절〉 집필을 시작한다. 크리스마스를
며칠 앞두고 폐렴에 네 번째 걸려서 옥스브리지 코티지 병원
에 입원한다.

1934년   미얀마에서 체험한 내용을 집필한 소설 〈버마 시절〉을 뉴욕
하퍼스에서 출판한다. 영국에서는 골란츠에서 출판한다. 교
사생활을 하면서 체험한 내용을 바탕으로 소설 〈목사의 딸〉
을 집필한다.

1935년   〈목사의 딸〉을 골란츠 출판사에서 출판한다. 교구 목사관과
여학교 일상을 사회학적으로 분석해서 묘사한 내용이다. 출
간 당시에는 감상적인 중류계급 소설이라는 평가를 받고, 오
웰 자신은 '돈벌이를 목적으로 쓴 멍청한 작품'이라고 혹평했
는데 상업적으로는 괜찮았다.

1936년   영국 북부에서 생활환경에 대한 소설을 쓰려고 1월 31일
북부로 출발한다. 3월 30일에는 북부에서 작업을 마치고 런
던으로 돌아온다. 4월 30일, 서점 점원 생활체험을 엮은 소설
〈엽란을 날려라〉를 골란츠 출판사에서 출판한다. 〈뉴 아델

피)를 시작으로 다양한 잡지사에 글을 기고한다. 골란츠 출판사 사장 빅터 골란츠가 회장으로 활동하던 '좌파독서클럽' 의뢰로 1월 말에 북부 셰필드, 맨체스터, 리즈, 위건 등, 탄광 및 공업 도시를 차례로 방문해, 고통에 시달리는 노동자 생활을 살핀다. 6월, 하숙집 주인에게 소개받아 아일랜드계 여인으로 대학원에서 심리학을 공부하던 아일린 오쇼네시와 결혼한다. 평생에 걸친 사상적 동반자를 만난 것이다. 오웰은 부인과 함께 런던을 떠나 하퍼드 주에서 잡화점을 하며 작가생활을 계속한다.

1936년   7월에 스페인 내전이 발발하자, 12월에 섹커 출판사에 지원받아 "파시즘과 맞서 싸우고" 스페인 내전을 보도하고자 바르셀로나에 가서 무정부주의 조직 '마르크스주의 통일노동당 (POUM)' 민병대에 입대한다. 정당 노선에 특별히 공감한 건 아니고 파시즘에 맞서 싸우는 대의명분은 똑같으니 어디라도 상관없다는 순진한 생각이었다. 당시 카탈루냐 지방은 공화파가 장악해서 노동자 나라 같은 분위기가 강했다. 영국 북부의 참혹상을 생생하게 겪은 오웰은 여기에서 인간에 대한 희망을 발견한다. 계급차별이 없는 거다. 장교나 사병이나 모두 평등한 대우를 받았다. 하지만 의용군 조직은 형편없고 오웰은 총알도 제대로 안 나가는 소총 한 자루만 들고 아라곤 전선에 배치된다. 그런데 전선이라는 곳은 똥과 쓰레기 냄새만 진동하는 허허벌판이고, 진짜 적은 눈에 띄지도 않는 파시스트가 아니라 밤마다 뼛속 깊이 파고드는 추위였다. 전투가 넉 달 넘게 없는데도 추위와 굶주림으로 많은 사람이 죽어나갔다. 민주주의 수호라는 대의명분을 믿고 이역만리에서 스페인으로 달려온 꺽다리 영국인은 환멸을 느낄 수밖에 없었다. 한때나마 식민지에서 경찰로 근무한 오웰에게 무기도, 군기도, 사명감도 없는 의용군 동지는 그야말로 오합지졸이었다. "어떤 날 밤엔 소년단원 스무 명만 공기총으로 무장하고 달려들어도 우리 진지를 단번에 쓸어버릴 거라는 생각이 들었다. 아니, 빨랫방망이를 든 소녀단원 스무 명만 있어도 충분할 것 같았다." 스페인 아라곤 전방 참호에서 115일 동안 생활하며 파시스트와 싸우던 오웰은 마드리드 국제여단에 가담하려고 전선에서 물러난다. 국제적인 연대를 통해 공화파가 승리하는 데 이바지하고 싶었다. 그러나 바르셀로나 전역에서 혁명 기운은 이미 사라지고 계급은 다시 살아나는 분위기였다. 공화파는 각종 노선 차이로 격하게 대립하고 POUM이 점거한 전화국을 빼앗기 위해 같은 편이라고 할 수 있는 공산당이 총격을 가하는 사태까지 벌어졌다. 스페인 공산당이 소련의 배후 조종을 받으면서 통일노동자당을 음해하고 탄압한 것이다. 오웰은 코민테른에 지시받던 국제여단 참여를 포기하고 POUM 소속으로 전투에 참여한다. 평등하던 부대에는 계급이 생기고 오웰은 소위가 되었다. 그리고 열흘째 되는 날 새벽 5시경, 꺽다리 영국인은 보초를 교대하려고 준비하다가 적군이 쏜 총알에 목을 관통당한다. "한마디로 말해서 온몸이 폭발하는 느낌이었다. 꽝! 소리와 함께 사방에서 빛이 번쩍거려 앞이 안 보였다. 엄청난 충격을 느꼈다. 통증은 없었다. 거대한 충격만 느꼈다." 훗날 오웰은 '총알에 맞은 게 총알에 안 맞은 것보다 행운'이었다고 회고한다. 하지만 스페인 공산당은 오웰을 트로츠키파로 의심하고,

아내 아일린은 가택수색까지 당한다. 결국, 부부는 야간열차를 타고 스페인을 간신히 빠져나온다. 조지 오웰이 전체주의 파시즘의 위험성을 뼈저리게 느낀 시기다.

1937년   3월 말, 하층 노동자 생활실태를 기록한 〈위건 부두로 가는 길〉을 골란츠 출판사에서 출판. 1부는 과도한 공업화로 피폐한 랭커셔와 요크셔 생활실태 및 가계를 조사한 내용이고 2부는 자신이 사회주의자로 변하는 과정, 사회주의가 성공하려면 사회주의를 공격해야 하는 이유 등에 초점을 맞춘다. 북부에서 생산한 석탄이 북부 사람을 착취해서 남부를 풍요롭게 하는 과정, 민중이 사회주의가 아니라 파시즘을 지지하는 이유, 마르크스주의자들이 교조적으로 마르크스주의를 맹신하고 소련을 숭배하며 민중과 동료를 비판하는 모습 등을 보여준다. 당시 소련은 중앙 유럽에 진출하고 나치는 동유럽을 침략했다. 영국 좌파 지식인은 노동운동보다 공산당을 지지하는 친소경향이 강하고 보수파는 나치가 공산주의 확산을 막아줄 거라고 기대했다. 그런데 오웰은 나치도 스탈린도 전체주의라며 비판한 거다. 영국으로 돌아온 오웰은 하퍼드 주 월링턴에서 잡화점을 다시 열고, 채소를 재배하고, 닭과 염소를 기르면서 스페인 내전을 다룬 〈카탈루냐 찬가〉를 집필한다. 하지만 스페인 공산당을 비판하고 코민테른에 무조건 동조하지 않았다는 이유로 여러 출판사가 거부한다. 친한 친구 골란츠마저 출간을 거부한다.

1938년   〈카탈루냐 찬가〉를 섹커 출판사에서 출판한다. 〈카탈루냐 찬가〉는 어리석은 전쟁과 스페인 민중에 대한 애정이 가득 담긴 르포문학의 걸작이다. 당시 정치 상황까지 분석해서 스페인 내전을 미시적이면서도 거시적인 관점으로 바라보았다. 그러나 오웰이 죽을 때까지 초판이 안 팔릴 정도로 철저하게 무시당한다. 마케팅능력에 한계가 있는 작은 출판사에서 출간했기 때문이다. 육체적 정신적으로 탈진한 오웰은 폐결핵이 재발해, 9월에 프랑스령 모로코로 가서 요양하며 겨울을 보낸다.

1939년   봄, 모로코에서 월링턴으로 돌아온다. 전쟁을 예고하고 경고하는 소설 〈숨 쉬러 나가다〉를 골란츠 출판사에서 출판한다. 9월, 2차 세계대전이 발발하면서 오웰 부부는 런던으로 올라온다. 육군에 입대하려 하지만 건강 때문에 거부당한다.

1940년   3월, 평론집 〈고래 뱃속에서〉를 골란츠 출판사에서 출판한다. 중산층 외판원으로 살다가 고향으로 돌아가지만, 마음 둘 곳은 어디에도 없다는 내용이다. 산업화로 인해 우리가 잃은 것에 대해 집요하게 파고든다. 이런 분위기는 나중에 묵시록적 소설 〈1984〉로 이어진다. 6월, 신체검사가 까다롭지 않은 민방위대에 자원해서 중사로 복무한다. 일주일에 하룻밤씩 군수공장에서 자원봉사한다.

1941년   좌익신문에 '런던통신'을 기고한다. 가을, 영국 BBC 방송국에 들어가서 동양총국 인도 전담 프로듀서가 되어 문예방송 제작 및 진행을 담당한다. 평론집 〈사자와 일각수〉를 섹커 출판사에서 출판한다. 골란츠 출판사에서 발행한 평론집 〈좌익의 배반〉 공동집필에 참여한다.

1942년   라우드리츠 출판사에서 발행한 평론집 〈승리나 기득권이냐〉 공동집필에 참여한다.

1943년   3월, 어머니가 세상을 떠난다. 11월, 건강과 시간 때문에

BBC에 사표를 내고 노동당 주간지 〈트리뷴〉에 문예부장으로 15개월 근무하면서 고정 칼럼 '나 좋을 대로'를 기고한다. 〈동물농장〉 집필에 착수한다. 아내 아이린과 이런저런 의견을 주고받은 덕분에 해학으로 가득한 대중 친화적인 작품이 나온다. 부인 사후에 집필해서 어두운 분위기로 가득한 《1984》와 좋은 대조를 이룬다고 할 수 있다.

1944년   양자를 들여서 '리처드 호레이쇼 블레어'란 이름을 붙인다. 2월, 〈동물농장〉을 탈고하나, 소련을 통렬하게 비판한다는 이유로 출판을 거부당한다.

1945년   3월, 아내 아일린이 자궁 제거 수술 도중에 심장마비로 사망한다. 아내가 사망한 이후에 마음 둘 곳을 못 찾다가 세 명에게 청혼하지만 모두 거절당한다. 그중에 소냐 브라우넬이란 여인도 있는데, 소냐는 나중에 모리스 메를로퐁티와 연애하지만 오래가진 못한다. 〈트리뷴〉 문예부장을 그만두고, 〈옵서버〉 종군기자로 유럽에 갔다가 6월에 독일이 붕괴하는 모습을 목격한다. 전쟁이 끝나기 직전인데도 정부가 언론을 계속 탄압하자 오웰은 '자유방어위원회'에서 활동한다. 8월 17일, 마침내 〈동물농장〉이 영국과 미국에서 출판되어 커다란 호평을 받는다. 2주 만에 초판이 매진된다. 이런 인기에 힘입어, 1년 사이에 '런던 옵서버', '런던 타임스' 등 각종 신문과 잡지에 130편이 넘는 기사와 서평을 쓴다. 귀국 후 〈1984〉 구상에 들어간다.

1946년   5월, 누나 마조리가 짧은 생을 마감하자, 런던 아파트를 처분하고 스코틀랜드 서해안 주라 섬 반힐 농장으로 이주해, 여동생 에이브릴에게 도움받아 양자 리처드를 자연 속에서 키우며

〈1984〉 집필에 몰두한다. 수필집 〈비판적 수필〉을 출간.

1947년　예비학교 시절에 겪은 아픈 추억을 강렬하게 묘사한 수필 〈정말, 정말 좋았지〉를 쓴다. 〈1984〉를 거의 완성하지만, 폐결핵 악화로 글래스코 인근 병원에 입원한다. 이런 심정은 하지정맥류를 앓는 소설 속 주인공 윈스턴으로 나타나고, 소냐 브라우넬의 생기발랄한 이미지는 줄리아로 나타난다.

1948년　봄, 퇴원하고 반힐로 돌아와서 연말에 〈1984〉를 탈고한다. 1948년은 조지 오웰에게 극히 암울한 시대였다. 몸은 망가질 대로 망가지고, 미국과 소련은 핵무기 개발에 박차를 가하며 냉전체제에 들어가고, 소련 강제노동수용소에서는 나치 강제수용소 이상으로 끔찍한 사태가 벌어진다. 1948년에서 '48'을 거꾸로 돌린 〈1984〉라는 표제 자체로 절망적인 상황을 상징했다. 원고를 섹커 출판사에 보낸 뒤, 스코틀랜드 요양원에 다시 입원한다.

1949년　9월, 병세가 심해서 런던 유니버시티 칼리지 병원으로 옮긴다. 시월에 잡지사 편집자 소냐 브라우넬과 병실에서 약식으로 결혼한다. 〈1984〉를 섹커 출판사에서 출판한다.

1950년　병세가 호전되어 스위스 요양원으로 떠나려 한다. 1월 23일 유니버시티 칼리지 병원에서 심하게 각혈하다가 급사한다. 유언에 따라 템스 강 언저리 '올 세인츠 성공회 교회' 공동묘지에 안장한다. 묘비에 새긴 글귀는 '에릭 아서 블레어 여기 잠들다. 1903년 6월 25일 출생. 1950년 1월 21일 사망'이 전부다. 산문집 〈코끼리를 쏘다〉를 섹커 출판사에서 출판한다.

평론가 존 스트레이치가 묘사한 바에 의하면, 조지 오웰은 '길쭉한 몸이 해골처럼 여위고 흉한 얼굴은 상상력이 빛나는' 사람으로 영국 요리와 맥주와 인도 차와 석탄불을 좋아하지만, 대도시와 자동차, 라디오, 소음, 깡통 음식을 싫어했다.